BASTEI
LÜBBE

Über das Buch:

»In meinem Leben geschieht nichts Aufregendes«, beklagt sich Polly. »Ich verbringe das einzige Leben, das mir gegeben ist, als Stütze der Familie und lasse zu, dass meine Kräfte vergeudet werden.«
Mit dem Mut der Verzweiflung gibt die 40-jährige ›Nur-Hausfrau‹ Polly eine Bekanntschaftsanzeige auf. Sie verlässt Dublin und folgt einer Einladung ihres Bruders nach London. Dort trifft sie auf Michelle, die glamouröse Freundin, die fortan Pollys Leben umkrempeln wird. Sie trifft sich mit dem attraktiven und einfühlsamen Keith, der auf ihre Anzeige geantwortet hat. Am liebsten würde sie sofort bei ihm bleiben. Doch sie weiß: Sie muss erst zurück nach Dublin und ihr Leben endlich selbst in die Hand nehmen.

Über die Autorin:

Mary Ryan zählt zu den bekanntesten Unterhaltungsautorinnen Großbritanniens. Sie ist verheiratet, Mutter von zwei Kindern und lebt mit ihrer Familie in Südfrankreich.

Mary Ryan

Muschelherz

Roman

Aus dem Englischen von
Sonja Schuhmacher

BASTEI
LÜBBE

BASTEI LÜBBE TASCHENBUCH
Band 14 555

1. Auflage: Juni 2001

Vollständige Taschenbuchausgabe

Bastei Lübbe Taschenbücher ist ein Imprint
der Verlagsgruppe Lübbe

Titel der englischen Originalausgabe: *The Seduction of Mrs. Caine*

Ein Unternehmen der Verlagsgruppe Droemer Weltbild
Liznenzausgabe mit Genehmigung
der Schneekluth Verlag GmbH, München

Umschlaggestaltung: Zero Werbeagentur, München
Satz: hanseatenSatz-bremen, Bremen
Druck und Verarbeitung: AIT Trondheim
Printed in Norway
ISBN 3-404-14555-0

Sie finden uns im Internet unter
http://www.luebbe.de

Der Preis dieses Bandes versteht sich einschließlich
der gesetzlichen Mehrwertsteuer.

Für Nora

Jäh drängte sich ein Missklang ein
Ermüdet lösten sich die Tänzer aus den Reih'n

Oscar Wilde
»Das Haus der Dirne«

Prolog

Wir machen einen Spaziergang im Stadtpark, sobald der Regen etwas nachlässt«, versprach Bernard Whiston, und Herbie, an den die Bemerkung gerichtet war, keuchte voller Vorfreude und wedelte mit dem Schwanz. Bernard sah sich um, weil er sichergehen wollte, dass er alleine war, bevor er sich freimütig im Spiegel über dem offenen Kamin musterte und mit gewohntem Sarkasmus sein Spiegelbild ansprach.

»Du bekommst immer mehr Ähnlichkeit mit einem Geier, alter Junge. Trotzdem könnte es schlimmer um dich stehen! Miller sieht einem Krallenaffen immer ähnlicher, und Warren ist von einem Wiesel kaum noch zu unterscheiden.« (Dies bezog sich auf zwei seiner Freunde, die demselben Club angehörten wie er.) »Geier besitzen immerhin Würde ... und einen gewissen Hochmut. An sie wagt sich keiner so schnell ran ...«

Durch die Terrassentür konnte er seinen Schwiegersohn Keith draußen im Garten herumwerkeln sehen. Sogar bei Regen ging Keith der Gartenarbeit nach. Wie alt ist er jetzt eigentlich, fragte sich Bernard. Mal überlegen ... er war sechsundzwanzig, als er Marguerite geheiratet hat, und das ist dreißig Jahre her. Also ist er sechsundfünfzig ... Bei Zeus, langsam holt er auf! Wenn er nicht aufpasst, ist er unversehens ein Langweiler in mittleren Jahren ...

Bernards Blick fiel auf das Porträt seiner verstorbenen Tochter an der gegenüberliegenden Wand; er dachte an seine Enkelin Mo, die eigentlich Sophie hieß und jetzt in New York für eine Anwaltsfirma arbeitete, mit der er einmal zu tun gehabt hatte. Er gedachte sogar seiner Frau, die sich mit fünfzig von ihm hatte scheiden lassen, nur um im darauffolgenden Jahr zu sterben (wegen Mangel an Aufregung, wie er vermutete). Gelegentlich ließ er sein Leben an sich vorüberziehen. Manchmal kam es ihm eigenartig kurz vor, im Grunde war so wenig geschehen ... Dann wieder erschien es ihm, als würde es bis in die Unendlichkeit zurückreichen.

»Ich bin so alt wie die Sünde«, gestand er Herbie, ein offenes Wort von Hund zu Hund sozusagen. »Aber was soll's! Zeit ist reine Einbildung! Das einzige, was wir alle wirklich nötig haben, ist ein bisschen Aufregung.«

Er griff nach seiner Zeitung und setzte sich damit ans Fenster, doch seine Augen wanderten immer wieder zu der Gestalt im Regenmantel draußen im Garten. »Diese Introvertiertheit kann dem Jungen nicht gut tun ... Ich muss mir da etwas einfallen lassen ...«

1. Kapitel

Die Siedlung erstreckte sich in die Ferne, so weit das Auge reichte, und dahinter erhoben sich die Berge. Polly fragte sich oft, wie die Häuser wohl von oben aussahen. Vermutlich ziemlich geometrisch – in exakten Reihen angeordnete Hundehütten. Manchmal wünschte sie sich, am Rande der Siedlung zu wohnen; dann befänden sich hinter ihrem Haus nur noch von Wolkenmustern überzogene Wiesen, und sie könnte vom Küchenfenster aus die grüne Ebene sehen, die bis zum Fuße der Berge reichte. Ihr Traum von Freiheit beschränkte sich auf solche Ausblicke.

Die Namen der Straßen und Sackgassen der Siedlung gemahnten an Waldidylle: The Grove, The Willows, The Copse. Es gab die Beeches Road, obwohl es zwanzig Jahre her war, seit hier Buchen ihre Zweige ausgestreckt hatten. In den Ashgrove Lawns, der Sackgasse, in der Polly wohnte, standen Doppelhäuser mit kleinen Gärten; manche waren sehr gepflegt, während andere sichtlich unter Kindern und Haustieren zu leiden hatten. Doch alle diese Häuser wirkten wie Zwerge neben dem Willow House in ihrer Mitte, das von der merkwürdigen Atmosphäre einer längst vergangenen Epoche erfüllt schien.

Im inneren Kreis der wuchernden Vorstadt lag das Dorf, ein malerisches Kuriosum, das sich trotz des kürzlich errichteten Einkaufszentrums ein Ambiente des vergangenen Jahrhunderts hatte bewahren können. Der neue Einkaufskomplex war auf einem Brachfeld neben dem alten Kirchhof des Arbeitshauses errichtet worden. Das Arbeitshaus selbst, halbverfallenes Mahnmal früherer Armut, hatte man abgerissen, um Platz zu schaffen für die Pyramide mit der Glaskuppel und den sich selbsttätig öffnenden Türen. Hier gab es auf zwei Etagen die verschiedensten Geschäfte, eine Sporthalle, die sich Fitnesscenter nannte, und ein Café. Aus diesem Gebäude kamen an einem Freitagnachmittag im Februar zwei Frauen; ein Schaudern durchfuhr sie, und sie zogen ihre Schals enger um den Hals, um sich gegen den Ostwind zu schützen. Die eine war Polly, die andere ihre Nachbarin und Freundin Susan O'Brien.

»Polly«, sagte Susie und strich eine rote Haarlocke zurück, die der Wind ergriffen hatte, »kennst du den von der Frau, die das Baby gekidnappt hat?«

»Nein.«

»Fünfzehn Jahre später brachte sie es zurück. Ha ... ha... Und rate mal, wer es nicht wiederhaben wollte? Ha ha ...« Polly, die mit Susies seltsamem Sinn für Humor wohlvertraut war, lachte zwar, blickte aber ein wenig genervt zum bedeckten Himmel hinauf.

Eigentlich hieß Polly Pauline Caine. Sie und Susie waren Nachbarinnen und bewohnten die Häuser Nr. 14 und 15 von Ashgrove Lawns. In ihrer Sackgasse, die Anschluss an die Hauptstraße der Siedlung hatte, reihten sich etwa dreißig Häuser um einen Wendeplatz.

Nur die Gegenwart von Willow House, das allein auf einem weitläufigen Grundstück stand und mit einem hohen Zaun umgeben war, verlieh Ashgrove Lawns einen Hauch des Ungewöhnlichen.

Die Besitzer von Willow House, die Familie Reeves, hatten einst über das Land geherrscht, auf dem die Siedlung errichtet worden war. Doch dann waren schlechte Zeiten für sie angebrochen, und die letzte ihres Geschlechts, Muriel Reeves, hatte die Ländereien als Baugrundstücke verkauft und einen Teil des beträchtlichen Erlöses in die Renovierung des Herrenhauses gesteckt.

Manchmal dachte Polly an den Tag ihres Einzugs in Ashgrove Lawns zurück; damals, vor zwanzig Jahren, hatte sie wenig Selbstbewusstsein besessen, denn ihre zweideutige Position als Nachfolgerin von Martha, Rorys erster und einzig rechtmäßiger Ehefrau, war ihr überdeutlich bewusst gewesen. Susie, die nebenan wohnte, hatte ihre Ankunft bemerkt und ihr immerhin noch zwei Stunden Zeit gelassen, bevor sie an die Tür klopfte.

»Willkommen in Arkadien«, hatte sie gesagt und Polly ein Glas selbst gemachter Orangenmarmelade überreicht. Später, als sie zusammensaßen und sich zwei Gläser Sherry genehmigten, gab Susie Polly ein paar Tipps im Hinblick auf die anderen Nachbarinnen. »Diese Laura Flanagan an der Ecke brauchst du überhaupt nicht zu beachten, genauso wenig wie die ach so vornehme Dame in dem Riesenkasten gegenüber ...«

Polly hatte Laura Flanagan bald kennen gelernt; sie wohnte in einem der drei freistehenden Häuser am Ende der Sackgasse, wo diese in die Hauptstraße mündete. Laura war die nicht mehr ganz taufrische Witwe eines Steuerberaters und gab sich der Illusion hin, das gesamte Universum kreise nur um sie. Polly hatte auch die Bekanntschaft von Muriel Reeves gemacht, der reservierten, geheimnisvollen jungen Frau, die auf der anderen Straßenseite in Willow House wohnte, die letzte Angehörige der alteingesessenen Landbesitzerfamilie. Eines Tages war sie ihr im Dorf begegnet, und Susie hatte die beiden einander vorgestellt.

»Muriel ... das ist Polly Caine. Sie wohnt in Nummer 14. Polly, das ist Muriel Reeves ... sie wohnt in Willow House.«

»Ach ja, Rorys neue Frau!« Muriels Stimme war klar und deutlich wie Kristallglas. »Ich hoffe von Herzen, dass Sie sich in Ashgrove Lawns wohlfühlen werden.«

Die Herrin von Willow House besaß eine Aura der Andersartigkeit, als wäre sie mittels einer Zeitmaschine aus der Vergangenheit in die Gegenwart befördert worden. Alles an ihr verriet, dass sie Wert auf ihre Erscheinung legte: ihre Stimme, ihre Haltung, ihre strenge Frisur – sie hatte ihre blonden Haare nach hinten gekämmt und zu einem Knoten aufgesteckt –, ihre makellose Kleidung; vor allem aber ihr korrektes Benehmen, geradezu überkorrekt in einer Zeit der Zwanglosigkeit. Polly hatte sich anfangs von ihr eingeschüchtert gefühlt, aber sie hatte sich leise bedankt und erwidert, wie gut ihr der Blick von ihrem Fenster auf Willow House gefiele. »Wenn ich morgens hinausschaue, habe ich immer das Gefühl, als hätte ich eine Reise in die Vergangenheit gemacht ... Es verleiht der ganzen Straße eine wunderbare Atmosphäre ...«

Dann war Polly rot geworden und hatte sich gefragt, ob sie womöglich zu überschwänglich gewesen sei. Das Schwärmen lag ihr eigentlich gar nicht, aber sie hatte ihre Worte durchaus ernst gemeint. Sie war auf dem Land aufgewachsen, als Kind hatte ihr nichts den Blick auf den Horizont verstellt, und als Studentin hatte sie in einem großzügigen, wenn auch altersschwachen georgianischen Haus gewohnt, wo sie sich mit anderen Studentinnen eine Wohnung teilte. Nur Rory und Susie und Willow House versöhnten sie mit der Sackgasse. Früher hatte sie stets lautstark ihre Abneigung gegen die Vorstadt bekundet: »In so eine Hundehütte ziehe ich nicht, nein danke ... Ein bisschen Luft zum Atmen, ein bisschen Ambiente oder ihr könnt es vergessen ...«

Das war natürlich gewesen, bevor sie eines Montags um die Mittagszeit in einem Feinkostgeschäft in der Upper Leeson

Street Rory Caine begegnet war, bevor die Leidenschaft von ihr Besitz ergriffen und sie sich eingebildet hatte, dieses Gefühl würde bis in alle Ewigkeit andauern und niemals seine Gültigkeit verlieren.

Damals hatte diese Ewigkeit gerade erst begonnen. Muriel hatte ihre neue Nachbarin gemustert und lächelnd gesagt: »Warum kommen Sie nicht vorbei ... Sie beide ... warum kommen Sie heute Abend nicht auf einen Drink vorbei?«

»Anscheinend hast du Eindruck gemacht auf die feine Dame!«, sagte Susie später, als sie über die Straße auf die Tore von Willow House zugingen. »Warte nur, bis du ihren Palast gesehen hast ... Geld spielt da keine Rolle. Weißt du, als die Siedlung neu gebaut wurde, gab sie jedes Jahr eine Gartenparty – als sei sie verzweifelt bemüht, alle kennen zu lernen. Aber seit zwei Jahren hat sie uns nicht mehr eingeladen. Wahrscheinlich sind wir ihr nicht fein genug, schließlich ist sie ja etwas Besseres!«

Doch als Muriel an diesem Abend ihre beiden Nachbarinnen in ihrem Salon empfing, zeigte sie eine merkwürdige Schüchternheit, als bäte sie um Nachsicht für die Wechselfälle des Glücks. »Wissen Sie, erst nach dem Verkauf der Ländereien konnte ich es mir leisten, das Haus herzurichten. Davor lebten wir – meine Mutter und ich – wie unter einem Sieb. Auf dem Treppenabsatz standen Eimer, weil es durchs Dach hereintropfte. Es war wie in der Arche Noah. Damals haben wir ziemlich primitiv gehaust ... ziemlich ländlich ... zwischen uns und dem Dorf stand kein einziges Haus.«

Muriel nippte an ihrem Glas und sah ihre beiden Gäste an. »Als sie starb, habe ich mich entschieden, das Land zu verkaufen ... aber die Arche habe ich behalten!«

»Nettes Bötchen!«, meinte Susie prompt und ließ den Blick über den seidenen Chinateppich und die Antiquitäten schweifen. »Aber wo haben Sie all die Tiere einquartiert?« Und Muriel lachte plötzlich, ein fröhliches, hemmungsloses Lachen, das, wie Polly schien, mehr durch Susies Großspurigkeit hervorgerufen wurde als durch ihren kleinen Scherz.

Polly hatte die schönen Stücke in Willow House bewundert und dann schüchtern ihre Vorliebe für Antiquitäten eingestanden. Susie beeilte sich zu versichern, Polly sei eine Expertin – hatte sie vor ihrer Heirat nicht in einem Antiquitätengeschäft gearbeitet?«

»Wirklich?«, fragte Muriel. »Dann kennen Sie sich wohl recht gut aus?«

»Ich habe Kunstgeschichte studiert, und danach war ich zwei Jahre bei Adams, das war eigentlich mehr eine Lehrzeit ...«

Ein paar Tage später traf Muriel Polly im Dorf, als sie gerade mit der gedankenverlorenen Miene einer Verliebten vor der Auslage eines kleinen Antiquitätengeschäfts stand. Mit feierlich ernster Miene betrachtete Polly eine weiße italienische Marmorstatuette; das dazugehörige Preisschild bezifferte sie auf fünfzig Pfund.

»Was fesselt denn so Ihre Aufmerksamkeit?«, fragte Muriel. Polly deutete auf die kleine weiße Marmorstatue, ein Mädchen von zeitloser Anmut. »Ist sie nicht phantastisch?«

Muriel musterte die Statuette interessiert. »Ja ... Wollen Sie sie kaufen?«

»Das kann ich mir nicht leisten!«

»Polly«, sagte Muriel nach einer Weile, »wäre es möglich, dass Sie ein Inventar der Sachen in meinem Haus erstellen ... für Versicherungszwecke? Ich wollte Sie ohnehin fragen ...«

»Mit dem größten Vergnügen.«

Polly hatte den folgenden Samstag in dem alten Haus verbracht und die Antiquitäten katalogisiert, ihre Feinheiten mit Muriel diskutiert und dabei allmählich jene Schüchternheit abgelegt, die sie zuweilen fast erdrückte. In Willow House gab es Dinge aus dem achtzehnten Jahrhundert, eine Sheraton-Vitrine, frühes Coalport-Porzellan, Silber mit altem irischem Feingehaltsstempel. Es gab Porträts von Menschen, die mit ernster Miene aus einer seit zwei Jahrhunderten verflossenen Epoche zu ihnen herüberblickten. »Das ist eine Handarbeit meiner Ururgroßmutter«, erklärte Muriel und hielt eine wunderschöne Leinentischdecke in die Höhe; sie war bestickt und mit Spitze eingefasst. In den Schubladen fand sich altes Leinen, Spitzendeckchen und ein Tischtuch für eine Festtafel, das so schön war, dass es eine Sünde gewesen wäre, es zu benutzen. Doch im Lauf des Tages wurden aus Vitrinen und Schränken noch geheimnisvollere Gegenstände ans Licht geholt; unter anderem Fotografien in Silberrahmen, die kopfunter in einer Schublade lagen. Polly bekundete ihr Entzücken über die Rahmen, doch als sie sah, dass nicht nur das Glas zerbrochen war, sondern dass man auch die Gesichter absichtlich unkenntlich gemacht hatte, befiel sie ein merkwürdiges Unbehagen, so als lauere im Kern von Muriels Leben etwas Dunkles, das sie zu überwältigen drohe, wie die Fäulnis in einem nach außen hin makellosen Apfel.

Bevor sie ging, fragte sie: »Wie steht es mit alten Büchern – Erstausgaben vielleicht ...?«

Sie standen in der Halle. Dunkelrot und bernsteinfarben fiel das Licht durch das Buntglasfenster am Treppenabsatz auf die gegenüberliegende Wand.

Muriel deutete auf eine geschlossene Tür. »Ach, die sind alle in der Bibliothek. Sie ist abgeschlossen ... ich fürchte, der Schlüssel ist verloren gegangen.«

»Oh ...«, machte Polly und verstummte. Muriel erkundigte sich, was sie ihr für ihre Arbeit schuldig sei.

»Ich könnte einer Nachbarin für etwas, das mir so viel Vergnügen bereitet hat, nichts berechnen ...«

Ein paar Tage später traf ein kleines Paket im Haus Nummer 14 ein, das die italienische Statuette enthielt. Auf der beigelegten Karte stand nur: »Liebe Polly, ein kleines Zeichen des Dankes. Muriel.«

Das war nun zwanzig Jahre her. Die Marmordame verschönerte nach wie vor Pollys Wohnzimmer, aber die beiden Nachbarinnen hatten sich mehr und mehr voneinander entfremdet, obwohl Muriel ihr stets im Vorbeigehen zuwinkte und Polly oft anbot, sie im Auto mitzunehmen, wenn sie sich im Dorf begegneten. Es war fast so, als sei Muriel in einer früheren Zeit stecken geblieben, als lebe sie unter einer Glasglocke. Als Polly versuchte, mehr über sie herauszufinden, erfuhr sie, dass Muriel sitzen gelassen worden war. Über die näheren Umstände wusste niemand Bescheid; es ging das Gerücht, ihr Verlobter sei Arzt gewesen. Einen Freund hatte sie offenbar nicht. Abgesehen von den exotischen Auslandsreisen, die sie jedes Jahr unternahm (es fielen Namen wie Antigua und die Seychellen), lebte sie praktisch wie eine Einsiedlerin. Doch als Polly und Sue ihre Kinder bekamen, erschien sie mit gravierten silbernen Taufbechern bei ihnen und ließ wehmütige Bemerkungen über das Glück ihrer Nachbarinnen fallen.

»Ach die!«, meinte Susie aufgebracht. »Das sind doch nur schöne Worte! Oder hat sie dir etwa angeboten, Babysitter zu spielen?«

»Es war sehr nett von ihr, vorbeizukommen und ein schönes Geschenk mitzubringen«, sagte Polly, der Susies schroffer Ton nicht behagte.

»Das schon ... aber ich glaube, sie denkt, dass Freundschaft käuflich ist.«

Polly widersprach, aber da sie wusste, dass Susie Muriel

nicht mochte, zögerte sie, die Beziehung zu ihr zu vertiefen; und so war ihre aufkeimende Freundschaft, die auf gemeinsamen Interessen beruhte, mehr oder weniger todgeweiht.

Die Zeit verging, und alles veränderte sich, leise und fast unmerklich. Aus den süßen Babies wurden Teenager, die nun keinerlei Ähnlichkeit mehr mit den bezaubernden Kleinkindern aufwiesen, die sie einst gewesen waren. Sie waren laut, aggressiv und eigensinnig und interessierten sich vor allem dafür, ihre Eltern niederzumachen, ihre Pickel mit verschiedenen Salben zu bekämpfen und sich mit lärmender Musik zuzudröhnen.

Und auch das Leben forderte seinen Tribut. Susies Mann Fergus, der in der Computerbranche arbeitete, stand kurz vor der Entlassung. Er hatte unter anderem ein Programm entwickelt, das es auf der Basis von Fraktalgeometrie ermöglichte, umfangreiche Programme zu komprimieren, aber da das Unternehmen seine Forschungsabteilung verkleinerte, wurde er plötzlich nicht mehr gebraucht.

Pollys Mann Rory, der an der staatlichen Schule des Ortes Geschichte unterrichtete, war nicht zum Fachbereichsleiter aufgestiegen, wie er es sich erhofft hatte, und suchte bei der Beschäftigung am Computer Trost, wo er jeden freien Augenblick damit verbrachte, eine Datensammlung zur europäischen Frühgeschichte zusammenzustellen, da er beabsichtigte, über dieses Thema ein Buch zu schreiben. Gelegentlich versuchte er Polly dafür zu interessieren, die sich zwar für Geschichte erwärmen konnte, nicht aber für den Computerjargon. Fergus unterstützte ihn, indem er Suchstruktur-Algorithmen entwarf, die bei der Zusammenstellung der Querverweise helfen sollten.

Susie hatte trotz Mutterschaft ihre Teilzeitstelle als Anwaltsgehilfin bei William Penston nicht aufgegeben, der im Dorf eine gut gehende Kanzlei besaß. »Penston und Co., Anwälte und Notare« stand in kühnen Goldlettern auf seinen Fenstern. William Penston hatte die Kanzlei von seinem verstorbenen Vater geerbt, hatte aber die Inneneinrichtung modernisiert, sodass die großen Aktenbündel mit Testamenten und verstaubten Papieren, die früher die Wände säumten, nun den Blicken entzogen waren. Er trug einen kleinen rotgrauen Schnurrbart und wies gewisse Ähnlichkeit mit einem Terrier auf. Doch abgesehen davon, dass er sich gelegentlich zu sehr aufspielte, war er nett, und darum – und aus Trägheit – blieb Susie all die Jahre bei ihm. Dass ihr Mann Fergus auf William Penston eifersüchtig sein könnte, kam ihr dabei nicht in den Sinn.

Die unterwürfige, schüchterne Polly, die ihre Pflichten als Ehefrau und Mutter treu erfüllte, hatte sich nichts vorzuwerfen, wenn sich der Pfarrer bei der Predigt über das schreckliche Schicksal sogenannter Schlüsselkinder ausließ; wenigstens in dieser Hinsicht war sie nicht verwundbar, denn sie arbeitete nicht außer Haus. Rory war strikt dagegen gewesen. »Eine Frau, mit der ich verheiratet bin, braucht nicht zu arbeiten«, hatte er geprahlt, als sie ihren Hausstand gründeten.

Damals war Polly damit zufrieden gewesen. Solange die Kinder klein waren, freute sie sich, dass sie die Muße hatte, ausgiebig mit ihnen zu schmusen, sie auf ihrem Rücken reiten zu lassen und mit ihnen zu scherzen. Später, als ihr diese Art von Leben zu eng und zu eintönig zu werden begann, musste sie zu ihrem Ärger feststellen, dass sie wertvolle Zeit verloren hatte, in der sie beruflich hätte weiterkommen können – Zeit, die nicht mehr aufzuholen war.

Sie hatte Kunstgeschichte studiert, ihre berufliche Laufbahn aber hintangestellt. Neben den wunderbaren Babies gab es noch einen anderen Grund, warum sie sich ohne weiteres damit abgefunden hatte, sich auf die Rolle des Hausmütterchens zu beschränken. Sie war Rorys zweite Ehefrau, wenn sie sich überhaupt Ehefrau nennen durfte, da er vor dem Gesetz nach wie vor mit Martha verheiratet war; daher glaubte sie, die konventionellen Moralvorstellungen verletzt zu haben, und bekämpfte ihre heimlichen Schuldgefühle, indem sie sich bemühte, ihre Rolle als Hausfrau und Mutter möglichst perfekt auszufüllen. Das war in Ordnung gewesen, solange sie noch schrecklich verliebt war, sich danach sehnte, dass Rory sie berührte und küsste, dass sein Körper auf sie reagierte und beide den Zauber der gemeinsamen Stunden genossen.

Andere Wünsche, die sich mit der Zeit einstellten, unterdrückte Polly. Ohnehin war sie zutiefst schüchtern, ein Handicap, das so lähmend auf sie wirkte wie Stottern oder partielle Lähmung. Zudem war sie gläubige Katholikin, sie glaubte an aufopfernde Pflichterfüllung und die verschiedenen anderen frommen Gebote, die vor allem auf Frauen gemünzt waren. In diesen Glauben rettete sie sich vor dem wachsenden Unbehagen, das sie peinigte. Der Glaube gestattete ihr, sich einzureden, ihr Schicksal sei unabänderlich, und wenn die leise innere Stimme, die Bewegung und Veränderung forderte, überlaut wurde, entband der Glaube sie von der beängstigenden Aussicht auf eine radikale Neugestaltung ihres Lebens.

Polly blieb vor dem Tor von Nummer 14 stehen. Hinter ihr ließ die zögernde Februarsonne die Mauern von Willow House aufleuchten.

»Ich muss jetzt rein und weitermachen«, sagte sie zu Susie. »Schade, dass du nicht zum Essen kommen und Michelle kennen lernen kannst. Sie klingt richtig nett!«

Sie sprach von der Besucherin, die sie am Abend erwarteten, der Verlobten ihres Bruders Tom. Sie befand sich auf Geschäftsreise in Irland und wollte ihre zukünftige Schwägerin und deren Familie kennen lernen. Polly hatte Susie und Fergus auch eingeladen, aber sie hatten schon etwas anderes vor.

»Ach ja ... du hast mir ja erzählt, dass sich dein mysteriöser Bruder endlich verlobt hat«, sagte Susie. »Er hat sich ziemlich viel Zeit gelassen, nicht wahr?« Susie kicherte, und als ihr Blick auf ihr eigenes Haus fiel, sagte sie unvermittelt: »Lieber Himmel, ich muss neue Gardinen besorgen. Das war dieser verdammte Hund ...«

Polly, die in Gedanken noch bei ihrem Bruder und seiner Verlobten war, konnte diesem Gedankensprung nicht gleich folgen. Aber dann sah sie den Schmutz auf den weißen Stores von nebenan, die an einer Ecke angeknabbert waren, und da fiel ihr auch Wags wieder ein, das neue Haustier der Zwillinge.

»Meine Mutter hätte sie nie ins Haus gelassen ... Hunde!«

»Da hatte sie verdammt recht«, meinte Susie. »Ich drehe dem kleinen Teufel noch den Hals um ...« Entschlossen griff sie nach ihrer Einkaufstasche, legte den kurzen Weg zu ihrer Haustür zurück und schloss sie auf. Ein freudiges Kläffen war zu hören, dann ertönte Susies Stimme:

»So, du kleine Ratte. Ich schicke dich nach China, wo Hunde wie du im Eintopf landen ... He! Hör auf ... Okay... okay ... Immer mit der Ruhe, ich hab' dich ja auch lieb ...« Nun ging auch Polly ins Haus, machte die Tür hinter sich zu und stellte die Einkaufstüten auf den Tisch. Ihre Arme fühlten sich an wie ausgekugelt; sie setzte sich kurz und betrachtete die Einkäufe, den Tisch, den Fußboden, den sie gewischt hatte, bevor sie wegging, die tickende Küchenuhr mit dem roten Minutenzeiger, der behäbig seine Runden drehte. Es war drei Uhr. Jason kam um halb vier von der Schule heim und Peter um sechs vom College, ungefähr um die gleiche Zeit wie sein Vater, der nach dem Unterricht gern noch in der Schule blieb, um Hefte zu korrigieren. So konnte er sich, wenn er nach Hause kam, ganz seinem Computer widmen.

Polly holte ihr abgegriffenes Lieblingskochbuch heraus, schlug das Rezept für Boeuf Bourguignon nach und trank eine Tasse Instantkaffee, während sie es durchlas. Dann stand sie auf und begann zu kochen, schnitt Fleisch und Speck, schälte die Schalotten und den Knoblauch. Das Haustier der Familie, eine rundliche Tigerkatze, die keinen richtigen Namen hatte und einfach nur Cat gerufen wurde, erschien draußen am Fenstersims. Als sie Polly erblickte, miaute sie, erst klagend und dann gebieterisch, wie es einer bedeutenden Katze zukam, die nach ihrer Dienerin rief. Polly seufzte, fuhr jedoch in ihrer Arbeit fort und versuchte das Wehklagen am Fenster so lange zu ignorieren, bis sie den Wein dazugegeben und die Kasserolle in den Backofen geschoben hatte. Dann öffnete sie die Hintertür, und Cat, die ihre vornehme Haltung wiedergefunden hatte, kam mit hocherhobenem Schwanz hereinstolziert und marschierte geradewegs auf ihren Napf zu, der in der Ecke bei der Spüle stand. Der Napf enthielt ein paar Fleischbrocken, die Polly hineingeworfen hatte; Cat verspeiste sie rasch und deutete durch sachtes Miauen an, dass sie noch nicht satt war. Polly seufzte erneut, holte eine Dose Katzenfutter, öffnete sie und gab etwas von dem unangenehm klebrigen Inhalt in den Napf.

65 Pence!, dachte sie, als ihr Blick auf das Preisetikett fiel (billigeres Futter strafte Cat nämlich mit Verachtung). Eine Dose reicht für einen Tag. Das Jahr hat 365 Tage. Das macht 237 Pfund im Jahr. Mal zwölf, was der durchschnittlichen Lebenserwartung einer Katze entspricht. Außerdem mussten wir sie sterilisieren lassen, und als sie damals von dem Auto angefahren wurde, war sie im Tierkrankenhaus. Bis sie abkratzt, haben wir für diese Katze über dreitausend Pfund ausgegeben!

»Du bist nicht gerade billig, Cat«, sagte Polly. »Das ist dir bisher vielleicht entgangen, aber mir nicht ...« Dann dachte sie: Mein Gott, das Zeug stinkt ja zum Himmel. Sie nahm den

Napf und stellte ihn nach draußen vor die Hintertür. Cat eilte ihr mit mitleiderregendem Miauen nach.

Als Polly nach dem Kochen die Küche sauber gemacht hatte, ging sie nach oben. Die Kinderzimmer sahen fürchterlich aus, besonders Jasons, dessen Socken unter dem Bett verstreut lagen. Polly hatte kürzlich beschlossen, nicht mehr hinter ihren Söhnen herzuräumen, und so widerstand sie der Versuchung, Ordnung zu schaffen, machte beide Türen schnell wieder zu und ging in ihr Schlafzimmer, das auf den hinteren Garten blickte. Sie setzte sich an die Frisierkommode und betrachtete prüfend ihr Gesicht. Sie hatte sich zuvor im Spiegelglas eines Schaufensters gesehen, in dem Damenwäsche für den Valentinstag ausgestellt war, sich aber rasch wieder abgewandt. Jetzt nahm sie ihren ganzen Mut zusammen und sah genauer hin, suchte nach Falten und drehte das Gesicht zum seitlich einfallenden Licht. Falten hatte sie noch nicht, aber ihre kurzen Haare waren unscheinbar und graumeliert. Sie stand auf und musterte mit nüchternem Blick ihren Körper, bemerkte resignierend den Rettungsring um die Taille und ihre matronenhafte Gestalt in dem alten Trainingsanzug.

Draußen verblasste allmählich das Tageslicht, und die Dämmerung setzte ein. Vom Spielplatz hinter ihrem Garten drangen die Stimmen von Jugendlichen zu ihr herüber. Für einen Augenblick meinte sie, Jasons Stimme herauszuhören. Sie sah aus dem Fenster, aber die Buchsbaumhecke am Zaun war inzwischen so hoch geworden, dass sie ihr die Sicht versperrte.

Einem Impuls folgend, ging sie in sein Zimmer und blickte auf die Sackgasse hinaus. Der einzige Mensch, den sie sah, war Sharon O'Brien, Susies Tochter, die mit der Schultasche über der Schulter nach Hause kam. Polly beobachtete, wie Sharon in die Einfahrt einbog, zu Nummer 14 hochblickte und schnell wegsah, als sie Polly am Fenster bemerkte. Ein nettes Mädchen, dachte Polly. Aber dann kehrten ihre Gedanken zu Toms Verlobter zurück, und sie fragte sich, wie sie wohl sein mochte. Polly hatte ihren Bruder seit Jahren nicht mehr gesehen und während der ganzen Zeit nicht einen Brief von ihm erhalten. Bis er ihr dann vor sieben Wochen mitgeteilt hatte, er habe sich verlobt. Die Karte, die er aus London schickte, war maschinengeschrieben und enthielt darüber hinaus nur die kurze Nachricht, seine Verlobte Michelle werde in Kürze geschäftlich in Irland zu tun haben und gedenke bei dieser Gelegenheit Polly und Rory zu besuchen.

Polly hatte sich über dieses erbärmliche Lebenszeichen geradezu närrisch gefreut. Sie hatte es immer bedauert, dass es zu diesem dummen Zerwürfnis mit Tom gekommen war. Er war ihr jüngerer Bruder, ihr kleiner Prinz, für den sie während der Kindheit bei all seinen Streichen ihren Kopf hingehalten hatte. Dass sie ihn verloren hatte, war ihr wunder Punkt, an den niemand rühren durfte.

»Ich werde immer auf dich aufpassen«, hatte sie ihm versprochen, als er vier war und sie sieben und sie zu Tante Rita in der Nähe von Tipperary aufs Land zogen, nach diesem schrecklichen Unfall, bei dem ihre Eltern umgekommen waren.

Als sie ihm sagte, dass sie Rory zu heiraten gedenke, hatte er erklärt, sie habe völlig den Verstand verloren.

»Wovon soll er dich denn ernähren ... wo er doch bereits eine Frau hat? Willst du den Rest deiner Tage in Armut verbringen? Und außerdem, der Kerl ist ein Maulheld ... Er ist nicht gut genug für dich! Und du mit deinem Spatzenhirn merkst es nicht mal ... Wenn sich ein Maulheld und ein Spatzenhirn zusammentun, was kommt dann wohl dabei heraus?«

Polly war für diese Argumente unempfänglich, obwohl sie ahnte, dass in den bösen Worten ihres Bruders ein Körnchen

Wahrheit steckte. Rory hatte bereits eine Frau, und er hatte kein Geld. Aber er war kein Maulheld; er war wirklich sehr intelligent. Allerdings vermutete sie, dass sie selbst keine überragenden Geistesgaben besaß und ihr Urteilsvermögen von Leidenschaft und Hoffnung getrübt war. Außerdem war Tom jünger als sie, und es stand ihm nicht zu, ihr die Leviten zu lesen. Folglich hatte sie wütend reagiert.

»Kümmere dich um deinen eigenen Kram und misch dich nicht in mein Leben ein!«

»In Ordnung ... ich halte mich raus! Aber heul dich dann bloß nicht bei mir aus!«

»Hau doch ab! Du hast kein Recht mir zu sagen, was ich tun und lassen soll!«

Er hatte sie beim Wort genommen und war abgehauen. Ihre Beziehung hatte einen Sprung bekommen und war dann ganz zerbrochen. Ursprünglich hatten sie einander nur einen Denkzettel verpassen wollen. Polly wollte, dass er ihre Privatsphäre achtete, sie wollte seinen Respekt. Sie befand sich im Griff einer Macht, die sie blind machte, aber sie mochte nicht hören, dass sie blind sei. Als sie es schließlich selbst merkte, hatte sie sich die Suppe bereits eingebrockt, und ihr Anstand wie auch ihr Stolz geboten ihr, sie nun ganz allein auszulöffeln.

Sie hatte versucht, die Beziehung zu Tom zu kitten, indem sie ihm Karten zum Geburtstag und zu Weihnachten schickte, aber er hatte diese Geste nie erwidert. Die Erfahrung, dass ihr geliebter Bruder, der einzige Mensch, auf den sie immer gezählt hatte, sie im Stich ließ, sie angriff, sie verurteilte und dann aus seinem Leben strich, diese Erfahrung führte dazu, dass sie ganz für sich ihre Lebenseinstellung überdachte und zu dem Schluss kam, dass Beziehungen wie ein stürmisches Meer ohne sicheren Hafen seien. Die Folge war, dass sie sich noch bereitwilliger mit ihrer überstürzten Ehe identifizierte, da sie zu der

Überzeugung gelangt war, es gebe nichts Besseres, auf das es sich zu warten lohne.

Vielleicht aber hatte sich genau in dem Augenblick, da sie die Karte von ihrem Bruder erhielt, die seine bevorstehende Hochzeit ankündigte, ihre Unzufriedenheit geregt; eine Unzufriedenheit, die möglicherweise schon seit Jahren unter der Oberfläche schwelte. Angesichts der immer noch spürbaren inneren Dynamik im Leben ihres Bruders, dessen Gestaltung noch nicht abgeschlossen war, das immer noch wunschgemäß verändert werden konnte, empfand sie das Dasein, das sie selbst führte, als lächerlich. Polly ertappte sich dabei, dass sie sich auf den Anruf von Michelle freute, weil er ihr das Gefühl vermitteln würde, wieder im Kreis der Familie aufgenommen worden zu sein. Aber der Anruf blieb aus. Ach, Tom, dachte sie, warum rufst du nicht an und sprichst mit mir? Sie versuchte es bei der britischen Auskunft, doch seine Nummer stand nicht im Telefonbuch und seine Adresse hatte sie nicht.

»In meinem Leben geschieht nichts Aufregendes«, beklagte sie sich bei Gott, als sie am Sonntag zur Messe ging. »Ich verbringe das einzige Leben, das mir gegeben ist, als Stütze der Familie, und du sitzt ganz selbstgefällig da oben, in deinem kleinen goldenen Tabernakel, und lässt zu, dass meine Kräfte vergeudet werden.«

Polly erweckte den Eindruck, glücklich zu sein; sie besaß die Ausstrahlung einer Frau, die ihr Leben im Griff hat; bei Veranstaltungen wie Gemeindefesten und Schulbasaren beteiligte sie sich tatkräftig. Aber im privaten Bereich, wo sie eigentlich zu Hause war, keimte eine Verzweiflung in ihr, die sie kaum noch unterdrücken konnte.

Ihre Zukunftsaussichten waren trostlos. Die Kinder würden aus dem Haus gehen, und sie würde bleiben, wo sie war, verwelken und verkümmern, aber nach wie vor dienen. Sie wusste, dass Rory sie kaum noch wahrnahm, zumindest nicht als Frau; und weil er, der Mensch, dem sie ihr Leben gewidmet hatte, sie nicht sah, fiel es ihr schwer, sich selbst wahrzunehmen. Dadurch wurde ihr Selbstwertgefühl so untergraben, dass es kaum noch vorhanden war.

Als sie die goldene Tür des Tabernakels betrachtete, aus dem sie sich Hilfe erhoffte, dachte sie, von Panik ergriffen – wie immer, wenn sie es wagte, über die Zukunft nachzusinnen: »Was soll ich tun? Was kann ich tun?«

Polly brauchte Gott, aber Gott hüllte sich in Schweigen. »Du könntest mir ein Zeichen geben«, bat Polly. »In der guten alten Zeit war das doch deine Stärke ... zumindest steht es so in der Bibel ...«

Der Zweifel, der in letzter Zeit ebenfalls immer stärker wurde, dass sich auf dem Altar in Wirklichkeit nichts befand außer wertvollem Zierrat, veranlasste sie zu einer anmaßenden Forderung: »Wahrscheinlich gibt's dich gar nicht, soviel ist mir schon klar. Ich verlange aber trotzdem, dass du mir etwas schickst, ein Wunder, einen Engel zum Beispiel, der Schwung in mein langweiliges Dasein bringt!«

Aber das große Wunder blieb aus, und im Lauf der Zeit vergaß sie ihre Forderung an den Schöpfer wieder. Im Rückblick kam sie ihr sogar ziemlich albern vor. Statt sinnlose Forderungen an übersinnliche Wesen zu stellen, übte sie sich in Resignation und Entsagung.

Schließlich kam der Anruf der künftigen Schwägerin doch; Michelle hatte eine melodische Stimme mit amerikanischem Akzent und erklärte, sie brenne darauf, Polly kennen zu lernen. Und so hatte Polly sie gleich für den nächsten Freitag zum Abendessen eingeladen, um sie in die Familie einzuführen.

Als sie nun vor der Frisierkommode stand und ihr Spiegelbild betrachtete, fragte sie sich, wie Michelle aussehen mochte.

Polly wusste weder, wie alt sie war, noch, was sie beruflich machte. Sie holte den neuen Pullover, den sie im Schlussverkauf erstanden hatte, aus dem Schrank; dazu zog sie einen engen schwarzen Rock an, hatte aber mit dem Knopf am Bund zu kämpfen.

Sie hörte, wie unten die Hintertür auf- und wieder zuging. Dann wurde der Kühlschrank geöffnet, und Geschirr klapperte.

»Bist du das, Jason? Finger weg vom Salat im Kühlschrank, und auch von der Mousse au chocolat ...!«

Sie eilte hinunter. Es war gefährlich, den siebzehnjährigen Jason unbeaufsichtigt in der Küche zu lassen. Er besaß einen gewaltigen Appetit, und nichts Essbares war vor ihm sicher. Er sah seine Mutter an, als sie in die Küche kam, und blickte dann kummervoll auf die Mousse in der Glasschüssel, die er aus dem Kühlschrank genommen hatte und die nun nicht mehr ganz so schön war. Polly sah, dass er sich einen großzügigen Löffel voll genehmigt hatte.

»Die Mousse ist für heute Abend – die Verlobte von deinem Onkel Tom kommt doch heute. Du hättest aber auch ruhig erst fragen können«, sagte Polly bestürzt, als sie den Schaden sah. »Das muss ich dann wohl mit Schlagsahne tarnen.« Jason seufzte vernehmbar. Er war fast eins achtzig groß und unglaublich mager für jemanden, der an einem Tag mehr vertilgen konnte als sie in einer Woche. Seine Stirn war mit Pickeln gesprenkelt, und die Überreste der Salbe, mit denen er sie behandelte, schimmerten unappetitlich gelb.

»Gibt es denn in diesem Haus überhaupt noch irgendwas zu essen?«

»Du kannst dir ein Käsebrot machen. Es gibt auch Schokoaufstrich oder Erdnussbutter ...«

»Ich meine richtiges Essen, Mama.«

»Da musst du dich bis zum Abendessen gedulden ...«

Jason seufzte erneut und noch lauter als zuvor. Cat, die ihre Mahlzeit draußen beendet hatte, sprang auf den Fenstersims und starrte die beiden an. Der Ostwind war nicht nach ihrem Geschmack, und sie forderte mit leicht drohendem Unterton Einlass.

»Scher dich zum Teufel, Cat«, sagte Jason, während er sich dick Erdnussbutter auf eine Scheibe Brot strich.

»Wie war's in der Schule?«, fragte Polly.

»Langweilig, wie immer.«

»Wie ist es dir mit der Französischarbeit ergangen?«

Jason kaute nachdenklich. »Vierzig Prozent ... Immerhin bin ich durchgekommen«, fügte er hinzu, als er das enttäuschte Gesicht seiner Mutter sah. »Die meisten in der Klasse haben nicht bestanden! Es war ziemlich schwer!«

»Du musst schon mehr bringen, wenn du studieren willst ...«

Jason schnitt eine Grimasse. »Ich kriege die verdammten Noten schon noch. Du machst dir zu viele Sorgen, Mama ...«

»Und du machst dir nicht genug Sorgen!«

Jason aß sein Brot auf, spülte es mit einem halben Liter Milch hinunter und ging nach oben. Die Katze miaute erneut, diesmal ungehalten und drohend; offenbar war ihre Geduld erschöpft, und sie hatte nicht vor, noch länger lieb und nett zu sein. Polly öffnete die Hintertür, und das Tier sprang hastig von seinem frostigen Sitz am Fenster, wusste sich jedoch wieder zu benehmen, sobald es das Haus betrat. Cat verzog sich in den Katzenkorb unter dem Regal in der Küche, wo Wörterbücher und Atlanten aufbewahrt wurden. Mit einigen Kreisbewegungen machte sie es sich auf dem Kissen bequem, rollte sich ein und gab vor zu schlafen, hielt jedoch ein Auge halb offen, nur für den Fall, dass noch etwas Aufregendes geschah. Sie erinnerte sich dunkel an einen Besen, mit dem ihre Herrin sie eines Morgens zur Tür hinausbefördert hatte, nachdem sie in einer Ecke des Flurs ein Häufchen erbrochenes Katzenfutter gefunden hatte.

Polly räumte Jasons Teller, das Glas und das Messer vom Tisch ab und bemerkte dann die Schmutzspur, die er auf dem Boden hinterlassen hatte. Sie hastete auf den Flur und sah, dass der zuvor makellose olivgrüne Teppichboden mit Erdklümpchen übersät war, die sich von Jasons Sohlen gelöst hatten; die Spur setzte sich die Treppe hinauf fort. In ein paar Sekunden hatte er die Arbeit des halben Vormittags zunichte gemacht, den sie damit verbracht hatte, überall sorgfältig zu saugen.

»Jason«, brüllte sie, »hol den Staubsauger und mach den Dreck weg, den du auf der Treppe hinterlassen hast! Aber zieh zuerst deine Stiefel aus ...«

Jason erschien auf dem Treppenabsatz und blickte über das Geländer. »Welchen Dreck?«, fragte er empört. Dann sah er die Bescherung. »Sch ...«, murmelte er, kam aber dann herunter, holte den Staubsauger aus der Abstellecke unter der Treppe hervor und begann sauber zu machen.

»Und wenn du das erledigt hast«, fuhr Polly fort, »kannst du dir dein Zimmer vornehmen. Da sieht es aus wie auf einer Müllhalde! Und ich bin nicht deine Sklavin!«

»Ich muss noch was für die Schule tun«, entgegnete Jason. »Einen Aufsatz für Geschichte ...«

Polly seufzte. Diese Ausrede war das bewährte Patentrezept gegen alle Forderungen, die sie stellte.

»Dann lass zumindest deine Socken frei«, sagte seine Mutter erbittert. »Unter deinem Bett vegetieren so viele vor sich hin – es ist wirklich ein Wunder, dass sie noch kein Entlassungsgesuch eingereicht haben. Vor deiner Tür steht ein Wäschekorb. Was glaubst du wohl, wozu der da ist?«

Jason murmelte eine abfällige Bemerkung über mütterlichen Sarkasmus. Dann ging er in sein Zimmer, sammelte die Socken ein, die unterm Bett lagen, und schleuderte sie in den Weidenkorb auf dem Flur.

Polly war erschöpft. Jasons Widerwillen war überdeutlich zu spüren; er tat ihre Anordnungen verächtlich ab. Sie fragte sich, ob er vielleicht Recht hatte, ob sie wirklich eine pedantische alte Nörglerin war, die anderen das Leben schwer machte. Aber sie hatte keine Vergleichsmaßstäbe und wusste nicht, wie sie das Problem lösen sollte. Instinktiv neigte sie dazu, sich mit den Grenzen abzufinden, die ihr gesteckt worden waren, Grenzen, die sie bereits mit der Muttermilch eingesogen hatte. Sie war in einer Atmosphäre groß geworden, in der die Familie und mütterliche Aufopferung die wichtigsten Werte darstellten. Doch in letzter Zeit kamen diese automatischen Reflexe immer mehr mit der hartnäckigen inneren Stimme in Konflikt, die ein Recht auf ihr eigenes Leben einforderte.

Um sich abzulenken, griff Polly nach einem Staubtuch und begann, die Möbel in Wohn- und Esszimmer sorgfältig abzustauben. Liebevoll verweilte sie bei der italienischen Statuette auf dem Kaminsims, die ihr Muriel vor so vielen Jahren geschenkt hatte, dem Pfeilerspiegel mit dem Goldrahmen und dem viktorianischen Intarsientisch. Diese beiden Stücke hatte sie vor ein paar Jahren auf einer Auktion erstanden, sie dann gesäubert und restauriert.

Weniger enthusiastisch widmete sie sich Rorys Computer, der in einer Ecke des Esszimmers stand. Neben dem Computertisch mit der Arbeitslampe stand ein Bücherregal. Es war mit Geschichtsbüchern und kleinen Taschenbüchern mit Titeln wie *Tipps und Tricks für Word for Windows* vollgestellt.

Sie blickte in den kleinen winterlichen Garten hinaus, dem so offenkundig die Hand des Gärtners fehlte, sah die Schneeglöckchen, die zaghaft ihre kleinen weißen Köpfe neigten, sah die verwilderte Buchsbaumhecke am Zaun und malte sich aus, wie schön dieser Garten sein könnte – mit einer Terrasse, einem mit Natursteinen gepflasterten Weg zum Schuppen, einem hübschen kleinen Rasen, der nicht von Teenagern zertrampelt wurde, ein paar Rosensträuchern, die in Ruhe blühen durften.

Dann holte sie ihr Damastleinentischtuch heraus und deckte den Tisch. Als das erledigt war, ging sie wieder in die Küche und begann zu backen. Sie wollte zum Gemeindeflohmarkt einen Schokoladenkuchen beisteuern.

Als Rory nach Hause kam, holte sie den Kuchen gerade aus dem Ofen. Sie hörte das Auto in der Einfahrt, die Wagentür, die zugeschlagen wurde, seine Schritte auf dem Weg zur Hintertür, das dumpfe Geräusch, als er seine dicke Aktentasche abstellte. Die alte Erleichterung – dass er sicher daheim angekommen war, dass er keinen Unfall gehabt hatte, dass er nicht zu Martha zurückgekehrt war – stieg in ihr auf, ungeachtet dessen, dass inzwischen zwanzig Jahre vergangen waren und Martha ihn wahrscheinlich gar nicht zurückhaben wollte.

»Hallo, Liebling«, sagte sie.

Rory war sechsundvierzig Jahre alt, mittelgroß und mager; sein Haar war schütter, und er trug eine Brille. Er hatte seine festgefügten Ansichten; über Geschichte und einige andere Themen, nicht zuletzt über den Umgang mit Computern, wusste er eine ganze Menge, und er war jederzeit bereit, interessierte Mitmenschen an seinem Kenntnisschatz teilhaben zu lassen. Alles im Leben stellte er auf die solide Grundlage von Logik und Vernunft. Für alberne Gefühlsregungen hatte er keine Zeit. Dessen ungeachtet funktionierte sein Gedächtnis im Alltag nicht immer einwandfrei, und so kam es, dass er gelegentlich seine Kinder verwechselte oder vergaß, wo er sein Gebiss gelassen hatte. Diese Kinkerlitzchen waren jedoch unbedeutend im Vergleich zu den Fragen, die ihn beschäftigten,

Fragen zu historischen Problemen und zu der wachsenden Komplexität von Computerprogrammen.

Rorys Ohren waren in den vergangenen Jahren haarig geworden. Polly mochte seine haarigen Ohren, und wenn ihn die Kinder in ihrer Gegenwart (niemals in seiner) ›Hobbit‹ nannten, so wurden sie nicht sonderlich scharf getadelt; der Name ließ an ein Geschöpf denken, das zugleich friedfertig und liebenswert war. Friedfertig war Rory gewiss, es sei denn, er suchte gerade seine Socken oder seinen Schlüssel oder seine Unterhosen oder seinen neuen Pullover – oder wenn man ihn am Computer störte. Bei solchen Anlässen kam es zu kurzen, aber heftigen Wutausbrüchen, und er schimpfte über diese verdammten Kinder.

Um seine Sachen vor ihrem Zugriff zu schützen, hatte er sich eine schwere lederne Pilotentasche mit Kombinationsschloss besorgt, in der er seine Unterwäsche und seine Socken aufbewahrte. Doch selbst unter Verschluss verschwanden diese Dinge auf mysteriöse Weise. Jason hatte bei dem Kombinationsschloss alle Familiengeburtstage durchprobiert und dabei offensichtlich die Zauberformel entdeckt.

Polly verschwieg Rory, dass der Pullover, den er vermisste, in einem Nachtklub verschwunden war und dass dieses Missgeschick auf das Konto seines jüngeren Sohnes ging. Der Pullover war, wie Jason Polly versicherte, weg gewesen, als er sich nur einmal kurz umdrehte. Es war nicht seine Schuld. Es war die Schuld der Nachtklubinhaber, weil sie Penner ins Lokal ließen.

»Insgesamt macht das dann also eine Lederjacke, einen Regenmantel, eine Levis-Jacke und einen teuren Pullover, die nun verschiedenste junge Leute in Dublin und Umgebung kleiden ... Du solltest besser auf deine Sachen aufpassen, vor allem wenn die Sachen eigentlich deinem Vater gehören ...«

»Es war nicht meine Schuld«, wiederholte Jason mürrisch.

»Du hättest deine Jacke an der Garderobe abgeben können.«

»Das kostet Geld, Mama. Immerhin ein Pfund!«

Polly gab auf. Schließlich kaufte sie bei Penneys für fünfundzwanzig Pfund eine Jacke für Jason als Ersatz für die, die ihm im Nachtklub gestohlen worden war.

»Die kann ich nicht anziehen!«

»Warum nicht? Sie ist warm, sogar schick ...«

»Aber es merkt doch jeder gleich, dass sie nur fünfundzwanzig Pfund gekostet hat«, erklärte Jason. Er riss die Augen auf und runzelte entsetzt seine pickelige Stirn.

»Das ist natürlich hart! Aber ich muss davon ausgehen, dass sie nächste oder übernächste Woche wieder verschwunden ist und mir dann nichts anderes übrig bleibt, als noch einmal eine neue zu kaufen.«

»Die ziehe ich nicht an!«, knurrte Jason. »Ist schon gut, Mama. Du kannst so gemein sein, wie du willst ... Es macht mir nichts aus zu frieren!«

Jetzt sah sie Rory an, versuchte abzuschätzen, wie müde er war, sehnte sich heimlich nach einem lieben Wort oder einer Berührung.

Rory sagte: »Hallo, Polly«, stellte seine große Tasche ab und verschwand im WC. Anschließend ging er ins Esszimmer und kam mit verdrießlicher Miene wieder heraus. »Warum ist der Tisch im Esszimmer gedeckt? Bekommen wir etwa Besuch?«

»Ja ... hast du es etwa vergessen? Michelle kommt zum Abendessen.«

»Und wer ist Michelle?«

»Ich habe einen Bruder namens Tom«, bemerkte Polly kühl; sie erinnerte sich genau, ihm in den letzten achtundvierzig Stunden mindestens zweimal erklärt zu haben, wer Michelle war. »Er wird bald heiraten. Michelle ist seine zukünftige Frau. Ich habe dir das schon vor einiger Zeit gesagt. Und gestern Abend habe ich erwähnt, dass sie zum Essen kommt!«

»Was ich gerne wissen würde, ist, warum er jetzt auf einmal ankommt ... und uns seine Auserwählte schickt. Zwanzig Jahre lang hat er sich nicht um uns geschert!«

»Ich bin sehr froh, dass sie kommt!«, entgegnete Polly. »Ich halte nichts davon, sich in alle Ewigkeit böse zu sein!«

Rory brummte, zog einen Stuhl an seinen Tisch heran, schaltete den Computer ein und und vertiefte sich in seine Arbeit. Offensichtlich war er nun nicht mehr ansprechbar; seine Stimme verlangsamte sich, so dass er sich anhörte wie Hal, der kranke Computer in *2001: Odyssee im Weltraum.* Polly sehnte sich danach, das Gespräch fortzusetzen, über Toms Verlobte zu reden, über Susies jungen Hund, über Laura Flanagan, die beinahe von einem Doberman angefallen worden wäre (wie ihr besagte Dame im Einkaufszentrum erzählt hatte), über Jasons schlechte Noten (stets ein wunder Punkt) und darüber, ob sie sich neue Vorhänge fürs Wohnzimmer leisten konnten. Aber an Rorys Haltung erkannte sie, dass es sinnlos war, mit ihm zu reden. Er würde auf alles, was sie sagte, verlangsamt wie ein Roboter reagieren, da er in Gedanken woanders war. Sobald er vor dem Bildschirm saß, ergriff der Computer von ihm Besitz.

Peter kam kurz nach sechs vom College heim. Er war sehr groß, einsneunzig, sah gut aus und hatte blaue Augen. Er trug eine runde Brille mit einem schmalen schwarzen Gestell, mit der er an einen Revolutionär aus dem neunzehnten Jahrhundert erinnerte.

»Wie geht's meiner liebsten Mama?«, fragte er und beugte sich über sie.

Polly blickte ihn liebevoll an. Das war ihr Erstgeborener, das sieben Pfund schwere Wunder, das ihren Glauben an die natürliche Geburt zerstörte, das es so eilig hatte, das Licht der Welt zu erblicken, dass es sie beinahe zerrissen hätte, und das drei Monate lang nahezu ununterbrochen schrie, bis sie nahe dran war, den Verstand zu verlieren. Doch als die Kolik vorüber war und er ihr sein erstes Lächeln schenkte, ein strahlendes Lächeln, das bereits Intelligenz verriet, war sie für alles entschädigt. Manchmal verglich sie seine hünenhafte Gestalt von heute mit dem kleinen Wurm, den sie damals gestillt hatte.

»Was hast du mit meinem Baby gemacht?«, fragte sie ihn einmal, als er ihr stolz verkündete, er sei jetzt einsachtzig.

»Aber ich bin doch dein Baby, Mama«, hatte er mit Leidensmiene erwidert.

Jetzt ließ er seinen Segeltuchrucksack mit den Büchern auf den Boden fallen, warf einen Blick ins Esszimmer, um sich zu vergewissern, dass sein Vater wie gewohnt am Computer saß, und erklärte dann, er sei am Verhungern.

»Was gibt's zu Abend ... es riecht köstlich!«

»Heute essen wir erst um acht ... wir haben Gesellschaft!«

»Wen?«

»Die Verlobte deines Onkels Tom, Michelle. Ich habe es dir doch gestern gesagt.«

»Im Ernst?« Er machte ein langes Gesicht. »Ich bin nicht da.«

»Warum nicht? Ich habe sie eingeladen, damit sie die Familie kennen lernt.«

»Ich habe der Bande versprochen, dass wir uns um acht treffen. Aber ich bin zurück, bevor sie geht.« Polly kannte die Mitglieder der Bande und sie wusste, dass eine von ihnen, ein Mädchen namens Elsa Rattigan (die liebevoll Rats genannt wurde) besondere Anziehungskraft auf Peter ausübte.

Polly seufzte und sagte, wenn dem so sei, dann solle er lieber jetzt gleich essen, aber Peter wühlte bereits im Gefrierschrank.

»Hamburger ... du würdest sie nicht kaufen, Mutterherz,

wenn du wüsstest, was da drin ist ...«, erklärte er. »Fischstäbchen ... Essen für Schwule ... ah ... Pizza ... mit Käse ... das ist okay.«

»Ich schiebe sie für dich ins Rohr«, sagte Polly. »Du solltest jetzt lieber duschen und dich umziehen.« Sie riss den Karton auf, legte die Pizza auf einen hitzefesten Teller und stellte ihn auf ein freies Gitter im Backofen.

»Ist das Pickelmonster zu Hause?«, erkundigte sich Peter.

»Dein Bruder ist kein Pickelmonster!«, tadelte Polly. »Und zieh deine Stiefel aus. Jason hat heute schon den Dreck im ganzen Haus verteilt.«

»Aber sie sind völlig sauber«, wandte Peter ein.

»Zieh sie aus!«

Peter gehorchte, schnürte seine schwarzen Doc Martens-Stiefel auf und stellte sie neben Cat. Er kraulte sie zwischen den Ohren, und sie begann zu schnurren, hob den Kopf und sah ihn hoheitsvoll an. Dann ging er auf den Flur hinaus, blieb kurz an der Esszimmertür stehen und sagte: »Hallo, Vater. Kennst du mich noch? Ich bin's, dein Sohn ...«

Rory blickte stirnrunzelnd auf den Bildschirm. »Ich versuche mich zu konzentrieren, Jason. Stör mich jetzt nicht ...«

»Ja, Papa. Tut mir wirklich leid, Papa«, erwiderte Peter lammfromm.

Polly in der Küche fing leise an zu lachen. Von jäher Heiterkeit überwältigt, musste sie sich setzen. Cat sah sie verständnisvoll an, als wolle sie sagen, wenigstens sie könne die beiden Jungen auseinander halten und sie werde nie dem Bann des Computers erliegen, solange noch eine Dose Katzenfutter im Haus sei.

Peter erschien wieder an der Küchentür. »Hast du mein blaues Hemd gesehen, Mama?«

»Ich habe es erst kürzlich gebügelt ... es ist in deiner Kommode.«

»Da ist es aber nicht«, sagte Peter mit einem gefährlichen Unterton in der Stimme und rannte, zwei Stufen auf einmal nehmend, die Treppe hinauf.

»Jason, du Idiot! Du hast mein Hemd genommen ... mein gutes blaues ...«

»Nein, hab' ich nicht«, entgegnete Jason.

»Und was ist dann das hier, du Lackaffe?«, rief Peter triumphierend. »Unter deiner grauenhaften Jeans begraben. Ich hätte Lust, dir den Hals umzudrehen, du verlogener Scheißkerl!«

»Dazu musst du dir aber erst mal Verstärkung holen.«

»Hört auf zu streiten!«, rief Polly von unten herauf. »Peter, lass deinen Bruder in Ruhe lernen! Ich bügle dir ein anderes Hemd.«

Durch die Esszimmertür sah sie ihren Mann, der ihr den Rücken zuwandte. »Diese verdammten Kinder«, murmelte er, um gar nicht erst den Gedanken aufkommen zu lassen, er könne vom Computer aufstehen und eingreifen.

Polly ging nach oben, verhinderte eine Schlägerei, schickte Peter aus Jasons Zimmer und ermahnte Jason, sich nicht an den Sachen seines Bruders zu vergreifen. Dann holte sie Peters cremefarbenes Hemd aus der Wäschekammer und fragte ihn, ob ihm dieses auch recht sei. Als er laut seufzend meinte, das müsse es wohl, nahm sie das Hemd mit nach unten, holte das Bügelbrett heraus und bügelte es. Als sie damit fertig war, klappte sie das Brett zusammen, wobei sie sich den Zeigefinger einklemmte. Sie stöhnte laut auf; unter der Haut bildete sich eine schmerzende Blutblase. Sie fragte sich, ob Rory wohl ihren leisen Aufschrei gehört hatte, aber offensichtlich war er ihm entgangen; die Tastatur im Esszimmer jedenfalls klickte genauso fröhlich wie zuvor. Sie saugte an der Wunde, dann fiel ihr ein, dass sie noch das Feuer im Wohnzimmerkamin vorbereiten und anzünden musste. Als das erledigt war, erinnerte sie der Geruch nach heißem Käse daran, dass Peters Imbiss fertig war; sie nahm die Pizza aus dem Backofen und rief nach ihm.

Er kam in Unterhemd und Unterhose herunter und roch, als hätte er in Aftershave gebadet; als er das gebügelte Hemd über der Stuhllehne sah, sagte er: »Danke, Mama.« Er setzte sich an den Tisch, um seine Pizza zu essen. Mit hochgezogenen Augenbrauen und Unschuldsmiene sagte er dann: »Mama, ich ... könntest du mir vielleicht zehn Pfund borgen ...«

Obwohl die Haushaltskasse fast leer war, wollte Polly nicht nein sagen. Sie rechnete rasch durch, an welchen Ecken und Enden sie noch sparen konnte, holte ihre Tasche, nahm eine Zehn-Pfund-Note aus ihrem Geldbeutel und gab sie ihm. »Du kannst morgen die Hecke schneiden. Das Geld wächst nicht auf Bäumen, weißt du.«

»Ich dachte aber, das tut es!« Er grinste. »Danke ...« Er ging wieder nach oben, um sich anzuziehen, war nach kurzer Zeit wieder da, sagte: »Wiedersehen, Mama«, warf einen Blick ins Esszimmer und säuselte: »Leb wohl, Vater.«

Nach kurzem Schweigen fragte Rory, ohne sich umzudrehen: »Was? Was hast du gesagt, Jason?«

Peter zwinkerte seiner Mutter zu und ging zur Hintertür hinaus.

Als er fort war, erklärte Polly Rory, der nach wie vor im Esszimmer saß und ihr nach wie vor den Rücken zuwandte: »Gerade eben hat dein Sohn Peter mit dir gesprochen, nicht Jason!«

»Oh ...«

»Du hast zwei Söhne. Beide wohnen in Ashgrove Lawns 14. Ich nehme an, du weißt, wo das ist!«

Rory drehte sich um und sah sie fragend an. Er lächelte einfältig.

»Michelle wird in fünfzehn Minuten da sein«, fuhr sie fort. »Warum machst du dich nicht fertig?«

»Ich bin fertig ...«

»Du bist computersüchtig!«, rief Polly wütend, als ihr klar wurde, dass er nicht die Absicht hatte, sich von der Stelle zu rühren. »Du könntest wenigstens ein frisches Hemd anziehen!«

»Um Himmels willen! Ich bin mitten in einem wichtigen Gedankengang ...«

Polly zog sich ins Wohnzimmer zurück und stellte fest, dass sich Jason inzwischen hier eingefunden und den Fernseher eingeschaltet hatte.

»Ich dachte, du wolltest lernen.«

»Wie soll man in diesem Haus lernen? Kaum hab' ich angefangen, ist Peter reingekommen und hat mich drangsaliert.«

»Du hättest eben sein Hemd nicht nehmen dürfen!«

»Er bedient sich ja auch ständig bei mir!«

Polly wusste, dass er Recht hatte. Sie sah ihrem Sohn ins Gesicht, sah seine Unruhe, seine Unsicherheit und gespielte Tapferkeit.

»Ist schon gut«, sagte sie und zerzauste ihm die Haare.

In diesem Augenblick klingelte es. Als sie zur Tür ging, um zu öffnen, steckte sie den Kopf ins Esszimmer. »Rory«, zischte sie, »mach den verdammten Computer aus. Sie ist da!«

2. KAPITEL

Die junge Frau stand vor der Tür und hielt eine Flasche Wein im Arm. Polly holte sie rasch aus dem schneidenden Wind herein, nahm ihre Hand und begrüßte sie herzlich. Michelle schien um die dreißig zu sein. Sie trug ihre langen schwarzen Haare nach hinten gekämmt. Ihr Parfum wehte in kleinen Wolken heran, die bernsteinfarbenen Augen leuchteten aus dem ungetrübten Weiß. Sie war schön, was aber nicht in einer Regelmäßigkeit der Züge begründet lag, sondern in einer Aura des Exotischen, die sie umgab.

»Hallo«, sagte sie. »Ich war schon so darauf gespannt, euch kennen zu lernen. Tom hat mir viel von euch erzählt!«

»Bitte glauben Sie kein Wort von dem, was er sagt«, meinte Polly mit einem Seitenblick auf ihren Mann; mit einem Mal fühlte sie sich unsicher. Was findet so ein junges Mädchen an Tom, überlegte sie. Und dann fragte sie sich: Was mag er ihr bloß über uns erzählt haben?

Rory, der lautlos aus dem Esszimmer herbeigekommen war, zeigte sich plötzlich von seiner höflichsten und liebenswürdigsten Seite; er führte den Gast ins Wohnzimmer, wo Jason den Fernseher abgestellt hatte und nun den Versuch unternahm, sich möglichst unauffällig aus dem Staub zu machen.

»Das ist unser jüngerer Sohn Jason«, sagte Polly. Jason schüttelte Michelle die Hand, murmelte, er müsse noch einen Aufsatz fertigschreiben, und verließ verlegen den Raum.

Rory übernahm das Ausschenken der Getränke. Michelle entschied sich für ein Glas Weißwein. Polly fragte, wie es Tom ginge, was er mache, ob bei ihm alles in Ordnung sei. Michelle antwortete nicht sofort. »Es geht ihm gut ... Er ist sehr beschäftigt ...«

»Wir haben uns vor Jahren zerstritten«, erklärte Polly, die meinte, ihrem Gast müsse es merkwürdig erscheinen, derart ausgefragt zu werden. »Es war wirklich albern, aber nach einer Weile bekommt so etwas eine Eigendynamik – und dann erscheint es einem unabänderlich ...«

»Das passiert in solchen Situationen immer, wenn man nicht gleich etwas dagegen tut!«

Polly war sich bewusst, dass die junge Frau sie musterte. Bin ich zu dick?, fragte sie sich. Oder habe ich einen Schmutzfleck im Gesicht? Was hat Tom ihr erzählt? Dass wir nicht richtig verheiratet sind? Dass ich ein Spatzenhirn habe?

Rory goss ein, und Polly reichte ihrem Gast das Glas. Als sie sich umdrehte, bemerkte sie, dass Rory Michelle ansah; in seinen Augen lag ein Leuchten wie schon seit Jahren nicht. Polly verspürte einen schmerzlichen Stich. Als sie sich umwandte, erblickte sie sich und dahinter Michelle im Spiegel über dem Kamin; Michelle musterte sie immer noch. Sie entschuldigte sich, ging in die Küche, betrachtete ihr Gesicht im Spiegel, konnte keinen Schmutzfleck entdecken und nahm die Kasserolle aus dem Backofen. Das Essen sah appetitlich aus. Cat hob den Kopf, sprang aus ihrem Korb und miaute erbärmlich; sie lief zu Polly, richtete sich an der Holztür des Unterbauschranks auf und blickte flehentlich zu ihr empor.

»Raus mit dir«, zischte Polly, nahm Cat hoch und setzte sie vor die Tür. Dann zündete sie die Kerzen auf dem Esszimmertisch an und lief hinauf, um Jason zu holen. Normalerweise hätte sie gerufen, aber da ein Gast im Haus war, ließ sie es lieber nicht auf eine rüde Antwort ankommen.

»Komm runter, das Essen steht auf dem Tisch ...«

»Ich esse später!«

»Ach, komm schon!«

»Mir ist nicht danach. Ich esse später. Lasst mir was übrig. Ich gehe jetzt weg ...«

»Wohin?«

»Ich will nur bei Tim vorbeischauen. Wahrscheinlich spielen wir 'ne Partie Billard.«

»Und was ist mit Michelle? Ich habe sie eingeladen, damit sie die Familie kennen lernt.«

»Ich hab' doch schon guten Tag gesagt! Und sie will sowieso nur mit dir und Dad reden.«

»Was ist mit deinen Hausaufgaben?«

»Was soll damit sein?«

Polly unterdrückte eine scharfe Antwort. Jetzt war nicht der richtige Zeitpunkt für eine Auseinandersetzung. Wie immer fand sie sich mit der Niederlage ab. »In Ordnung. Zieh dich warm an!« Er murmelte noch irgendetwas davon, dass er diese Jacke auf keinen Fall anziehen werde, aber Polly hörte nicht mehr richtig hin.

Sie ging wieder nach unten, räumte Jasons Gedeck ab, arrangierte die übrigen neu und rief ihren Gast und Rory zum Essen.

»Das ist einfach köstlich«, erklärte Michelle.

»Sie war schon immer eine wunderbare kleine Köchin«, erwiderte Rory und sah seine Frau liebevoll an. Immer wenn ihr jemand ein Kompliment machte, bedachte Rory sie mit einem taxierenden Blick, als wäre ihm ihre Existenz als eigenständiges Lebewesen gerade erst wieder bewusst geworden. »Ich habe einen Glückstreffer gelandet, als ich sie zu mir genommen habe!«

Michelle runzelte die Stirn. »Zu mir genommen?«

Polly erklärte mit heiterer Stimme, obwohl sie insgeheim gekränkt war: »Hören Sie nicht hin. Er ist ein wahrer Experte darin, unverschämte Komplimente zu verteilen!«

Rory machte ein beleidigtes Gesicht. »Ich wollte sagen: als ich dich geheiratet habe, aber ...«

»Aber das wäre nicht ganz zutreffend gewesen ...?«, führte Polly den Satz zu Ende. »Hast du das sagen wollen?«

Michelle war verwirrt.

»Wir haben durchaus geheiratet«, erklärte Polly hastig. »Es war eine richtige kirchliche Hochzeit, aber vom Staat wird sie nicht anerkannt. Wissen Sie, Rory war schon einmal verheiratet. Die Ehe hat ein Jahr gehalten ... und dann hat er mich kennen gelernt. Aber in Irland gibt es keine Scheidung, und so wurde die Ehe von der Kirche annulliert. Tom hat Ihnen wahrscheinlich die ganze Geschichte erzählt.«

»Was heißt annulliert?«

»Eine Annullierung wird vom geistlichen Gericht ausgesprochen und bedeutet, dass die Ehe in den Augen der katholischen Kirche nie bestanden hat. Also hatte er das Recht, sich mit mir kirchlich trauen zu lassen.«

»Aber in den Augen des Staates ist es Bigamie«, sagte Rory lachend und griff nach der Hand seiner Frau. »Polly und ich leben nicht in Sünde, nur in Bigamie! Das ist Scheidung auf irisch!« Rory nahm einen Schluck Wein. »Aber demnächst soll es ein Referendum zur Scheidungsfrage geben, und dann bringen wir die Sache in Ordnung ... und ich werde Martha endlich los!«

Michelle zog ihre hübsch geschwungenen Augenbrauen hoch. »Ich glaube, Tom und ich werden in London wohnen bleiben«, sagte sie nachdenklich.

Rory brüllte vor Lachen. »Auf diese Weise könnt ihr euch eure Optionen offen halten«, sagte er. Aber durch das Lachen lockerte sich seine Zahnprothese; sie war erst kürzlich angepasst worden und machte noch Probleme. Sie wackelte gefährlich, und er schloss hastig den Mund.

»So habe ich es nicht gemeint! Ich brauche nur einfach das Großstadtleben. Ich komme nämlich aus New York.«

»Dann erzählen Sie uns doch etwas über sich, Michelle«, regte Polly an. »Aus welchem Teil von New York stammen Sie?«

Michelle hatte eine nette Art, die Nase zu runzeln, wenn sie lachte, was Polly an ein Kaninchen erinnerte. Sie beschrieb ihnen Brooklyn und Manhattan und die Bronx. Polly lachte Tränen über eine Geschichte von einem Taxifahrer und einem Papagei, und es tat ihr leid, als ihr Gast sagte, sie müsse jetzt gehen. Polly hätte Michelle gern noch länger dabehalten und mehr über ihr und Toms Leben erfahren.

»Was macht er eigentlich genau?«, hatte sie wissen wollen, und Michelle antwortete, er sei immer noch selbstständig.

»Ach ... und in welcher Branche?«, fragte Polly hartnäckig nach. Sie spürte den Verlust, die Trauer über ihre getrennten Lebenswege. Tom war von jeher von brennendem Ehrgeiz besessen gewesen; es war, als sei er sich immer bewusst gewesen, dass sich zu seinen Füßen eine Schlucht auftat und der einzige Ausweg nach oben führte. Sie erinnerte sich, dass er, als er gerade achtzehn geworden war, verkündet hatte, er werde in London arbeiten.

»Wart nur ab, Mädel!«

»Ich warte!«

»Wir müssen dafür sorgen, dass du einen guten Job findest ... irgendwo, wo du den richtigen Typen kennen lernen kannst ... reich ... einen, der dich verdient hat. London ist der richtige Ort dafür. In London kann man Geld machen!« Sie hatte sich oft gefragt, ob er verheiratet war; jedenfalls war sie überzeugt, dass er genug Charme besaß, um eine Frau glücklich zu machen. Und jetzt saß seine Auserwählte hier am Tisch und lächelte Rory an.

»Und was machen Sie?«, warf Rory ein.

»Ach, ich bin eine Art Public Relations-Expertin«, erklärte Michelle ruhig. Dann erwähnte sie, dass sie auf Kosten ihrer Firma im Westbury Hotel übernachte.

»Und welche Firma ist das?«

»Wahrscheinlich haben Sie nie davon gehört – Hanker Limited.« Polly fand den Namen merkwürdig, aber Michelle stellte Rory eine Frage über seine Schule, bevor sie nachhaken konnte.

Michelle lehnte ab, als Rory ihr anbot, sie ins Hotel zu fahren, und bestand darauf, ein Taxi zu rufen.

Während sie auf das Taxi warteten, kam Jason nach Hause; er war mit einem dicken Pullover bekleidet und brachte einen Freund mit, David Flanagan, der in der gleichen Straße wohnte. Sie sagten mit verlegener Miene guten Abend und verschwanden sodann in der Küche. Kurz danach ließ sich auch Peter blicken und konnte Michelle vorgestellt werden.

»Das ist mein ältester Sohn, Peter.«

»Du bist sehr groß!«, sagte Michelle.

»Da kann ich nichts für«, entgegnete Peter. »Mir war immer klar, dass ich der Größte und Stärkste werde. Das ist eine schwere Bürde! Nicht dass es in der Familie läge«, fügte er hinzu und blickte mit strenger Miene auf seinen Vater hinab.

»Hör auf zu prahlen«, mahnte Polly und fuhr, an Michelle gewandt, fort: »Wenn er nicht bald aufhört zu wachsen, weiß ich nicht mehr, was wir tun sollen!«

Peter entschuldigte sich und meinte, er hätte eine dringende Verabredung in der Küche. Von dort hörte man nach kurzer Zeit einen Wortwechsel. Der Streit drehte sich allem

Anschein nach darum, dass von der Mousse nichts mehr übrig war, und Jason bekam zu hören, er sei ein kleiner Scheißkerl.

Polly ging in die Küche und wies ihre Kinder mit leiser Stimme zurecht. »Hört mit diesen ständigen Streitereien auf! Ich will keinen Ton mehr hören. Peter, komm ins Wohnzimmer und unterhalte dich mit Michelle. Da du offenbar keine Zeit hattest, mit uns zu essen, kannst du jetzt auch noch damit warten, bis sie fort ist!«

Peter warf seinem Bruder einen drohenden Blick zu, gehorchte aber. Er kehrte ins Wohnzimmer zurück, setzte sich und lächelte Michelle an.

Er nutzte eine Gesprächspause, um mit jugendlicher Unbefangenheit eine Frage zu stellen: »Hat jemand von euch schon mal von einem Verein gehört – Rosenkreuzer oder so ähnlich?«

Rory war verblüfft. »Ja ... das war eine Geheimorganisation. Ihre Ursprünge liegen im siebzehnten bis achtzehnten Jahrhundert. Wie kommst du jetzt darauf?«

»Ach, die Frage kam bei einem Quiz im Pub auf.«

»Ja«, pflichtete Michelle Rory mit ihrem melodischen amerikanischen Akzent bei, »sie hatten sich zu einem religiösen Geheimbund zusammengeschlossen und behaupteten, magisches Wissen zu besitzen.«

Peter starrte sie neugierig an. Jason kam mit David im Schlepptau aus der Küche. »Was heißt denn magisches Wissen?«, erkundigte er sich.

»Was meinst du wohl, du kleine Pickelfabrik?«, entgegnete Peter ungehalten. »Magisch ... Zaubersprüche, Beschwörungsformeln, Erwachsene, die sich wie Idioten aufführen!«

Jason warf ihm einen wütenden Blick zu. »Ach ja?«, sagte er. »Hab' ich's mir doch gedacht!«

»Oh, ich weiß nicht ...«, fuhr Michelle fort. »Sie glaubten

daran, dass es zwölf Gerechte auf Erden gibt, die sie die Wächter nannten. Manche Leute sind heute noch davon überzeugt, dass die Wächter unter uns leben.«

Nun wurden die Jungs neugierig. »Wo haben Sie solche Sachen gelernt?«, fragte Jason.

»Ich habe Geschichte im Hauptfach studiert«, entgegnete Michelle lächelnd. »Früher einmal wollte ich sogar Lehrerin werden.«

»Und was machen Sie jetzt?«

»Ich habe mit Public Relations zu tun«, sagte sie und fügte rasch hinzu, »aber im Ernst, es ist faszinierend, auf welche erstaunlichen Dinge man in der Geschichte stößt. Ich bin sicher, dass Rory das bestätigen kann.«

Rory sah aus, als sei er bereit, nahezu alles zu bestätigen, was sie sagte.

Sie hörten draußen das Taxi vorfahren. Polly holte Michelles Kaschmirmantel, und gemeinsam mit Rory begleitete sie sie hinaus.

»Ich freue mich, dass wir uns kennen gelernt haben, Michelle. Bestell bitte Tom liebe Grüße. Sag ihm«, Pollys Stimme wurde unsicher, »dass ich mich sehr darauf freue, ihn wiederzusehen. Wirst du ihm das von mir ausrichten?«

Michelle zuckte zusammen und sah Polly plötzlich sehr aufmerksam an. In ihrem Blick lag keine Freundschaft.

»Selbstverständlich!« Dann fügte sie hinzu: »Du bist nicht wie er. Ihr habt nicht die geringste Ähnlichkeit.«

»Ich weiß«, gab Polly zu. »Ich habe nicht viel auf dem Kasten. Tom hat immer gesagt, ich hätte ein Spatzenhirn. Aber ... meinst du, ich könnte ihn mal anrufen? Du könntest mir die Nummer geben. Oder wäre es besser, wenn ich warte, bis er anruft?«

Auf diese erwartungsvolle Bitte folgte kurzes Schweigen.

»Er ist viel unterwegs. Vielleicht wäre es nicht schlecht, darauf zu warten, dass er dich anruft ...«

Michelle nahm auf dem Rücksitz des Taxis Platz und kurbelte das Fenster herunter.

»Es war überwältigend, euch kennen zu lernen«, sagte sie und sah dabei von einem zum anderen, wobei ihr Blick jedoch am längsten bei Polly verweilte. »Ich melde mich wieder. Bald.«

Als das Taxi wegfuhr, sah Polly, wie sich an einem Fenster des großen alten Hauses gegenüber die Vorhänge bewegten, als hätte der Wind sie berührt; doch dann entdeckte sie Muriels Gesicht. Muriel beobachtete immer noch gern, was sich in der Straße tat. Manchmal machte sich Susie darüber lustig: »Gestapo-Freya beobachtet dich!« Und dann gab sie noch einen Limerick zum Besten, den sie sich ausgedacht hatte:

»Gestapo-Freya
Passt auf wie ein Geier;
Sie ist auf der Hut
Und weiß, was sich tut ...«

Das alberne Gedicht ging noch weiter, und je mehr Polly sich bemühte, es aus ihrem Kopf zu bekommen, umso hartnäckiger setzte es sich fest.

Später, im Bett, sagte Polly, die auf der Seite lag und nachdachte, zu Rory, der sich in einem Computermagazin über Software-Angebote informierte:

»Was hältst du von Michelle?«

»Sie ist umwerfend!«

»Ja ... aber ein bisschen jung für Tom, meinst du nicht auch?«

»Ach, eine junge Frau wirkt sicher belebend auf ihn.« Rorys

Tonfall war plötzlich anzüglich geworden. »Nichts ist besser für die Gesundheit als eine junge Frau!«

»Glaubst du das wirklich?«, sagte Polly leise und schob seine Hand weg, die zu ihrem Po gewandert war.

Rory seufzte. »Oh, Polly! Ich bin mit der Frau zufrieden, die ich habe. Glaubst du etwa, ich stelle da irgendwelche Vergleiche an?«

»Natürlich nicht«, versicherte ihm Polly hastig. »Michelle sagte, es sei überwältigend, uns kennen zu lernen!« Sie drehte sich zu ihm um und versuchte sich zu erinnern, was sie gesagt oder getan haben könnte, um ein so überschwängliches Kompliment zu verdienen,

»Das ist der amerikanische Hang zur Übertreibung«, meinte Rory ungerührt. »Hast du das etwa wörtlich genommen? Oh, Polly ... wie naiv du doch bist!«

»Aber«, beharrte Polly, die sich ihrer Naivität wohl bewusst war, aber nicht daran erinnert werden wollte, »findest du nicht, dass sie etwas Eigenartiges an sich hat?«

»Eigenartig? Wenn du es eigenartig nennst, sehr attraktiv und feminin zu sein ...«

Er vertiefte sich wieder in sein Magazin, während Polly an Michelle und Tom dachte und versuchte, mit der Enttäuschung fertig zu werden, dass sie immer noch nicht seine Telefonnummer oder seine Adresse hatte.

Oh, Tom ... wie kannst du nur so unversöhnlich sein?

Rory legte sein Magazin beiseite, machte das Licht aus und griff nach ihr. Sie hatten seit mehreren Wochen nicht mehr miteinander geschlafen, und nun vermutete Polly, dass seine Leidenschaft mehr mit der umwerfenden Michelle zu tun hatte, die den ganzen Abend über an seiner Seite gesessen hatte, als mit ihr.

Als es vorüber war, küsste Rory wie zum Dank ihr Ohrläppchen, drehte sich um und schlief sofort ein.

Polly starrte in die Dunkelheit; sie roch den Rinderbraten noch, den Peter sich warm gemacht hatte. Sie wünschte, dass er spätabends nicht mehr kochen oder Essen aufwärmen würde, weil sie fand, dass sich dabei ein unangenehmer Geruch im Haus ausbreitete. Sie hatte es schon so oft gesagt, aber die Kinder ignorierten sie einfach. Sie hörte Gelächter und wusste, dass Peter immer noch unten war. Sie dachte an Michelle in ihrem Hotelzimmer und fragte sich, ob sie und Tom sich leidenschaftlich geliebt hatten, ob sie eine Liebe kannten, die die Einsamkeit verbannt und einen in neue Dimensionen des Staunens und Friedens katapultiert.

Am nächsten Tag war Samstag. Polly wachte um neun auf und sah, dass Rory bereits aufgestanden war. Sie wusste, dass er an seinem Computer saß und nicht ansprechbar war, also blieb sie noch etwas im warmen Bett liegen, beobachtete den Sonnenstreifen, der durch die Vorhänge einfiel. Ihr Blick wanderte weiter über die Wand und über die Decke; sie bemerkte die Spinnweben in einer Ecke und nahm sich vor, sie wegzusaugen. Dann ließ sie sich durch den Kopf gehen, was sie an diesem Tag alles zu erledigen hatte: Hausarbeit, kochen, einkaufen, den Kuchen für den Gemeindeflohmarkt glasieren ...

Sie wusste, dass ihre Kinder noch schliefen und ihr Mann nicht vom Computer loskam. Susie war nebenan, doch obwohl sie eine gute Freundin war, führte sie ihr eigenes Leben, vor allem samstags, wenn sie und Fergus gern den Vormittag im Bett verbrachten. Manchmal hörte Polly sie durch die Wand, Susies jähes helles Lachen, Fergus' tiefere Tonlage, die langen Intervalle der Stille.

Da überkam es sie plötzlich, das Gefühl, dass sie ganz von Schweigen erfüllt war. Sie gewahrte seinen besonderen Klang, seinen Ursprung – eine innere Leere, die nichts mit Frieden gemein hatte. Dieses Schweigen war weiße, unberührte, vollkommene Einsamkeit. Es besaß die Reinheit der Gletscher in der Antarktis, wo alles reflektiert wird und wo nur Pinguine leben.

Erschrocken über die Intensität des Schmerzes, überwältigt von ihrer verzweifelten Sehnsucht nach echter Nähe, stand sie auf, zog ihren Morgenmantel an und ging nach unten. Rory saß, wie vorausgesehen, im Esszimmer an der Tastatur und arbeitete vollkommen konzentriert. Er bemerkte nicht, dass seine Frau in der Tür stand. Erst als sie dort verharrte und ihn anstarrte, blickte er auf, da er instinktiv spürte, dass er beobachtet wurde.

»Guten Morgen!«, rief er fröhlich, aber es kostete ihn sichtlich Mühe, sich vom Bildschirm loszureißen. »Wie geht es uns heute Morgen?« Polly sah, wie sich sein Blick wieder am Monitor festsog.

»Gut«, antwortete sie spöttisch. »Uns geht es wunderbar. Aber willst du den ganzen Tag vor diesem Ding hängen?«

»Ich hänge nirgends«, erwiderte Rory unfreundlich; er sprach nun etwas lauter und mit kalter Präzision. Rory gehörte nicht zu den Ehemännern, die sich besorgt erkundigen: »Liebling, stimmt etwas nicht? Ärgerst du dich über irgendetwas?«

Polly empfand Rorys Verhalten als Bestätigung ihrer Unwichtigkeit. Doch sie wusste, dass man häuslichem Zwist am besten aus dem Weg ging, indem man sich nie beklagte. Also zog sie sich in die unordentliche Küche zurück. Obwohl sie am Abend zuvor noch das Geschirr gespült hatte, standen schon wieder schmutzige Teller auf dem Tisch. Peter machte grundsätzlich nicht hinter sich sauber und entzog sich mit Schmeicheleien dem mütterlichen Zorn. »Ach, liebste Mami ... tut mir leid ... es wird nicht wieder vorkommen.«

Jason kam mit tragischer Miene zur Tür herein.

»Was ist mit dir los?«, fragte Polly leicht gereizt, während sie die benutzten Teller in die Spüle stellte. »Du siehst aus wie zehn Tage Regenwetter.«

»Ich bin deprimiert.«

»Was bedrückt dich denn?«

»Ich weiß einfach, dass ich die Abschlussprüfung nicht schaffe!«

Pollys Herz wurde schwer. Sie teilte Jasons Befürchtung. Er war kein Intellektueller und musste sich durch ein System quälen, in dem Begabungen auf anderem Gebiet nichts zählten. Sie fing seine Angst auf, unterdrückte ihre eigene, tröstete ihn, versicherte ihm, dass alles gut gehen würde, wenn er sich nur anstrengte.

»Ich kann das Lernen nicht ausstehen«, sagte Jason. »Ich will Schauspieler werden oder in einer Rockband spielen ... oder irgendwas anderes Aufregendes machen!«

»Aber ganz gleich, was du tust, ohne Arbeit kommst du auf keinen grünen Zweig!«, erklärte Polly. »So ist es nun mal. Nur so lernen die Menschen etwas dazu und entwickeln sich weiter. Auch als Schauspieler oder Rockmusiker müsstest du arbeiten ...«

»Aber das würde mir nichts ausmachen!«

»Leg dich dieses Jahr noch einmal richtig ins Zeug«, redete Polly ihm gut zu und schenkte ihm Tee ein. »Möchtest du Toast?«

»Danke, Mama.« Dann fügte er hinzu: »Wie findest du Onkel Toms neue Flamme?«

»Sie ist nicht seine Flamme!«, entgegnete Polly. »Sie ist zufällig seine Verlobte.«

»Aber sie hat nicht nur ein hübsches Gesicht zu bieten. Für intelligente Frauen hab' ich was übrig«, erklärte er herablassend und mit ernster Miene, wie um sich in einer künftigen Rolle zu üben. »Obwohl ich das Gefühl habe, dass sie sich hier von ihrer Schokoladenseite gezeigt hat.«

»Von ihrer Schokoladenseite? Was soll das jetzt wieder heißen?«

»Nur dass es nicht zu ihr passt, wenn sie so tut, als könnte sie kein Wässerchen trüben.«

Polly seufzte.

»Ja«, meinte Jason nachdenklich, »aber ansonsten ist sie 'ne Klassebraut ...«

Das Telefon klingelte. Polly ging auf den Flur und nahm ab. »Polly«, meldete sich die Stimme mit dem amerikanischen Tonfall, »vielen Dank für den wunderbaren Abend. Es hat mir wirklich gefallen ... Das Essen war köstlich!«

»Keine Ursache, Michelle. Wir haben uns gefreut, dass du gekommen bist. Jason hat gerade gesagt, wie ... hübsch du bist!«

»Das ist aber nett von ihm. Polly, eigentlich wollte ich nur fragen, was du heute Nachmittag vorhast.«

»Ich muss ein paar Einkäufe erledigen.«

»In der Stadt?«

»Ja.«

»Warum kommst du nicht im Westbury vorbei und trinkst eine Tasse Tee mit mir? Ich bin hier ganz allein, und mein Flug geht erst heute Abend um acht.«

»Danke ... das wäre schön!«

»Gegen vier?«

»Wunderbar.«

»Bis dann!«

Um vier Uhr betrat Polly das Foyer des Westbury Hotel, ging ein paar Stufen nach oben in die großzügige Lounge und fand Michelle in einem Lehnstuhl am Fenster, in eine Zeitschrift vertieft. Als Polly näher trat, sprang sie auf und rief: »Hallo!« Mit einem Seufzer ließ Polly sich auf den Stuhl neben ihr sinken.

»Mein Gott«, sagte sie, »meine Füße bringen mich um!«

Es waren die Stiefel, die sie im Schlussverkauf ergattert hatte. Der rechte drückte, und ihr großer Zeh fühlte sich an, als bekäme sie dort eine Blase. Am liebsten hätte sie den Schuh ausgezogen und nachgesehen, aber das war hier nicht der rechte Ort dafür.

»Wie geht's, Michelle?«, fragte sie so ungezwungen sie konnte. »Du siehst großartig aus. Mit Tom verlobt zu sein bekommt dir offensichtlich gut!«

»Oh, ich sehe immer großartig aus!«, erwiderte Michelle munter. Pollys Gesichtsausdruck entlockte ihr ein Lächeln. »Das ist durchaus machbar. Es kostet ein wenig Anstrengung, aber die Wirkung ist der Mühe wert. Macht hat schreckliche Auswirkungen auf jene, die sie nicht besitzen – soll irgendein Italiener mal gesagt haben. Gut auszusehen ist ein Grundpfeiler weiblicher Macht!«

»Das sagt sich leicht, wenn man noch jung ist«, bemerkte Polly lächelnd und fügte hinzu: »Aber wer möchte schon Macht, die nur auf dem Aussehen beruht?«

»Es spielt keine Rolle, worauf sie beruht«, erklärte Michelle. »Solange du sie nur hast! Und was die Jugend betrifft – meine ist schon so lange vorbei, dass ich die Jahre lieber nicht mehr zähle ...«

Die Kellnerin kam, und Michelle bestellte zwei Portionen Tee. Dann räkelte sie sich und zog ihren schwarzen Pullover zurecht, der an ihrer schmalen Taille in einem Wildledergürtel steckte.

»Michelle ... darf ich dir eine persönliche Frage stellen?«

»Sicher!«

»Wie alt bist du?«

Michelle lachte so laut, dass die Leute auf dem Sofa am Nebentisch sich nach ihr umdrehten. Sie beugte sich zu Polly hinüber und vertraute ihr im Flüsterton an: »Einundvierzig!«

Polly musste sich zurücklehnen. »Dann bist du ja fast so alt wie ich!«

»Tatsächlich? Aber dafür kommt man hoffentlich nicht gleich an den Galgen, oder?«

»Aber du siehst so jung aus ... Ich glaub' das nicht ... Du nimmst mich doch auf den Arm!«

»Nein. Für wie alt hast du mich denn gehalten?«

»Um die dreißig ... vielleicht sogar achtundzwanzig ...«

»Gott erhalte dir deine fromme Unschuld!«

»Tom ist einundvierzig ...«

»Ich weiß. Er glaubt, ich sei fünfunddreißig.«

Polly machte große Augen. »Du hast ihm nicht die Wahrheit gesagt?«

»Natürlich nicht. Du kannst doch nicht herumlaufen und den Männern die Wahrheit sagen!«

Amüsiert beobachtete sie Pollys Mienenspiel. »Männer sind Küchenrevolutionäre. Sie können Frauen nicht ausstehen, die tun, was sie wollen! Aber versuchst du es mit einer sanften Revolution und machst dir ihre Selbstgefälligkeit zunutze, dann beten sie dich an. Du solltest sie so lange wie möglich zappeln lassen.«

»Im Grunde können sie einem leid tun«, meinte Polly naserümpfend. »Warum so viel Energie verschwenden?« Sie wusste, dass sich Rory höchstens durch neue Software in Erregung versetzen ließ. Nach einer Weile fügte sie hinzu: »Verrat mir doch das Geheimnis ewiger Jugend!«

»Was für eine Schmeichlerin du bist, Polly!«

»Ich meine es ernst.«

»Wenn überhaupt, dann ist es ein offenes Geheimnis. Nimm dir die Freiheit. Hol dir, was du haben willst ...«

»Oh, Michelle ...!«

Michelle lehnte sich zurück, starrte sie aus bernsteinfarbenen Augen an und sagte dann so leise, dass Polly zunächst nicht wusste, ob sie recht gehört hatte: »Weißt du, was ich glaube, Polly Caine? Ich glaube, was du brauchst, ist eine Verführung. Durch bestimmte unverhoffte Erfahrungen kann man Erstaunliches lernen!«

Als sie begriffen hatte, worauf Michelle hinauswollte, lachte Polly spöttisch. »Ich habe genug Probleme, vielen Dank. Ein Verführer hat mir da gerade noch gefehlt! Und außerdem, wer würde sich schon die Mühe machen?«

»Oh, ich meine nicht sexuelle Verführung mit nichts dahinter. Ich meine etwas viel Besseres, etwas, das dich dazu bringt, Bilanz zu ziehen, Abstand zu gewinnen, um dir die Ketten genauer ansehen zu können.«

»Welche Ketten? Wenn du meine Familie meinst, dann irrst du dich. Ich liebe meine Familie!«

»Natürlich tust du das!«

Nach einer Weile fügte Michelle hinzu: »Ich glaube einfach nur, dass es gut ist, das Schicksal ein wenig herauszufordern. Verstehst du? Es gibt Menschen, die aufstehen und sich die Lebensumstände suchen, die ihren Vorstellungen entsprechen; und wenn sie sie nicht finden, dann schaffen sie sie sich eben!«

»Ist der Spruch von dir?«

»Nein, ehrlich gesagt stammt er von George Bernard Shaw. Aber der war ja auch nicht auf den Kopf gefallen!«

»Wie kommst du auf die Idee, dass ich überhaupt etwas verändern möchte?«, fragte Polly ein wenig unaufrichtig, da es sie erstaunte, wie gut ihre zukünftige Schwägerin Gedanken lesen konnte.

Michelle antwortete nicht, hob aber beschwichtigend die Hände. Dann sagte sie: »Entschuldige, Polly, versteh mich bitte nicht falsch. Ich brabble einfach zu viel drauflos!«

Polly nippte an ihrem Tee. Sie fühlte sich ein bisschen wie

Alice im Wunderland. Michelle lächelte ihr aufmunternd zu. Alles, was sie gesagt hatte, entsprang einer völlig anderen Geisteshaltung als Polly sie hatte – einer Geisteshaltung, die es einem ermöglichte, zwanzig Jahre jünger auszusehen, wenn man wollte. Alles, was man dazu tun musste, war, sich die Freiheit zu nehmen, die einem zustand, alles ein wenig aufzumischen, das Schicksal herauszufordern!

Ihr Blick wanderte zu ihrem Rettungsring hinunter, ihrer formlosen Figur, ihren rundlichen Knien. Sie bemühte sich, eine etwas anmutigere Haltung anzunehmen, hatte aber das Gefühl, dass der Versuch misslang. Warum sollte sie nicht so gut aussehen können wie die bezaubernde Frau ihr gegenüber? Was war mit ihrem hübschen Gesicht, mit ihrem Körper geschehen, dass sie sich in eine Vogelscheuche verwandelt hatte? Sie kannte die Antwort; nicht das Familienleben war schuld. Sie war selbst dafür verantwortlich. Sie war damit einverstanden gewesen, hatte die Häuslichkeit in den Mittelpunkt ihrer Aufmerksamkeit gerückt, aus Hoffnung und aus Angst, und vor allem aus Liebe.

Nach einer Weile fragte Michelle zögernd: »Kennst du die erste Frau deines Mannes?«

Polly dachte an Martha, die Rory gelegentlich (und halb bewundernd) die Gottesanbeterin nannte.

»Oh, Martha ... ach ja ...« Polly hörte sich reden, hörte sich ihrer künftigen Schwägerin Dinge erzählen, die sie sonst mit niemandem außer mit Rory besprach.

»Aber sie ist noch seine Frau?«

»Ja ... rein rechtlich gesehen.«

»Ich weiß. Also ... wenn Rory etwas zustoßen sollte ... in welcher Situation wärst du dann?«

»Martha hätte ein Anrecht auf die Hälfte seiner Hinterlassenschaft.« Polly hasste es, darüber zu reden, obwohl ihr das Thema ständig Sorge bereitete. »Sie hat sich geweigert, einen richtigen Trennungsvertrag zu unterschreiben und auf ihre Erbansprüche zu verzichten. Dafür wurde ein Vertrag geschlossen, in dem er sich verpflichtet hat, ihr ihren Anteil am Haus in Raten auszuzahlen. Das Problem ist nur, dass er mit den Zahlungen in Verzug ist.«

»Keine allzu rosige Situation«, stellte Michelle voller Mitgefühl fest und schüttelte den Kopf.

»Nein.«.

»Da kann man wohl nur das Beste hoffen.«

Als Polly nach Hause fuhr, war ihre Laune denkbar schlecht. Die euphorische Stimmung, die sie zuvor im Hotel ergriffen hatte, war verflogen, und sie verbrachte die Heimfahrt im Bus damit, über ihr Leben nachzudenken, Bilanz zu ziehen.

Warum zum Teufel saß sie mit vierundvierzig in einer Hundehütte – einer Doppelhaushälfte – fest, mit einem Ehemann, mit dem sie von Rechts wegen nicht verheiratet war, und einem Einkommen, das die Bedürfnisse der Familie nicht deckte, mit zwei finanziell von ihnen abhängigen Jugendlichen und dem ständigen Damoklesschwert über sich, was aus der Familie werden sollte, wenn Rory den Löffel abgab. Dabei blieb ihr nicht einmal der Trost einer innigen Beziehung. Rory, der einstmals unersättliche Liebhaber, war computersüchtig geworden.

Wieder zu Hause, stellte Polly fest, dass Rory nach wie vor am Computer saß und in der Küche erneut Unordnung herrschte. Offensichtlich hatten die Kinder, die sich nicht blicken ließen, ein paar Freunde eingeladen und sich Pommes mit Würstchen gemacht. Die benutzten Teller standen noch auf dem Tisch. Es roch nach heißem Fett und angebrannten Pommes frites. Sie öffnete die Hintertür und ging ins Esszimmer, um mit Rory zu sprechen.

Er drehte sich nicht einmal zu ihr um, sagte nur: »Wie war's in der Stadt?«, worauf Polly antwortete: »Schön.« Als er keine Anstalten machte, das Gespräch fortzusetzen, ging sie wieder. Sie hatte ihm von dem Treffen mit Michelle erzählen wollen, aber jetzt fand sie, dass es keinen Sinn hatte. Was brachte es, einen Computer-Junkie in ein Gespräch zu verwickeln, das nichts mit Windows, E-Mail oder Internet zu tun hatte? Und davon verstand sie nichts. Stattdessen wappnete sie sich mit der Geduld, die sie im Lauf der Jahre als eine Art innerer Kraftquelle kultiviert hatte, machte die Küche sauber und spülte das Geschirr, das ihre Kinder und deren Freunde für sie hinterlassen hatten. Aber ihre Wut schwelte und verlieh ihr zusätzlichen Schwung bei der Arbeit. Zufällig erblickte sie sich im Spiegel, was sie dazu veranlasste, sich ein Eis aus dem Gefrierschrank zu holen. Sie brauchte jetzt einfach einen kleinen Seelentröster.

Dann ging sie nach oben, machte die Betten und begann zu saugen. Es hatte keinen Sinn, darauf zu warten, dass die Kinder ihre Zimmer sauber machten. Obgleich sie sich fest vorgenommen hatte, sie in ihrem Müll versauern zu lassen, wenn sie es denn so wollten, geriet ihr Entschluss ins Wanken und sie sorgte auch bei ihren Söhnen für Ordnung, weil sie den Gedanken nicht ertrug, mit zwei Schweineställen auf einer Etage zu leben. Dann sortierte sie die Kleider für die Waschmaschine. Auf dem Nachtkästchen lag ihr Bibliotheksbuch. Sie griff danach und setzte sich auf die Bettkante. Da kam es ihr in den Sinn, dass sie die Ereignislosigkeit ihres Lebens von jeher mit Ersatzwelten aus Büchern zu kompensieren gesucht hatte, und sie legte es schnell wieder weg.

Sie sah sich in dem Zimmer um, in dem sie seit zwanzig Jahren Nacht für Nacht schlief. Nichts hatte sich seitdem verändert. Viermal war es gestrichen worden, immer in derselben Farbe – Magnolie.

Ein ungebetener Gedanke drängte sich ihr auf: Ich muss mein Leben ändern!

Als die Kinder herunterkamen, erklärte sie ihnen, sie hätte die Nase voll und werde alles hinschmeißen, wenn sie sie weiterhin wie eine Dienstmagd behandelten. Sie sagte es so laut, dass sogar Rory in die Küche kam, um zuzuhören. Er lehnte an der Tür und lächelte. Dann lachte er laut auf.

»Mein Gott, Polly, du bist so komisch, wenn du wütend bist.« Mit diesen Worten kehrte er an seinen Computer zurück, während die Kinder (sofern man sie noch so nennen konnte) ihren Standpunkt wortreich und aggressiv verteidigten, vor allem Jason, der das Gefühl hatte, dass ständig nur auf ihm rumgehackt wurde.

In dieser Nacht hatte Polly einen Traum. Darin sah sie sich selbst, wie sie auf die Völker der Erde hinabblickte. Sie lagen ihr alle zu Füßen. Sie besaß Macht und unermessliche Schätze. Außerdem war sie schön, und ein Prinz hielt um sie an.

»Aber ich bin mit Rory verheiratet«, sagte sie, und er entgegnete, er habe nicht gedacht, dass es eine Ehe sei. Er habe geglaubt, es sei eine Vereinbarung anderer Art. Dann entschuldigte er sich und ging davon.

Polly wachte auf, als das erste Morgenlicht durch die Vorhänge drang. Es war Sonntag. Rory lag neben ihr. Er war sehr spät ins Bett gekommen, was in letzter Zeit oft vorkam, und er schlief noch tief und fest. Er sah aus wie ein Junge, unschuldig, vertrauensvoll. Die alte Liebe zu ihm stieg in ihr auf. Sie berührte seine Hand. Er regte sich, wachte aber nicht auf, und sie ließ ihn schlafen, döste selbst noch einmal ein bei dem Versuch, den Traum wieder lebendig werden zu lassen und damit auch den Prinzen und das Gefühl, wichtig zu sein – doch vergebens. Sie hatte Rory geheiratet, um mit ihm zusammen zu sein, um mit ihm allein zu sein. Damals war ihr diese Aussicht wie die höchste Ekstase erschienen, die die Welt zu bieten hatte. Aber sie waren nie miteinander allein. Sie waren einfach nur allein, jeder für sich, und zwischen ihnen türmte sich eine Mauer aus Monotonie und unbezahlten Rechnungen auf.

Als sie wieder erwachte, war Rory bereits aufgestanden. Sie zog ihren Morgenmantel über und ging nach unten, doch er saß schon wieder am Computer, die Tastatur klickte unter seinen Fingern.

»Guten Morgen«, sagte Polly.

»Morgen«, erwiderte Rory, ohne den Blick vom Bildschirm zu wenden.

Polly ging in die Küche, um Frühstück zu machen. Sonntags bereitete sie immer ein Frühstück nach allen Regeln der Kunst zu: Schinken, Eier, Würstchen, Tomaten. Als alles fertig war, rief sie die Jungen; sie kamen verschlafen die Treppe herunter und stießen sich gegenseitig in die Rippen, was auf dem Flur in eine Balgerei ausartete; dann fingen sie plötzlich an zu tuscheln.

»... nein ... nimm die Brille ab ... er wird nicht merken, wer du bist ... vor allem wenn du ein Hemd mit Krawatte anziehst ... da wette ich zwei Pfund drauf.« Es war Jasons Stimme, und Polly merkte, dass er ein Lachen unterdrückte. Sie streckte den Kopf in den Flur hinaus, um zu sehen, was vor sich ging, und beobachtete, wie ihre beiden Söhne wieder nach oben huschten. Als sie wieder die diesmal auffällig leisen Schritte hörte, warf sie einen erneuten Blick in den Flur. Peter trug jetzt Hemd und Krawatte, sein Haar war glatt nach hinten gekämmt, und die Brille fehlte. So ging er neben seinem jüngeren Bruder ins Esszimmer.

»Dad«, sagte Jason, »das ist mein Freund Derek.«

Rory riss sich widerwillig vom Computer los. Es ärgerte

ihn, dass er gestört wurde, und er sah den Jugendlichen namens Derek, der angeblich Jasons Freund war, nicht richtig an, schüttelte ihm aber mit gespielter Freundlichkeit die Hand. »Ah ... guten Tag, Derek ... schön, dich kennen zu lernen ...«

Peter stand stocksteif da, dann sagte er: »Lieber Himmel, Dad, ich bin's doch ...«

Da war es mit Jasons Selbstbeherrschung vorbei. Vor Lachen brüllend, ließ er sich gegen die Wohnzimmertür fallen, die nicht ganz geschlossen war und mit einem Krachen nach innen aufging. Die Tür riss an dem Verlängerungskabel, an dem Rorys Computer hing, so dass der Stecker aus der Dose gezogen wurde. Rory sprang auf, packte Jason am Kragen und beförderte ihn auf den Flur hinaus. Dann knöpfte er sich Peter vor.

»Warum könnt ihr beiden euch nicht zusammenreißen? Ich habe die Nase voll von euch ... Keinen Augenblick hat man hier seine Ruhe. Wegen euch ist mir gerade mein Programm abgestürzt ...«

Er starrte Peter wütend an, dann kehrte er schwer atmend zu seinem Platz am Computer zurück.

Polly hörte nicht nur seine Worte. Sie hörte die echte Frustration, die Enttäuschung in seiner Stimme. Sie zog ihren Mantel an.

»Weißt du, wer ich bin, Mama?«, fragte Peter schüchtern, als er in die Küche kam.

»Natürlich weiß ich, wer du bist!«

»Dad nicht.«

»Selbstverständlich weiß er es. Aber er ist in Gedanken woanders«, sagte Polly.

»Wohin gehst du, Mama?«

»Euer Frühstück ist fertig. Esst und räumt dann die Küche auf. Ich gehe in die Messe.«

Die Kirche war vor zwanzig Jahren eigens für die Neubausiedlung errichtet worden, ein Gebäude mit Buntglasfenstern, Kieferbänken, gefliestem Fußboden und ohne dunkle Nischen; von der düsteren Atmosphäre alter Kirchen war hier nichts zu spüren.

Polly setzte sich in eine Bankreihe seitlich vom Altar und lauschte der Messe, sah, wie Father Brennan in seinem goldweißen Chorrock mit dem Kelch hantierte, wartete auf die Konsekration. Und die ganze Zeit über schwelte die merkwürdige Unzufriedenheit und der Ärger der vergangenen Tage in ihr.

Das Leben, dachte sie, ist ein Prozess, bei dem man alle Illusionen verliert, bei dem unsere Träume an den Klippen der Wirklichkeit zerschellen.

Das ist doch alles Schwachsinn, erklärte sie der Heiligen Jungfrau, die neben ihr auf einem Sockel stand. Da stehst du nun und blickst zu den Jungs im Himmel auf. Da sind der Vater, der Sohn und der Vogel. Und was ist mit dir? Sind wir alle verrückt, oder was?

Doch die Heilige Jungfrau ließ sich in ihrer frommen Haltung nicht beirren.

Als der Priester bei der Konsekration die Hostie emporhielt, neigte Polly nicht den Kopf. Sie starrte wie gebannt die weiße, runde Oblate an, die der Transsubstantiation unterzogen wurde. Michelles Worte kamen ihr wieder in den Sinn: ›Hol dir, was du haben willst.‹ Es war wie mit der alten ›Bittet und ihr werdet empfangen‹-Masche, dachte Polly. Das hatte sie schon als Kind ausprobiert: sie bat um eine Banane, aber es tauchte keine auf. Okay, Gott, sagte sie im Stillen, du solltest dich lieber ranhalten. Ich glaube, dieses Gespräch habe ich schon mal mit dir geführt! Ich habe eigentlich gar nicht erwartet, dass du mir einen Engel schickst, weißt du. Aber ich will, dass sich etwas tut. Wenn du dich nicht zusammenreißt und mir etwas Interessantes bietest, dann kannst du mich abschreiben – und die Kinder gleich mit. Die einzige, die es wenigstens ab und zu mal schafft, die beiden in die Nähe der Kirche zu schleifen, bin nämlich ich ...

Sie rechnete beinahe mit einem Donnerschlag, mit einem Blitz, der auf sie niederfahren würde. Aber es passierte nichts. Nur das Murmeln des Priesters war zu hören, und schließlich standen die Leute auf, um die Kommunion zu empfangen. Das ist also alles nur dummes Gerede, das auf taube Ohren stößt, dachte sie. Bitte und du wirst völlig ignoriert ...

Ach ja ... ich bin ja nur egoistisch. Es gibt viele Leute, die viel wichtiger sind als ich.

Aber da kam ihr ein merkwürdiger Gedanke, mehr eine Stimme als ein Gedanke, klar und kräftig: »Niemand ist wichtiger als du, Polly.«

Sie erhob sich aus ihrer knienden Haltung und setzte sich, von Panik ergriffen.

Ich verliere den Verstand. Mein Gott, ich höre ja schon Stimmen! Sie blickte um sich, um zu sehen, ob die anderen auch etwas gehört hatten, aber niemand schien auf sie zu achten.

Erleichtert seufzte sie auf. Denk an das verdammte Abendessen und halt deine fünf Sinne beisammen, ermahnte sie sich.

Nach einer Weile konnte sie sich wieder auf die Predigt konzentrieren. Father Brennan wetterte, wie sollte es auch anders sein, gegen die Scheidung. Da eine Volksabstimmung zu dem Thema ins Haus stand, war damit zu rechnen gewesen. Er sprach von dem, was Gott zusammengefügt hat, von Kindern, von ehelicher Pflicht, und er erklärte, dass die Scheidung den nicht trennungswilligen Partner in Bedrängnis stürze, unglücklich mache und sich nachteilig für ihn auswirke.

Polly lauschte und gab ihm insgeheim recht. Es wäre schrecklich, wenn ein Partner durch die Scheidung unglücklich gemacht würde. Aber dann kam ihr in den Sinn, dass es ja zwei Partner gab. Ging das Glück des einen Partners über das des anderen? War eine Ehe, die nur weiterbestand, damit der eine Partner zufrieden war, für den anderen eine so gute Sache? Wenn der eine sein Leben opferte, damit für den anderen nichts ins Wanken geriet, war das als Zeichen von Moral zu werten? Oder konnte man es vielleicht als ... Sklaverei bezeichnen?

Als Polly die Kirche verließ, lief sie Laura Flanagan in die Arme.

»Oh, hallo, Polly«, rief Laura fröhlich lächelnd. »Wie fanden Sie die Predigt?«

»Nicht besonders, ehrlich gesagt«, entgegnete Polly; ihr ungewohnt barscher Ton schien Laura Flanagan zu überraschen. Normalerweise konnte man sich darauf verlassen, dass Polly die Predigten gut fand.

»Aber natürlich ... man darf nicht erwarten, dass Sie das billigen, meine Liebe ... obwohl Sie in unserer Gegend das leuchtende Beispiel häuslicher Pflichterfüllung sind, ungeachtet«, hier wurde ihre Stimme leiser, »Ihrer besonderen Lebensumstände.«

»Entschuldigen Sie mich«, sagte Polly. »Ich muss heim.« Sie zwang sich zu einem Lächeln.

Nicht weit entfernt, in ihrem prachtvollen Haus, schaltete Muriel Reeves den protestantischen Gottesdienst im Fernsehen ein.

Gelegentlich ging sie zur Kirche, aber meistens unterließ sie es. Sie fürchtete, sie könnte dort auf Alan Barrington treffen, so wie damals vor zwei Jahren, als sie ihn mit seiner Frau sah. Es war nicht seine Gemeindekirche, aber als Muriel nach dem Gottesdienst herauskam, stand er da und plauderte mit dem

Pfarrer. Sie erkannte sein weltmännisches Lachen, noch bevor sie ihn erblickte. Ihre Augen waren sich begegnet, er schien sich plötzlich zu erinnern, und in seinem Blick lagen vorsichtige Höflichkeit, Herablassung, zugleich auch Bestürzung. Was ihre Augen verrieten, wusste sie nicht, aber sie versuchte, Gelassenheit zu demonstrieren.

»Guten Tag«, sagte sie so selbstverständlich wie möglich und wandte sich rasch ab.

Aber die Erinnerung war ihr gefolgt, die Straße hinunter, ins Auto, bis nach Willow House und in ihre Küche. Es kam ihr vor, als trüge er seine Eroberungen wie Ehrenzeichen einer gewonnenen Schlacht am Ärmel. Die Jahre hatten ihm kaum zugesetzt; er wirkte lebendig und selbstzufrieden, wie ein Vampir, der aus vielen Quellen Energie schöpft.

Es spielt keine Rolle, sagte sie sich. Warum lachst du nicht einfach darüber?

Sie versuchte sogar zu lachen, und Sable, ihre kleine schwarze Katze, sah sie überrascht an.

»Was ich gerne wissen würde«, flüsterte Muriel Sable zu und blickte in ihre klaren grünen Augen, »ist, warum es überhaupt passieren musste! Und vor allem, warum es ausgerechnet jemandem passieren musste, der einfach nicht fähig ist, damit fertig zu werden!«

Sable sprang auf ihren Schoß, und Muriel streichelte sie, bis sich ihr innerer Aufruhr ein wenig gelegt hatte – eine seelische Unruhe, die ständig von ihr Besitz zu ergreifen drohte und die zu unterdrücken einen Großteil ihrer Kraft aufzehrte.

»Hast du Hunger, mein Liebling?«, fragte sie die Katze und streichelte die kleinen kühlen Pfoten. Aber da Sable nicht reagierte, rührte sie sich auch nicht und saß noch eine Weile da, dankbar für die Wärme der kleinen Katze, und blickte durchs Küchenfenster hinaus ins Leere.

3. Kapitel

Auf dem Weg von der Messe nach Hause schaute Polly rasch bei Susie vorbei, um zu fragen, ob sie für den Nachmittag schon etwas vorhabe.

»Hast du Lust, nach dem Mittagessen einen Spaziergang zu machen? Rory kommt von seinem kybernetischen Liebling nicht los, und ich bin schon soweit, dass ich Stimmen höre!«

»Was für Stimmen?«

»Ach nichts ... da war nur etwas während der Messe ... ich habe eine Stimme in meinem Kopf gehört.«

»Eine göttliche Offenbarung meinst du?«, fragte Susie augenzwinkernd.

Polly lachte verlegen, schon wieder bereit und willens, die Erfahrung herunterzuspielen. »So spektakulär war's auch wieder nicht.«

Susie bereitete gerade das Mittagessen zu. Es roch nach Lammbraten. Aus dem ersten Stock war dröhnende Rockmusik zu hören, durch die Tür zum Wohnzimmer sah man inmitten von Sonntagszeitungen Fergus' Beine. Wags, der junge Hund, war draußen im Garten und bellte Cat an, die auf der Gartenmauer saß und ihn aus sicherem Abstand neckte.

»Dieser verdammte Hund macht mich noch wahnsinnig«, sagte Susie. »Ich wäre überglücklich, ein bisschen rauszukommen. Wo wolltest du hin?«

»Ich bin für alles offen!«

»Das hört sich gut an.«

»Kommst du um halb drei rüber? Dann verschwinden wir.«
»Okay.«

Polly parkte den Wagen in Sandycove unweit vom Joyce-Tower und ging mit ihrer Freundin am Meer spazieren.

»Hast du eigentlich auch manchmal die Nase voll von allem?«

Susie sah sie nachdenklich von der Seite an. »Natürlich.«

Polly seufzte. »Mir ist das kürzlich aufgegangen. Es ist, als erwachte man aus einem langen Schlaf! Was zum Teufel habe ich die letzten zwanzig Jahre gemacht?«

»Dasselbe wie jede andere ... Kinder gekriegt, einen Mann geliebt, den Haushalt geschmissen ...«

Als Polly sich nicht näher erklärte, fragte Susie: »Was hättest du sonst tun wollen, was dich glücklich gemacht hätte?«

»Ich weiß es nicht. Wahrscheinlich würde ich alles noch einmal genauso machen. Es ist nur, dass sich das Leben verändert. Man bekommt einen bestimmten Text zugewiesen, aber die Handlung, die Darsteller, die Bühnenanweisungen, alles ändert sich, so dass der Wortlaut dadurch plötzlich völlig unsinnig wird!« Susie wusste nicht, was sie darauf sagen sollte.

»In deinem Fall«, fuhr Polly fort, »liegt die Sache anders, weil sie sich mit der Zeit entwickelt hat. Du hast einen Mann, der in dich vernarrt ist. Ihr habt miteinander Schritt gehalten.«

»Er ist schon in Ordnung«, räumte Susie stirnrunzelnd ein, aber um ihre Mundwinkel spielte ein Lächeln. »Ja ... er ist in Ordnung ... mein armer alter Fergus. Er ist eifersüchtig und besitzergreifend, und in vierzehn Tagen setzen sie ihn an die Luft. Ich kann die Vorstellung kaum ertragen, dass er dann den ganzen Tag zu Hause sitzt!«

Die beiden Frauen blickten über den Deich, beobachteten die graugrünen Brecher, hörten die Schreie der herabsausenden Möwen, spürten am Wind den herannahenden Regen.

Susie schlug ihren Mantelkragen hoch, und Polly band sich ihren Tartanschal um den Kopf. Hinter ihnen erhob sich der Martello Tower, in dem einst James Joyce gewohnt hatte, und zu ihrer Linken wand sich der Pfad zum Forty Foot hinab. Das Meer, unruhig, trüb, grautürkis, schäumte um die Felsen. Sie standen schweigend da und blickten auf den leeren Horizont hinaus, hielten dem kalten Toben des Windes stand, schmeckten das Salz im Gischtnebel, der von den Felsen zu ihnen heraufwehte.

Die ersten Regentropfen fielen.

»Wir sollten lieber umkehren«, sagte Polly. »Es wird gleich anfangen zu schütten!«

Als sie zum Auto zurückgingen, bat Susie: »Erzähl mir von Toms Verlobter!«

»Du hättest sie sehen sollen! Eine Filmschönheit, einundvierzig, sieht aber aus wie achtundzwanzig. Gestern haben wir uns im Westbury zum Tee getroffen ...«

»Deshalb bist du also so unzufrieden! Du hast Vergleiche angestellt. Aber ich wette, sie hat auch ihre Probleme. Die hat jeder.«

Polly seufzte. »Ach, Susie, sie hat mir nur klargemacht, dass ich kein Dach über dem Kopf habe, wenn Rory etwas zustößt. Ich habe Angst. Und nichts stimmt mehr richtig ... Er hat sich mit Leib und Seele dieser Maschine verschrieben. Und die Kinder werden groß und gehen aus dem Haus. Ich habe das Gefühl, als wäre ich der einzige Mensch im Haus, der meine Sprache spricht!«

Susie sah ihre Freundin von der Seite an, sah ihre rundliche Figur und erinnerte sich an die gertenschlanke Polly, die damals zu ihr gekommen war und verkündet hatte, sie erwarte ein Baby.

»Durch sie ist mir wieder bewusst geworden, wie sehr ich

Tom vermisse. Nicht einmal seine Telefonnummer wollte sie mir geben«, fügte Polly mit ausdrucksloser Stimme hinzu.

»Weißt du, was du brauchst, Polly?«, sagte Susie. »Du brauchst einen Job. Wenn dir nichts anderes als deine häuslichen Sorgen im Kopf herumgeht, dann nehmen sie auf einmal überdimensionale Ausmaße an. Ein richtiger Job würde deinen Verstand beanspruchen ... dir neue Aussichten eröffnen ...«

»Und wo soll ich einen solchen Job hernehmen?« Susie zuckte die Achseln, und Polly lachte verächtlich. »Nein, dafür ist es zu spät! Mir hätte rechtzeitig klar werden müssen, dass das Leben für Mimosen keine Verwendung hat, dass es nur etwas für Kämpfer ist. Und da ist noch etwas – bis du soweit bist, einzusehen, dass deine Zeit begrenzt ist, hast du sie bereits vertan.«

»Unsinn. Du hast noch nie etwas vertan.« Susie starrte verstimmt durch die Windschutzscheibe auf die regennasse Straße.

»Ich habe gut reden«, fuhr sie nach einer Weile wehmütig fort, »ich sitze bei dem verdammten alten Penston in seiner armseligen Kanzlei fest ... Ich wollte die Welt aus den Angeln heben, und stattdessen bin ich auf meinem Hintern sitzen geblieben und nehme immer noch Diktate auf, weil ich bequem geworden bin. Ich hätte abends meinen Abschluss nachmachen können. Vielleicht hätte ich sogar Anwältin werden können!«

»Und den Rest deiner Tage damit zubringen, einen Haufen muffiger Dokumente nach dem anderen durchzulesen?«, fragte Polly. »Das klingt aber nicht sehr spannend!«

»Kann sein. Aber es wird wenigstens anständig bezahlt! Vielleicht wäre Fergus sich dann nicht so sicher, dass ich mit Willy Penston durchbrenne!« Sie sah Polly an und lächelte, um anzudeuten, dass sie scherzte.

Als sie heimkamen, nahm Polly Susies Einladung zu einer Tasse Tee an. Sie trugen das Tablett ins Wohnzimmer, wo Fergus auf der Couch schlief. Die *Sunday Tribune*, der *Sunday Independent* und die *Sunday Times* lagen zu seinen Füßen am Boden verstreut.

Susie sammelte die Zeitungen auf und griff nach einer Beilage. »Schau dir das an«, sagte sie lachend und las von der aufgeschlagenen Seite vor:

»Gentleman, Steuerberater, sucht Dame zwischen vierzig und fünfzig für Kameradschaft, Romantik, Liebe. Sie sind humorvoll, intelligent, treu, und ich bete Sie an.« Susie lachte. »Da hast du's, Polly! Das ist deine Chance!« Polly sah Fergus verstohlen an. Er lag ausgestreckt, mit offenem Mund da. Ein jähes Schnarchen und Luftholen brachte den Rhythmus seines Atems durcheinander.

»Ach, halt den Mund, Ferg«, meinte Susie gleichmütig.

Polly nippte an ihrem Tee. Sie begrüßte Fergus, als er schließlich aufwachte. »Oh, hallo Polly«, sagte er und richtete sich auf. »Ich bin wohl ein bisschen eingedöst.«

Polly sagte, sie müsse jetzt gehen. Sie half Susie, Tee und Kekse wieder in die Küche zu räumen, die makellos war, da Fergus und die Kinder sauber gemacht hatten, während Susie fort war. Von draußen drang das jämmerliche Winseln von Wags herein, der ins Haus wollte. Polly verabschiedete sich, und Susie ließ den Hund in die Küche.

Aber Polly ging nicht sofort nach Hause. Stattdessen schlug sie den Weg zu Kinlans Lebensmittelladen im Dorf ein, der sonntags geöffnet hatte. Dort kaufte sie Milch und eine Ausgabe der *Sunday Times*.

Als sie nach Hause kam, saß Rory immer noch vor dem Computer. Ungeachtet ihrer ausdrücklichen Anordnung, sauber zu machen, sah die Küche noch genauso wüst aus wie nach dem Mittagessen, und Polly machte sich ans Aufräumen. Die Jungen ließen sich nicht blicken. Sie streckte den Kopf durch die Tür zum Esszimmer und fragte: »Wo sind Peter und Jason?«

»Weggegangen!«

»Wohin?«

»Ich weiß nicht. Sie haben nichts gesagt.«

»Du hättest fragen können. Und du hättest dafür sorgen können, dass sie vorher aufräumen!«

Rory registrierte ihren gereizten Tonfall. »Ich hab' was Besseres zu tun, als mir Gedanken zu machen, wo sie sich rumtreiben. Sie tun sowieso nicht, was wir ihnen sagen. Sie wissen ja alles besser!«

Während er das sagte, klickte die Tastatur, und seine Klage verlor sich, während der Computer seine Aufmerksamkeit wieder voll in Anspruch nahm.

Polly verweilte einen Augenblick an der Tür, wusste aber, dass sie für ihn nicht mehr existierte. Sie kehrte in die Küche zurück, schloss die Tür und besah sich das dortige Chaos. Cat kam aus ihrem Korb und begann zu miauen, um anzudeuten, dass man sie schlecht behandelt und seit mindestens drei Stunden vernachlässigt hatte und dass es höchste Zeit sei, diesen Zustand zu ändern. Polly gab ihr zu fressen. »Ich füttere dich, die Jungs füttern dich, und immer wenn du rausgehst, findest du jemanden, der dir was zu fressen gibt. Doch du führst dich auf, als wärst du gerade aus einem Notstandsgebiet geflüchtet! Du wirst noch so fett, dass du bald einen Schubkarren brauchst, um dich fortzubewegen.«

Cat ignorierte diesen Vorwurf und spazierte mit einem höflichen Schnurren zur Tür.

Polly ließ sie hinaus. Aus irgendeinem Grund wirkten die Küche und das Haus leer und trostlos wie eine Wüste. Aber Polly tat, was sie immer tat, räumte geduldig den Tisch ab, erledigte den Abwasch und wischte den Boden. Dann legte sie die Zeitung auf den Tisch.

Rory kam in die Küche. »Ich gehe mal eben Zigaretten holen.« Er sah sie an und fügte mit beschwichtigender Stimme hinzu: »Kann ich dir etwas mitbringen?«

»Eigentlich nicht.«

Er warf einen Blick auf die Zeitung. »Was liest du da?«

»Die *Sunday Times*.«

»Steht was Interessantes drin?«

»Das weiß ich erst, wenn ich sie gelesen habe.«

»Du brauchst doch nicht gleich so schnippisch zu werden!«, entgegnete Rory erbittert, drehte sich um und ging zur Tür.

Polly hörte, wie die Haustür krachend ins Schloss fiel. Sie setzte den Teekessel auf, griff in die Kuchendose und schnitt sich ein Stück Schokoladenkuchen ab. Dann wandte sie sich mit Bedacht den Bekanntschaftsanzeigen zu.

Als Rory zurückkam, hatte Polly alle in Frage kommenden Anzeigen bereits durch. Da gab es den Typ liebenswerter alter Bock, der sich ein gescheites, attraktives junges Ding wünschte, um sich von der drohenden Verkalkung abzulenken (so drückte er sich zwar nicht aus, aber Polly konnte es zwischen den Zeilen lesen); dann war da der aktive Junggeselle von vierzig Jahren, fürsorglich, aber vorsichtig, ferner der Ritter ohne Fehl und Tadel, der eine schmachtende Maid suchte und Polly zum Kichern brachte. Nicht zu vergessen der warmherzige, fürsorgliche, berufstätige Gentleman, der eine gebildete, intelligente Dame, 40-50, für eine dauerhafte Beziehung suchte. Polly überlegte. Wenn es nun ehrlich gemeint war? Wenn es irgendwo da draußen tatsächlich einen Mann gab, der sich, ebenso wie sie, nach Gesprächen, Wärme, Liebe sehnte? Ich bin intelligent, dachte sie. Ich muss es sein, schließlich habe ich mal studiert. Und ich bin warmherzig und fürsorglich, schaut euch doch diese Familie an. Ich habe sie so gut versorgt, dass sie es für die selbstverständlichste Sache der Welt hält, so wie das Wetter – es geschieht praktisch alles von selbst, nur bedingt durch die Sonne und den Wind und die Drehung der Erdachse.

Sie warf einen Blick auf ihre unförmige Taille. Himmel, ich sollte etwas dagegen unternehmen, sonst sehe ich bald selbst aus wie die rotierende Erde. Dieser Gedanke stimmte sie traurig, und sie aß noch ein Stück Schokoladenkuchen, um sich aufzuheitern.

»Na«, erkundigte sich Rory, als er zur Tür hereinkam, »steht denn nun was Interessantes in der Zeitung?«

Er legte eine Tafel teure belgische Schokolade vor sie auf den Tisch. Polly wusste, dass es ein Friedensangebot war. Sie sagte ihm dann immer, er solle das lassen, und diese Reaktion schien ihm zu genügen. Er wusste, dass seine Frau belgischer Schokolade nicht widerstehen konnte.

Jetzt sagte sie: »Ach, Rory, ich habe gerade Kuchen gegessen!«

»Na und? Eine kleine Tafel wird dir schon nicht schaden.« Er blickte in die offene Zeitung. »Sind Anzeigen für Computer oder Software dabei? In England sind die Preise viel günstiger.«

»Nein«, sagte Polly. »Zumindest habe ich keine gesehen. Ich habe die Bekanntschaftsanzeigen studiert.«

»Oh ... du bist wohl auf der Suche nach dem Märchenprinzen? Ha ha!«

»Ja«, sagte Polly. »Was meinst du, für wen soll ich mich entscheiden, für den liebenswerten alten Bock oder den unvergleichlich männlichen Mann ...?«

Rory lachte. »Warum probierst du nicht gleich beide aus? Des Guten kann man nie zu viel haben!«

Polly war verletzt. »Würdest du mich nicht vermissen, wenn ich durchbrennen würde?«

»Natürlich würde ich dich vermissen. Wer würde denn dann an mir herummeckern? Dieses anheimelnde Hintergrundrauschen würde mir schon fehlen ...«

Polly spürte den Kloß in ihrer Kehle, aber sie ließ ihrem Ärger nicht freien Lauf. Rory würde dann nur denken, dass sie irrational wäre, eben typisch Frau. Stattdessen sagte sie in sanftem Ton: »Wenn das alles ist, was dir fehlen würde, dann kann ich ja ebenso gut auf die Anzeige antworten!« Aber Rory war schon wieder auf dem Weg ins Esszimmer und reagierte nicht.

»Rory«, sagte Polly laut, »hast du mich verstanden?«

Das Klicken der Tastatur verriet, dass Rory wieder seinen Posten bezogen hatte.

»Hmmm?«, machte er.

Ein paar Minuten später kam Jason heim.

»Wo ist der Hobbit, Mama?«

»Dein Vater sitzt vor dem Computer«, erwiderte Polly mit einem Seufzer. »Und du solltest ihn nicht immer Hobbit nennen.«

»Warum nicht? Ich habe den verschrobensten Vater in der ganzen Siedlung. Das sagt jeder!« Jason zögerte; seine Augen leuchteten auf, als er die Krümel auf dem Teller sah. »Oh fein, Kuchen! Du hast wieder reingehauen, Mama ... Wo hast du ihn versteckt? Oder hast du alles allein aufgemampft?«

Polly sah ihn an und fragte sich, wo das anbetungswürdige Kind von einst geblieben war.

»Du könntest deiner Mutter ruhig etwas mehr Respekt erweisen!«, sagte sie mit einem scharfen Ton in der Stimme.

Jason nahm eine drohende Haltung an. »Ich war überhaupt nicht respektlos!«

»Doch, das warst du, Jason, widersprich mir nicht. Und du brauchst nicht so aggressiv zu werden!«

Jason wurde laut. »Ich war nicht aggressiv. Das einzige, was ich wollte, ist ein Stückchen Kuchen. Du bist diejenige, die immer gleich aggressiv wird und an einem herumnörgelt! Brauchst nur die anderen zu fragen, Peter oder Dad ...« Er stand da, die Füße gegen den Boden gestemmt, und blickte von seinen einsdreiundachtzig auf sie herab.

Polly war auf einmal verwirrt. War dieser Frontalangriff die natürliche Folge dessen, was sie gesagt hatte? Ja, gewiss war es ihre Schuld. Bei Jugendlichen musste man nachsichtig sein und aufpassen, dass man sie nicht zu sehr reizte. Folglich verzichtete sie auf eine Antwort.

Aber Jason wollte dem Ärger, der in ihm aufstieg, Luft machen. »Du bist doch diejenige, welche«, fuhr er fort. »Wir haben unsere Eigenschaften von dir geerbt, du hast also das, was wir sind, dir selber zuzuschreiben!«

»Verstehe! Deine Eigenschaften, wie du sie nennst, haben dann vermutlich rein gar nichts mit dir zu tun?« Aber Pollys sarkastischer Unterton ging an ihm vorbei.

»Selbst wenn sie etwas mit mir zu tun haben«, erklärte Jason bitter, »bin ich doch nur ein armes uneheliches Kind, was erwartest du also von mir?«

Polly war, als hätte sie einen Schlag in die Magengrube erhalten. »Du bist nicht unehelich«, entgegnete sie schwach. »Dieser Status ist vor ein paar Jahren abgeschafft worden!«

»Aber du und Dad, ihr wart etwas voreilig! Und ihr habt nie richtig geheiratet, ihr lebt immer noch in Sünde!«

»Doch nicht in Sünde, Jason ...«

»Nein, nur in Bigamie!« Jason warf ihr einen zufriedenen Blick zu; in der Gewissheit, das letzte Wort gehabt zu haben, ging er in den Flur hinaus und hinterließ eine Schmutzspur auf dem Teppichboden.

Polly unterdrückte den Impuls, ihm zu folgen. Aber sie ging ins Esszimmer hinüber und sprach Rory an, der ihr nach wie vor den Rücken zukehrte. »Rory, es ist an der Zeit, dass du dich um deine Söhne kümmerst! Jason hat sich gerade eine unglaubliche Frechheit herausgenommen. Er glaubt, er kann sagen, was er will!«

»Hmm«, meinte Rory geistesabwesend. »Was hat er denn gesagt?«

»Er hat gesagt, er sei ein uneheliches Kind«, entgegnete Polly leise.

»Das ist er doch auch«, bemerkte Rory freundlich, ohne den Blick vom Bildschirm zu wenden. »Das ist zwar hart, aber es lässt sich nun mal nicht leugnen! Er kann erst für ehelich erklärt werden, wenn wir legal verheiratet sind!«

»Und wir können erst heiraten, wenn Martha tot ist!«

»So was in der Art«, brummte Rory, plötzlich gereizt, und warf ihr einen Seitenblick zu. »Mein Gott, Polly, wie kannst du so etwas sagen? Die arme alte Martha.«

»Es stimmt aber.«

»Du kannst dir doch nicht dein Leben lang wünschen, dass jemand stirbt!«

»Warum nicht?«

Rory drehte sich um und sah sie forschend an.

»Polly?«

»Oh, ich denke dabei nicht an Martha, sondern an mich!« Rory wandte sich wieder dem Computer zu und erklärte mit eisiger Stimme: »Polly, du solltest dich einmal reden hören. Du solltest einen Kassettenrecorder bei dir tragen und dir anhören, was du sagst. Dauernd hast du was zu meckern, wenn nicht über mich, dann über die Jungs. Ständig lässt du dich über irgendetwas aus, immer diese versteckten Anklagen, diese Drohungen, was du tun wirst, wenn wir uns nicht zusammenreißen. Ist dir eigentlich schon mal der Gedanke gekommen, dass das Leben für mich auch kein Zuckerlecken ist, oder für die Jungs? Wenn du für einen Augenblick aufhören könntest, nur an dich selber zu denken, würdest du das vielleicht einsehen!«

Polly überlegte, wann sie sich zuletzt beklagt hatte, und es fiel ihr ein, dass es am Vortag gewesen war, also schluckte sie die Antwort, die ihr auf der Zunge lag, hinunter. Abgesehen von gestern habe ich mich jahrelang kein bisschen beklagt. Warum wirft er mir also vor, ich würde immerzu nur meckern? Sie sah in sein selbstgerechtes Gesicht und fühlte sich wie in einem von Außerirdischen geleiteten Straflager.

»Dann mach ihm wenigstens klar, dass er den Dreck aufsaugen soll, den er wieder mal auf dem Teppich hinterlassen hat!«

»Welchen Dreck?«

»Den, den er immer mit seinen Stiefeln ins Haus trägt.«

Rory seufzte und erklärte mit herrischer Stimme: »Nein, das tue ich nicht, Polly. Davon geht die Welt nicht unter, und ich werde ihn deshalb nicht schikanieren. Du machst noch einen Schwächling aus ihm, wenn du weiterhin so auf ihm rumhackst!«

Polly ging wieder in die Küche zurück. Eine Weile starrte sie die Zeitung an, die Anzeige des berufstätigen Gentleman. Die Versuchung war groß, aber wenn sie antwortete, gab sie ihre Anonymität auf, und der berufstätige Gentleman konnte sich womöglich als Psychopath erweisen. Stattdessen holte sie eine Schere, schnitt den Vordruck aus der Zeitung aus, gab ihren Namen und die Nummer der gemeinsamen Kreditkarte an und legte den Text für eine Heiratsanzeige bei.

»Freundliche Dame, warmherzig, intelligent und gebildet, möchte ebensolchen Mann (45+) kennen lernen.«

Sie schrieb den Text mit Druckbuchstaben auf ein Blatt Papier, steckte es zusammen mit dem Vordruck in einen Umschlag und brachte den Brief sofort zum Briefkasten.

Susie saß im Wohnzimmer, als sie Polly mit einem Brief in der

Hand und unter dem Schutz eines geblümten Regenschirms vorbeigehen sah.

»Die arme alte Polly«, sagte sie zu Fergus. »Rory hat sich in einen Computersüchtigen verwandelt, und die Jungen benehmen sich wie Primadonnen – sie rühren keinen Finger im Haushalt. Alle behandeln sie wie eine Sklavin! Sie tut ihr Leben lang nichts anderes als putzen und kochen. Wirklich ein typisches Beispiel für eine Frau, die zu viel gibt. Und jetzt steckt sie mitten drin in dem, was diese supergebildeten Dummschwätzer Midlife-Crisis nennen. Plötzlich packt sie die Unzufriedenheit! Das Problem ist nur – sie ist viel zu gut für die Bande und merkt es nicht einmal!«

Fergus blickte von seiner Zeitung auf.

»Wenn du das nächste Mal mit Rory redest«, fuhr sie fort, »könntest du doch anregen, dass er ihr mal Blumen mitbringt oder so ... Mach es taktvoll. Sie könnte eine kleine Aufmunterung gebrauchen!«

»Sie ist selbst schuld«, meinte Fergus. »Wenn man sich alles gefallen lässt, springt das Leben gnadenlos mit einem um.«

»Oh, Fergus, sie ist einfach nur naiv, und sie ist wirklich schrecklich schüchtern ... Sie will alles wunderschön und perfekt haben, und sie glaubt, dass die Verantwortung für dieses glückselige Nirvana allein bei ihr liegt.«

»Dann wird sie wohl endlich aus ihrer Traumwelt aufwachen müssen, was meinst du?«

Susie schnaubte wütend. »Kein Funken Mitleid ... typisch Mann!«

Fergus grinste sie an und kniff drohend die Augen zusammen. »Im Augenblick fühle ich mich wirklich wie ein typischer Mann.« Er zog die Augenbrauen rauf und runter wie Groucho Marx. Sein Haar war inzwischen grau und schütter geworden, aber seine Brauen waren nach wie vor tiefbraun und buschig.

Fergus hatte das Gesicht eines Spaßmachers, das Lachen und der Humor vieler Jahre hatten ihre Spuren darin hinterlassen. Niemand, der ihn ansah, hätte vermutet, dass ein disziplinierter Software-Entwickler in ihm steckte, oder geahnt, welch ein leidenschaftlicher Liebhaber er sein konnte.

»Da die Kinder außer Haus sind, sollten wir die Gelegenheit nutzen und unseren *palais de joie* im ersten Stock aufsuchen!«

»Das hört sich an, als wäre unser eheliches Schlafzimmer ein Bordell!«

Fergus ließ seinen Worten Taten folgen. Sue kreischte, als sie seine Zähne an ihrem Hals zu spüren bekam. Aber ein Schauder der Erregung durchlief sie bis in die Zehenspitzen. Diese Anziehungskraft hatte ihre Macht über sie nie verloren, seit er zum ersten Mal ihr Gesicht mit seinen Händen umfasst und sie geküsst hatte, damals, als sie zwanzig war.

»Du bist ein Sexbesessener!«

»Wir haben es seit ewigen Zeiten nicht mehr auf dem Kaminvorleger getrieben«, sagte Fergus, der nun wie ein großer Hund mit dem Bauch nach oben auf dem Boden lag.

»Und wir werden es auch jetzt nicht auf dem Kaminvorleger treiben! Aber wenn du mir versprichst, dich *nicht* zu benehmen, treffen wir uns in fünfzehn Sekunden oben ...«

Sie lachte und rannte zur Treppe, während Fergus schwerfällig die Verfolgung aufnahm. Keiner von ihnen hörte, wie die Hintertür aufging und die Kinder heimkamen.

»Ich wette, die beiden bumsen schon wieder!«, sagte Sharon mit ärgerlicher Miene zu ihrem Bruder, als die Lustschreie ihrer Eltern von oben zu ihnen drangen.

»Widerwärtig!«, entgegnete Mark. »Man möchte meinen, dass sie in ihrem Alter vernünftiger sind! Wo ist der neue Schokoaufstrich? Ich weiß, dass Mama ihn irgendwo versteckt hat.«

»Ich frage mich, wie das ist«, bemerkte Sharon nachdenklich, nachdem ihr Bruder den Aufstrich hinter den Spaghettipackungen entdeckt hatte. »Das Bumsen meine ich. Dad ist so ein Nilpferd ... stell dir vor, wenn er auf unserer armen Mutter liegt!«

Mark tauchte einen Löffel in die Schokoladencreme, zog ihn wieder heraus und steckte ihn in den Mund.

»Ich denke, die Alten haben so ihre Methode«, meinte er und nahm sich noch einen Löffel voll. »Vielleicht haben sie ja einen tragbaren Kran, von dem wir nichts wissen.«

»He, hör auf, das Zeug mit dem Löffel zu essen. Das gehört aufs Brot! Gleich ist alles mit deinen Bazillen verseucht und für mich bleibt nichts mehr übrig! Das ist nicht fair!«

»Warum beklagst du dich? Du dürftest das Zeug sowieso nicht essen, sonst wirst du so fett wie Mrs. Caine!«

»So fett ist Mrs. Caine gar nicht! Sie ist nur ein bisschen pummelig!«

»Okay, pummelig, wenn du auf Beschönigungen stehst. Aber wenn du pummelig bist, wie willst du dir dann Peter, den kühnen Recken, angeln?« Mark sah seine Schwester triumphierend an. »Ich habe ihn übrigens vorhin im Dorf getroffen«, fügte er verschmitzt hinzu.

Sharon zuckte die Achseln, ging aber aus der Küche ins Wohnzimmer und sah zum Fenster hinaus. In ihr tobte ein Sturm. Woher wusste Mark, ihr grässlicher Zwillingsbruder, was sie für Peter Caine empfand? Sie hatte es ihm nie verraten.

Sie sah, dass die Tore von Willow House offen standen – der Wagen von Miss Reeves parkte in der Einfahrt. Sie beneidete Miss Reeves, die alles hatte. Plötzlich sah sie Peter Caine, und wie immer, wenn sie ihn erblickte, blieb ihr fast das Herz stehen. Mit hochgeschlagenem Kragen, aber ohne Hast, schlenderte er vorbei; der Nieselregen schien ihm nichts auszumachen. Sie mochte seinen komischen, ernsten Gesichtsausdruck, und seine runde Brille fand sie cool; sie träumte davon, seine

Freundin zu sein. Sie dachte kurz an die Schokoladencreme, die Mark in der Küche verputzte, ging dann aber nach oben in ihr Zimmer.

Es war das zweitgrößte Schlafzimmer des Hauses. Von hier aus überblickte sie den Vorgarten, die Straße und Willow House. Die Wände waren weiß, der Teppichboden grün (eklig grün, wie ihr Bruder fand) und die Vorhänge grün und rosa. Die Vorhänge, auf die sie so stolz war, hatten einen Querbehang und wurden von Bändern gehalten. Sharon hatte verschiedene Poster aufgehängt; eins von der Gruppe Boyzone, für die sie schwärmte, und eins von Batman. Auch ein Bild von Jeanne d'Arc war dabei, das ihr jemand aus Frankreich mitgebracht hatte. Darauf hielt die Heilige, sehr aufrecht auf ihrem Pferd sitzend in ihrer silbernen Rüstung, ihre Standarte hoch und trotzte allem, was da kommen mochte.

Ein Einbauschrank aus Kiefernholz und eine Frisierkommode standen an der Wand am Fenster; über dem Spiegel hing eine schmale Lampe. Ihre Kosmetika, einige billige Lippenstifte und Lidschatten, bewahrte Sharon in einer Schublade auf. Gelegentlich experimentierte sie damit herum. »Du siehst völlig verkommen aus«, hatte Mark bemerkt, als er sie bei einer ihrer heimlichen Makeup-Sitzungen ertappte. Aber Mark war ihr Bruder und ein Junge und hatte folglich keine Ahnung. Auf dem kleinen Schreibtisch neben dem Bett stapelten sich die Schulbücher. Ganz unten im Stapel, versteckt in einem Erdkundebuch, bewahrte Sharon ein paar Fotos von Peter Caine auf. Manchmal, wenn sie sicher sein konnte, nicht gestört zu werden, holte sie sie hervor und betrachtete sie voller Sehnsucht. Sie waren bei einem Grillfest im Vorjahr aufgenommen worden. Mein Gott, wie er den Kopf hielt und wie er lächelte, als müsste man ihn dazu nötigen, aber seine Augen verrieten ihn. Sie sah die Venen auf seinem Handrücken und seinen Adamsapfel an, als wären es Kennzeichen, die Gott nur Auserwählten verleiht, als besäße sonst kein Geschöpf auf Erden solch außerordentliche körperliche Merkmale.

Sharon begehrte Peter leidenschaftlich, aber sie wäre entsetzt gewesen, wenn jemand im Zusammenhang damit das Wort Sex gebraucht hätte. Sie begehrte ihn so, wie man den Himmel begehrt, wenn man stirbt, so wie man sich nach Faszination und Aufregung sehnt, so wie man von einem Musikstück ergriffen ist, das einen zugleich aufwühlt und befriedigt. Er stellte etwas Absolutes dar, den Inbegriff von Attraktivität und Vollkommenheit. Natürlich hatte sie dieses Traumbild selbst erschaffen, aber sie wäre nie auf die Idee gekommen, dass sie es tat. Es hörte sich so an, als balgten sich ihre Eltern immer noch im Schlafzimmer, aber Sharon ignorierte die Geräusche. Was immer sie da trieben, sehr romantisch konnte es nicht sein. Sie hatten doch alles schon hinter sich, die Qual und die Ekstase.

Sharon setzte sich an ihren Schreibtisch, griff nach ihrem Block und schrieb: »Mein geliebter P., ich liebe dich auf ewig. Deine treue Frau ...«

Und darunter malte sie in verschnörkelten Buchstaben: Mrs. Peter Caine. Sie strich die Worte wieder aus, fügte aber ein seelenvolles Gedicht von Byron hinzu, das sie kürzlich entdeckt hatte und das sie den Umständen entsprechend leicht abänderte.

Sie glaubte, Mark auf der Treppe zu hören, schob den Block rasch unter ihre Schulbücher und wandte sich zur Tür. Aber Mark war nur kurz in seinem Zimmer gewesen und nun wieder auf dem Weg in die Küche.

Susie zog die Vorhänge zurück, die Fergus im Taumel der Leidenschaft hastig zugezogen hatte, während er sich die Kleider vom Leib riss.

»Gestapo-Freya beobachtet uns«, sagte sie. »Anscheinend

verbringt sie ihr ganzes Leben an diesem Fenster!« Susie betrachtete das elegante viktorianische Herrenhaus auf der anderen Straßenseite. Die wunderschöne alte Eingangstür hatte ein halbrundes Oberlicht und vier Steinstufen. Das Haus stand im Fünfundvierzig-Grad-Winkel zur Sackgasse und überblickte einen großzügigen Vorgarten. Seine Architektur, die hohen Fenster mit je acht Glasscheiben, gemahnten an eine vergangene Epoche; dahinter sah man die von Bändern gehaltenen Vorhänge und das blasse Gesicht seiner Besitzerin, Muriel Reeves, die von ihrem Schlafzimmer aus auf die Welt hinausblickte.

»Sie ist wie ein Vampir!«

»Gib ihr eine Chance!«, meinte Fergus verschlafen. »Versuch einfach, sie zu mögen!«

»Die macht sich doch einen Spaß draus, sich über uns zu erheben!«, entgegnete seine Frau. »Warum sollte sie sonst in einem solchen Haus wohnen bleiben, umgeben von den Hundehütten der Möchtegern-Mittelklasse!«

»Es ist eben ihr altes Zuhause!«

»Wenn ich ein solches Haus hätte, käme ich nie auf die Idee, das Land als Baugrund zu verkaufen, und wenn ich es täte, würde ich wegziehen ...«

»Ja, weil du ein Snob bist, Susie.«

»Natürlich wäre ich ein Snob, wenn ich etwas hätte, worauf ich mir was einbilden könnte!«, gab Susie zu.

Fergus, der auf der Seite lag, antwortete nicht sofort.

»Komm wieder ins Bett«, schlug er schließlich vor.

»Nein, ich hab' vorhin die Kinder reinkommen hören. Aber da wir gerade von Muriel reden, sie könnte eine Doktorarbeit über die Häufigkeit von Geschlechtsverkehr am Sonntagnachmittag in dieser Sackgasse schreiben!«

Schweigen.

»Wage es ja nicht, einzuschlafen, wenn ich mit dir rede!«

Fergus machte ein Auge auf, lächelte seine Frau an und schloss es wieder.

»Eine soziologische Statistik«, fuhr Susie fort, »irgendjemand könnte bestimmt etwas damit anfangen.«

»Und wenn sie tatsächlich eine Doktorarbeit schreibt«, meinte Fergus verträumt, »wird sie uns vielleicht ein Exemplar überlassen, wenn wir sie nett darum bitten ... Es wäre sicher recht interessant. Ich meine, hat Laura Flanagan nun einen Liebhaber oder nicht, und wie steht es mit Eugene und Phil in Nummer 10?«

»Was die braucht, sind ein paar Kinder, dann hätte sie keine Zeit, auf uns alle herabzublicken!«, fuhr Susie aufgebracht fort. »Sie hat schon wieder ein neues Auto. Diesmal ist es so ein blöder Aston Martin!«

Fergus hörte den Neid in Susies Stimme und hielt die Augen geschlossen. Wenn er diese Sehnsucht spürte, wollte er immer ein anderer sein. Für ihn war es wie eine Anklage. Deshalb zog er es vor, sich schlafend zu stellen. Als er nicht antwortete, sah Susie ihn an. Ein leises Schnarchen ertönte. »Ich hasse Männer, die schnarchen«, sagte Susie schlecht gelaunt. Aber sie deckte ihn fürsorglich zu. »Übrigens«, fügte sie hinzu, »was ich dir noch sagen wollte: Ich gehe morgen Abend aus ... und zwar direkt vom Büro aus. Achtest du bitte darauf, dass die Kinder ordentlich essen?«

Fergus hörte auf zu schnarchen, schlug die Augen auf und fragte: »Wo gehst du denn hin?«

»Dann hast du also doch nicht geschlafen!«, rief Susie.

»Valerie, Willys Sekretärin, hat sich verlobt, das wollen wir feiern.«

»Oh«, sagte Fergus. »Nimmt Willy Penston an diesem glanzvollen Abend auch teil?«

»Woher soll ich das wissen?« Sie machte die Tür auf und ging nach unten.

»Hallo, Mama«, begrüßte sie Mark.

»Hallo, Mama«, sagte auch Sharon, die hinter Susie die Treppe herunterkam. Beide Kinder starrten sie wie gebannt an.

»Zwei Eltern geh'n ins Bett, bumsfiderallalla«, sang Mark mit unschuldiger Miene vor sich hin. »Hei ho ...« Sharon wandte sich ab und kicherte.

Susie sah die beiden missbilligend an. »Wir haben nichts dergleichen getan ... und gebrauch gefälligst nicht solche Ausdrücke. Wir haben uns nur ein bisschen ausgeruht ...«

Sharons Kichern artete in hemmungsloses Lachen aus.

Lieber Himmel, dachte Susie, früher hatte ich mal ein Privatleben.

»Mach die Sandwiches fürs Abendessen«, wies sie Sharon an.

»Warum kann das nicht Mark machen?«, entgegnete diese. »Immer werd' ich eingespannt!«

»Ich weiß nicht, wie das geht«, meinte Mark. »Ist sowieso Frauenarbeit.«

Sharon verpasste ihm einen Tritt, und er brüllte auf, humpelte im Kreis herum, drückte die Hand auf die Leistengegend und stöhnte: »O Gott, sie hat mich in die Eier getreten!«

»Gut«, meinte Sharon. »Noch ein paar Schläge in die Familienjuwelen, und du findest mühelos Arbeit – als Chorknabe!«

Sie floh durch die Hintertür, als Mark eine Wunderheilung durchlebte und hinter ihr herflitzte. »Komm zurück, du dumme Kuh ...«

Susie warf einen Blick in den Kühlschrank, wo die Überreste des Lammbratens lagerten.

»Ich hoffe, sie murksen sich gegenseitig ab«, murmelte sie. Sie sah aus dem Fenster; Wags hatte beschlossen mitzuspielen und hetzte, aufgeregt japsend, hinter den Zwillingen her.

Susie ging auf den Flur, um ihre Schwester anzurufen.

Fergus' Schnarchen war durch die offene Schlafzimmertür laut und deutlich zu vernehmen. Sie wählte und kam sofort durch.

»Hallo, Jean. Ich bin's. Weißt du etwas Genaueres über diese Stelle ... die im öffentlichen Dienst, wofür man diese Prüfung ablegen muss? Es ist für eine Freundin. Ja, ich weiß, aber es gibt doch immer eine Chance ... Über Tagespolitik ist sie auf dem Laufenden. Mein Gott, Jean, sie ist nicht zu alt ...!«

»Was ist das für ein Geräusch?«, fragte Jean unvermittelt.

»Das ist Fergus, er schnarcht fürchterlich. Kannst du ihn etwa hören?«

»Ich dachte, es wäre deine Waschmaschine!«

»Sehr komisch.«

»Geht das jede Nacht so? Wie kannst du dabei bloß schlafen?«

»Ich verpasse ihm eine Tracht Prügel. Das ist die einzige Sprache, die Männer verstehen. Jetzt sag mir bitte die Einzelheiten.«

Sie schrieb alles auf. Die Civil Service Kommission suchte hochqualifizierte Leute für Führungspositionen im öffentlichen Dienst. Ein abgeschlossenes Studium war Voraussetzung. Die Bewerbungsunterlagen mussten spätestens Ende nächster Woche eingereicht werden.

»Polly hat studiert«, sagte Susie, »auch wenn sie nicht viel davon gehabt hat.«

»Sie hat keine Chance«, meinte Jean. »Aber verrat ihr nicht, dass ich das gesagt habe. Die Prüfung ist sauschwer, und der Konkurrenzkampf gnadenlos.«

»Wer wagt, gewinnt«, entgegnete Susie. »Zumindest wird das doch immer behauptet.«

Mit ihren Notizen über die Stellenausschreibung ging sie zu Polly hinüber. Sie klopfte an die Küchentür und trat ein.

Ihre Freundin saß am Tisch und starrte vor sich hin.

»Polly, falls du dich für einen Job im öffentlichen Dienst interessierst, da werden Leute gesucht. Ich hab' grade Jean angerufen, die weiß da ganz gut Bescheid ... Du brauchst nur bei denen anzurufen und dir das Bewerbungsformular schicken zu lassen.« Sie legte ein Blatt Papier vor Polly auf den Tisch. »Stimmt was nicht?«

»Sue, ich glaube, ich habe den Verstand verloren.«

»Wieso denn das?«

Susie sah, dass Pollys Augen fiebrig glänzten und ihre Stirn feucht war.

»Polly, was ist passiert? Du siehst zum Fürchten aus!«

Polly begann zu lachen, ein unnatürliches, leicht hysterisches Lachen.

Sue starrte sie an und fragte erneut, leise und mit besorgter Miene: »Was ist los, Polly?«

»Nichts!«, erwiderte diese. Als sie sah, wie bestürzt ihre Freundin war, sackte sie auf ihrem Stuhl zusammen. »Ich weiß, es ist albern, aber ich habe mich gerade gefragt, wie ich es anstelle, einen Brief zurückzuholen, den ich eingeworfen habe.«

»An wen war der Brief?«

Polly kicherte, legte dann aber schnell die Hand auf den Mund. »Du wirst es nicht glauben, aber ich habe gerade eine Bekanntschaftsanzeige an die *Sunday Times* abgeschickt, so nach dem Motto: Suche einen netten Gentleman ...«

Susie wollte schon zu einer schlagfertigen Antwort ansetzen, da ging ihr auf, dass Polly es vollkommen ernst meinte. »Oh, Polly«, rief sie, laut auflachend. »Warum in aller Welt hast du das getan?«

»Hör bloß auf, um Himmels willen. Wenn ich das nur wüsste! Es war so eine Art spontaner Eingebung ...«

»Oh, Polly«, meinte Susie unter Lachtränen, »du bist einfach wunderbar!«

Rory verspürte wieder den vertrauten gichtartigen Schmerz im Zeigefinger. Er war auf das stundenlange Arbeiten mit der Maus zurückzuführen. Rory ignorierte die Beschwerden, so gut es eben ging, und konzentrierte sich auf seine Datensammlung. Sein Traum, ein Grundlagenwerk über die Weltgeschichte im ersten Jahrtausend zu verfassen, war zu einer Besessenheit geworden, die seine ganze Kraft verschlang. Er war sich dessen bewusst, doch die Aussicht, dass seine Bemühungen letztendlich von Erfolg gekrönt sein würden, war einfach zu verlockend. Er hörte beinahe schon den Rat, den man künftigen Studenten der Frühgeschichte erteilen würde: »Schlagt in eurem Caine nach.«

Ohne Zuhilfenahme des Computers war es völlig ausgeschlossen, eine komparative Datenbank zu erstellen, aus der hervorgehen könnte, inwieweit sich die Kulturen Chinas, Indiens und Ägyptens gegenseitig beeinflusst hatten. Von Dschingis Khan war er von jeher fasziniert gewesen; also hatte er sich vorgenommen, Beweise für seine Theorie zu liefern, dass sich diese drei großen Kulturen trotz dessen Raubzüge gegenseitig befruchtet hatten, gerade weil Dschingis Khan sie alle zusammen seinem Reich einverleibt hatte.

Zudem war es Rorys Anliegen, Licht in das Durcheinander zu bringen, das die katholische Kirche durch die Einführung des gregorianischen Kalenders geschaffen hatte, wobei der Welt elf Tage verloren gegangen waren.

Ferner wollte er aufzeigen, dass es gewisse legendäre Könige und Prinzen tatsächlich gegeben hatte. Zu diesem Zweck sammelte er Daten über die verschiedenen Länder Europas im ersten Jahrtausend, um sie anschließend miteinander in Verbindung zu bringen.

Das Internet übte dabei eine besondere Faszination auf ihn aus. Es war der erste echte Umschlagplatz für Informationen, und das allein war die steigende Telefonrechnung schon wert.

Sobald er das Buch veröffentlicht hätte, würden seine finanziellen Sorgen ohnehin der Vergangenheit angehören.

Er dachte kurz an Polly; teils voller Zuneigung, weil sie so ein komisches, unschuldiges Ding war, teils ärgerlich, weil sie in letzter Zeit so schnell giftig wurde. Dann fragte er sich, was sie wohl zum Abendessen zaubern würde.

Weit weg von Ashgrove Lawns, in der Londoner Vorstadt Wimbledon, saß Bernard Whiston vor dem Kamin. Die Sonntagszeitungen lagen säuberlich gestapelt auf dem Kaffeetisch, er hatte sie noch nicht aufgeschlagen. Er dachte an ein bestimmtes Aktienpaket, das er zu erwerben gedachte; ein Risiko, sicherlich, die Wertpapiere konnten sich sehr rasch in die eine oder die andere Richtung entwickeln, aber wenn die Fusion tatsächlich zustande kam ... Ja, Börsenspekulation war die Antwort auf die Langeweile und den Blues der späten Jahre.

Geistesabwesend nahm er die Hitze des Feuers wahr, das Radio, das in der Küche lief, und die leiseren Klänge des Spatens, der im Garten Anwendung fand.

Als das Telefon läutete, fuhr er zusammen und hastete dann zum Apparat. »Hallo?«

»Großpapa!«, sagte eine junge weibliche Stimme.

»Miss Mo! Wie geht es dir, mein Schatz?«

»Schrecklich ... ich hatte Streit mit Bob!«

»Wer ist Bob?«

»O Gott, das hab' ich dir doch erzählt. Auf jeden Fall ist alles aus ... Ich habe ihm klargemacht, dass er sich bei mir nicht mehr blicken zu lassen braucht ... Und wie geht's dir? Passt du auch gut auf dich auf?«

»Liebes Kind, ich passe so gut auf mich auf, dass ich eher an Langeweile sterbe als an Altersschwäche. Aber ich habe noch ein, zwei Trümpfe im Ärmel ...«

»Da bin ich mir sicher, Großpapa! Aber lass lieber die Finger davon. Du weißt, was der Doktor gesagt hat. Keinen Schnaps, keinen Spaß und immer hübsch brav sein! Ist Dad da?«

»Er ist im Garten. Einen Augenblick ...«

Bernard öffnete die Terrassentür und rief nach draußen: »Keith! Sophie ist am Telefon!«

Keith steckte den Spaten in den Lehm und eilte ins Haus; die Gummistiefel ließ er auf der Terrasse.

Bernard kehrte zu seinem Sessel am Feuer zurück und hörte zu, wie sein Schwiegersohn mit Sophie, genannt Mo, sprach. Er braucht mehr als das, dachte Bernard nach einer halben Stunde. Inzwischen hatte Keith aufgelegt und seine Tochter wie verabredet zurückgerufen. Mein Gott, er ist erst Mitte fünfzig, also noch ein junger Hecht! Man kann doch nicht nur durch seine Kinder leben! Aber wie soll ich ihm da helfen?

Er griff nach der *Sunday Times* und blätterte die verschiedenen Beilagen durch. Da kam ihm plötzlich eine Idee, die ihm ein Kichern entlockte. Aber er verwarf sie wieder, denn sie erschien ihm dann doch zu verwegen.

4. Kapitel

Am nächsten Morgen um fünf vor zehn postierte Polly sich am Briefkasten im Dorf und wartete auf den Postboten, der den Kasten leeren würde. Sie hatte sich entschlossen, ihren Brief zurückzuholen, und sah keinen anderen Weg dazu, als sich einer Auseinandersetzung mit dem Postbeamten zu stellen.

Es war sehr kalt, und sie kam sich albern vor. Sie lehnte am Geländer der Staatsschule und tat so, als suche sie etwas in ihrer Handtasche. Ein Auto kam vorbei, und die Fahrerin hupte zur Begrüßung. Polly blickte auf. Es war Muriel in ihrem neuen blauen Aston Martin. Das Fenster wurde heruntergelassen, und Muriel sprach Polly an; ihre vornehme Aussprache war ererbt und durch die Sprecherziehung in der Schule zusätzlich verfeinert worden.

»Kann ich Sie mitnehmen?«

Polly entfernte sich nur ungern vom Briefkasten, wollte aber nicht unhöflich sein, also ging sie zu dem Wagen, der ein paar Meter von ihr entfernt hielt. Auf ihrem schwarzen Lederschalensitz sah Muriel aus wie eine Besucherin vom Planeten Perfektion. Polly hatte den Eindruck, dass ihre Nachbarin sie neugierig musterte, und wurde rot. Bestimmt sah sie ein bisschen komisch aus, wie sie da in der Kälte herumstand. »Nein, danke, Muriel. Ich warte nur auf jemanden.«

»Sie frieren sich ja zu Tode«, meinte Muriel.

Aus dem Augenwinkel sah Polly, wie das Postauto vorfuhr,

der Postbote ausstieg, den grünen Briefkasten aufschloss, die Briefe herausholte und in seinen Segeltuchsack steckte. Polly entschuldigte sich und rannte auf den Postboten zu. Er trug eine marineblaue Uniform mit hellblauem Hemd und richtete sich auf, als sie ihn ansprach.

»Entschuldigen Sie bitte ... ich habe gestern einen Brief hier in den Kasten geworfen ... und ich möchte ihn gern zurückhaben!«

»Herrje, Missus«, entgegnete der Postbote, »ich kann doch jetzt nicht anfangen, Briefe an irgendwelche Leute zu verteilen, nur weil die danach fragen. Wo kämen wir denn da hin?«

»Es ist aber sehr wichtig«, beharrte Polly. »Ich muss ihn unbedingt wiederhaben! Es war unüberlegt, was ich da abgeschickt habe ...«

Der Postbote schüttelte den Kopf. Seine ganze Haltung drückte Bedächtigkeit aus; er war ein Mann, der um seine Macht wusste.

»Sobald Sie einen Brief in den Briefkasten werfen, gehört er Ihnen nicht mehr«, erklärte er in einem Ton, als habe Polly einen Vortrag über die unabänderlichen Tatsachen des Lebens nötig. Er blickte in Pollys verzweifeltes Gesicht. »Sicher, ich hatte da mal ein Mädchen, das hatte seine Briefe vertauscht. Den an ihren Freund hat sie in den Umschlag gesteckt, der an die Mutter adressiert war, und den an die Mutter hat sie an den Freund geschickt. Sie war ziemlich wütend!« Er sah Polly an, als wollte er andeuten, dass es Schlimmeres gab.

»Bitte«, sagte Polly flehentlich, »es ist wichtig.«

»Sie hätten dieser Person, wer immer es war, eben nicht schreiben sollen, Missus! Erst denken, dann handeln!«

Er zog den Sack oben zusammen, warf ihn in den Bus und ließ Polly einfach stehen.

Sie sah sich nach Muriels Wagen um, doch der fuhr gerade an. Also überquerte sie die Straße, kaufte bei Kinlan's die *Irish*

Times und einen Laib Brot und wechselte mit Peggy, die an der Kasse stand, ein paar Worte über das anhaltend kalte Wetter.

Peggys Schwangerschaft war nun nicht mehr zu übersehen. Das Mädchen sah müde aus. Ihre Haare waren glanzlos, und ihr rundliches Gesicht hatte seinen fröhlichen Ausdruck verloren. Ihr Freund war zweiundzwanzig und arbeitete in England. Ihre Mutter war entsetzt, über die Schwangerschaft ebenso wie darüber, dass Peggy deswegen die Schule abgebrochen hatte. Weiblichen Teenagern sollte man vaginale Rattenfallen einsetzen, dachte Polly. Wer sich an ganz jungen Mädchen vergreift, soll ruhig eine Überraschung erleben.

Auf dem Rückweg ging sie weiter bis zum Ende der Straße und betrat die Kirche. Die Messe war gerade zu Ende, eine Hand voll Leute hatte daran teilgenommen. Polly kniete in einer hinteren Bankreihe nieder.

»Ich habe eine Dummheit gemacht«, erklärte sie dem unsichtbaren Wesen auf dem Altar. »Lach mich ruhig aus ... Das ist sowieso alles, was du kannst! Es muss wirklich sehr unterhaltsam sein zu beobachten, was für idiotische Sachen wir anstellen. Jetzt wird eine Anzeige in der *Sunday Times* erscheinen, und auf der Kreditkartenabrechnung wird ein unerklärlicher Posten auftauchen. Wie soll ich das Rory erklären? Du hättest diesen Brief ruhig abfangen, diesen Giftzwerg von Briefträger dazu bringen können, ihn mir zurückzugeben!«

Das Tabernakel mit der goldenen Tür blieb ihr eine Antwort schuldig.

Polly stand auf; beim Hinausgehen fiel ihr in der Vorhalle ein Plakat ins Auge, das großspurig verkündete: »Der Herr erfreut sich an dir.«

»Dass ich nicht lache«, murmelte Polly.

Auf dem Weg durchs Dorf kam sie am Furnace vorbei, dem

neu eröffneten Restaurant mit der messingbeschlagenen Tür und den bunten Vorhängen. Sie warf einen Blick auf die größtenteils in Französisch gehaltene Speisekarte und fragte sich, ob sie Rory wohl dazu bewegen konnte, sie hierher zum Essen auszuführen.

In den Kanzleiräumen von Penston & Co. saß Susie am Computer und prüfte einen Kaufvertrag für ihren Chef.

Mr. Penston war mindestens zehn Jahre älter als sie, und es erstaunte Susie immer wieder, dass er das Leben nach wie vor ernst nahm. Dass ein Mensch jenseits der fünfzig immer noch so viel Energie in seine Arbeit steckte, wo doch der Sand der Zeit unaufhaltsam durchs Stundenglas rieselte!

»Dieser verdammte Vertrag beurkundet«, murmelte sie schlecht gelaunt, weil sie montags nie in Hochstimmung war, »dass im Verfolg besagter blödsinniger Vereinbarung und unter Berücksichtigung der Summe von einhundertfünfzigtausend Mäusen ... Himmel, so viel Geld blättert der für eine Wohnung hin ...«

Sie druckte den Vertrag aus – eine eher nüchterne Version, aus der sie ihre mündlichen Ergänzungen wohlweislich herausgelassen hatte –, bereitete den Vertragsauszug vor und legte die Dokumente gegen Ende des Vormittags zusammen mit dem Rest ihrer Arbeit Mr. Penston vor. Ihr Chef sah die Unterlagen durch.

»Vielen Dank, Susan.«

»Und wann ziehen Sie um?«, erkundigte sich Susie.

Mr. Penston sah sie erstaunt an. »Umziehen?«

Susie deutete auf die Dokumente. »Na, in die neue Wohnung ...«

»Die Wohnung ist eine reine Geldanlage«, erklärte Mr. Penston. »Ich werde dort keineswegs einziehen!« Sein Tonfall deutete an, dass Susie die Anstandsregeln verletzt und für einen Augenblick vergessen hatte, wo sie hingehörte. Mr. Penston war Junggeselle und allem Anschein nach ein Verfechter althergebrachter Wertvorstellungen.

Eingebildeter Fatzke, dachte Susie, und murmelte wie zur Erklärung, eine Wohnung in Dalkey müsse ja wunderschön sein, mit Seeblick, noch dazu ein Penthouse ...

»Zweifellos«, entgegnete Mr. Penston streng und betonte dabei jede Silbe. »Vielen Dank, Susan.«

Halt's Maul, rügte ihn Susan im Stillen, senkte jedoch scheinbar demütig den Blick. Doch nach einer Weile fügte ihr Chef in einem Tonfall, den Susie nicht deuten konnte, hinzu: »Wenn Sie sich die Wohnung aber gern mal anschauen möchten, irgendwann, abends vielleicht ...«

Als Polly heimkam, stürzte sie sich gleich in die Hausarbeit. Sie ärgerte sich immer noch über den blöden Brief, der nun nach London unterwegs war und auf einem Schreibtisch der Anzeigenabteilung bei der *Sunday Times* landen würde. Es blieb ihr nichts anderes übrig, als es lächelnd zu ertragen. Auf die Anzeige würde ohnehin niemand antworten.

Sie schaltete das Radio ein. Der Moderator, Gay Byrne, sprach gerade mit einer Frau, die erklärte, das Schulsystem sei eine Schande; die Einteilung in Leistungsgruppen führe dazu, dass sich die Kinder schon von frühester Jugend an als Versager fühlten. Polly interessierte sich allein schon Jasons wegen für das Thema. Sie machte sich eine Tasse Kaffee und hörte zu. Aber zuerst schaltete sie das Licht in der Küche aus, damit Cat, die draußen auf dem Fenstersims lauerte und aufmerksam hereinschaute, sie nicht sah. Dieses Manöver erwies sich als sinnlos. Cat erspähte Polly und begann zu miauen, erst leise, dann immer lauter und drohender, als wolle sie Polly klarmachen, dass ihr als Raubtier Mittel und Wege zur Verfügung standen, ihre Ansprüche durchzusetzen.

Polly näherte sich dem Fenster, und Cat zeigte ungehalten ihre kleinen scharfen Zähne.

»Du musst einfach warten«, erklärte Polly, »du wirst schon noch gefüttert, wenn die Zeit gekommen ist.«

Gay Byrne sprach sehr nett mit der Anruferin, nannte sie ›meine Liebe‹. Sie wusste ihre Argumente gut zu präsentieren. Ihr Sohn war in die schwächeren C-Kurse eingestuft worden und hielt sich deswegen für dumm. Sie hatte mit ihm lernen müssen, um sein Selbstwertgefühl zu heben.

Ich kann nicht mit Jason lernen, dachte Polly. Er würde es nicht zulassen; ich habe versucht, Französisch mit ihm zu üben, aber er weiß ja immer alles besser. Wenn er die Abschlussprüfung wiederholen muss, dann wird er Nachhilfestunden nehmen wollen, und das wird ein kleines Vermögen kosten. Ich wünschte, wir hätten ein bisschen Geld übrig. Wie kommen die Leute nur dazu, Armut als eine Art Tugend hinzustellen! Armut macht einen machtlos, das ist alles; man muss die ganze Lebenskraft dafür aufwenden, um irgendwie über die Runden zu kommen. Aber ich will mir nicht mehr ständig den Kopf darüber zerbrechen müssen, wie wir über die Runden kommen.

Das Telefon klingelte. Polly lief zu dem halbrunden Tisch auf dem Flur und nahm ab.

»Hallo?«

»Hallo ... Polly? Hier ist Michelle!«

»Oh, hallo Michelle. Ich dachte, du wärst schon wieder in London?«

»Bin ich auch. Ich rufe dich von London aus an. Schau, Polly, ich dachte, ich melde mich einfach mal ... Hast du Ostern schon was vor?«

»Nichts Besonderes.«

»Warum kommst du dann nicht rüber und verbringst die

Feiertage bei mir? Tom ist den Großteil der Osterwoche unterwegs, und ich dachte, du würdest dir vielleicht gern einen kleinen Urlaub gönnen! Nur wir beide in unserer Wohnung am Eaton Square ...«

»Danke, Michelle, aber ich kann nicht ...«

»Warum nicht?«

Weil ich es mir nicht leisten kann, dachte Polly. Warum ist sie nur so begriffsstutzig? Ich habe nicht genug Geld, um mich einfach so in London herumzutreiben. Reichen Leuten ist nie klar, wie arm andere Leute wirklich sind – vor allem Leute, die so tun, als wären sie's nicht, das akademische Proletariat, die Arbeiter und die unterbezahlten Intellektuellen, die praktisch unser gesamtes Steuersystem tragen! Leute, die hart arbeiten, nur um den sozialen Abstieg abzuwehren; Leute, die alle Hände voll zu tun haben, sich selbst und anderen vorzuspiegeln, sie wären reicher, als sie es tatsächlich sind, so dass ihnen keine Kraft mehr für eine Revolution bleibt.

»Schade«, meinte Michelle enttäuscht. »Dann muss ich die Buchung eben stornieren. Ich weiß, es war eigenmächtig von mir, aber weil Ostern soviel los ist, habe ich deinen Flug provisorisch schon mal gebucht, da ich gedacht habe, du hättest Zeit!«

Schweigen. Dann fügte Michelle einschmeichelnd hinzu: »Polly, willst du es dir nicht noch überlegen? Ich wäre so dankbar. Weißt du, ich wäre mutterseelenallein ... und ich kenne kaum jemanden in London ... ich bin einfach nicht gern mit mir allein!«

Als Polly klar wurde, dass ihr Michelle den Flug bezahlen wollte, erschien ihr die Sache in einem völlig anderen Licht.

»Ich weiß nicht ...«

»Schau, ich hole dich in Heathrow ab, und dann machen wir uns eine schöne Zeit. Rory und die Jungs kommen doch sicher ein paar Tage alleine klar?«

»Vermutlich schon. Auf jeden Fall würde es ihnen nicht schaden.«

Michelle lachte. »Gut. Das Ticket liegt am Ostersamstag am Aer Lingus-Schalter für dich bereit.«

»Ja, wenn es nur übers Wochenende ist ...«

»Das kannst du entscheiden, wenn du erst mal hier bist. Den Rückflugtermin habe ich noch offen gelassen. Warum gönnst du dir nicht gleich einen richtigen Urlaub?«

Warum eigentlich nicht, dachte Polly, von plötzlicher Erregung gepackt. Sie war seit Jahren nicht mehr in London gewesen.

»Das ist wirklich nett von dir, Michelle. Ehrlich gesagt, würde ich unheimlich gern kommen!«

»Braves Mädchen. Hast du was zum Schreiben bei der Hand, dann gebe ich dir die Flugnummer durch und diesen ganzen Kram ...«

Alles im Leben dreht sich um Abwechslung und Bewegung, dachte Polly, als sie wieder in die Küche kam. Ohne Abwechslung, ohne Dynamik, könnte man genauso gut tot sein. Aber so, wie wir leben, sind wir durch die Umstände und unsere Wahrnehmungen gefangen. Wir graben uns Erdlöcher, die immer enger und kleiner werden, aber wie die Kaninchen fürchten wir uns, sie zu verlassen, weil die freie Wildbahn gefährlich ist und das Erdloch scheinbare Sicherheit bietet. Aber wenn man keinen Mut hat, passiert etwas viel Schlimmeres: die sichere Erdhöhle verwandelt sich in ein Grab.

Das Geheule auf dem Fenstersims störte ihren Gedankengang. Sie ließ Cat herein, nahm sie hoch und streichelte ihr den Kopf.

»Ich fahre nach London, Cat«, erzählte sie ihr lachend. »Jetzt klinge ich schon fast wie Dick Whittington. Willst du mitkommen?« Die Katze sah sie misstrauisch an, dann schloss sie die Augen und begann zu schnurren. »Du trägst natürlich ein Lederwams und deine Wildlederstiefel ...« Cat schien mit allen Vorschlägen einverstanden.

Ich sollte lieber mal die Messingsachen polieren, dachte Polly, plötzlich in den Alltag zurückgekehrt. Und das Bad müsste auch mal wieder gründlich geputzt werden ... Vor ihrem geistigen Auge sah sie bereits, wie das Badezimmer glänzen und Türklopfer, Briefkasten und Türknauf sich spiegeln würden, wenn sie ihr Werk vollbracht hätte. Anschließend konnte sie bügeln und sich dann die Küche vornehmen. Den Boden und die Spüle, die Schränke und den Kühlschrank, alles würde sie auf Hochglanz bringen. Dann ließ sie sich durch den Kopf gehen, was sie abends auftischen würde. Vielleicht Lasagne, die mochten alle. Sie musste nur nachsehen, ob noch genügend Pasta im Haus war; ansonsten konnte sie im Dorf noch etwas besorgen.

Als Polly am Nachmittag Muriel traf, erschrak sie über deren Blässe.

»Hallo, Polly. Sie sehen ja so vergnügt aus!«, rief Muriel ihr durch das offene Autofenster zu. Sie trug ein schönes Wollkostüm und dazu einen eleganten Mantel. Ihr Makeup war perfekt, und eine süße Duftwolke umgab sie. Sie war im Begriff, ihr Auto in den Hof zu fahren, und hatte gerade auf die Fernbedienung gedrückt, um die Tore zu öffnen.

»Ich hoffe, Sie haben den Postboten heute Morgen dazu bewegen können, Ihnen Ihren Brief zurückzugeben«, sagte sie.

Polly wurde rot und fluchte in Gedanken. Es war ihr zutiefst unangenehm, dass Muriel sie beobachtet hatte und nun mit amüsierter Herablassung davon sprach.

»Ich habe es zufällig mit angehört!«

»Oh, es war nur ein Brief, den ich für Rory eingeworfen hatte ... er hatte ihn in den falschen Umschlag gesteckt.«

Muriel musterte sie neugierig. »Verstehe. Und er hat Sie Ärmste losgeschickt, um den Brief abzufangen! Typisch Mann! Ich werde mal ein ernstes Wort mit ihm reden!«

»Bitte nicht!«, rief Polly, ehe sie sich versah. Dann errötete sie und sagte, sie müsse jetzt gehen.

»Polly«, sagte Muriel lachend, »Sie werden ja rot. Man könnte meinen, Sie hätten einen Liebhaber!«

Ich wünschte, diese Frau würde sich nicht ständig in die Angelegenheiten anderer Leute mischen, murmelte Polly zwischen den Zähnen, als sie Richtung Dorf weiterging. Hat sie denn keine anderen Sorgen, als dauernd zu beobachten, was ihre Nachbarn tun und lassen? Kein Wunder, dass ihr Verlobter sie sitzen gelassen hat!

Im Dorf kam ihr Rorys Wagen entgegen. Erfreut blieb sie stehen und winkte. Doch er sah sie nicht. Starr blickte er auf die Straße und achtete nicht auf die winkende Frau auf dem Gehweg. Er war vollauf damit beschäftigt, über das Problem nachzudenken, ob das Programm, das er installieren wollte, auf dem Hauptspeicher oder dem erweiterten Speicher laufen sollte, und, noch wichtiger, ob er deswegen den ANSI.SYS-Treiber löschen müsste, denn das würde ihm das Herz brechen.

5. Kapitel

Während der nächsten Tage wurde das Wetter merklich besser. Am Sonntag war es schön, sogar warm, und die milde Luft roch nach Frühling. Die Osterglocken waren fast schon verblüht, nur an kühlen Stellen prangten sie noch in leuchtendem Gelb.

Polly spürte die Freude, die in der Luft lag, hörte die Vögel singen, empfand die Hoffnung, die der Frühling mit sich brachte. Und dann fiel ihr ein, dass heute der verhängnisvolle Tag war. Aber vielleicht würde die dumme Anzeige ja erst in der nächsten Ausgabe erscheinen. Gott sei Dank war sie anonym. Wenigstens etwas.

Sie versuchte Jason dazu zu bewegen, sie in die Kirche zu begleiten. »Ich will aber nicht!«

»Du gehst mit. Ich lasse nicht zu, dass meine Kinder wie Heiden aufwachsen!«

»Was ist schon dabei, wenn man ein Heide ist? Die sind immerhin intelligent.«

»Warum intelligent?«

»Weil der Quatsch, den sie uns weismachen wollen, vollkommen unwahrscheinlich ist, Mutterherz. Tauben schwängern nun mal keine Jungfrauen, und Tote stehen nicht wieder auf!«

Polly ließ sich auf keine Diskussion ein. Sie erteilte einen Befehl: »Ab in die Kirche!«

»Nein!«

Also ging Polly allein. Die Kirchgänger waren farbenfroh gekleidet, das Sonnenlicht strömte durch die Buntglasfenster herein, Orgelklänge erfüllten den Raum. Polly sagte mechanisch die Erwiderungen auf, betete aber nicht.

»Ich bin müde«, flüsterte Polly, als müsse sie sich gegen den leisen Vorwurf verteidigen, der sich in ihr Bahn zu brechen drohte. »Ich bin dumm und ich bin müde.«

Bei Kinlan's kaufte sie die *Sunday Times* und ging nach Hause. Laura Flanagan war mit ihrem Hund unterwegs und blieb stehen, um mit Polly zu plaudern. Was für ein schöner Tag, das ideale Wetter für einen Ausflug aufs Land, verkündete sie mit fröhlicher Stimme. Lauras Herablassung war anders geartet als Muriels. Muriel wirkte einfach aufgrund ihrer Ausstrahlung überlegen, obwohl sie im Grunde kein bisschen arrogant war. Sie hatte einen Punkt erreicht, an dem Geld und alles, was für Geld zu haben war, keine Bedeutung mehr hatte.

Laura hingegen gab sich herablassend, weil sie es nötig hatte. Schließlich war sie die Tochter eines Arztes und die Witwe eines Steuerberaters. Ihr Vater hatte ein Haus und eine große Praxis in der Upper Mount Street besessen, und damals hatte sein Berufsstand hohe Achtung genossen.

»Wir hatten ein Häuschen in den Bergen ... Eines Abends im September ist es niedergebrannt, nachdem wir heimgefahren waren. Der Rauchfang war nicht in Ordnung, und die heiße Asche hat die Dachsparren in Brand gesetzt!«

Polly bemerkte, wie nett es sein müsse, ein Wochenendhaus auf dem Lande zu besitzen, da habe Laura wirklich Glück gehabt. Diese quittierte das mit offensichtlicher Genugtuung.

Als Polly wieder zu Hause war, schlug sie die Zeitung auf, suchte die Seite mit den Heiratsannoncen und fand ein fett gedrucktes Inserat, in dem es hieß: »Freundliche Dame, warmherzig, intelligent und gebildet, möchte ebensolchen Mann (45+) kennen lernen. Zuschriften bitte mit Bild unter Chiffre 1287.«

Polly starrte die Anzeige an. Dann fing sie an zu lachen und schlug sich die Hand vor den Mund.

Mein Gott, dachte sie, jetzt bin ich schon soweit, dass ich über die Zeitung einen Mann für mich suche. Und das alles ist nur passiert, weil ich die Nase voll hatte und einen Umschlag in den Briefkasten gesteckt habe. Eine kleine Geste mit unverhältnismäßig bizarren Folgen.

Peter kam in die Küche geschlurft. Er war noch im Bademantel, da er gerade erst aufgestanden war.

»Worüber kicherst du denn so, Mama?«

»Über nichts«, erklärte Polly und legte die Zeitung beiseite. Das Telefon klingelte. Da Peter keine Anstalten machte, seine Cornflakes stehen zu lassen, ging Polly selbst auf den Flur und nahm ab.

»Könnte ich bitte mit Jason sprechen«, forderte eine gebieterische weibliche Stimme.

»Einen Augenblick.«

»Jason«, rief Polly, erhielt aber keine Antwort. »Jason!«, rief sie noch einmal, diesmal etwas lauter.

»Der Pickelsack ist weggegangen«, ließ sich Peter mit vollem Mund aus der Küche vernehmen.

»Ich fürchte, er ist nicht da«, sagte Polly ins Telefon.

»Wann kommt er wieder?«, wollte die Anruferin wissen.

»Ich weiß es nicht. Kann ich etwas ausrichten?«

»Sagen Sie ihm, Veronica hat angerufen.«

»In Ordnung.«

Als sie aufgelegt hatte, sagte Polly gereizt zu Peter: »Warum kannst du dich nicht mal vom Fleck rühren? Du gehst nie ans Telefon, sitzt immer nur da wie ein Pascha!«

»Tut mir leid, Mama, meine alte Kriegsverletzung macht mir grad wieder zu schaffen!«

Polly machte eine ärgerliche Handbewegung.

Rory saß im Esszimmer am Computer. Polly brauchte gar nicht erst nachzusehen, denn sie hörte das Klicken der Tastatur. Sie ging wieder in die Küche. Peter hatte inzwischen Cat hereingelassen und fütterte sie gerade.

»Ich habe ihr schon was zu fressen gegeben, bevor ich in die Kirche gegangen bin«, erklärte Polly. »Sie wird noch so fett, dass sie platzt.«

»Es wäre sicher ein interessanter Anblick«, meinte Peter, »wenn Fell und Haare so durch die Gegend fliegen würden. Cats Überreste an den Küchenwänden ...« Er kitzelte sein Haustier am Kinn. »Das tust du doch nicht, oder, Dickerchen? Und wie geht es dir heute, liebste Mutter?«

Polly wusste, dass er als nächstes um einen Vorschuss auf sein Taschengeld bitten würde. Sie schätzte, dass sie ihm, wenn sie all seine bisherigen Vorschüsse zusammenzählen würde, bis zur Jahrtausendwende überhaupt kein Taschengeld mehr zu zahlen bräuchte.

»Kann ich mir zehn Pfund von dir borgen?«

»Und wann gedenkst du sie wieder zurückzuzahlen?«

Peter lächelte. Früher hätte er auf ihren Tonfall mit einer groben Antwort reagiert. Aber inzwischen wusste er um die Zauberwirkung von Charme.

»Ich werde dir als Sklave zu Diensten stehen!«

»Jetzt hör aber auf!«, rief Polly. »Versuch dich lieber daran zu gewöhnen, dass ich kein Goldesel bin!«

Peter ließ den Kopf hängen. »Ich weiß. Als nächstes sagst du mir, dass du knapp bei Kasse bist. Aber ich verspreche dir hoch und heilig, dass ich alles bis auf den letzten Heller zurückzahle!«

»Ich will es gar nicht zurück«, entgegnete Polly. »Ich möchte nur, dass du endlich selbstständig wirst und uns nicht mehr auf der Tasche liegst.«

»Das kannst du haben. Und zwar schon sehr bald!«

»Gut«, sagte Polly. Ich kann einfach nicht den Mund halten, dachte sie selbstkritisch.

»Und komm mir nicht auf die Idee, deinen Vater auch noch um Geld anzugehen«, fügte sie hinzu. Peter versuchte das hin und wieder. Seine Sprüche taten bei beiden Eltern ihre Wirkung, und auf diese Weise gelang es ihm nicht selten, seine Einnahmen zu verdoppeln.

»Hackende Hobbits soll man nicht stören«, bemerkte Peter nachsichtig und schaufelte sich eine Ladung Cornflakes in den Mund. »Außerdem würde er mich sowieso nicht erkennen!«

Jason kam zur Hintertür herein. Er musterte seine Mutter vorsichtig, da er fürchtete, dass er mit seiner Weigerung, sie in die Kirche zu begleiten, in Ungnade gefallen war.

»Wo warst du?«, fragte Polly kühl.

»Draußen.«

»Was du nicht sagst! Geht es noch ein wenig genauer?«

»Ich war nebenan bei Sharon und Mark. Sie sind völlig fertig ... Wags ist verschwunden!«

»Das ist aber traurig«, meinte Polly. »Bist du sicher, dass Cat ihn nicht gefressen hat?«

Jason lachte unwillkürlich. Cat lag zusammengerollt in ihrem Korb und sah verdächtig dick aus.

»Sie vertilgt alles, was ihr unterkommt. Ich glaube, ästhetisches Empfinden allein kann sie nicht davon abhalten ...«

»Du bist heute Morgen ausgesprochen witzig, Mama«, sagte Peter mit vollem Mund. »Was ist nur in dich gefahren?«

»Der Frühling!«, erwiderte Polly. »Früher war ich jung und albern. Und jetzt bin ich alt und albern!«

»Erstaunlich«, meinte Peter, »was die Zeit so alles anrichtet!«

Jason, der fand, dass er nicht ausreichend beachtet wurde, mischte sich ein: »Morgen haben die Zwillinge Geburtstag!«

»Und ich in drei Wochen«, sagte Peter. »Ich erwähne es nur, damit es nicht irgendwie in Vergessenheit gerät!«

Er lehnte sich zurück und wischte sich den Mund mit einem übergroßen Taschentuch ab. »Erinnerst du dich noch an den Tag, als ich geboren wurde, Mama?«

»Ach«, sagte Polly, »an den Morgen erinnere ich mich gut. Die Sonne schien hell ins Krankenzimmer. Ich fragte die Schwester, ob ihr die Lust auf eigene Kinder vergangen sei – wenn sie täglich mitbekam, was die Frauen bei der Geburt alles durchmachten. Aber sie sagte: Überhaupt nicht – die Schmerzen sind so schnell vorbei, und warten Sie ab, was Sie dann haben!« Sie sah Peter an. »Ich warte immer noch!«

»Mama«, meinte Peter, »ich möchte mich ja nicht selbst loben, aber du hast einen wunderbaren Sohn. Er ist eins siebenundachtzig groß, hat einen Brustumfang von 112, kann 115 Kilo drücken ...«

»Und ist in der Lage, einen mit nur drei Sätzen zu Tode zu langweilen«, ergänzte Jason und wandte sich zur Tür.

»Warte, Jason«, rief Polly ihm nach, »es hat jemand für dich angerufen, ein Mädchen; sie heißt Veronica!«

Jason blieb unten an der Treppe stehen und nickte, als wäre diese Information nicht besonders interessant für ihn.

»Wer ist diese Veronica überhaupt?«, fragte Polly Peter, als Jason nach oben verschwunden war.

»Eine Mieze, die er vor ein paar Wochen in einem Nachtklub kennen gelernt hat.«

»Hast du sie gesehen?«

»Klar.«

»Ist sie nett?«

Peter zuckte die Achseln. »Sie ist in Ordnung.«

»Was heißt das?«

»Das heißt, es kann ihm nichts passieren, solange sie sich nicht auf ihn setzt!«

»Du meinst, sie ist stark?«

»Kommt drauf an, was du unter ›stark‹ verstehst. Sie wiegt ungefähr zwei Zentner.«

»Das arme Mädchen«, murmelte Polly. »Babyspeck kann wirklich ein Problem sein.«

»Sie ist kein Kleinkind, Mama. Sie ist ein ausgewachsenes Weib.«

»Wie alt ist sie denn?«

»Keine Ahnung ... so um die dreißig?«

Polly sah ihn entgeistert an. »Lieber Himmel, mein Baby!«

Wieder klingelte das Telefon. Diesmal ging Peter ran. »Oh, hallo, Veronica«, sagte er. »Ich schau' mal nach, ob er da ist.«

Polly sah, wie sich Jason über das Treppengeländer beugte. Er schüttelte vehement den Kopf und wirkte wie jemand auf der Flucht.

»Oh, tut mir leid, sieht so aus, als wäre er ausgeflogen«, erklärte Peter höflich. »Ja, ich sage ihm, dass du angerufen hast. Ich weiß nicht, ob er schon gehört hat, dass du versuchst ihn zu erreichen. Okay, gib mir deine Nummer, und ich sorge dafür, dass er sie kriegt.« Er notierte die Nummer und legte auf.

»Jason, du kleiner Scheißer, schalt dein Hirn ein, bevor du Leute anquatschst!«, zischte er seinen Bruder an, der immer noch oben an der Treppe stand.

Jason machte ein finsteres Gesicht. Seine Pickel leuchteten im Sonnenlicht, das durchs Flurfenster hereinfiel. »Ich kann doch nichts dafür, wenn mich die Frauen unwiderstehlich finden!«

Polly trat auf den Flur und schaute zu Jason hinauf.

»Ist diese Veronica aufdringlich?«, wollte sie wissen. »Ich werde ihr was flüstern, wenn sie das nächste Mal anruft.«

Jetzt wurde Jason böse. »Nein, Mama. Damit werd' ich schon allein fertig!«

Polly versuchte, ihr Entsetzen nicht zu zeigen. Sie wusste inzwischen nur allzu gut, dass, wo die Ränke des Schicksals nicht verfangen, einen immer noch die eigenen Kinder zu Fall bringen können.

»Jason, du bist ein unerträglicher Pickelsack«, erklärte Peter.

»Aber wenigstens liegt meine Zukunft noch vor mir, du alter Knacker!«

Peter plusterte sich auf. »Ich sehe schon, du schreist nach einer Tracht Prügel!«

»Hört auf«, mahnte Polly. Sie ging wieder in die Küche, griff nach der Beilage der *Sunday Times* und betrachtete noch einmal die Anzeige der freundlichen Dame, warmherzig und intelligent, die im Grunde nur einen Menschen suchte, mit dem sie sich auf einer Ebene wusste und mit dem sie endlich einmal vernünftig reden konnte.

Muriel rief bei Claire an, ihrer alten Freundin, die in England lebte.

Aber Claire war mit ihrem Mann zu einem Kurzurlaub nach Schottland gefahren. Ihre älteste Tochter Annabelle meldete sich.

»Mama und Papa sind unterwegs«, sagte sie. »Morgen sind sie wieder zu Hause.«

»Wie geht's dir, Annabelle? Erinnerst du dich noch an mich?« Das Mädchen zögerte. »Natürlich nicht«, fügte Muriel hinzu. »Du warst noch ganz klein, als ich dich zuletzt gesehen habe. Wie alt bist du jetzt?«

»Zwölf«, antwortete Annabelle schüchtern.

Muriel machte noch ein wenig Konversation, bat Annabelle, ihren Eltern schöne Grüße zu bestellen, dann legte sie auf. Zwölf, dachte sie, beinahe schon ein Teenager. Beinahe eine

Frau. Sie wusste nicht, wer ich bin. Wie sollte sie auch? Muriel blickte aus dem Fenster auf die Sackgasse hinaus. Sie sah einige der jungen Leute, die vor ein paar Jahren noch Babys gewesen waren, lachend vorbeischlendern. Bevor man weiß, wie einem geschieht, ging es ihr durch den Kopf, gehört die Welt, die man für die eigene gehalten hat, anderen Menschen, der lebenshungrigen jungen Generation. Und dann dachte sie, von jäher Angst überwältigt: Habe ich mein Leben etwa schon hinter mir?

6. Kapitel

Gegen Ende der folgenden Woche erhielt Polly die ersten Antworten auf ihre Anzeige in der *Sunday Times.* Der große braune Umschlag mit der Aufschrift »Privat und vertraulich« fiel am Freitag vormittag um elf Uhr auf ihren Fußabstreifer. Sie sah ihn an, fragte sich im ersten Moment, um was es sich dabei wohl handeln könnte, und erkannte erst beim Öffnen erschrocken, was sie da eigentlich in der Hand hielt. Sie fand die Situation lächerlich. Es waren vier Briefe, die an ihre Chiffrenummer adressiert waren. Sie griff nach einem Messer, schnitt den ersten auf, der ihr in die Finger kam, und nahm den Briefbogen ungläubig heraus.

> Hallo,
> Sie hören sich an wie eine Frau, die mir gefällt. Freundlich! Frauen sollten freundlich sein. Ich lege ein Bild von mir mit meinen Kumpels bei (ich bin der in der Mitte). Wenn Sie mich anrufen wollen, erreichen Sie mich unter der unten genannten Nummer. Fragen Sie einfach nach Fred.

Es folgte eine Telefonnummer.

Polly sah sich das Foto an. Fred war dick. Er grinste, trug ein kurzärmeliges Hemd und hatte eine Tätowierung auf dem Unterarm. Seine Kumpel hielten Biergläser in der Hand und vermittelten den Eindruck, als würden sie, wenn ihnen jemand zu nahe kam, erst zuschlagen und dann Fragen stellen.

Der zweite Brief trug die Handschrift eines gebildeten Menschen. Das beigelegte Foto zeigte ein glattrasiertes Gesicht mit Brille und ernstem Ausdruck. Der Mann schrieb, er sei geschieden und liebe Violinmusik. Polly schaute sich das Bild genauer an, sah den schwachen Mund, das fliehende Kinn, die großen empfindsamen Augen.

Der dritte Umschlag enthielt das Bild eines alten Esels mit Brille. Sein Brief war kategorisch.

»Ich will Sie sofort hier bei mir haben«, schrieb er. »Sie werden mit meinen Kindern hier im Haus leben. Ich weiß, sie werden Sie mögen.«

Die Handschrift war unsicher. Die Adresse war nachträglich in die linke untere Ecke gesetzt worden. Polly betrachtete das Gesicht auf dem kleinen Foto, den verwirrten Ausdruck, als hätten ihn die Ereignisse überrannt und nun müsse er sich erst mühsam orientieren. Eine Furcht, die fast an Panik grenzte, ergriff sie, als sie den letzten Briefumschlag aufschnitt. Das Foto war an das steife Briefpapier geheftet. Ein Glatzkopf starrte sie aus hervortretenden Augen an.

»Es ist nicht so schlimm, wie es aussieht«, hieß es in dem Brief. »Die Aufnahme wurde bei schlechtem Licht gemacht.«

In den folgenden Tagen erhielt Polly noch mehr Zuschriften. Es war ein wenig, als würde sie belagert: all diese Männer, die Interesse an ihr zeigten, sie für sich zu erobern suchten. Allmählich fühlte sie sich wie eine Kurtisane, die brieflich umworben wird. Aber es wurde ihr auch klar, dass viele Männer weder so glücklich noch so selbstgenügsam waren, wie sie immer gedacht hatte. Viele von ihnen sprachen von ihrer Einsamkeit; viele schienen sich nach einer festen Beziehung und echter Kameradschaft zu sehnen. Einer von ihnen sprach sogar von der schwer fassbaren verwandten Seele. Ein anderer erklärte, er suche eine liebevolle, ehrliche Frau.

Abends, wenn sie Rorys Hinterkopf betrachtete, während er sich im Cyberspace verlor, dachte sie an diese Männer, die heimlich von Zweisamkeit träumten und nicht wussten, wie sie es anstellen sollten, eine Gefährtin zu finden.

»Nach fünfundzwanzig Jahren habe ich vergessen, wie man eine Frau anmacht«, hatte einer von ihnen geschrieben.

Nach zwanzig Jahren, dachte Polly, wäre es für mich die merkwürdigste Erfahrung auf der Welt, von jemandem angemacht zu werden. Der Gedanke weckte in ihr großes Unbehagen, und sie war froh, dass keiner dieser Männer wusste, wo sie wohnte. Mit großer Erleichterung schlüpfte sie wieder in die Rolle der guten Hausfrau und Mutter, die vor der Welt beschützt wird.

Der einzige Brief, der wirklich etwas in ihr auslöste, traf fast eine Woche später ein.

> Liebe freundliche Dame,
> ich bin sechsundfünfzig, von Beruf Psychiater, jetzt mehr oder weniger im Ruhestand. Vor zwei Jahren wurde ich Witwer. Nur mit Scheu antworte ich auf eine solche Anzeige, aber Sie hören sich an wie ein echter Mensch. Es wäre mir ein Vergnügen, Sie aufsuchen zu dürfen, wo immer Sie sind.
> Wie Sie an meiner Adresse sehen, lebe ich in Wimbledon. Mein Haus ist alt und zu groß für meine Bedürfnisse, aber es hat einen großen Garten, den ich sehr liebe.
> Ich habe eine Tochter, die gegenwärtig für eine Anwaltsfirma in New York arbeitet, so dass ich sie nur von Zeit zu Zeit sehe.
> Ich spiele Bridge, lese viel, beschäftige mich im Garten

und versuche, fit zu bleiben, indem ich mit meinem Hund im Park spazieren gehe.
Gelegentlich jogge ich auch. Aber etwas fehlt in meinem Leben – der wichtigste Bestandteil überhaupt!
Ich freue mich darauf, von Ihnen zu hören, und wünsche Ihnen von Herzen Glück,

Bernard Whiston

Polly musterte neugierig das Foto. Es war klein und zeigte einen Mann, der in einem Garten saß. Sie trat an Rorys Schreibtisch, holte sein Vergrößerungsglas und schaute sich das Gesicht genauer an. Der Mann hatte eine Halbglatze, aber sein Gesichtsausdruck war kultiviert und freundlich. Er sieht nett aus, dachte Polly, sehr nett sogar. Was vom Garten zu sehen war, gefiel ihr auch – Rosen, Lupinen und dahinter eine Terrassentür, die ins Haus führte. Dann blickte sie auf ihr eigenes bescheidenes Fleckchen Grün hinaus. Der Rasen musste gemäht werden, und die dicke, runde, egoistische Cat schlief in der Frühlingssonne. Es hatte keinen Sinn, den Garten verschönern zu wollen. Die Jungen spielten nach wie vor Fußball darin, und die hübschen Pflanzen, die sie gern gesät hätte, hätten niemals überlebt. Oje, dachte Polly, ich kann diese Briefe nicht beantworten. Dazu bin ich viel zu feige. Ich habe eine Dummheit begangen. Aber ich werde alles zurückschicken, Briefe, Fotos, alles. Das ist nur fair.

Sie ging ins Esszimmer zurück und schaltete Rorys Computer ein. Sie wusste, wie das Textverarbeitungsprogramm funktionierte – zumindest in den Grundzügen –, wie man einen Brief aufsetzte und den Drucker in Gang brachte. Das war die ideale Methode, um ihre Post zu beantworten. Also fing sie an:

Lieber ... (hier setzte sie den entsprechenden Namen ein), vielen Dank für Ihren Brief. Die Anzeige habe ich aus einem dummen Impuls heraus aufgegeben, und ich schicke Ihnen hiermit Ihr Foto zurück. Ich bin überzeugt, dass Sie ein sehr sympathischer Mensch sind.

Sie sah sich den kleinen Briefstapel an und dachte darüber nach, ob sie den Brief unterschreiben sollte. Es kam ihr ein bisschen gemein vor, Menschen dazu zu bringen, einem zu schreiben, und dann nicht einmal einen Namen unter die Antwort zu setzen. Aber meinen richtigen Namen kann ich nicht nennen, dachte sie. Sie überlegte eine Weile und unterschrieb die Briefe dann in einer leichtfertigen Anwandlung mit Concepta.

Sie hatte eine Schulfreundin, die so hieß. Als die Freundin zum Arbeiten nach England ging, hatte sie sich in Carmel umbenannt. Allem Anschein nach wussten die Engländer nicht viel über unbefleckte Empfängnis, und so war sie gelegentlich auf Missverständnisse gestoßen.

Bei dem Brief von dem netten Mann mit Garten in Wimbledon verweilte Polly ein wenig länger. Als sie sein Foto zusammen mit ihrem Antwortbrief in den Umschlag steckte, seufzte sie auf. Aus irgendeinem Grund, sie wusste selbst nicht genau warum, klebte sie ihn nicht gleich zu. Sie holte die Schachtel mit den Briefmarken, frankierte die Briefe und steckte sie in ihre Tasche, um sie später einzuwerfen. Doch als sie im Begriff war, auf den Brief an Bernard Whiston eine Marke zu kleben, fiel ihr plötzlich ein, dass sie am folgenden Wochenende in London sein würde und ihn gleich dort aufgeben konnte.

»Spielt es eine Rolle, von wo aus du ihn wegschickst?«, fragte die leise, sardonische Stimme in ihrem Kopf. Polly antwortete ihr demütig. Es bedeutete einfach nur, dass sie ihre kategorische Absage an Bernard Whiston um ein paar Tage hinauszögern könnte. So bliebe ihrer Phantasie noch ein wenig Spielraum.

Ich vermute, ich habe den Verstand verloren, dachte Polly, als sie ins Dorf ging. Ist es das, was geschieht, wenn man unter Reizentzug leidet? Wird man da ein wenig merkwürdig, um sich selbst etwas Abwechslung zu verschaffen?

Die Stimme, die sie als ihr verborgenes zweites Ich erkannte, das in letzter Zeit über sie zu wachen schien und sich hin und wieder mit Zwischenrufen einmischte, flüsterte ihr ein: Wie kann dir jemand irgendetwas verwehren? Du bist erwachsen! Nimm dir, was dir zusteht. Schnapp jetzt bloß nicht über, erwiderte Polly. Was soll ich deiner Meinung nach tun?

Mehr aus Gewohnheit als aus einem echten Bedürfnis heraus ging sie in die Kirche. Das Buntglasfenster über dem Altar leuchtete in alter Symmetrie; auf dem weißen Marmoraltar standen zu beiden Seiten des Mittelteils Bildnisse der Heiligen Jungfrau und des heiligen Joseph. Polly dachte an Jason und seine Bemerkungen. »Tauben schwängern keine Jungfrauen, und Tote stehen nicht wieder auf.« Was sagst du dazu? Fragte sie wortlos den unsichtbaren Geist auf dem Altar. Du kannst dich doch nicht jeglicher Logik widersetzen!

Als die Antwort ausblieb, fügte sie hinzu: Ich vermute, Gott, nüchtern betrachtet, ohne dieses ganze Brimborium, würdest du mit einem Mal ziemlich langweilig wirken.

Beim Verlassen der Kirche traf sie auf Father Brennan, den Gemeindepfarrer. Er war ein dünner freundlicher Mann, ganz in Schwarz gekleidet bis auf den weißen Stehkragen. Frauen gegenüber gab er sich onkelhaft; Polly schätzte er ganz besonders, und sie war sich dessen bewusst. Immer wenn er mit ihr sprach, war ihr klar, dass er sie als leuchtendes Vorbild einer guten Frau sah. Sie empfand sein Wohlwollen als eine Zwangsjacke. Ein Teil von ihr war weiterhin bestrebt, es sich zu verdienen; ein anderer Teil ärgerte sich über die Engstirnigkeit, auf der diese Billigung beruhte. Der Einsiedler, der in einer Höhle lebt, ging es ihr unverhofft auf, schätzt jene, die es ihm gleichtun.

Hinter ihnen wurde plötzlich eine wütende Stimme laut. Sie drehten sich um und sahen draußen vor den Toren der Kirche Sam Riley stehen, der einen Passanten beschimpfte. Der Passant ging weiter, und Sam ließ sich gegen die niedrige Mauer sinken, hinter der er schließlich verschwand.

Father Brennan seufzte und sagte: »Armer Sam! Eine Tragödie! Aber was soll man machen?« Er schüttelte den Kopf und ging wieder hinein.

Polly trat unterdessen auf die Straße hinaus und wurde sogleich von Sam begrüßt. Offensichtlich betrunken, saß er gegen die Mauer gelehnt auf dem Pflaster. »Hätten Sie ein paar Pence, Ma'am ... für eine Tasse Tee?«

Polly suchte in ihrer Handtasche nach Kleingeld. Der Mann tat ihr leid; er musste einmal gut ausgesehen haben, bevor sein rotgesprenkeltes Gesicht und seine verfilzten Haare ihn als Gescheiterten auswiesen. Es hieß, er sei erst dreißig und seine Familie habe ihn hinausgeworfen. Jetzt lebte er hinter dem Dorf in einem verfallenen Häuschen, dessen Fenster mit Zeitungspapier zugeklebt waren. Sein Mantel wurde von Schnürsenkeln zusammengehalten, sein Gesicht war schmutzig, sein Blick starr.

»Sie kennen doch das Papier, in das man Fisch einwickelt?«, fragte er, als Polly ihm etwas Geld gab. Sie nickte. Es hatte keinen Sinn, Sam zu bitten, sich klarer auszudrücken.

»Ich hatte zwei schöne Dorschfilets darin eingepackt und steckte sie in eine Keksdose, damit die verdammten Vögel nicht rankommen ...«

»Oh«, sagte Polly, »ich verstehe.«

»Ich habe die Dose in die Mülltonne gesteckt, sicherheitshalber ... aber als ich heute früh rauskomme, ist der Fisch weg!«

»Oh«, wiederholte Polly, »wie schade.«

»Das Papier war ganz zerrissen.«

»Ich verstehe«, versicherte ihm Polly noch einmal.

»Das waren die Katzen«, erklärte Sam und schlug ärgerlich mit der Faust aufs Pflaster, »diese Katzenbiester!«

Sie ging zu Kinlan's, um die Zeitung zu holen. Von Peggy war nichts zu sehen. Nur ihre Mutter, Madge, war im Laden.

»Ziemlich kalt heute«, meinte sie, als sie die Kasse öffnete und das Wechselgeld herausgab. »Man möchte nicht glauben, dass Ostern vor der Tür steht! Unternehmen Sie etwas Schönes an den Feiertagen?«

»Ja, das tue ich. Ich fahre nach London und besuche meine zukünftige Schwägerin!«

»Sie Glückliche! Das wird bestimmt ein netter Urlaub.«

»Und was haben Sie vor, Madge?«

»Machen Sie Witze? Wo ich bald Großmutter werde?«

Madge machte ein verbittertes Gesicht.

»Wie geht es Peggy denn?«, fragte Polly mitfühlend; sie erinnerte sich nur allzu gut an ihre erste Schwangerschaft und die Zeit kurz vor der Geburt.

»Sie ist völlig kaputt.« Im vertraulichen Von-Frau-zu-Frau-Ton ergänzte Madge: »Im letzten Monat ist es immer hart – wenn Sie sich erinnern.«

»Ja, ich erinnere mich nur allzu gut«, sagte Polly. »Ich hatte so die Nase voll, dass ich einen Tag vor Peters Geburt einen kleinen Dauerlauf gemacht habe, es war schon eher ein Sprint. Das hat gewirkt! Kaum war ich wieder zu Hause, setzten die Wehen ein!«

»Mein Gott«, sagte Madge. »Das muss ja was gewesen sein – rennen im neunten Monat!«

»Na ja, als Rennen war es nicht gerade zu erkennen – eher als eine Art Trudeln ...«

»Armes Kind«, sagte Madge mit leiser Stimme, »sie hat keine Ahnung, was ihr bevorsteht!«

»Heutzutage ist das nicht mehr so schlimm«, murmelte Polly. »Da gibt es doch diese neumodischen Methoden, Epiduralanästhesie und das alles.«

»Es ist die Hölle«, beharrte Madge, »neumodische Methoden hin oder her! Und welchen Dank bekommen wir dafür?« Sie verstummte, als ein Kunde mit seinem Korb voller Lebensmittel an die Theke kam. »Guten Tag, Mr. Cassidy«, sagte sie, das Thema wechselnd, »wie geht's denn so? Sie sehen richtig frisch und gesund aus!«

»Ach, gehen Sie, Madge ...«

Polly trat auf die Straße hinaus. Es war still, abgesehen von ein paar Autos unten an der Kreuzung, die zur Umgehungsstraße führte.

Früher war das Dorf an der Hauptstraße gelegen. Damals erstickte es fast im Verkehr und in den Abgasen. Aber jetzt hätte es wieder dem letzten Jahrhundert angehören können, in dem es gebaut worden war, so ruhig war es hier – tagsüber wenigstens, bevor die Pendler aus der Stadt in die Siedlung zurückkehrten.

Ich bräuchte ein paar neue Kleider für London, dachte Polly vergnügt, stellte sich das bevorstehende Wochenende vor, die Fahrt zum Flughafen, die Landung in London, die neue Welt, in die sie am Wochenende mit der raffinierten Michelle eintauchen würde. Da kann ich doch nicht aussehen wie eine Landpomeranze.

Sie überschlug, wie viel sie noch auf dem Konto hatte, und stellte seufzend fest, dass die Lage nicht rosig war; sie hatte es bereits überzogen.

Wenigstens gab es noch die Kreditkarte. Doch wenn man die in Anspruch nahm, musste man Zinsen zahlen, und durch ihre Annonce in der *Sunday Times* hatte sie ihre Finanzen schon genug strapaziert.

Oh ihr Gesetzgeber, dachte sie; wenn ihr uns doch nur ein

bisschen weniger Steuern abknöpfen würdet, könnten normale Leute wie Rory und ich halbwegs ordentlich leben. Polly wusste, dass sie steuerlich benachteiligt wurden, weil sie nicht von Rechts wegen verheiratet waren. Eheleute bekamen Steuerfreibeträge; Alleinstehende erhielten zwar auch Freibeträge, aber das lief nur dann auf das gleiche hinaus, wenn beide ein eigenes Einkommen hatten.

Sie stellte ihre Einkäufe in der Küche ab und sah nach, ob die Kreditkarte in ihrer Geldbörse steckte.

Im Bad betrachtete sie sich im Spiegel, sah ihren nervösen Gesichtsausdruck. Ich mache mich schon noch, dachte sie. Ich muss. Ich kann doch nicht mein Leben lang aussehen wie eine Gestalt aus *Puh, der Bär.* Ich bin vierundvierzig, und jetzt ist der richtige Zeitpunkt für eine Metamorphose.

Sie nahm einen Bus in die Stadt. Weil der Bus vor ihnen eine Panne hatte, stiegen auf halbem Weg weitaus mehr Leute zu als sonst, unter anderem eine ältere Frau. Es war kein Platz mehr frei, und Polly, die auf der Bank vorne im Bus saß, rückte ein Stück gegen die gläserne Abtrennung, um zwischen sich und ihrem Nachbarn Platz zu schaffen. Aber es reichte nicht.

»Entschuldigen Sie«, sagte sie zu dem Mann neben ihr, der in die andere Richtung hätte rücken können, »würden Sie etwas Platz machen, damit sich die Dame hinsetzen kann?«

»Sie sind wohl nicht gescheit«, erwiderte dieser in breitestem Cork-Dialekt, »ich lasse mich doch nicht herumschubsen.« Er presste die Lippen aufeinander und drückte das Kinn gegen die Brust, um zu beweisen, dass er sich nichts gefallen ließ.

Polly drückte sich noch weiter in die Ecke und bedeutete der älteren Frau, sich zu setzen. Das tat diese auch, saß zunächst sehr unbequem, aber dann zunehmend entspannter, als Polly halb von ihrem Sitz rutschte, um Platz zu machen.

Gegenüber saß eine Frau in einem blauen Anorak, die den Mann, der sich nicht herumschubsen ließ, unaufhörlich wütend anstarrte.

Als der Bus das Stadtzentrum erreichte, stieg die Frau im Anorak aus. Auf der obersten Stufe blieb sie stehen, fixierte den unfreundlichen Mann und rief: »Möge Gott Ihrer Mutter verzeihen, dass sie Ihnen so einen fetten Arsch mitgegeben hat!« Die anderen Fahrgäste gaben sich kaum Mühe, sich das Lachen zu verbeißen. Der Mann wurde rot. Polly kicherte in sich hinein. In Dublin braucht man wirklich nicht ins Theater zu gehen, dachte sie. Eine Fahrt mit dem Bus tut's auch!

Doch bei ihrem Einkaufsbummel fand Polly nichts, was ihr passte und gefiel. Bin ich dicker und älter und immer fürchterlicher geworden?, fragte sie sich. Wie kommt das nur? Ich esse doch nicht viel. Nur hie und da einen Happen. Ab und zu ein Stückchen Kuchen. Das kann doch nicht so viel ausmachen.

»Kauf dir eine verdammte Kalorientabelle«, riet die neue Stimme in ihrem Kopf.

Wofür brauche ich eine Kalorientabelle?, fragte Polly zurück.

»Damit du endlich anfängst zu leben!«

Ich muss diese blödsinnige innere Stimme loswerden. Vielleicht bin ich verrückt.

»Du bist nicht verrückt«, meinte die Stimme. »Noch nicht.«

Polly schlenderte durch den Glaspalast des Stephen's Green Einkaufszentrums, als sie spontan beschloss, einen Lottoschein auszufüllen. In der Mitte der Halle war ein Lottostand, vor dem sich eine kleine Warteschlange gebildet hatte. Wieder ein Pfund vertan, dachte sie, während sie die Zahlen ankreuzte; aber wer nichts wagt und so weiter ...

Sie wählte zwei Zahlen willkürlich, dann die 21 für ihre Ehejahre und die 14 und 15 für ihre und Susies Hausnummern. Bevor sie sich für die letzte Zahl entschied, überlegte sie kurz.

Sollte sie die 20 oder die 30 ankreuzen? Keine von beiden, entschied Polly. Ich nehme die 1. Das ist schließlich eine absolut einzigartige Zahl.

Dann gab sie ihren Schein ab.

Als Polly an diesem Abend aus dem Bus stieg, traf sie Muriel im Dorf und nahm ihr Angebot an, sich in dem hellblauen Aston Martin mit den schwarzen Ledersitzen nach Hause bringen zu lassen.

»Haben Sie sich etwas Hübsches gekauft?«, fragte Muriel aus ihrer Duftwolke heraus.

»Ach, nichts Besonderes ... nur eine Hose und ein Top bei Dunne's Stores.«

Muriel erwiderte nichts, als fände sie Polly bemitleidenswert.

»Kein übler Tag heute«, meinte Muriel dann. »Sieht aus, als würden wir schöne Ostern bekommen!«

Polly warf einen Blick auf Muriels blutrote Fingernägel, ihre steife Frisur, ihr blasses Gesicht. Sie sollte keine so helle Grundierung nehmen, dachte Polly in einer Anwandlung von Sympathie. So sieht sie aus wie ein Toter auf Urlaub.

»Geht es Ihnen gut, Muriel? Sie sind so blass.«

Muriel sah sie an; ihre Augen waren merkwürdig, die Pupillen geweitet und voller Schmerz. Mit einem Mal hatte Polly das Gefühl, dass sie in diesen Augen Dimensionen sah, von denen sie nichts geahnt hatte.

»Natürlich geht es mir gut, Polly. Was reden Sie nur!«

Polly verstummte. Als der Wagen hielt, stieg sie aus und bedankte sich. Sie fühlte sich ein wenig unsicher, als hätte sie einen unzulässigen Blick in einen privaten Bereich erhascht, in die Welt jenseits der Illusion, in die Welt der alten Verletzungen.

Später am Abend kam Susie vorbei. Sie brachte Wags mit, der unversehrt von seinem Abenteuerurlaub zurückgekehrt war und nun gehorsam im Flur saß. Cat war in der Küche und fauchte, als sie ihn erblickte, aber Polly schloss einfach die Tür.

Susie musterte Pollys neue beige Hose, machte ihr aber kein Kompliment.

»Schwarz macht schlanker«, bemerkte Peter, »aber sie ist ... sehr hübsch, Mama, du füllst sie gut aus!«

Oh Gott. Laut sagte Polly: »Wenn man deinen Gesichtsausdruck so sieht, könnte man meinen, ich sehe wie ein Walross aus.«

»Nein, nicht direkt wie ein Walross, Mama ... Ich dachte eher an einen wohlgerundeten Delphin ...«

Peter wartete auf einen Klaps mit dem Geschirrhandtuch oder ein anderes Zeichen, dass sie ihm den Scherz nicht übel nahm. Aber Polly machte keine Anstalten dazu. Sie wandte sich nur ab und kämpfte gegen die Traurigkeit an, die sie jäh überfallen hatte.

Sie ging ins Wohnzimmer, und Susie folgte ihr; voller Mitgefühl blickte sie in das angespannte Gesicht ihrer Freundin.

»Schau, warum machst du nicht einfach eine Diät, Polly? Du bist doch nicht fett. Du würdest dich nur wohler fühlen, wenn du ein paar Pfund runter hättest. Ich habe dieses Zeug daheim, das Fergus benutzt – Svelte heißt es. Damit fühlt man sich satt, und es unterdrückt den Appetit!«

»Ich habe gar keinen echten Appetit. Mein Appetit beruht auf purer Langeweile!«

»Hast du dich für die Stelle im öffentlichen Dienst beworben?«

»Klar ... wo ich doch so große Chancen habe!«

»Sei nicht so negativ. Du brauchst etwas, das dich beschäftigt!«

Als beide schwiegen, war das Klicken von Rorys Tastatur deutlich zu hören.

»Sitzt er immer vor dem Kasten?«, fragte Susan gereizt.

»Ja«, seufzte Polly. »Der ist viel interessanter als ich.«

»Gestern habe ich dich in Muriels Wagen gesehen. Hat sie dich von der Stadt nach Hause gebracht?«

»Nein, nur vom Dorf.«

»Ich nehme an, sie war nüchtern?«

»Ich denke schon ... Warum? Trinkt sie?«

»Keine Ahnung. Ich könnte nur schwören, dass ich sie kürzlich habe herumtorkeln sehen.«

»Sie tut mir leid«, sagte Polly. »Ich glaube, sie ist einsam. Schade, dass ihre Verlobung in die Brüche gegangen ist ... Ich weiß, es ist lange her, aber ...«

»Einsam! Mit ihrem ganzen Geld! Du machst wohl Witze! Sie muss nicht einsam sein!«

Polly seufzte. »Ich weiß nicht. Ich habe nur das Gefühl, dass es ihr nicht gut geht.«

»Was sie bräuchte, ist eine Bande Teenager. Dann hätte sie etwas anderes im Kopf als ständig nur ihre blutroten Krallen, ihre Kaschmirmäntel und dieses neue Auto!«

»Ach, sei doch nicht so ungerecht«, gab Polly zurück. »Letztendlich sollten wir uns für sie freuen. Es ist schön zu sehen, dass es in diesem Leben jemand zu etwas bringt!«

Susie zuckte die Achseln. »Ich weiß, dass ich eine dumme Kuh bin. Aber ich sterbe vor Neid. Ich sehe diese hochnäsige Frau, die noch keinen Tag ihres Lebens gearbeitet hat und trotzdem alles hat, was man für Geld nur kaufen kann. Und dann besitzt sie noch die Frechheit, ihre ganze Umgebung herablassend zu behandeln ...«

»Ich finde nicht, dass sie herablassend ist! Vielleicht ist es nur ihre Art.«

Susie machte ein finsteres Gesicht. »Nein. Sie lehnt sich zurück, lässt es sich gut gehen und beobachtet, wie wir übrigen uns durchs Leben wurschteln!«

»Ach, Susie ...«

»Nimm nicht ernst, was ich sage! Heute Abend habe ich die Schnauze voll! Ich hatte Streit mit Fergus.«

»Oh!«

»Er glaubt, ich treffe mich mit Willy Penston!«

»Und? Tust du es?«

»Eigentlich nicht. Ich habe mir nur seine neue Wohnung mit ihm angesehen ... draußen in Dalkey! Ich war einfach neugierig, Polly!«, fügte sie unsicher hinzu. »Ich wollte eben wissen, wie sie ist ...«

Polly brachte Susie ans Gartentor, sprach dort noch eine Weile mit ihr und ging dann ins Haus zurück. Auf dem Flur traf sie Peter.

»Ich habe nicht gemeint, dass du wie Flipper aussiehst, Mama«, sagte er verlegen. »Du siehst wunderbar aus ...«

Polly zog es vor, die Bemerkung zu überhören. »Wo ist dein Bruder hingegangen?«

»Das Pickelgesicht trifft sich mit Veronica!«

»Hör auf, ihn so zu nennen! Das ist nicht schön! Und wer ist Veronica?«

»Das Mädchen, das ihn ständig anruft, natürlich. Ich soll dir ausrichten, dass es bei ihm spät wird.«

»Verstehe.«

Polly stellte sich das Zweizentnermädchen und ihren kleinen Jason zusammen vor. Plötzlich wurde ihr klar, wie sich das Leben veränderte, wie es verschiedene Gestalten annahm, neue Kapitel aufgeschlagen wurden, und dass man nicht mehr mitkam, den Anschluss verlor, wenn man sich an ein bereits abgeschlossenes Kapitel klammerte. Ihr Baby war jetzt ein junger Mann. Nun ja, noch nicht ganz, aber fast.

Sie ging ins Esszimmer und sagte zu Rorys Hinterkopf: »Jason ist mit irgendeinem Mädchen ausgegangen. Hat er gesagt, wann er wiederkommt?«

»Hmm?«, sagte Rory und ließ seine Finger über die Tastatur huschen.

Polly wiederholte ihre Frage. Rory hatte keine Ahnung, wann Jason heimkommen wollte. »Er ist erwachsen, Polly, in Gottes Namen!«, sagte er gereizt.

Polly stand hinter ihm und beobachtete eine Zeit lang den Monitor. »Er ist noch nicht erwachsen ... aber er wird flügge«, sagte sie, mehr zu sich selbst als zu ihm. Dann fügte sie mit leiser Stimme hinzu: »Alles ändert sich. Ich sollte mich auch ändern, aber ich habe Angst davor!«

Sie erwartete keine Antwort darauf, aber plötzlich sagte Rory völlig gelassen, ohne sich umzudrehen: »Das Schlimme am Leben ist, dass es dich zerstört, wenn du nicht deinen Mut zusammennimmst und dich ihm stellst.«

Nachdenklich, wie immer, wenn Rory unverhofft eine tiefsinnige Bemerkung machte, ging Polly in die Küche. Ach Rory, dachte sie, wie ich dich lieben könnte, wenn du es nur zulassen würdest, wenn du mir Raum geben würdest, nur ein bisschen, damit ich einen Fuß in die Tür bekomme. Aber du treibst es noch soweit, dass ich entweder zerbreche oder eine andere werden muss. Und beides bedeutet das Aus für uns.

Plötzlich rief Rory: »Polly, eins wollte ich dich noch fragen ... da ist so ein komischer Posten auf der Kreditkartenabrechnung, um die siebzig Pfund ...«

»Oh, das ist nur so eine Versandhausabbuchung«, entgegnete Polly hastig.

Muriel ließ Sable, ihre Katze, herein und setzte sich in ihrer geräumigen Holzküche zu einem spartanischen Abendessen. Das Licht der Dämmerung erfüllte den Raum und den kleinen

Küchengarten draußen vor dem Fenster, wo sie im Sommer gerne saß, las oder strickte, gelegentlich auch von der Vergangenheit träumte. Ich sollte nicht soviel an die Vergangenheit denken, sagte sie sich. Vor mir liegt nur die Zukunft; sie ist das einzige, mit dem ich mich befassen sollte. Aber so oft sie sich diesen klugen Satz auch vorsagte, sie konnte ihn nicht in die Praxis umsetzen.

Wenn ich wenigstens mit jemandem darüber reden könnte, flüsterte sie. Welch eine Erleichterung wäre das. Aber mit wem? Claire war in England, hatte mit ihren Kindern alle Hände voll zu tun, hielt zwar noch Kontakt, aber nur gerade eben. Wahrscheinlich würde sie später zurückrufen, weil Annabelle ihr ausrichten würde, dass Muriel angerufen hatte. Aber vielleicht auch nicht. Ein Zitat aus *Macbeth* war ihr tagsüber in den Sinn gekommen. Vor Jahren hatten sie das Stück in der Schule durchgenommen; seine Dramatik und seine Sprache hatten ihr gefallen, einiges daraus war ihr im Gedächtnis haften geblieben. Jetzt versuchte sie sich an das Zitat zurückzuerinnern.

Die gesammelten Werke Shakespeares standen im ehemaligen Studierzimmer ihres Vaters. Es war das einzige Zimmer im Haus, das sie nicht hatte renovieren lassen. Nach seinem Tod war es nicht mehr benutzt worden. Tür und Fensterläden blieben verschlossen.

Sie suchte nach dem Schlüssel, fand ihn in einer Blechdose in der Kommode, wo sie ihn vor langer Zeit verwahrt hatte. Er war schwer, ein solider frühviktorianischer Schlüssel, mit Rostspuren bedeckt. Sie tauchte ein Tuch in Olivenöl und polierte den Schlüssel, dann ging sie damit zur Tür des Studierzimmers und steckte ihn ins Schloss. Zuerst wollte es nicht nachgeben, aber mit sanfter Gewalt ließ sich der Schlüssel dann doch ächzend umdrehen. Die Tür öffnete sich widerstrebend, als sie den Knauf drehte und dagegendrückte. Einen Augenblick später stand sie im Studierzimmer.

Das Gestern roch modrig. Durch die Ritzen der Fensterläden drang ein wenig Licht. Sie schob den Eisenriegel hoch, der sie sicherte, und öffnete sie. Die jähe Helligkeit fiel auf Staubschwaden, Plankton im reglosen, schalen Licht. Das ganze Zimmer wirkte wie erstarrt, gegen jede Veränderung gefeit. Die Bücherregale, der Ledersessel, der Mahagonischreibtisch, das silberne Tintenfass, der Briefbeschwerer in Gestalt einer Eidechse, alles war noch genauso, wie er es hinterlassen hatte. Auf einem der Regale hinter dem Schreibtisch standen Shakespeares Dramen. Sie trat an das Regal, eine zu lebenslanger Haft Verurteilte, die ihr Recht auf Selbstbestimmung einforderte, und nahm das Buch heraus.

»Komm her, Kind.«

Die Stimme ihres Vaters. Sie sah die Spuren, die seine Finger auf dem staubigen Einband hinterlassen hatten. Sie kannte dieses Wispern – einschmeichelnd, herrisch, getränkt mit ihrer Schuld.

»Nein, Daddy ... bitte ... bitte ...«

Sie griff nach dem Buch. Ihre Knöchel knackten. Sie stand reglos da, nahm das donnernde Pochen ihres Herzens wahr, den Konflikt zwischen Gehorsam und Fluchtimpuls, die Last der vage empfundenen weiblichen Verantwortung für alles und jedes.

»Komm her, Kind!« Dann leise, schmeichelnd: »Ich habe ein paar saure Drops für dich ...« Sie hörte, wie die Schublade aufglitt, nahm den männlichen Geruch nach Tabak wahr.

»Nein ... ich will dich bewundern können, Daddy ...«

Als er noch lebte, hatte sie das nie zu ihm gesagt. Es war ihr ein großes Bedürfnis, ihn zu bewundern. Größer als vieles andere, größer als das nach Liebe.

Irgendwo jenseits der Gartenmauer bellte ein Hund. Muriel verließ das Studierzimmer, zog die Tür hinter sich zu und schloss ab.

»Du musst hier bleiben, Daddy«, flüsterte sie, als sie den Schlüssel umdrehte. »Tut mir leid, Daddy …«

Später, als das Buch abgestaubt und aufgeschlagen vor ihr auf dem Küchentisch lag, fand sie die Stelle, die sie suchte:

Kannst nichts ersinnen für ein krank Gemüt?
Tief wurzelnd Leid aus dem Gedächtnis reuten?
Die Qualen löschen, die ins Hirn geschrieben
Und mit Vergessens süßem Gegengift
Die Brust entled'gen jener gift'gen Last,
die schwer das Herz bedrückt?

Shakespeare wusste Bescheid. War er dort gewesen, in der Hölle des Selbsthasses, versklavt von der Unfähigkeit, sich selbst zu verzeihen?

Sie spürte, wie die Kopfschmerzen wieder einsetzten, griff nach ihren Tabletten und sagte zu Sable, sie ginge jetzt zu Bett.

7. Kapitel

In dieser Nacht fand Polly keinen Schlaf; sie lag wach und wartete darauf, dass Jason heimkam. Abgesehen von dem Licht, das aus dem Flur hereindrang, herrschte Dunkelheit im Zimmer, aber sie war weit davon entfernt einzuschlafen. Ihre Gedanken rotierten, und sie befand sich in jenem Zustand größter Wachsamkeit, der jedes Geräusch im Haus überlaut erscheinen lässt. Vergebens horchte sie auf das vertraute Geräusch, dass die Haustür aufgeschlossen würde, doch gleichzeitig dachte sie über die Vergangenheit nach. Ballyglen! Das Haus ihrer Tante, ein gediegenes Steinhaus auf dem Lande bei Tipperary. Sie war sieben gewesen, Tom vier. In der ersten Nacht hatte sie geweint, allein in dem großen Bett, umgeben vom ungewohnten Kampfergeruch des Zimmers. Anders als daheim in Dublin, wo die Straßenlaternen hereinleuchteten, war es dort vollkommen dunkel. Aber sie hörte Toms flachen Atem. Er schlief in einem Bett am Fenster. Sie wollte ihn nicht mit ihrem Schluchzen aufwecken, deshalb zog sie sich die Decke über den Kopf. Der Hals tat ihr weh vom Weinen, ihr Gesicht war steif vom Salz. Tom begriff nicht richtig, dass Papa und Mama fort waren; er wusste nicht, dass Menschen, die sterben, nie mehr zurückkehren. Der Autounfall sagte ihm nicht viel. Für ihn stand nur fest, dass Mama und Papa im Himmel waren – sie waren bei Gott. Sie waren irgendwo; sie waren auch früher schon fort gewesen, und andere Leute hatten auf ihn aufgepasst. Bestimmt würden sie bald wiederkommen.

Ich werde mich um dich kümmern, dachte sie, von schmerzlicher Zärtlichkeit überwältigt. Ganz gleich, was wird, ich bin für dich da. Ach, Mama, ach, Papa ... lasst mich nicht allein.

Aber das Leben mit Tante Rita war schließlich für die beiden zum Alltag geworden. Ihre Kusinen, Marie und Kate, zehn und elf Jahre alt, hatten anfangs nur versucht, ihren Groll vor ihnen zu verbergen, doch dann hatte Tom ihre Herzen erobert.

Er war schön, wie ein Engel, hörte sie eine von ihnen über ihn sagen. Es stimmte. Er hatte ein Engelsgesicht und das Selbstbewusstsein eines geborenen Diplomaten. Er war das Kind, das nach draußen stürzte, um für Tante Rita die Autotür zu öffnen. Er war der Cherub, der beim Krippenspiel in der Schule so wunderschön sang. Er war der Dieb, der so geschickt stahl, dass es Jahre dauerte, bis er ertappt wurde.

Sie erinnerte sich noch an den Brief von ihrer Tante. Polly war auf dem College gewesen, es war ihr letztes Jahr. Der Brief wartete auf sie, als sie eines Abends in ihre Wohnung kam. Sie hatte ihn mit wachsender Beklemmung gelesen. Ihr wurde schlecht vor Angst und Zorn. Sein Direktor hatte sich an Tante Rita gewandt. Er wollte ihn von der Schule verweisen. Tom war auf frischer Tat ertappt worden, als er Geld aus dem Büro des Priors nahm. Man hatte ihn schon seit einiger Zeit verdächtigt.

Er war nach Ballyglen zurückgekehrt. »Es war alles ein Irrtum«, versicherte er seinen Angehörigen. »Und ich muss die Sache ausbaden! Father Andrew hatte es schon immer auf mich abgesehen, vom ersten Schultag an ...«

Sie hatten ihm glauben wollen, aber der Schatten des Zweifels war aus Tante Ritas Augen nicht gewichen. Polly glaubte fest an Toms Unschuld und konnte mit der Zeit auch ihre Tante davon überzeugen. Sicher, er hatte als Kind hin und wieder etwas stibitzt, aber welches Kind macht nicht eine solche Phase durch? Tante Rita begann sogar darüber nachzudenken, ob sie nicht einen Anwalt einschalten sollte. Schließlich nahm sich ein Schulverweis im Lebenslauf wie ein Schandfleck aus.

»Ich mache es wieder gut!«, versprach Tom.

Eine Weile sah es so aus, als würde er sich selbstständig auf die Abschlussprüfung vorbereiten wollen, aber plötzlich entschied er sich anders. Ein Job in Dublin, bei Handbury's, einem großen Baustofflieferanten, lockte ihn; der Manager hatte ihren Vater gekannt.

Polly war froh, Tom in ihrer Nähe zu haben. Er besuchte sie oft in ihrer Wohnung, und sie machte ihm etwas zu essen. Ihre Wohnungsgenossin Anne hatte danach einmal gesagt: »Dein Bruder sieht aus wie Clark Gable! Und wo hat er um Himmels willen nur diesen Charme her?«

Sein Arbeitgeber gab eine Abendgesellschaft mit Tanz. Tom hatte ein Mädchen aus dem Büro dazu eingeladen. Nachdem er sie spätabends heimbegleitet hatte, klingelte er an Pollys Tür. Sie lag schon im Bett und stand auf, um ihn hereinzulassen. Sie merkte sofort, dass er völlig aufgewühlt war. In seinem geliehenen Smoking und der schwarzen Krawatte sah er aus wie ein Filmstar; er setzte sich auf die Couch, von einer seltsam gedämpften und zugleich fiebrigen Stimmung ergriffen.

»Wie sehe ich aus, Polly?«

»Großartig!«

»Siehst du, das ist der Punkt. Ich möchte Smokings tragen und Kaschmirmäntel und vom Türsteher mit Sir angesprochen werden ...«

»Ist das denn so wichtig?«

»Ja! Ich will nicht Jahre und Jahre damit zubringen, bei diesem verdammten Handbury die Karriereleiter hochzukriechen!«

Er war aufgestanden, zum Spiegel über dem Kaminsims gegangen, hatte sein Gesicht darin betrachtet, erst von vorne, dann im Halbprofil. »Ich liebe das Geld, Polly. Es ist Gott. Nichts kann sich damit messen!«

»Mach dich doch nicht lächerlich!«

Als sie ihn das nächste Mal sah, wirkte er munter und aufgeweckt. Dann, ein paar Wochen später, erklärte er, er wolle zum Arbeiten nach England gehen.

»Wohin denn dort?«

»Nach London!«

»Und was willst du in London machen?«

»Erst mal denselben Mist wie hier. Aber wart nur ab!«

Bei einem seiner Besuche hatte sie ihm von ihrer Verlobung mit Rory erzählt, hatte die beiden einander vorgestellt. Er war explodiert. Rory sei ein Spießer, ein Langweiler, ein Kriecher, ein kleiner Lehrer ohne Zukunft. Außerdem sei er bereits verheiratet. Wie konnte sie ihn überhaupt in Betracht ziehen? Sie war hübsch, gebildet. Sie konnte jeden Mann haben. Tom verdiente inzwischen nicht schlecht; er würde sie bald mit interessanten Leuten zusammenbringen können.

»Was machst du eigentlich genau?«

»Oh ... ich habe meine Finger in allen möglichen Dingern.«

»Was für Dingern?«

»Geschäften, Polly. Gute Geschäfte ... mit denen man Geld machen kann!«

»Du legst zu viel Wert auf Geld, Tom.«

»Und du wirst immer mehr zum Tugendbold, zur guten Seele, die immer in die Bresche springt ... Du heiratest diesen Kretin, weil du dir ein Plätzchen wünschst, wo du hingehörst. Warum lässt du es nicht mal drauf ankommen und schaust, was passiert, wenn du ein Risiko eingehst?«

Aufgebracht hatte Polly ihn angefahren, er solle den Mund halten und verschwinden.

»Ich werde mein Leben mit Rory verbringen, und damit hat

sich's! Ich liebe ihn nämlich, aber das kannst du ja nicht begreifen. Das einzige, was du begreifst, ist Geld!«

Jetzt regte sich Rory neben ihr und murmelte etwas Unverständliches. Von Jason war immer noch nichts zu hören. Als sie schließlich erwog, die Polizei einzuschalten (obwohl sie wusste, wenn sie das tat, würde Rory aufwachen und eine Szene machen – »Was hast du eigentlich mit den Jungs vor, willst du sie in Watte packen?«), hörte sie den Schlüssel in der Eingangstür. Sie sprang aus dem Bett und eilte zur Treppe.

»Wo warst du, Jason? Es ist spät!«

»Unterwegs«, gab er zurück.

»Wo?«

Jason presste die Lippen aufeinander, wie um zu sagen, dass es sie nichts anging, dass sie eine Glucke war, eine alte Mutter, die sich in alles einmischte und ihm seine Jugend verdarb.

Doch dann begnügte er sich mit einem ärgerlichen Seufzer und erwiderte: »Im Kino, mit einer Freundin. Danach waren wir Kaffee trinken und sie hat ihren Bus verpasst, also musste ich sie nach Hause begleiten.«

»Wo wohnt sie?«

»Drumcondra.«

»Und du musstest den ganzen Weg zu Fuß zurück?«

»Ja, stimmt genau. Ich hatte kein Geld für ein Taxi.«

»Du hast morgen Schule.«

Jason zuckte die Achseln, bekam schmale Lippen und zog die Brauen zusammen. Die Schule war ihm zur Zeit offenbar nicht besonders wichtig, das ganze System schien ihm nur darauf angelegt, die Autonomie des Menschen zu untergraben. Aber bevor er sich über dieses Thema auslassen konnte, fragte seine Mutter: »Hast du Hunger? Hast du zu Abend gegessen?«

»Nein. Ich bin am Verhungern!«

»Soll ich dir etwas machen?«

»Ist schon gut, Mama. Ich schiebe mir eine Pizza in den Ofen.«

Polly lag eine weitere Ermahnung über den Geruch nach heißer Pizza im Haus zu dieser späten Stunde auf der Zunge, und über die Französischarbeit morgen, aber da sie wusste, wie flegelhaft Jason sein konnte, und weil sie unangenehme Auseinandersetzungen lieber vermied, drehte sie sich wortlos um und ging ins Schlafzimmer zurück. Sie öffnete das Fenster weit, um den drohenden Essensgeruch zu bannen. Verdammt noch mal, es ist drei Uhr morgens, dachte sie nach einem Blick auf die Leuchtanzeige des Weckers.

Sie legte sich wieder hin. Rory schnarchte und lag quer im Bett. Sie stemmte ihre Füße gegen seinen Po und versuchte ihn wieder auf seine Seite zu schieben.

»Aber ich kann drei E acht nicht benutzen ... da hängt meine Maus dran«, sagte er mit der merkwürdigen Präzision des Träumenden.

»Es ist nicht deine Maus, es ist dein Arsch«, flüsterte ihm Polly ins Ohr, »und er nimmt im Bett mehr Platz ein, als dir zusteht!«

»Acht Megabyte RAM. Nimm bloß nicht weniger«, murmelte er nach einer Weile mit sorgenvoller Stimme und fing dann wieder an zu schnarchen.

»Da habe ich ja einen richtigen Sexbolzen erwischt!«, seufzte Polly.

Rory zuckte zusammen. »Was hast du gesagt?«, erkundigte er sich aus den umnebelten Tiefen des Traumlandes. »Das ist ein MFN-Laufwerk, du Idiot!«

»Soll ich dir ein paar Vorschläge machen?«, säuselte die unwillkommene Stimme in Pollys Kopf. »Es gibt da nämlich einige Alternativen, die du in Betracht ziehen könntest ... nur für den Fall, dass du dieses geistreiche Bettgeflüster nicht bis ins nächste Jahrtausend fortsetzen willst.«

Warum denke ich so etwas bloß?, überlegte Polly, von Panik erfasst.

Sie schaltete die Nachttischlampe aus, lauschte den Geräuschen in der Küche, und nach einer Weile erfüllte der Geruch nach Käse und Hefeteig den Raum. Am liebsten wäre sie hinuntergegangen und hätte Jason angewiesen, den Dunstabzug einzuschalten, aber ihre Glieder fühlten sich bleiern an, ihr Wille erlahmte, und endlich schlief sie ein. Sie träumte, dass sie mit Rory an einem See spazieren ging. Kleine Wellen schlugen leise ans Ufer. Es war Abend, und mit einer Abruptheit, wie sie Träumen häufig eigen ist, befand sie sich plötzlich im Wasser. Sie wusste, dass Rory in die Mitte des Sees hinausschwamm, und versuchte ihm zu folgen, aber da sie nicht gut schwimmen konnte, geriet sie in Schwierigkeiten. Als sie Angst bekam und strampelte, wollte sie ihren Mann rufen, brachte aber keinen Ton heraus. Die Wellen schlugen über ihrem Kopf zusammen, und sie wusste, dass sie ertrinken würde.

In diesem Augenblick tauchte ihr mysteriöser Retter auf. Er kam aus dem dunklen, stillen Wasser, ein Mann mit einem kurzen schwarzen Umhang und einem mittelalterlichen Helm. Das Visier war heruntergeklappt, so dass sie sein Gesicht nicht sah. Er trug sie ins seichte Wasser zwischen den Felsen. Seine geheimnisvolle Aura hüllte sie ein – er strahlte Fürsorglichkeit, Anteilnahme und eine unerklärliche Zärtlichkeit aus. Polly fühlte sich mit einem Mal lebendig, sichtbar, verstanden. Eine seit zwanzig Jahren angestaute Sehnsucht, diesen Mann zu treffen, stieg in ihr auf. Sie war sicher, dass sie ihn kannte, und brannte darauf, sein Visier hochzuschieben, um sein Gesicht zu sehen.

Aber genau in diesem Augenblick rief Rory nach ihr, die vertraute, ein wenig besorgte Stimme erreichte sie dort, wo sie sich auf den Arm des Fremden stützte, der immer noch ohne Gesicht und ohne Stimme war.

»Polly«, rief Rory. »Polly, wo bist du?«

Polly zögerte. Der schweigsame Fremde stand reglos da, als erwarte er ihre Entscheidung. Aber der Ruf der Pflicht, der alten Treue und Liebe, erwies sich letztendlich als stärker. Sie riss sich von ihrem Retter los, trat aus dem Schutz der Felsen und rief: »Ich bin hier.«

Doch als sie sich umdrehte, war ihr Retter in das Element zurückgekehrt, aus dem er gekommen war. Voller Entsetzen sah sie, wie die Spitze seines Helms im Wasser versank. Sie schürfte sich an den Felsen die Füße auf, als sie ans Ufer stolperte. Rory kam ihr entgegen, und zusammen setzten sie ihren Weg um den See fort. Sie fragte sich, ob sie ihm von dem seltsamen Mann erzählen sollte, aber sie sah ihm an, dass er in Gedanken woanders war. Jetzt, da er sie zurück an seiner Seite wusste, war sie für ihn wieder unsichtbar geworden. Die alte, wohlbekannte Einsamkeit griff erneut nach ihr. Sie blickte über den heiter wirkenden See, aber mit einem jähen, gewaltsamen Schaudern verwandelte sich die liebliche, friedliche Szene in einen öden geteerten Parkplatz. Zu spät wurde ihr klar, dass die Entscheidung, die zu treffen sie aufgefordert worden war, unabänderlich war.

Sie fuhr aus dem Schlaf hoch. Rory schnarchte, und durch die Vorhänge drang das matte Licht der Dämmerung.

»Ich weiß nicht, was mit euch allen los ist«, sagte Rory am nächsten Morgen. »Was habt ihr letzte Nacht nur getrieben?«

»Ich habe nur versucht, deinen Luxuskörper in die dir zustehende Betthälfte zu bugsieren!«, bemerkte Polly mit einer – wie ihr schien – angemessenen Ironie. »Ich beanspruche auch ein Fleckchen, auf dem ich mich ausruhen kann.«

Rory lächelte. »Aber ich erinnere mich, dass du irgendetwas geschwafelt ... dich beklagt hast!«

»Nicht beklagt«, sagte Polly gelassen. »Schimpfen hat da

keinen Sinn. Taten zählen mehr als Worte! Ich habe nur deinen Hintern dahin geschoben, wo er hingehört, und als du mir versichert hast, ich hätte mich an deiner Maus vergriffen, habe ich dich höflich korrigiert!«

Rory lachte laut auf, dann lächelte er sie freundlich an.

»Polly, hast du irgendwas?«

»Nicht im Geringsten!«, gab Polly zurück. »Warum sollte ich ...?«

Rory sah sie scharf an.

»Aber ich hatte einen interessanten Traum«, fuhr sie fort, »da hat sich ein See in einen Parkplatz verwandelt, und ein seltsamer Ritter hat versucht, mich zu retten.«

Rory seufzte und wandte seine Aufmerksamkeit der Frage zu, wo der Autoschlüssel abgeblieben war; bestimmt hatten ihn wieder die verdammten Kinder verräumt. Und sobald diese Krise ausgestanden war (er hatte den Schlüssel die ganze Zeit in der Hosentasche gehabt), machte er sich auf den Weg zur Arbeit.

Polly räumte den Frühstückstisch ab. »Glaube, Hoffnung und Sinn für Humor sind ja schön und gut«, meldete sich die eigensinnige Stimme in ihr wieder zu Wort, »aber wann fängst du an zu leben?«

»Mein Gott!«, sagte Polly. »Werde ich verrückt, oder was ist los?«

»Jeder ist verrückt«, antwortete die innere Stimme. »Das ist das Geheimnis des Überlebens. Aber es ist sehr wichtig, das Geheimnis auch geheim zu halten ...«

Cat saß wieder auf dem Fenstersims und bewegte den pelzigen Kopf hin und her, um mit Polly durchs Fenster Blickkontakt aufzunehmen. Dann begann sie zu miauen, um ihre Dienerin herbeizurufen.

»Ist schon gut!«, sagte Polly. »Ist schon gut, verdammt noch mal!«

»Du solltest dieser Katze den Kopf abhacken«, flüsterte ihr die innere Stimme zu.

Aber Polly schüttelte den Kopf und schlug sich an die Stirn. Dann ließ sie Cat herein, damit sie sich ihr Frühstück holen konnte.

Mittags klingelte das Telefon.

»Könnte ich bitte mit Jason sprechen?«, forderte eine junge weibliche Stimme.

»Ich fürchte nein«, sagte Polly. »Er ist in der Schule!«

»Ich dachte, er kommt vielleicht zum Mittagessen nach Hause.«

»Nein.«

»Dann sagen Sie ihm, er soll mich heute Abend anrufen.« Polly holte tief Luft. Die junge Frau war ihr eine Spur zu unverschämt. »Mit wem spreche ich?«

»Veronica.«

»Gut, Veronica, ich sage ihm, dass Sie angerufen haben. Wenn er Sie anrufen will, wird er das vermutlich tun. Aber wenn Sie glauben, dass ich ihm befehle Sie anzurufen, dann wissen Sie weder über Jason noch über mich besonders gut Bescheid. Und anscheinend haben Sie auch keinen Schimmer, wie man eine Beziehung aufbaut! Ich denke, Sie sollten sich außerdem klarmachen, dass Jason erst siebzehn Jahre alt ist!«

»Oh«, machte Veronica. Eine Weile blieb es still am anderen Ende der Leitung, dann vernahm Polly den wohl an sich selbst adressierten Ausspruch: »Die Mutter ist doch nicht ganz dicht!« Unmittelbar darauf wurde der Hörer aufgelegt.

Polly ging in die Küche zurück, holte den Käse aus dem Kühlschrank und machte sich ein Sandwich. Im Gefrierfach war noch Schokoladeneis, also gönnte sie sich auch das. Sie entdeckte eine halbe Flasche Weißwein, die Rory hinten im Kühlschrank deponiert hatte, und schenkte sich ein Glas ein.

Sie fühlte sich ein wenig vom Alkohol umnebelt, also setzte sie sich für eine Weile in einen Sessel im Wohnzimmer. Sie merkte nicht, dass sie eindöste, aber als sie im Schlaf zuckte, wurde ihr klar, dass sie ein Nickerchen gemacht hatte. Da hörte sie jemanden ans Fenster klopfen. Im ersten Augenblick dachte sie, es wäre Susie, aber dann sah sie, dass sie sich irrte. Die Frau, die ans Wohnzimmerfenster klopfte, war die wahre Miteigentümerin des Hauses und keine andere als Rorys rechtmäßige Ehefrau.

»Hallo, Martha!«

Polly ging an die Tür. Sie wollte Martha nicht sehen und sich auch nicht mit ihr unterhalten, aber sie hielt die Tür auf und ließ sie herein, weil sie es nicht über sich brachte, unhöflich zu sein.

Martha war groß und dünn und hatte schwarze, graumelierte Haare, was ihr jedoch gut stand. Mit ihrem pirschenden Gang glich sie einem langbeinigen Raubtier, das auf der Suche nach dem Büffel die Prärie durchstreift. Man spürte, dass mit ihr nicht zu spaßen war.

›Gottesanbeterin‹ hatte Rory sie genannt, und bei Polly brachte dieser Name etwas zum Klingen, beschwor die Vorstellung von sich öffnenden Kiefern und langen Spinnenbeinen herauf. In Wirklichkeit war Martha ziemlich attraktiv und besaß eine Figur, die sich bei entsprechender Schulung auch auf dem Laufsteg gut gemacht hätte.

»Möchten Sie vielleicht eine Tasse Tee oder Kaffee?«, erkundigte sich Polly höflich.

»Nein, danke«, erwiderte Martha, aber sie ging in die Küche, blickte um sich, pirschte dann ins Wohnzimmer und sah sich auch dort um. Polly hatte Angst vor ihr, ihrem taxierenden Blick, ihrer Miene, die ausdrückte: »So halten sie also mein Haus instand!«

Martha war ein Mensch, der, in einem Zimmer allein gelassen, in allen Schränken herumschnüffelte. Ihre Neugier war groß, richtete sich jedoch auf handfeste Dinge. Sie war durch und durch pragmatisch. An diesem speziellen Haus hatte sie Eigentumsrechte, und obwohl sie einige der Raten erhalten hatte, die zu zahlen Rory sich verpflichtet hatte, war sie noch nicht vollends ausbezahlt. Jetzt wollte sie wohl sehen, wo der Rest blieb.

»Das ist kein Höflichkeitsbesuch«, erklärte sie Polly. »Ich wollte euch im Voraus wissen lassen, dass ich Rory verklage, weil er mir für meinen Anteil an diesem Haus immer noch Geld schuldet. Eine derartige Überraschung wollte ich euch nicht unvorbereitet zumuten.«

Sie beobachtete Pollys Gesicht, als sie das sagte. Polly versuchte mit aller Macht, ihr Entsetzen zu verbergen; sie wusste, dass diese Frau sie hasste. Hatte sie ihr nicht einen einwandfreien Ehemann weggeschnappt? (Aber ich habe ihn ihr nicht weggeschnappt, rief sich Polly immer wieder in Erinnerung. Er ist mir so lange nachgelaufen, bis er mich eingefangen hatte.)

»Wieviel schuldet er Ihnen?«

»Sechzehntausend, einschließlich Zinsen. Der Rest der Schuld wird auf einmal fällig, da er sich nicht an die Vereinbarung gehalten hat!«

»So viel Geld haben wir nicht.«

Martha machte ein trauriges Gesicht und schüttelte den Kopf. »Ich fürchte, darauf kann ich keine Rücksicht nehmen. Ich habe eigene Pläne ... wissen Sie, ich habe nämlich mit Joe Schluss gemacht ...«

»Was sollen wir machen?«

»Keine Ahnung. Ich nehme an, ihr werdet das Haus verkaufen müssen! Es dürfte nicht allzu schwer sein, etwas Kleineres zu finden ...«

»Wahrscheinlich nicht«, gab Polly zurück. »Aber dieses hier ist auch schon nicht besonders groß.«

Martha zuckte die Achseln. »Tut mir leid, Polly ... aber Sie verstehen doch meine Situation? Ich kann mein Leben nicht euretwegen auf Eis legen.«

Polly starrte Martha an, und zu ihrer Bestürzung traten ihr Tränen in die Augen.

»Ich weiß, dass es hart ist ... aber was soll ich machen?«, fügte Martha hinzu; mit einem Mal klang ihre Stimme tief unglücklich.

»Was ist mit den Kindern?«, fragte Polly und wischte sich die Augen.

»Die werden sich schon damit abfinden. Sie müssten inzwischen ohnehin fast erwachsen sein.«

»Jason wird dieses Jahr mit der Schule fertig.«

»Die nächsten paar Monate wird sich sowieso nicht viel tun ... Sie wissen ja, die Mühlen des Gesetzes mahlen langsam.«

Sie musterte Polly kurz. »Macht er Sie glücklich?«

Polly zuckte zusammen. »Wer?«

»Wer wohl? Romeo natürlich!«

Polly murmelte etwas, was sich so oder so auslegen ließ. Früher einmal hätte sie diese Frage hastig bejaht. Jetzt wusste sie nicht, was sie sagen sollte. Ihr ging plötzlich auf, dass es nicht Rorys Aufgabe war, sie glücklich zu machen; dass sie für ihr Glück selbst verantwortlich war.

Martha machte ein finsteres Gesicht. »In meinem Fall war es so, dass ich direkt vor seinen Augen auf dem Fußboden eine Fehlgeburt hätte haben können, und er hätte es nicht einmal gemerkt. Zu viel Interesse an Elektronik ... das war damals seine Leidenschaft. Aber es freut mich, dass es mit euch besser klappt!«

Sie sah Polly scharf an, aber als diese keine Anstalten machte, sie ins Vertrauen zu ziehen, fügte sie hinzu: »Dann mache ich mich wieder auf den Weg. Sie brauchen ihm ja nicht zu sagen, dass ich da war ... außer, Sie wollen es unbedingt!«

Sie pirschte zur Tür und trat ins Freie. Polly schloss die Tür hinter ihr.

»Martha war heute hier«, teilte Polly ihrem Mann am Abend mit.

»Was wollte sie denn?«

»Nichts Besonderes. Nur das Haus.«

Rory machte eine Geste der Verärgerung. »Hör nicht auf sie, Polly. Ich habe alles unter Kontrolle.«

»Sie hatte eine Fehlgeburt auf dem Fußboden!«

»Was?«

»War nur ein schlechter Witz.«

Rory machte ein finsteres Gesicht. »Manchmal mache ich mir ernsthaft Sorgen um dich, Polly!«

»Nicht nötig«, erwiderte Polly gelassen. »Ich bin nicht so verrückt wie ich aussehe! Aber aus Erfahrung weiß ich, welch eine elektrisierende Wirkung ungeheuerliche Behauptungen haben ... es ist immer wieder erfreulich zu sehen, wie auf diese Weise dahinsiechende Gespräche wieder zum Leben erwachen!«

Rory wieherte und schüttelte den Kopf. »Ich hoffe, du hast Martha nicht den Eindruck vermittelt, dass du ...«

»Dass ich nicht alle Tassen im Schrank habe? Aber keineswegs! Sie weiß, dass ich ganz trunken vor lauter Glück bin. Schließlich wohne ich in ihrem Haus. Jedenfalls will sie sechzehntausend Pfund. Sie wird dich verklagen.«

»Bei mir ist nichts zu holen.«

»Sie wird verlangen, dass du das Haus verkaufst! Sie sagte, sie habe ihre eigenen Pläne. Sie hat mit Joe Schluss gemacht ...«

Rory horchte auf. »Tatsächlich?« Die Neuigkeit schien ihn

zu freuen. »Ich habe den Kerl nie gemocht! Hat sie gesagt, was sie nun vorhat? Gibt es einen anderen ... hat sie jemanden kennen gelernt?«

Polly musterte ihren Mann; seine Augen funkelten neugierig. »Ich hoffe es für sie! Du bist doch nicht etwa eifersüchtig, oder?«

Rory stützte den Kopf auf die Hand. »Natürlich nicht ... Ach, Polly, lass das alles meine Sorge sein. Ich habe das Problem im Griff. Warum fährst du nicht einfach nach London und vergisst die ganze Sache für eine Weile?«

»Wie kann ich das jetzt noch?«

»Ich bestehe darauf, dass du das tust!«, erklärte Rory streng. »Du hast dich in letzter Zeit ziemlich eigenartig benommen ... vielleicht findest du dadurch dein Gleichgewicht wieder ... Und du wirst doch nicht so dumm sein, dir einen kostenlosen Urlaub entgehen zu lassen!«

Als Polly an diesem Abend in ihrer Handtasche nach dem Lippenstift suchte, fand sie ihren Brief an den netten Mann in Wimbledon, den Brief, den sie in London abschicken wollte. Er steckte in einem Seitenfach, gleich neben dem Lottoschein. Der Umschlag war nicht zugeklebt, also nahm sie ihn heraus und sah sich das Foto noch einmal an. Er sei Psychiater, hatte er geschrieben. Sie hatte einen Psychiater nötig. Trug sie nicht neuerdings ein anmaßendes Ich in ihrem Kopf herum, das sie selbst war und gleichzeitig auch wieder nicht?

Sie hörte das Telefon im Flur klingeln; Peter nahm ab.

»Er ist nicht da«, sagte er. »Ich sage ihm, dass du angerufen hast.«

Polly ging zur Treppe.

»Wer war das?«

»Ach, nur Jasons Superweib!«

»Meinst du diese Veronica?«

»Wen sonst? Sie ist spitz auf ihn!«

»Sei nicht so ordinär! Und noch etwas: behandle deinen Bruder mit etwas mehr Respekt. Er ist der einzige Bruder, den du hast! Wie du ihn ständig schlechtmachst, ist eine Schande!«

Peter machte ein verblüfftes Gesicht. Aber bevor er antworten konnte, ertönte draußen vor der Küchentür ein lautstarkes Heulen.

»Cat ist wirklich beknackt!«, meinte Peter mit leisem Lachen. »Hör dir das mal an!«

»Ob ihr etwas fehlt?«, fragte Polly, die einen neuen Unterton in Cats Repertoire wahrzunehmen glaubte.

Peter ließ die Katze herein, die sich jedoch erstaunlicherweise nicht fürs Fressen interessierte. Sie wimmerte nur untröstlich und verzog sich in ihren Korb, wo sie weiterheulte wie eine kleine verlorene Seele.

Muriel saß am Fenster ihres geschmackvollen Salons und blickte auf die Sackgasse hinaus. Sie dachte an die Familien ringsherum, vor allem an die O'Briens und die Caines, weil sie ihre nächsten Nachbarn waren und Muriel sie am besten kannte. Jahrelang hatte sie sie um ihr erfülltes Leben beneidet, um die Kinder, die sie hatte aufwachsen sehen. Sie dachte an Susie, ihr Temperament und ihre spitze Zunge und die Art, wie sie Polly immer in Schutz nahm; Polly, die Muriel besonders gern mochte, weil sie etwas Unschuldiges und merkwürdig Ängstliches an sich hatte. Manchmal beobachtete Muriel, wie Polly die Eingangstür auf Hochglanz brachte, und fragte sich, wie eine Frau, die von solcher Leidenschaft für das Schöne erfüllt war, es fertig brachte, diese im Namen der Häuslichkeit zu sublimieren. Unterdrückte Kreativität kanalisiert in die Beseitigung von Schmutz! Was, so fragte sie sich, hatte die Häuslichkeit Polly je eingebracht, dass sie sich dieser Arbeit mit solcher Inbrunst widmete? War das Eheleben so wunderbar, gewährte es einen solchen Seelenfrieden? Oder war dieses hektische Bemühen um den perfekten Haushalt eine Flucht? Objektiv gesehen, konnte man nicht erwarten, dass Menschen jahrelang in einer Kleinfamilie zusammenlebten, ohne einen gemeinsamen Weg zu finden, auf dem beide wachsen und sich entwickeln konnten, andererseits aber auch nicht, dass sie sich dabei keinen Notausgang offen hielten. Das wäre unnatürlich. Waren Polly und Sue wirklich Käfigvögel, die ihre Gefangenschaft kompensierten? Und wenn ja, was würde geschehen, wenn man sie freiließ?

Muriel dachte, sie hätte eine Sensibilität für die Kräfte entwickelt, die das Leben der Menschen formen. Gelegentlich versuchte sie zaghaft den Umständen nachzuspüren, die ihr eigenes Leben geformt hatten, das Leben, das sie einst glaubte, im Griff zu haben, denn damals wusste sie noch nicht, welche Wendungen es nehmen, wie es einem entgleiten konnte, schlüpfrig wie ein Aal. Ihre Gedanken kehrten für eine Weile zu ihrem geselligen, charismatischen Vater zurück, nicht zu dem Geist im Studierzimmer, sondern dem Mann, den die Leute kannten und bewunderten. Wenn er nachts kam, um sie zuzudecken, lag sie reglos da und hielt die Augen geschlossen, damit er dachte, sie schliefe schon. Dann roch sie den Alkohol in seinem Atem. Sie liebte ihn. Sie wollte Kraft aus dieser Liebe schöpfen. Sie wollte ihn nicht verachten. Ihn verachten zu müssen machte ihr mehr Angst als das, was er tat.

»Du darfst es niemandem erzählen, es ist unser Geheimnis, Püppchen.«

Erst nach seinem unerwarteten Tod durch einen Jagdunfall, als Muriel zwölf war, kamen seine Schulden ans Licht. Ihre Mutter beglich den Großteil aus ihrem eigenen Vermögen. Das war in den fünfziger Jahren gewesen, als die Einkünfte aus dem Grundbesitz gering waren. Danach setzte der allmähliche Verfall des Hauses ein: hie und da eine fehlende Schieferplatte, eine kaputte Dachrinne, neu entstehende Schlaglöcher in der Allee zur Hauptstraße, die niemand auffüllte. Zu jener Zeit war die Hauptstraße eine relativ schmale, von Bäumen gesäumte Nebenstraße gewesen, wo im Sommer auf dem langen Acker Wildblumen – Hahnenfuß, Löwenzahn, Fingerhut – in Hülle und Fülle wuchsen. Die Bäume streckten ihre Zweige baldachinartig aus und trafen sich in der Mitte, so dass man wie durch einen grünen Tunnel ging. Die nächsten Nachbarn wohnten im Dorf, und Dublin lag irgendwo in verschwommener Ferne.

Mit siebzehn war sie von der Schule abgegangen und hatte Arbeit bei der Anglo-Belgian Bank gefunden. Durch ihr Gehalt verbesserte sich die prekäre finanzielle Situation der Familie, und ihre Mutter brauchte nicht mehr zu fürchten, sich von Willow House und den dort angesammelten Familienschätzen und -erinnerungen trennen zu müssen. Muriel hatte das Internat gehasst, hatte sich immer nur nach den Ferien gesehnt, wenn sie sich in die heimischen Gefilde zurückziehen könnte, um Romane zu lesen, in denen der Held die Heldin wirklich liebte und verstand, und um auf Bäume zu klettern, wo sie vor ihrer Mutter sicher war. Zwischen den Zweigen fand sie Zuflucht; hier brauchte sie niemandem in die Augen zu sehen und sich zu fragen, ob die Leute ihr Geheimnis ahnten. Aber ihre Mutter wusste Bescheid. Es wurde nie erwähnt, aber es stand bedrohlich zwischen Mutter und Tochter; es durfte nicht darüber gesprochen werden, und so wuchs das Geheimnis mit jedem Jahr, das verstrich, bis es zu einer Barriere von gewaltigen Ausmaßen geworden war, die wie eine undurchdringliche Glaswand zwischen Himmel und Erde aufragte.

8. Kapitel

Endlich kam die Boeing 737 unter den Wolken hervor und steuerte Heathrow an. Polly, erleichtert, dass sie nicht mehr ohne Sicht und Aussicht im grauen Nebel Warteschleifen zogen wie Verstorbene in der Vorhölle, folgte der Menge zum Gepäckkarussell. Sie holte ihre Tasche und ging durch den blauen Ausgang auf die Wartenden zu, die ihre Blicke über die ankommenden Passagiere schweifen ließen. Es dauerte einen Moment, bis sie Michelle entdeckte, die die Hand hob, um auf sich aufmerksam zu machen. Polly sah sie mit neuen Augen an, dieses zukünftige Familienmitglied aus Amerika, sah, dass sie aufrecht und angespannt dastand, wie ein Ausrufezeichen, als wollte sie sagen: Hier bin ich, vergiss das bloß nicht.

»Polly!«, sagte sie. »Hallo! Hattest du einen guten Flug?«

»War ganz okay ...«

Die Frauen küssten sich auf die Wange und strebten dann zum Taxistand; Michelle übernahm den Kofferkuli – »lass ruhig mich das Ding schieben!« –, und im Nu entführte sie ein schwarzes Taxi in Richtung der Londoner Innenstadt.

Polly machte es sich im Taxi bequem und musterte Michelle unauffällig, während sie ein oberflächliches Gespräch über ihr Zuhause führte. Ja, Rory ging es gut. Den Jungs auch. Cat war wieder in der Tierklinik gewesen, aber man hatte nur ein Gummiband entdeckt, das ihr ein Kind über den Schwanz gezogen hatte, so dass die Blutzufuhr abgeschnitten war.

»Man konnte es durch den Pelz nicht sehen.« Ja, es ging ihr gut, nur dass man den Schwanz rasiert hatte, so dass sie nun aussah wie eine Halbratte. Ja, man hoffte, dass der Schwanz noch zu retten war.

Michelle schien diese Geschichte nicht sonderlich zu interessieren.

»Wie geht's Tom?«, fragte Polly nach einer Weile schüchtern. Wie sollte sie bloß das Gefühl abschütteln, sie sei schuld daran, dass er mit ihr gebrochen hatte, als habe sie ein schweres Verbrechen begangen, das sie selbst nicht begriff? Warum hätte er sie sonst völlig im Stich lassen sollen, all die Jahre lang? Gut, sie hatte Rory, aber das war mehr oder weniger dasselbe, als wäre man allein.

»Tom ist unterwegs ... Ich habe ihm gesagt, dass du kommst, und er lässt dich herzlich grüßen!«

Polly strahlte. »Wirklich?« Dann fragte sie zaghaft, da sie fürchtete, Michelle damit auf die Nerven zu gehen: »Was hat er gesagt?«

»Er sagte, ich soll dich herzlich grüßen«, erwiderte Michelle nicht unfreundlich.

Polly lächelte glücklich.

Michelle roch nach teurem Parfüm. Der Duft von First by Van Cleefe und Arpels umhüllte sie sanft. Ihr Haar wurde von einem schwarzen Samtband gehalten, ihr glattes Gesicht und ihre tiefliegenden Bernsteinaugen wirkten irgendwie fremd, beinahe orientalisch in ihrer Unergründlichkeit. Polly beneidete sie darum. Es muss schön sein, dachte sie, ein Gesicht zu haben, dem nicht gleich alle Welt ansah, was man gerade empfand.

»Ich bin so froh, dass du gekommen bist«, sagte Michelle und lächelte Polly an. »Ich hasse es, mit mir allein zu sein! Wie geht's dir, Polly? Du siehst ein bisschen müde aus, wenn ich mir die Bemerkung erlauben darf.«

Polly betrachtete ihr Gesicht im Rückspiegel.

»Abgesehen von Cat ist in letzter Zeit noch etwas passiert, was mich beunruhigt. Martha ist vorbeigekommen und hat uns angedroht, Rory zu verklagen und zu verlangen, dass er das Haus verkauft!«

»So eine Ziege!«

Polly runzelte die Stirn. »So sehe ich das nicht. Sie tut mir sogar ein bisschen leid. Ich weiß nur nicht, was wir tun sollen, wenn wir das Haus tatsächlich verkaufen müssen.«

»Was sagt Rory dazu?«

»Er behauptet, er hätte alles im Griff!«

»Das ist ja immerhin etwas ...«

Polly sah Michelle in die Augen und wandte sich dann rasch ab. Sie fühlte sich unbehaglich. Die Kluft zwischen Michelles Leben und dem ihren schien so tief und unüberbrückbar, ein Abgrund verpasster und nunmehr unerreichbarer Möglichkeiten. Wie es wohl sein mochte, wenn man so erfolgreich war, dass man niemals sparen musste, nie zu fürchten brauchte, nicht über die Runden zu kommen? Wenn man wusste, dass einem die Welt gehörte, und man sie sich so einrichten konnte, wie man wollte?

Aber nach einer Weile wurden diese Gedanken von der Freude verdrängt, in London zu sein. Erwartungsvoll blickte sie aus dem Fenster. Es war Jahre her, seit sie zuletzt diese großartige Stadt besucht hatte, und die Erregung ließ ihr Herz schneller schlagen, erweckte das junge Mädchen wieder zum Leben, das als Studentin hierhergekommen war, um sich nach einem Job umzusehen.

»Schau«, rief sie in der Nähe des Oxford Circus, »da ist das Gorgeous East! Ein Jurastudent, Tony Maloney, hat mich einmal zum Essen dorthin eingeladen. Er war aus Donegal und hat in den Sommerferien bei Wimpey gearbeitet. Dann hat er die letzte U-Bahn zu seiner Wohnung verpasst und musste die Nacht auf einer Parkbank verbringen!«

»Hast du auch auf der Bank übernachtet?«

»Lieber Himmel, nein. Ich bin in das Mädchenwohnheim gegangen, wo ich ein Zimmer hatte.«

»Du warst offensichtlich eine sehr anständige junge Frau.«

»Theoretisch schon«, räumte Polly ein. »Der Anstand wurde mir schon in jungen Jahren eingebläut ... Aber ich war sehr formbar, sehr leicht zu beeinflussen ...«

Polly wurde rot, als sie das sagte, denn sie erinnerte sich an Tony Maloney und seine Küsse im St. James Park, seine Hände auf ihrem Körper, seine Erregung, als er ihr unter die Bluse griff. »Nicht, Tony ...«

»Warum nicht, du Prachtweib? Gefällt es dir denn nicht?« Noch heute erinnerte sie sich an sein Keuchen, seine belegte Stimme, an seine Erektion, die sie an ihrem Körper spürte.

Hatte es ihr gefallen? Es war unmöglich gewesen, sich soweit zu entspannen, dass sie es hätte herausfinden können. Schließlich war er gegangen, um sich auf seine Parkbank zu legen. Zumindest hatte er ihr das nachher so erzählt.

Das Taxi hielt am Eaton Square, vor einem imposanten Gebäude mit beigen Säulen. Michelle bezahlte den Taxifahrer und führte ihren Gast durch die Vordertür in eine großzügige marmorverkleidete Eingangshalle mit Lift und einem elliptischen Treppenhaus.

»Die Wohnung liegt im ersten Stock«, sagte Michelle und drückte auf den Knopf mit der 1. Der Lift brachte sie geräuschlos in einen Flur, der mit dickem dunkelrotem Teppichboden ausgelegt war. Michelle ging mit Polly zu einer weißgestrichenen Holztür, die sie mit Hilfe von zwei Schlüsseln öffnete.

»Nummer dreizehn«, sagte Polly und betrachtete die schwarze Zahl oben an der Tür. »Bist du nicht abergläubisch?«

»Dummerchen! Dreizehn ist eine starke Zahl. Ob sie Glück bringt oder nicht, hängt ganz von dir ab! Ich vermute, es ist eine Frage des Mutes«, fügte sie in leicht überraschtem Ton hinzu, »obwohl ich noch nie so darüber nachgedacht habe.«

Die Wohnung wirkte riesig, mit zwei passablen Schlafzimmern, einer gut proportionierten Küche, einem großzügigen Salon mit einer Essnische sowie einem großen Badezimmer mit griechischem Dekor. Wenn man aus dem Fenster auf den Platz blickte, sah man sich umgeben von gepflegten Gärten und stattlichen Häusern im Regency-Stil mit säulengeschmückten Fassaden.

»Tom muss ja ein Heidengeld verdienen!«, sagte Polly. »Ich hätte nie gedacht, dass er sich so etwas leisten kann!«

»Oh, ich trage auch mein Scherflein zur Haushaltskasse bei, so ist es ja nicht«, bemerkte Michelle.

»Du musst einen sehr guten Job haben!«

»Ja, er ist nicht schlecht ... Aber ich habe auch aus früheren Inkarnationen ein wenig Zaster beiseite gelegt!«

Polly sah sie fragend an: »Was heißt das?«

Michelle lachte. »Gar nichts, nur dass ich nicht mit leeren Händen dastehe!«

Polly sah ihre zukünftige Schwägerin an; es wollte ihr kaum gelingen, ihren Neid und ihre Neugier zu verhehlen. »Du hast ja anscheinend alles gut im Griff. Wie hast du Tom eigentlich kennen gelernt?«

»Ich habe ihn im Traum gehört!«, sagte Michelle in schnoddrigem Ton und lachte. »So ähnlich wie dieser idiotische heilige Patrick, der die Stimme der Iren im Schlaf gehört hat.«

»Ach Michelle«, rief Polly aufgebracht. »Ich weiß überhaupt nicht, was ich von dir halten soll! Du nimmst nichts ernst, und doch gelingt es dir anscheinend, das Schicksal auszutricksen.«

»Ich glaube an den Umbruch«, erklärte Michelle. »Du

kannst das Schicksal nur austricksen, wenn du es herausforderst! Willst du etwas trinken«, fügte sie hinzu. Es war mehr ein Befehl als eine Frage, und sie füllte ein Glas mit Gin und Tonic. Als Polly einwenden wollte, sie trinke nichts Hochprozentiges, hielt sie das Glas bereits in der Hand.

»Setz dich um Himmels willen hin«, sagte Michelle.

Polly gehorchte. Sie sah sich in dem Zimmer um, betrachtete die pastellfarbenen Möbel, die leuchtenden Farben des Gemäldes über dem Kaminsims, den geschickten Einsatz von Licht und Farbe, um die Illusion großzügiger Dimensionen zu erzeugen. Die Couch war sehr bequem, die Seidenkissen angenehm, die Klänge Bachscher Musik, die einsetzte, als Michelle die Fernbedienung auf eine Stereoanlage in der Ecke richtete, umschmeichelten sie.

Sie nahm einen Schluck, dann noch einen, und unversehens stellte sich das Gefühl ein, dass der Augenblick, den sie gerade durchlebte, vollkommen war und sie sich nie wieder vom Fleck rühren wollte.

»Hast du Hunger?«, fragte Michelle ein wenig später.

Polly hatte sich in sprunghaften, traumartigen Sätzen sprechen hören, und nun nahm sie Michelles Stimme wie aus großer Ferne wahr.

»Nein«, sagte Polly und fragte sich, ob der Gin ungewöhnlich stark gewesen war, denn sie fühlte sich nicht nur benommen, sondern auch wie eine Besucherin aus einer anderen Dimension. »Ich habe überhaupt keinen Hunger. Es ist mir gleich, wenn ich nie wieder etwas zu Essen bekomme ...«

»Was würdest du gern tun, Polly?«

»Was ich wirklich gern möchte«, sagte Polly verträumt, aber ehrlich, aus den Tiefen einer Sehnsucht heraus, in der kein Platz für Ausflüchte war, »ich wünsche mir, dass mich ein gut aussehender, zärtlicher Mann in die Arme nimmt. Nein, wenn ich es mir genauer überlege, ist es mir gleich, ob er gut aussieht oder nicht ... solange er nur zärtlich ist. Warum erzähle ich dir das bloß?«

»Weil es dir ein Bedürfnis ist. Gibt es noch etwas, das du gerne möchtest?«

»Ich möchte schön sein!«

»Aber das bist du doch!«

»Ich habe Übergewicht«, erwiderte Polly.

»Dicksein ist eine relative Vorstellung. Du bist gut gepolstert und sehr attraktiv.« Sie senkte die Stimme und fügte einschmeichelnd hinzu: »Wenn du dir wirklich einen zärtlichen Mann wünschst, könnte ich für heute Abend einen besorgen ...«

»Wer bist du?«, flüsterte Polly. »Eine Art Hexe?«

Michelle lachte. »Wir sind alle selbst für unsere Hexenkünste verantwortlich!«

Polly räkelte sich. »Ich hätte nichts dagegen, eine Hexe zu sein, aber ich wüsste nicht wie! Es setzt ein breites Spektrum an Wissen voraus, Dinge, die ich ohne sie zu prüfen ablehnen würde. Ich glaube, man braucht Erfahrung, um Erfahrungen richtig einordnen zu können.« Sie lachte leise. »In dem Bereich habe ich so meine Defizite. Als ich einen verheirateten Mann geheiratet habe, habe ich mir praktisch die Hörner abgestoßen. Und danach habe ich getan, was von mir erwartet wurde ... Ich musste beweisen, wie gut ich sein konnte ... wie ehrbar und anständig!«

»Und?«

»Plötzlich ist mir aufgegangen, dass ich mich nicht auf die Maßstäbe beschränken kann, die von anderen festgelegt werden, und dann sagen, ich hätte gelebt!«

Beide schwiegen; schließlich setzte Polly verträumt hinzu: »Ich vermute, ich bin stinksauer!«

Michelle sagte noch immer nichts. Sie betrachtete das Telefon am anderen Ende des Raums, als müsste sie eine Entscheidung treffen.

»Erfahrungen kannst du jederzeit machen, meine Liebe, wenn dir danach ist!«

»Du bist so nett«, fuhr Polly mit derselben verträumten Stimme fort. »Du bist ein wirklich guter, lieber Mensch!«

»Oh Gott«, sagte Michelle, warf den Kopf zurück und schloss die Augen.

Als Polly am nächsten Morgen aufwachte, war die Wohnung leer. Sie nahm an, Michelle sei kurz weggegangen, um die Zeitung zu holen, doch dann entdeckte sie zu ihrer Enttäuschung den Zettel am Kühlschrank.

Liebe Polly,
ich bin für den Tag abgerufen worden – heute Abend erzähle ich dir alles darüber. Tut mir leid ... Mach dir einen schönen Tag! Viel Spaß!

Michelle

PS: Die Ersatzschlüssel hängen neben der Küchentür.

Es war Ostersonntag. Die Sonne schien, der Eaton Square war grün, ruhig und heiter. Polly machte sich Kaffee und aß ein wenig Toast.

Ich hole mir die Sonntagszeitungen, überlegte sie. Dann habe ich etwas zu tun. Wenigstens stehen heute keine Anzeigen von mir drin, das ist doch wirklich ein Trost.

Sie sah sich in der Wohnung um, riskierte auch einen Blick in Michelles (und vermutlich Toms) Schlafzimmer. Da stand eine prachtvolle Frisierkommode mit einer volantbesetzten Einfassung, auf der Glasplatte fand sich eine reiche Auswahl an französischen Parfums und Kosmetika. Plötzlich fiel ihr auf, dass es hier keine Anzeichen für die Anwesenheit eines Mannes gab, weder im Wohnzimmer, wo man ein paar Fotos hätte erwarten dürfen, noch im Schlafzimmer, noch anderswo.

Sie hätte gerne die Schränke geöffnet und sich Toms Kleider angesehen, aber sie ertrug es nicht, so verstohlen herumzuschnüffeln. Aber sie spähte ins Badezimmerschränkchen in der Hoffnung, hier einen Hinweis auf seine Existenz zu entdecken, Rasiercreme zum Beispiel. Sie fand nichts. Das weiße Schränkchen enthielt Mundwasser, Reinigungscreme, Zahnseide, ein Antiseptikum, Pflaster, Aspirin und die Pille.

Sie duschte, zog sich an, griff nach ihrer Tasche, um den Lippenstift herauszuholen, und stieß auf den Brief an den Mann in Wimbledon. Da kam ihr ein Gedanke: Warum sollte sie ihn nicht persönlich abliefern? Statt ihn von hier aus abzuschicken, konnte sie doch die U-Bahn nach Wimbledon nehmen und ihn dort in den Briefkasten des Empfängers stecken. Ja, dachte sie. Auf diese Weise hätte sie wenigstens etwas zu tun.

Verdammt, dachte Polly, ich bin eine erwachsene Frau mittleren Alters, und dabei fühle ich mich unsicher wie ein Teenager.

Gegen ein Uhr gelangte Polly zu der U-Bahn-Haltestelle am Sloane Square. Sie brauchte eine Weile, bis sie auf dem Übersichtsplan an der Wand Wimbledon gefunden hatte; es lag etwas außerhalb. Sie kaufte sich am Automaten eine Rückfahrkarte und eilte die Steintreppe zum Bahnsteig hinunter.

Das Schöne an der Haltestelle Sloane Square war, dass sie überirdisch lag und nicht in einem Loch tief unter der Erde, wo kein Sonnenstrahl hinreichte.

Ich bin frei, dachte sie. Ich mache mich auf zu einem Abenteuer in Wimbledon. Auch wenn ich noch nie dort war, ich werde es schon finden. Ich lebe in einer so engen Welt, dass diese kleine Eskapade für mich gleich zu einem romantischen Abenteuer wird. Es ist, als würde ich eine Terra incognita betreten und mich dem Drachen stellen.

Sie tastete in ihrer Handtasche nach dem Brief, dachte amüsiert, wie merkwürdig es sein würde, ihn in Bernard Whistons Briefkasten zu werfen, wie merkwürdig, das Haus zu sehen, in dem er wohnte, dieser unbekannte Mann, der auf ihre schamlose Anzeige in der *Sunday Times* geantwortet hatte.

Manchmal, räumte Polly ein, als sie daran dachte, was Michelle am Abend zuvor zu ihr gesagt hatte, macht es Spaß, das Schicksal auszutricksen. Wenn sonst nichts dabei herauskommt, werde ich wenigstens ein wenig mehr von London gesehen haben, den Weg nach Wimbledon, das Haus eines Menschen, mit dem ich durch die absonderlichsten Umstände in Berührung gekommen bin. Wenn ich nicht verheiratet – oder halb verheiratet – wäre, hätte ich den Brief vielleicht sogar beantwortet, wie es sich gehört.

Der Londoner Stadtplan kam zu seinem Recht, als Polly aus dem Zug stieg. Eine Weile stand sie da und suchte die Marbonne Road. Endlich fand sie die Straße auf dem Plan; sie lag am Stadtpark, war eine Nebenstraße der Parkside.

Polly ging Wimbledon Hill hinauf, folgte der High Street und gelangte schließlich zur Parkside. Auf der einen Seite standen schöne Häuser hinter hohen Zäunen, zur anderen Seite hin erstreckte sich der Park mit seinen Bäumen und Rasenflächen.

Schließlich erreichte sie die Marbonne Road, eine ruhige, vornehme Ringstraße mit Häusern in verschiedenen Baustilen, manche mit Stuckatur, andere mit unverputzten Ziegeln, einige im Tudorstil, doch alle auf eigenem Grundstück und von der Straße zurückgesetzt. Nummer 17 war ein Pseudo-Tudorbau mit dunklen Balken in den Ziegelmauern und einer auf Hochglanz polierten schwarzen Eingangstür. Auf dem Kies hinter den hohen Toren parkte ein weißer Mercedes. Ein hellbrauner Labrador lag auf den Granitstufen und genoss die Nachmittagssonne. Die Haustür stand einen Spaltbreit offen.

Vor dem eisernen Tor verließ Polly der Mut. Plötzlich kam

sie sich unsäglich lächerlich vor. Der Labrador hob den Kopf und starrte sie an, dann bellte er kurz; es klang fast wie ein Gruß. Polly fühlte, wie Panik in ihr aufstieg, während die innere Stimme, die sie inzwischen zu fürchten gelernt hatte, in einschmeichelndem Ton zu ihr sagte: »Was zum Teufel machst du hier überhaupt, du dummes Huhn?«

Laubwerk raschelte, und sie vernahm die Stimme eines Mannes: »Hallo ... kann ich Ihnen helfen?«

Ein Mann mit einer Heckenschere in der Hand tauchte aus dem Gebüsch auf. Er war in mittleren Jahren, hatte eine Halbglatze, war etwas rundlich, mittelgroß und hatte kluge freundliche Augen. Polly, die sich gut an das Foto erinnerte, erkannte, dass ihr kein anderer als ihr Briefpartner gegenüberstand.

»Mr. Whiston?«, sagte sie.

Er zuckte sichtlich zusammen, starrte sie an und runzelte dabei die Stirn, als hätte sie sich nach einem Geist erkundigt.

»Wer möchte ihn sprechen?«

Polly wurde rot. Sie spürte, wie ihr das feurig heiße Blut bis an die Haarwurzeln stieg und sich über Brust und Oberarme ausbreitete. So war sie schon lange nicht mehr errötet; Rory pflegte sich darüber lustig zu machen, über diese Glut, die früher so leicht über sie gekommen war.

»Oh ... ich habe nur einen Brief abzugeben ...«

Sie öffnete ihre Handtasche, holte den Brief heraus, übergab ihn dem Mann.

Dieser nahm ihn stirnrunzelnd entgegen, wandte sich kurz ab und riss den Umschlag mit dem Finger auf.

Polly entfernte sich rasch, aber um Unauffälligkeit bemüht. Sie ging so schnell es ihr möglich war, ohne zu rennen.

»Warten Sie«, rief der Mann ihr nach. »Einen Augenblick!« Sie schaute sich um und sah, dass Mr. Whiston ihr folgte.

Oh Gott, dachte Polly, wenn sich doch nur der Boden auftun und mich verschlucken könnte ...

»Stell dich, du dumme Kuh«, sprach sie sich innerlich Mut zu. »Lern dich zu verstellen ... Du hast dich doch selbst in diese Situation gebracht! Das Mindeste, was du jetzt tun kannst, ist, mit Anstand und Würde wieder herauszukommen! Dieser Mann frisst dich schon nicht!«

Polly drehte sich um, bemühte sich, ein gleichmütiges Gesicht aufzusetzen, und wartete, bis er sie eingeholt hatte.

»Haben Sie diesen Brief geschrieben?«, fragte er beinahe schüchtern.

»Lieber Himmel, nein«, sagte Polly und errötete schon wieder. »Ich habe eine ... Schwester, die mich gebeten hat, den Brief für sie einzuwerfen, wenn ich nach London komme. Und da ich heute Nachmittag hier in der Nähe unterwegs bin, habe ich mir gedacht, ich gebe ihn persönlich ab.«

»Ich verstehe ... Dann ist er also von Ihrer Schwester! Concepta McCann?«

»Ähm ... ja ...«

»Dann vielen Dank auch, dass Sie sich die Mühe gemacht haben, ihn zu überbringen. Darf ich fragen, woher Sie kommen?«

»Ich lebe in Dublin. Ich bin auf Urlaub hier ... meine Schwägerin hat mich eingeladen.«

»Hier in der Gegend?«

»Nicht direkt. Sie wohnt am Eaton Square.«

»In Belgravia?«

»Ja.« Polly entspannte sich ein wenig. Er wirkte freundlich, halb amüsiert, halb verlegen. »Ich nehme an, dass Sie Mr. Whiston sind?«, sagte sie.

»Nein, der bin ich nicht. Das war mein Schwiegervater. Er ist letzte Woche unerwartet verstorben.«

Er musterte sie mit ernster Miene und runzelte die Stirn. »Sehen Sie, es würde mich wirklich interessieren, warum Ihre Schwester einen Brief an meinen verstorbenen Schwiegervater gerichtet hat«, fuhr er fort und warf einen Blick auf den Brief in seiner Hand, »aus dem hervorgeht, dass er ihr, nun ja, ... mit gewissen Absichten geschrieben hat. Das erscheint mir doch ziemlich rätselhaft!«

»Ja, das ist es wirklich!«, pflichtete ihm Polly bei. »Ich weiß natürlich nichts Näheres darüber, aber ich könnte sie fragen ... wenn Sie wollen.«

»Das wäre nett ... Möchten Sie nicht einen Augenblick hereinkommen, damit wir über die Sache reden können? Wissen Sie, ich bin der Testamentsvollstrecker des alten Herrn, und vielleicht sollte ich wissen, ob er da etwas vorhatte ... ich möchte nicht denken müssen, dass es hier noch offene Fragen gibt ...«

Polly wusste nicht, was sie tun sollte. Ihre Panik kam ihr idiotisch vor, aber sie war da.

»Mach schon!«, riet ihr die grauenhafte innere Stimme. »Schluss mit diesem ewigen Zaudern und Zögern, das ist ja zum Kotzen! Lüg einfach munter drauflos. Bilde dir nur nicht ein, dass du das Schicksal an der Nase herumführen kannst, indem du dich in kindischer Weise an die Wahrheit klammerst! Wahrheit ist nur ein anderer Name für Faulheit!«

Polly folgte ihrem Gastgeber durch den Eingang und den Flur ins Wohnzimmer, wo zwei große Terrassentüren in den Garten hinausführten. Die Sonne beschien die von Bäumen gesäumte Ziegelmauer am anderen Ende des Gartens. Der grüne, frisch gemähte Rasen, die steinerne Sonnenuhr, die Gartenbank, alles war so, wie sie es sich in diesem Zaubergarten vorgestellt hatte. Es gab auch eine Weide und Büsche und Blumenrabatten.

»Wollen Sie sich nicht setzen?«, forderte sie ihr Gastgeber auf und trat an einen Tisch mit Getränken, der in einer Ecke stand.

Polly, die am Fenster gestanden hatte, setzte sich auf einen antiken Lehnstuhl.

»Was möchten Sie trinken?«

»Ach ... irgendwas ... Limonade, Mineralwasser, was Sie gerade da haben!«

»Wie wär's mit einem Gin Tonic?«

»Ja, gern.«

Er reichte ihr ein Glas. Sie sog den Duft von Alkohol und Chinin ein, schwenkte die Eiswürfel, nahm einen Schluck, mühte sich, gefasst zu wirken. Der Labrador, der ihnen ins Haus gefolgt war, legte seine Schnauze auf ihr Knie, sah sie fragend an und trollte sich schließlich hechelnd vor die Terrassentür. Polly betrachtete die Hundehaare auf ihrer Hose.

»Das ist Herbie. Offensichtlich sind Sie ihm sympathisch!« Polly sah den Hund an.

»Wer sind Sie?«, fragte ihr Gastgeber plötzlich und beinahe streng.

Polly ließ sich Zeit mit ihrer Antwort. Darauf war sie nicht gefasst gewesen, und es bereitete ihr Missbehagen, dass sie sich wie eine Betrügerin und wie ein Eindringling fühlte.

»Ich heiße Pauline«, erwiderte sie bedächtig.

»Pauline wie?«

Polly nannte ihren Mädchennamen. »McCann.«

»Und Ihre Schwester ist Concepta McCann, die einen merkwürdigen Brief an einen Toten geschrieben hat?«

»Sie hat mich nur gebeten, ihn abzuschicken«, sagte Polly, plötzlich von ihrer qualvoll lächerlichen Lage zum Lachen gereizt. »Ich fürchte, ich bin mit seinem Inhalt nicht vertraut.«

Er nahm ihr gegenüber in dem zweiten, mit verblichenem Damast bezogenen Lehnstuhl Platz und sah sie zweifelnd an.

»Ist das eine Art Witz ... ein Ulk?«

Sie sah das unsichere Lächeln, das um seine Mundwinkel

spielte, und blickte rasch in den sonnendurchfluteten Garten hinaus.

»Nein, wirklich nicht«, sagte Polly, die für einen Moment vergaß, dass sie ja angeblich nichts über den Brief und sein Zustandekommen wusste. »Ich glaube, es ist keineswegs ein Witz. Ich glaube, es war so, dass meine Schwester so einsam und unglücklich war, dass sie schließlich eine Anzeige in die Zeitung setzte. Ihr verstorbener Schwiegervater hat darauf geantwortet. Offenbar hat er Ihr Foto mitgeschickt ... aber dafür kann doch meine Schwester nichts!«

»Nein, der alte Draufgänger hatte eben einen verschrobenen Humor! Möchten Sie wissen, wie er wirklich ausgesehen hat – damit sie es Ihrer Schwester erzählen können?«

Polly hob abwehrend die Hände, aber ihr Gastgeber war bereits an den Bücherschrank gegangen und holte ein rotgebundenes Fotoalbum heraus. Er blätterte die Seiten um, schwer vom Gewicht verflossener Tage, dann reichte er ihr das Buch. »Das ist er, oben auf der rechten Seite!«

Das Gesicht, das Bernard so oft im Spiegel betrachtet hatte, blickte nun Polly entgegen. Er hatte, so dachte sie, Ähnlichkeit mit einem ausgesprochen aggressiven Lachs; er wirkte nüchtern und sachlich, seine Augen waren rund und kalt. Aber er hatte einen sardonischen Zug um den Mund, als hätte er sich das Leben gründlich angesehen und verstanden, worauf es dabei ankam.

»Er sieht wie ein komischer alter Kauz aus ... finden Sie nicht?«

»Ich finde, er sieht wie ein Zyniker aus«, meinte Polly, um eine taktvolle Formulierung bemüht.

»Oh, das war Bernard zweifellos!«

Für eine Weile schwiegen beide.

»Ich heiße übrigens Keith Warrington«, sagte ihr Gastgeber.

»Aber abgesehen vom Namen treffen die Einzelheiten, die Bernard genannt hat, auf mich zu und nicht auf ihn. Meine Frau ist vor zwei Jahren gestorben, ich bin halb im Ruhestand, und ich habe eine Tochter, die in New York arbeitet. Da sieht man's mal wieder! Wir sind den exzentrischen Einfällen unserer Eltern auf Gnade und Ungnade ausgeliefert!«

Polly stellte ihr Glas ab. »Ich sollte jetzt lieber gehen. Vielen Dank für den Drink.«

Sie wollte sich dafür entschuldigen, dass sie seine Sonntagnachmittagsruhe gestört hatte, überlegte es sich dann aber anders. Schließlich hatte er sie hereingebeten, und nun mit Entschuldigungen anzufangen hätte alles nur noch schlimmer gemacht.

»Müssen Sie wirklich schon los?«, fragte er. »Sie haben mich neugierig gemacht. Warum erzählen Sie mir nicht ein wenig von Ihrer Schwester? Warum ist sie so unglücklich, dass sie Anzeigen in die Zeitung setzt?«

Er sagte das sehr freundlich. Polly spürte, dass ihr der Gin zu Kopf stieg. Sie wünschte, es wäre ihr eine unverfängliche, witzige Bemerkung eingefallen. Doch stattdessen sagte sie: »Sie ist sozusagen verheiratet ...«

»Sozusagen verheiratet? Was heißt das?«

»Bei uns in Irland kann man sich nicht scheiden lassen ... zumindest noch nicht ... und wenn eine Ehe scheitert, versuchen die Leute eine Annullierung von der Kirche zu erwirken, dann können sie wieder kirchlich heiraten. Doch vor den Augen des Gesetzes sind solche Ehen bigamistisch ...«

Keith lauschte mit hochgezogenen Augenbrauen.

Polly zuckte die Achseln. »Aber die Ehe, wenn man sie so nennen kann, war ein Fehler ... Sie hat ihr Bestes versucht ...«

»Und jetzt will sie raus?«

»Ich weiß es nicht genau«, sagte Polly. »Ich glaube, sie hoffte jemanden kennen zu lernen, mit dem sie reden kann. Doch jetzt hat sie kalte Füße bekommen und alle Briefe zurückgeschickt. Es schien ihr sehr ungehörig, Briefe von fremden Männern zu erhalten, verstehen Sie?«

Sie sah Keith Warrington an, aber er hütete sich, eine Gefühlsreaktion zu zeigen. »Wissen Sie«, fuhr sie fort und blickte wieder in den Garten hinaus, »wenn man niemanden hat, mit dem man wirklich reden kann, wird man langsam verrückt. Das hängt mit einem Bedürfnis nach einem gewissen Maß an Nähe zusammen. Wenn es einem verweigert wird, ist Wirklichkeit nur ein Wort, dann nimmt man die eigenen Grenzen nicht mehr deutlich wahr. Allmählich erstickt man an der Überfülle der Gefühle, der Freuden, der kleinen Dinge, der Probleme, über die man reden möchte. Man hätte so viel zu geben, und es ist alles vergebliche Liebesmüh ...«

Keith antwortete nicht. Er hörte ihr so unaufdringlich zu, dass sie kaum merkte, wie aufmerksam er in Wahrheit war, noch wie sich seine Miene veränderte und er sie mit professionellem Interesse zu mustern begann.

»Aber«, sagte er, »Ihre Schwester könnte doch jederzeit gehen. Warum tut sie es nicht?«

Polly hob die Hände, wie um sich von den wunderlichen Einfällen ihrer Schwester zu distanzieren. »Sie weiß nicht, wie sie es anstellen soll. Sie hat Kinder ...« Polly senkte die Stimme und betrachtete ihre Hände. »Ich würde sagen, sie sitzt in der Falle. Sie bemüht sich, den schönen Schein zu wahren ...«

»Warum?«

Polly zuckte die Achseln. »So sind die Menschen eben ...«

»Weil sie sich fremdbestimmen lassen«, ergänzte Keith, und nach einer Weile fügte er hinzu: »Sind Sie auch verheiratet?«

Polly zuckte zusammen. »Eigentlich nicht.«

»Und was machen Sie beruflich?«

»Nicht viel«, sagte Polly, verzweifelt um eine Erklärung ringend, die sie nicht als die Nur-Hausfrau dastehen lassen würde, als die mittellose, abhängige Dienerin, die sie in Wirklichkeit war. »Ich besitze Wertpapiere. Das ist zwar eine reichlich dekadente Lebensweise, aber ich finde sie sehr erholsam!«

Als er nicht antwortete, fügte sie hastig hinzu: »Aber ich verstehe etwas von Antiquitäten und helfe meiner Schwester im Geschäft. Das ist auch der Grund für meinen Aufenthalt in London.«

»Ich verstehe, Pauline«, sagte er nach einer kleinen Pause. »Ich habe heute Abend nichts vor und würde mich sehr freuen, wenn Sie zum Abendessen blieben ... dass heißt, wenn Sie nichts Besseres zu tun haben. Der ganze Fall, den Sie mir da geschildert haben, hat mich neugierig gemacht, und ich habe den Eindruck, dass sowohl Sie als auch Ihre Schwester sehr interessante Menschen sind.«

Polly wurde rot und stand auf. »Ich kann leider nicht. Ich muss jetzt wirklich los! Vielen Dank für Ihre freundliche Einladung.«

»Ich habe hier im Haus so viele alte Sachen, mit denen Sie mir helfen könnten«, beharrte Keith, »da Sie sich offensichtlich auskennen – ich meine mit Schätzungen und so etwas. Meine Frau war eine Art Sammlerin«, fuhr er fort. »Ich hatte vor, die Sachen von jemandem prüfen zu lassen, für die Versicherung. Wie würden Sie zum Beispiel den Stuhl beurteilen, auf dem Sie sitzen?«

Polly spürte mit Unbehagen, dass sie tiefrot geworden war. Aber sie sah sich die beiden zusammengehörigen Lehnstühle an und ließ den Blick durchs Zimmer schweifen.

»Das ist ein Fauteuil aus der Zeit Ludwigs XV.«, sagte sie, »ebenso wie der, auf dem Sie sitzen. Er ist sehr viel wert ...«

»Tatsächlich? Und wie steht es mit dem Rest der Möbel? Ich bin auf dem Gebiet leider ein Ignorant!«

»Tja, das ist eine viktorianische Kommode mit Aufsatz.« Polly deutete auf den Alkoven beim Kamin und dann auf die anderen Stücke im Raum; ihre Augen leuchteten vor Begeisterung. »Der halbmondförmige Tisch dort drüben müsste georgianisch sein, ein Kartentisch aus Mahagoni und indischem Satinholz, der sich wahrscheinlich rund ausziehen lässt. Der runde Tisch bei der Terrassentür ist ein Sheraton-Arbeitstisch aus Mahagoni mit Einlegearbeit aus Buchsbaumholz ...«

Keith entspannte sich sichtlich. All das wusste er bereits.

»Und der Bücherschrank?«, fragte er.

Polly betrachtete ihn eingehend und versuchte, die Titel durch die Glastür zu entziffern.

»Ein viktorianischer Zylinder-Bücherschrank aus Mahagoni. Sie haben anscheinend ein paar schöne alte Bücher darin ... vielleicht auch einige Erstausgaben?«

Sie sah Keith an, und wieder stieg ihr die Röte ins Gesicht, die sich gerade ein wenig gelegt hatte, als sie in die Betrachtung der Möbel vertieft gewesen war.

Hastig stand sie auf. »Ich muss los ... vielen Dank noch mal für den Drink!«

»Es war mir ein Vergnügen! Werden Sie Ihrer Schwester erzählen, dass Sie mich getroffen haben?«

»Ich glaube nicht. Das würde sie in schreckliche Verlegenheit bringen! Ich wurde nicht beauftragt, mich aufzudrängen ...«

Auf dem Flur fragte Polly schüchtern: »Hätten Sie etwas dagegen, wenn ich Ihre Toilette benutze?«

Keith deutete auf eine Tür. »Hier geht's rein.«

Polly starrte sich im Spiegel an. Meine Güte, dachte sie, ich sehe aus wie eine Tomate, die zu lange in der Sonne gelegen hat. Oh Gott, warum habe ich mir nur derart kindische Lügengeschichten ausgedacht? Was bin ich nur für ein Idiot!

Sie suchte in ihrer Handtasche nach der kleinen Plastikflasche mit dem Makeup, fand sie zunächst nicht, grub tiefer zwischen Zetteln und Rechnungen und fand sie schließlich ganz unten, unter dem Metallbügel eingekeilt. Rasch trug sie das Makeup auf, um zu retten, was noch zu retten war. Als sie wieder auf den Flur trat, stand die Haustür offen und Keith saß draußen auf den Stufen.

»Und Sie wohnen am Eaton Square, während Sie in London sind?«, erkundigte er sich, als er sie zum Gartentor brachte.

»Ja ... Die Verlobte meines Bruders ist diese Woche allein, er ist zur Zeit unterwegs. Sie hat eine wunderschöne Wohnung und hat mich freundlicherweise für die Woche zu sich eingeladen. Sie wohnt in Nummer 13«, fügte sie zusammenhanglos hinzu.

»Sind Sie abergläubisch?«

»Lieber Himmel, nein.« Sie lachte, und in ihrem Lachen lag echter Humor. »Allem Anschein zum Trotz bin ich wirklich ganz ... ausgeglichen. Wenigstens«, ergänzte sie mit unsicherem Grinsen, »glaube ich das, aber das ist natürlich eine rein subjektive Einschätzung!«

Keith Warrington lächelte. Um seine Augen bildeten sich Lachfältchen; sein Gesicht legte sich in Falten, die lange Jahre der Toleranz und Freundlichkeit darin eingegraben hatten.

Polly legte die Hand auf das Tor, vor dem sie eine Stunde zuvor so unsicher gestanden hatte. Ein Wort veranlasste den schwanzwedelnden Herbie, sitzen zu bleiben.

»Sie haben etwas Leben in meinen Sonntag gebracht, Pauline McCann«, sagte Keith feierlich. »Ich habe das Gefühl, dass wir uns heute nicht zum letzten Mal sehen!«

Polly strahlte. Die Aussicht, für immer von ihrem sympathischen Gesprächspartner Abschied zu nehmen, war ihr nicht angenehm gewesen. Dann trug jedoch der gesunde Menschenverstand den Sieg davon.

»Das glaube ich nicht ... aber es war mir trotzdem ein Vergnügen!« Sie schüttelte ihm die Hand und ging ihrer Wege.

Keith Warrington stand noch eine Weile am Tor und sah ihr versonnen nach. Dann kehrte er in seinen Garten zurück.

Daheim in Willow House sah Muriel ihre Papiere durch, sortierte sie in zwei Haufen: einen zum Verbrennen, den anderen zum Aufbewahren. Da waren die Briefe von Michael, aber es hatte keinen Sinn, sie aufzuheben. Sie fand die Zeichnung von dem Hochzeitskleid, von dem sie einst geträumt hatte. Wildseide. »Weiß«, hatte ihre Mutter bemerkt und den Mund verzogen. »Das muss wohl so sein.«

»Natürlich, Mama!«

»Natürlich ...«

Muriels Mutter war an einem Schlaganfall gestorben, der sie niederstreckte, als sie an einem verregneten Morgen Punkt neun Uhr die Treppe herunterkam.

Muriel hatte sie in der Familiengruft beisetzen lassen, bei den Reeves', die vor ihr das Zeitliche gesegnet hatten.

»Das Leben geht weiter«, hatte Michael gesagt. Er stand kurz vor der Abschlussprüfung an der Universität und leistete ihr Beistand, soweit es seine Zeit erlaubte. Muriel hatte in aller Stille getrauert, um die Mutter geweint, die es ihr so schwer gemacht, sie so unnachgiebig verurteilt hatte und die sie nun so schrecklich vermisste. Es gab Dinge, die sie ihrer Mutter hätte sagen sollen; sie hätte sie zwingen müssen, diese Dinge zu verstehen; sie hätte die Tür öffnen und Licht hereinlassen müssen. Doch nun war es zu spät.

Sie griff nach einem Umschlag mit einer saudi-arabischen Briefmarke, zog den Brief heraus, überflog ihn, erinnerte sich, wie glänzend Michael seine Prüfungen bestanden hatte und man ihm praktisch sofort einen Jahresvertrag bei einem Krankenhaus in Saudi-Arabien angeboten hatte.

Er war so aufgeregt gewesen, als er ihr von dem tollen Gehalt und den zusätzlichen Leistungen erzählte, die er bekommen würde. »Reichtümer«, sagte er, »die die kühnsten Träume der Raffgier übersteigen! Wir heiraten auf der Stelle, wenn ich zurück bin ...«

Muriel kam zu dem Schluss, dass es ihr nichts ausmachte, da zu bleiben. Es war doch nur für ein Jahr. Durch die Trennung würde ihre Zuneigung nur noch größer werden. Sie würde den Schmuck ihrer Mutter verkaufen, damit sie das Dach von Willow House reparieren lassen könnte, sich für ihn schön machen, ein wunderbares Wiedersehen feiern.

Also war Michael abgereist. Und kurz darauf, als hätte er nur auf sein Stichwort gewartet, war Alan Barrington in ihr Leben getreten.

Sie steckte den Brief wieder in den Umschlag und legte ihn auf den Haufen, der zum Verbrennen bestimmt war.

9. Kapitel

Am selben Abend schrieb Keith Warrington einen Brief an seine Tochter:

Liebste Mo,
ich nehme an, dass du wohlbehalten angekommen bist, mein Liebling. Beerdigungen sind immer so deprimierend, vor allem, wenn es jemand ist, den wir lieben. Irgendwie hatte ich mir vorgestellt, der alte Bernard wäre einfach nicht umzubringen. Aber als er beschloss, doch zu gehen, hat er keine Zeit verloren! Doch die ganze Geschichte habe ich dir ja schon erzählt ... Obwohl der Schlaganfall so plötzlich gekommen ist, denke ich immer, er wollte mir noch etwas sagen, bevor er das Bewusstsein verlor, aber das werden wir nun nie erfahren.
Heute stelle ich mir dich als Sonnenstäubchen im Big Apple vor, halb erstickt in der ungesunden Luft eurer Betonschluchten. Das kommt daher, weil ich den ganzen Tag im Garten verbracht habe, mit dem armen alten Herbie als einzige Gesellschaft. Ich habe ein wenig die Hecken geschnitten, Unkraut gejätet und herumgewerkelt, was ich immer als so angenehm empfinde.
Gegen drei Uhr bekam ich Besuch von einer merkwürdigen kleinen Person, die einen Brief abgeben wollte. Ich will dir die Einzelheiten ersparen, nur dass es mit einer Frau zusammenhing, die eine Anzeige in die *Sunday*

Times gesetzt hatte (nach dem Motto: Nette Dame sucht freundlichen, fürsorglichen Herrn) und die tatsächlich eine Antwort von dem alten Schurken, deinem Großvater, erhalten hat! Der alte Esel hatte die Frechheit besessen, ein Foto von mir mitzuschicken (einen der Schnappschüsse, die du letzten Sommer, an deinem Geburtstag, gemacht hast). Auf jeden Fall hat die betreffende Dame kalte Füße bekommen und sowohl den Brief als auch das Foto zurückgegeben, aber da sie neugierig war, hat sie wohl beschlossen, beides persönlich vorbeizubringen. Sie sagte, ihre Schwester hätte die Anzeige aufgegeben und sie täte ihr nur den Gefallen, den Brief abzuliefern. Aber ich hatte in meinem Beruf lange genug mit Lug und Trug zu tun, um es zu merken, wenn jemand am Sonntagnachmittag hier aufkreuzt und mir einen Bären aufbinden will!

Nicht dass an dieser armen Frau irgendetwas Unheimliches gewesen wäre. Sie ist mir nur ein wenig drollig vorgekommen, sie war es nicht gewohnt zu lügen. Sie ist um die vierzig, kommt aus Dublin und verbringt eine Woche bei ihrer Schwägerin in London, in Belgravia. Klingt das nicht alles ein bisschen komisch?! Vielleicht war sie ja darauf aus, die Bude auszukundschaften und ihre Gangster darauf anzusetzen, die französischen Sessel zu klauen, die deine Mutter so geliebt hat ... Jetzt, da du mich verlassen hast, kann ja alles Mögliche passieren! Womöglich arbeitet sie ja für die IRA! Auf jeden Fall hat sie mir heute Nachmittag angenehm die Zeit vertrieben (als Rationalist lasse ich mich stets durch das Bizarre bezaubern). Nimm es mir nicht übel, Liebes! Ich vermisse dich sehr, aber es freut mich unheimlich, dass es dir beruflich so gut geht. Der arme Jack ist am Samstag vorbeigekommen, er sah ziemlich bekümmert aus. Du könntest es dir mit ihm doch noch mal überlegen – wenn deine Romanze mit Bob tatsächlich vorbei ist, wie du sagst. Er betet dich an und ist ein wirklich netter junger Mann. Aber ich sollte mich da nicht einmischen.

Pass auf dich auf und schreib, wenn du kannst, deinem dich liebenden

Dad.

Als Keith den Brief fertig hatte, steckte er ihn in einen Umschlag, frankierte ihn und legte ihn auf den Tisch im Flur. Dann ging er in die Küche, holte ein Budweiser aus dem Kühlschrank und setzte sich damit in den Garten.

Die Abendsonne fiel nun auf die Veranda vor der Küchentür und ließ die Wand des Werkzeugschuppens aufleuchten, wo die rosablühenden Klematis sich emporrankten. Junge Schwalben, die in einem Nest unter der Traufe geschlüpft waren, übten sich zum Spaß im Sturzflug, drehten ihre Kreise in der warmen Abendluft und erhoben sich triumphierend gen Himmel.

Keith hatte einen Band mit Gedichten von Alfred Tennyson mit nach draußen genommen und las Herbie laut aus »The Princess« vor, über die Klage der Tauben in uralten Ulmen und das Summen unzähliger Bienen. Der Hund hob ein Ohr, legte es wieder an und begann zu heulen.

»Ich weiß einfach nicht recht, ob du ein Ästhet bist oder ein Philister«, sagte sein Herrchen und musterte ihn über den Brillenrand hinweg. »Höre ich da eine kritische Würdigung oder ein vernichtendes Urteil heraus?«

Herbie wedelte mit dem Schwanz und blickte fragend zu Keith auf; er hatte die Schnauze auf den Boden gelegt, und seine Augen waren feucht vor Zuneigung.

Keith dachte an Marguerite, seine verstorbene Frau. Herbie war ihr Hund gewesen, und sie hatte ihm jene behutsame Liebe geschenkt, die sie allem zuteil werden ließ, was sie besaß, ob es nun ihr Ehemann war, ihre Tochter Sophie, Herbie oder die französischen Lehnstühle, die sie zu einem horrenden Preis bei einer Auktion erstanden hatte.

Marguerite hatte ihn stets an die unglückselige Gemahlin in Robert Brownings Gedicht »Meine letzte Herzogin« erinnert:

Mein Kopf an ihren Brüsten,
Der Sonnenuntergang im Westen,
Der Kirschzweig, den ein liebeskranker Kuli
Eigens für sie brach; der weiße Muli,
Auf dem sie um die Terrasse ritt – einfach alles
Erfreute sich bei ihr des gleichen Kommentares ...

Natürlich mit dem kleinen Unterschied, dass Keith, anders als der Herzog, seiner Frau nicht den Garaus gemacht hätte, weil sie alles in gleichem Maße liebte, obwohl ihm diese Gleichbehandlung in der Seele weh getan hatte.

Aber Gedichte hatte sie nicht geliebt, die weckten bei ihr Unbehagen, denn sie war sicher, dass die Dichter ihre Leser in hinterlistiger Weise manipulierten. Ungeachtet ihrer freundlichen Wesensart war Marguerite nicht frei von Argwohn gewesen. Er vermisste sie schrecklich, die Zielstrebigkeit, die von ihr ausging, und ihre zärtliche Fürsorglichkeit. Aber nichtsdestotrotz hatte er in letzter Zeit, mit sich allein gelassen, merkwürdige Perspektiven entdeckt, verborgene Ecken und Winkel, die er sonst nie beachtet hatte. Die Einsamkeit, so dachte er, macht einen mit sich selbst bekannt, nicht mit dem angenehmen, abgenutzten Ich, sondern mit dem, das im Verborgenen schlummert und träumt, mit dem Fremden im eigenen Innern.

Er dachte an die Frau, Pauline, die heute Nachmittag hereingeplatzt war wie jemand von der *Versteckten Kamera*. Er hatte sie merkwürdig attraktiv gefunden. Sie strahlte eine seltene Mischung aus Unverschämtheit und Schüchternheit aus, obwohl sie offensichtlich nicht ganz dicht war. Doch er war seltsame Menschen gewohnt; sie waren sein täglich Brot, sein Sargnagel und seine Freude.

Er ertappte sich dabei, dass er überlegte, was für ein Leben sie wohl führen mochte. Was hatte sie dazu gebracht, eine Annonce in die Zeitung zu setzen? Hatte sie es aus Einsamkeit getan, aus Schüchternheit, Enttäuschung, Leidenschaft, Hoffnung? Die Menschen erfanden immer neue Varianten auf der Jagd nach Erfüllung. Aber Pauline hatte sich von den Möglichkeiten, die sich aufgetan hatten, wieder abgewandt, nur dass sie nicht fähig gewesen war, ihre Neugier zu unterdrücken. Und die Ausrede mit der Schwester war bei Gott leicht zu durchschauen gewesen.

Doch zweifellos verstand sie etwas von alten Möbeln. Vielleicht war sein Scherz in dem Brief an Mo gar nicht so abwegig; vielleicht wollte sie tatsächlich das Haus ausbaldowern. Würde er morgen früh mit eingeschlagenem Schädel und ohne seine Lehnstühle aufwachen?

Als sich die Dämmerung auf die Veranda senkte und die Luft kühl wurde, ging er hinein. Im Fernsehen gab es nichts, was ihn interessiert hätte; er warf einen Blick in den Kühlschrank, fand aber nur die Reste des Schinkensalats, den er zu Mittag gegessen hatte. Dies erschien ihm mit einem Mal so deprimierend, dass er beschloss, zu Chez Patrice zu gehen, das französische Restaurant in der High Street. Er benutzte die Toilette im Erdgeschoss und bemerkte auf dem Boden einen rosafarbenen Zettel. Er hob ihn auf, drehte ihn um und sah, dass es sich um einen Lottoschein handelte, noch dazu um einen irischen Lottoschein mit rosafarbenen Phantomgestalten, die anscheinend vor der Qual der Wahl standen – Ballett, Musik, Sport, alle diese Freuden harrten der glücklichen Gewinner, die nichts zu tun und dafür den ganzen Tag Zeit hatten.

Er schmunzelte. Plötzlich erschien ihm seine geheimnisvolle Besucherin als ein ganz normaler Mensch, von denselben seltsamen Sehnsüchten erfüllt wie jeder andere auch. Er wollte den Zettel schon zusammenknüllen und ins Klo werfen, als er auf die Idee kam, aufs Datum zu schauen. Der Schein war von vorgestern. Sollte er ihr ihn schicken? Da fiel ihm ein, dass er nicht wusste, wo sie wohnte. Er legte ihn auf die Glasablage über dem Waschbecken und kämmte, was ihm an Haaren noch geblieben war. Dann ging er auf den Flur, schlug die Nummer von Chez Patrice im Telefonbuch nach, bestellte einen Tisch und erklärte dem enttäuschten Herbie, das Leben sei hart und er solle gut auf das Haus aufpassen. Er griff nach dem Brief, um ihn unterwegs einzuwerfen, und zog die Haustür hinter sich zu.

Als Polly in die Wohnung zurückkehrte, lag Michelle auf der Couch. Sie rauchte, und der Raum war von einem aromatischen, durchdringenden Duft erfüllt. Sie lächelte versonnen wie immer und bot Polly einen Joint an.

Polly fuhr zusammen. Ein solches Angebot war ihr seit zwanzig Jahren nicht mehr gemacht worden.

»Nein, danke.«

Sie ging in ihr Zimmer, blickte in den Spiegel und seufzte erleichtert. Ihr Gesicht sah nun wieder einigermaßen normal aus; die glühende Verlegenheit hatte sich gelegt. Aber seelisch war sie völlig aufgewühlt. Sie hatte ihren merkwürdigen Nachmittag gedanklich zu verarbeiten versucht und kam nun erschöpft heim, nur um festzustellen, dass Michelle Haschisch rauchte. Das warf die Frage auf, ob Tom es auch tat. Hatte er jetzt mit Drogen zu tun – selbst wenn es sogenannte weiche Drogen waren? Sie erinnerte sich, wie wütend er gewesen war, als sie einmal versuchsweise eine Zigarette geraucht hatte. Vielleicht habe ich ihn nie richtig gekannt, überlegte sie ernüchtert. Vielleicht beruhen meine Gefühle für ihn auf Wunschvorstellungen. Dann musste sie halb amüsiert, halb ungläubig wieder an ihren Nachmittag denken. Sie hatte ihn kennen gelernt, den Mann auf dem Foto, nur dass er ihr überhaupt nicht geschrieben hatte. Es war eine Art Witz gewesen, den sich sein Schwiegervater erlaubt hatte, bloß um unmittelbar danach das Zeitliche zu segnen! Und da ging man nun durchs Leben in dem Glauben, alles liefe nach den Gesetzen der Vernunft ab!

Als sie aus ihrem Zimmer kam, lag Michelle immer noch träge auf der Couch.

»Liebes Mädchen«, sagte sie, ohne sich vom Fleck zu rühren, »tut mir leid, dass ich heute Morgen einfach so verschwunden bin! Aber ich habe heute früh einen Anruf bekommen, den ich einfach nicht ignorieren konnte!«

»Oh«, sagte Polly und wartete darauf, dass ihre künftige Schwägerin ausführlicher von dem überstürzten Rendezvous berichtete, durch das sie sich hatte weglocken lassen; als die Erklärung jedoch ausblieb, fuhr sie fort: »Wozu rauchst du eigentlich diesen Mist? Es verändert die chemischen Prozesse im Gehirn.«

»Gerade deswegen rauche ich es ja!«, erwiderte Michelle ungerührt. »Meine Denkprozesse müssen ein bisschen aufgemischt werden!«

»Und das sagt eine tolle Frau wie du?«

»Du findest mich toll?«, vergewisserte sich Michelle nach einer Weile mit leiser Stimme.

»Natürlich. Du bist schön und elegant und charmant, und dazu noch unheimlich intelligent! Und außerdem hast du Geld. Du hast alles ... Du brauchst dieses Zeug nicht! Und du hast Tom!«

Michelle wandte sich ab; sie hatte plötzlich einen bitteren

Zug um den Mund. »Und was hast du heute unternommen, Polly?«

»Ach, dies und jenes«, erwiderte Polly unbestimmt.

Michelle starrte sie aus bernsteinfarbenen Augen an und lächelte. »Nach deinem strahlenden Gesicht zu urteilen, solltest du dies und jenes ruhig öfter und intensiver tun.«

An diesem Abend war Polly recht schweigsam. Insgeheim grübelte sie immer noch über ihren außergewöhnlichen Nachmittag nach, von dem sie auf keinen Fall etwas erzählen wollte. Als Michelle vorschlug auszugehen, sagte sie, sie sei müde und wolle früh ins Bett. Im Kühlschrank fand sich noch kaltes Hühnchen; die beiden Frauen machten daraus einen Salat zum Abendessen, und da das Gespräch erlahmte, legten sie sich früh schlafen.

Polly lag im Halbdunkel und lauschte den Geräuschen des Londoner Straßenverkehrs. Ihre Gedanken kehrten immer wieder zu Keith Warrington zurück; sie dachte an seinen zauberhaften Garten, seinen freundlichen Hund und seine witzig-ironischen Kommentare über seinen Schwiegervater. In gewisser Weise fühlte sie sich durch die Begegnung unglaublich bereichert, als wären ihr einige Edelsteine in den Schoß gefallen, die sie nun in Ruhe betrachten und ins Licht halten konnte, um ihre Facetten und Farben zu bewundern. Sie erinnerte sich an seine freundlich amüsierte Stimme, als er sie gefragt hatte, ob sie mit ihm zu Abend essen würde.

Nach ein paar Minuten knipste Polly die Nachttischlampe an, stand auf, zog ihr Nachthemd aus und betrachtete sich nackt in dem hohen vergoldeten Spiegel. Sie versuchte sich mit objektivem Blick zu sehen, ließ ihre Handflächen über ihren Körper gleiten. Ihre Taille war immer noch in Ordnung, relativ gesehen, und ihre Haut fühlte sich weich und seidig an. Ihren Körper, sagte sie sich, konnte man getrost als üppig bezeichnen, so wie den jener Frauen, die Rubens malte: ganz Fleisch und passive Weiblichkeit. Ich könnte ein paar Pfunde abnehmen, dachte sie, und hätte immer noch genug. Und dann fragte sie sich, warum sie dies hier überhaupt tat.

Im Nebenzimmer lag Michelle und starrte an die Decke. Ihre Nachttischlampe war noch an. Sie griff nach ihrem kleinen schwarzen Tagebuch und schrieb mit winziger Schrift: »Den ganzen Tag gevögelt; den Abend mit Pollyanna verbracht, der Unschuld vom Lande. Sie wird sich nicht darauf einlassen wollen, aber ich versuche es morgen wieder ... Diese verdammte Keuschheit ist ja schon beinahe ansteckend!«

Am nächsten Morgen rief Polly zu Hause an. Peter meldete sich. Ja, daheim war alles in Ordnung; das merkwürdige hobbitartige Wesen befand sich mal wieder im Cyberspace. Als sie sich nach Jason erkundigte, sagte Peter, der picklige kleine Schwule widme sich gerade der Gesichtspflege.

Im Hintergrund hörte Polly Jasons Stimme: »Hör auf, mich zu beschimpfen ...«

»Der kleine Scheißkerl wird aufmüpfig«, verkündete Peter in den Hörer.

»Lass mich mit Jason reden«, forderte Polly.

Es folgte ein Klappern, als Peter den Hörer hinlegte, dann kam Jason ans Telefon.

»Mama?«

»Hallo, Liebling ... alles in Ordnung?«

»Ja ... kaufst du mir ein paar T-Shirts bei C&A?«

»Gut. Lernst du auch fleißig?«

Jason seufzte, dann sagte er: »Wenn Peter mich in Ruhe lassen würde, könnte ich mehr schaffen ...«

»Kann ich mit deinem Vater sprechen?«

Der Hörer landete krachend auf dem Tisch. »Dad«, ertönte Jasons gedämpfte Stimme, »Mama ist am Telefon!«

Polly musste eine Weile warten, bis der Hörer am anderen Ende wieder aufgenommen wurde.

»Hallo«, meldete sich Rory endlich. »Tut mir leid, dass es etwas länger gedauert hat, aber ich war gerade mitten in einer wichtigen Sache. Wie steht's in London?«

»Rory«, sagte sie, »könntest du dafür sorgen, dass Peter Jason nicht unablässig quält? Wie soll er lernen, wenn ihn sein Bruder nicht in Ruhe lässt? So geht das nicht. Und Peter täte gut daran, sich auch ranzuhalten!«

Schweigen. »Jason ist dein jüngerer Sohn«, schrie Polly plötzlich ins Telefon. »Halt deinen älteren Sohn davon ab, ihm ständig zuzusetzen. Ich kann es von hier aus ja wohl schlecht tun!«

»Ich bin mir über die Identität meiner Kinder vollkommen im Klaren, danke bestens«, sagte Rory schließlich mit einer herrischen, selbstgerechten Stimme, die dafür reserviert war, Polly zum Schweigen zu bringen.

»Dann ist es ja gut«, brüllte Polly, »denn letztesmal, als das zur Diskussion stand, hattest du keine Ahnung!«

»Man kann doch nicht von mir erwarten, dass ich Leute erkenne, die plötzlich ganz anders aussehen als sonst!«, protestierte Rory, der sich mit einigem Ärger an den Zwischenfall zurückerinnerte, auf den Polly anspielte.

»Das stimmt«, räumte Polly ein. »Nur dass andere Kleidung und das Fehlen einer ansonsten vorhandenen Brille nicht unbedingt ausreichen, eine solche Verwechslung zu rechtfertigen!«

Rory schwieg, aber sein Zorn war auch ohne Worte spürbar. »Das muss ich mir nicht anhören«, erklärte er schließlich schwer atmend. Dann legte er auf.

Polly sah Michelle an, die gerade aus der Küche kam. Sie zog ihre feinen Augenbrauen hoch.

»Alles in Ordnung, Polly?«

»Nein ... Warum habe ich das nur getan? Ich weiß nicht, was in mich gefahren ist. Hast du was dagegen, wenn ich zurückrufe? Er hat einfach aufgelegt!«

Sie wählte erneut, in Dublin klingelte das Telefon, wieder meldete sich Peter.

»Peter, kann ich mit deinem Vater sprechen?«

»Ich fürchte, der Hobbit ist ausgegangen.«

»Zeig bitte etwas mehr Respekt deinem Vater gegenüber und hör auf, die Leute mit Schimpfnamen zu belegen«, sagte Polly gereizt. »Jetzt hör mir mal zu. Lass deinen Bruder in Ruhe ... lass ihn lernen! Kümmere dich lieber um deine eigene Arbeit und sei nicht so eine Plage!«

Peter holte tief Luft.

»Vielleicht interessiert es dich zu hören, Mama«, sagte er mit beleidigter Stimme, »dass heute Morgen, als ich noch geschlafen habe, dein kleiner Engel in mein Zimmer gekommen ist und mich mit Wasser bespritzt hat ...«

»Oh Gott!«

»Ja, Mama«, sagte Peter in dem kummervollen Tonfall, dessen er sich bediente, wenn er klarstellen wollte, dass ihm Unrecht widerfuhr. »Auf Wiedersehen, Mama.«

Polly legte auf und sah Michelle an. »Der ganze Haushalt bricht zusammen, sobald ich nicht da bin«, stöhnte sie. »Die beiden Jungs gehen sich gegenseitig an die Gurgel, und Rory schreitet nicht ein!«

»Das ist schrecklich«, murmelte Michelle. »Aber ich glaube, Jungs sind nun mal so ...«

»Ich glaube, ich sollte lieber heimfahren«, sagte Polly unglücklich und biss sich auf den Daumennagel. Gegen ihren Willen traten ihr Tränen in die Augen.

Michelle machte ein ungläubiges Gesicht; sie kam auf Polly zu und legte ihr den Arm um die Schulter.

»Polly Caine«, sagte sie, »wenn du es wagst, mich in der

Stunde der Not im Stich zu lassen, und das wegen dreier erwachsener Männer, die es dringend nötig hätten, endlich selbst die Verantwortung für ihr Leben zu übernehmen, dann werde ich dir das nie verzeihen!«

»Aber die Jungs müssen lernen ... und das tun sie nicht, wenn ich nicht da bin.«

»In dem Fall sollte man ihnen die Erfahrung zugestehen, dass sie durchfallen!«, sagte Michelle halblaut. »Was in aller Welt veranlasst dich zu glauben, dass du ihnen die Gestaltung ihres Lebens abnehmen musst?«

»Aber ich bin doch ihre Mutter!«

»Du kannst ihnen zu einem guten Start verhelfen, für sie sorgen, bis sie selbst klarkommen, aber du kannst ganz bestimmt nicht ihr Leben für sie leben!«

Polly überlegte. »Hmm«, sagte sie, nicht sonderlich überzeugt.

»Und Rory ist schließlich schon ein großer Junge.«

»Es ist nur, dass er völlig in seinen Computer vernarrt ist ...« Sie sah Michelle an. »Er ist natürlich großartig ... er ist sehr gescheit ... du würdest nicht glauben, was für brillante Einfälle er manchmal hat ... Aber er will sich einfach nicht um die Kinder kümmern ...«

Michelle nickte. »Sie kommen schon zurecht, Polly. Dir ist doch klar, dass du diesen Urlaub bitter nötig hast!«

Leise setzte sie hinzu: »Das verdammte Pack!«

Polly trat ans Fenster. Sie blickte auf den Platz hinaus, auf die eleganten Regency-Häuserreihen, die schwarzen Taxis, die friedlichen Gärten mit ihren Rasenflächen und Blumenrabatten, die durch die Bäume schimmerten.

»Ich habe eine Schwäche für Gärten, weißt du«, erklärte sie Michelle mit Wehmut in der Stimme. »Ich habe versucht, aus unserem etwas zu machen, aber die Jungs machen mit ihrem

Fußball alles kaputt. Wenn ich Geld hätte, würde ich ... gestern habe ich einen so schönen Garten gesehen ...« Sie warf Michelle einen Blick zu. »Trotzdem glaube ich, dass ich morgen heimfahren sollte.«

»Warte wenigstens bis Mittwoch«, bat Michelle, »morgen habe ich etwas mit dir vor!«

»Was denn?«

»Och ... ich dachte, wir könnten in ... in den Botanischen Garten gehen, außerdem wollte ich dir ein paar Leute vorstellen. Komm schon, Polly«, mahnte sie, »lehn dich gegen deine Quälgeister auf! Tu was für die kleine Polly!«

Polly lachte. »Du redest von meinen Lieben wie von Graf Dracula!«

»Tut mir leid ... Ich weiß, sie sind wunderbar, phantastisch, anbetungswürdig, sensibel, liebevoll ... aber schließlich hast du auch deine Rechte!«

Polly lächelte. »Das verstehst du nicht.« Dann sagte sie, um das Thema zu wechseln, aber auch, weil es sie brennend interessierte: »Wann, hast du gesagt, kommt Tom zurück? Ich würde ihn so gerne sehen, bevor ich fahre!«

»Oh, er kommt frühestens übernächste Woche wieder«, sagte Michelle gelassen.

»Wo ist er überhaupt?«

»In Dubai ... glaube ich. Er ist ziemlich viel auf Achse!«

»Was macht er denn in Dubai?«

Michelle zuckte die Achseln. »Woher soll ich das wissen? Wahrscheinlich verkauft er Waffen an die Araber!«

»Wie bitte?«

»Oder Frauen an die Araber ...«

»Michelle, was redest du da?«

»War nur ein Scherz. Nein, er hat mit einer dieser großen Ölgesellschaften zu tun.«

»Verstehe ... das wusste ich nicht.«

»Oh, er hat verschiedene erfolgreiche Geschäfte am Laufen.«

Michelle schenkte ihr einen rubinroten Aperitif ein, Cherry Brandy, wie Polly vermutete.

»Jetzt erzähl mir von deinen Nachbarn und dem Leben in Ashgrove Lawns!«

Polly seufzte, nippte an ihrem Glas und verspürte plötzlich dieselbe Benommenheit wie am Samstag. »Ach, da gibt es nicht viel zu erzählen«, sagte sie verträumt. »Ich habe eine gute Freundin, Susie, und in der Siedlung wohnen viele Menschen wie wir, die hart arbeiten und ihr Bestes tun und sich viel auf Lappalien einbilden, weil sie sonst nichts haben, auf das sie sich etwas einbilden könnten ... Und dann gibt es natürlich noch Muriel ...«

»Erzähl mir von ihr«, ermunterte Michelle sie.

»Sie ist eine reiche, einsame Frau, die in diesem großen Haus nebenan wohnt.«

»Reich und einsam«, wiederholte Michelle nachdenklich. »Eine ungewöhnliche Kombination. Hat sie denn keinen Freund?«

»Ich glaube nicht. Anscheinend geht sie nicht viel aus. Sie war einmal verlobt, aber es ist nicht gut gegangen.«

»Hättest du gerne einen Freund, Polly?«

Polly starrte sie an. »Bist du verrückt? Ich bin verheiratet!«

»Ach, ich meine doch nur jemanden, mit dem du plaudern oder ausgehen könntest. Ich habe für heute Abend ein paar Freunde eingeladen, die du kennen lernen solltest ...«

Alan war Bankdirektor. Muriel war noch nie jemandem mit einer so starken, energiegeladenen Ausstrahlung begegnet. Er war etwa fünfundzwanzig Jahre älter als sie, verheiratet und hatte zwei Kinder, die beide schon erwachsen waren.

»Meine Frau und ich leben nur noch nebeneinander her«,

hatte er ihr versichert. »Unsere Ehe hat sich schon so lange totgelaufen, dass ich gar nicht mehr weiß, wie lange!«

Voller Wehmut hatte er sie angesehen, um Mitgefühl und Verständnis heischend – ein einsamer Mann, der die Gesellschaft einer jungen Frau, die seine Tochter hätte sein können, zu schätzen wusste. Muriel fühlte sich geschmeichelt, fühlte mit ihm, ging, zumindest geistig, auf seine stumme Bitte ein.

Muriel hatte Alan schon seit einiger Zeit vom Sehen gekannt. Als sie sich zufällig auf einer Party trafen, hatte er mit seiner freundlichen, humorvollen Art ihre natürliche Schüchternheit verscheucht und die warnende innere Stimme zum Verstummen gebracht, auf die sie sonst vielleicht gehört hätte. Seit Michaels Abreise nach Dschidda war erst ein Monat vergangen, und Muriel war einsam. Sie fühlte sich unsicher, zweifelte an ihrer Attraktivität und fürchtete, Michael würde in Saudi-Arabien einer anderen Frau begegnen.

In dieser Gefühlslage traf sie Alan, der Leben und Charme verströmte. Seine Aufmerksamkeiten gaben ihr das Gefühl, sichtbar zu sein, ja sogar Macht über ihn zu besitzen. Er umwarb Muriel, bat sie um eine Verabredung, rief sie an und machte ihr so charmante Komplimente wie: »Hat die schönste Frau der Welt heute Abend schon etwas vor? Weiß sie, wie sehr ich sie vermisse?«

Muriel war dreiundzwanzig gewesen damals, schüchtern, unerfahren, verletzlich und von einer elfenhaften Anmut, die ihr selbst kaum bewusst war. Sie fühlte sich nahezu überwältigt von dieser neuen Erfahrung. So hatte noch kein Mann mit ihr gesprochen, auch Michael nicht. Es war wie im Märchen: Der Prinz meint es ernst, quält sich aufrichtig, und seine Worte kommen aus dem Herzen.

Es tut ja niemandem weh, sagte sie sich, wenn ich mit ihm ausgehe. Es kam ihr wie ein raffinierter Schachzug vor, mit einem der Direktoren der Bank auszugehen. Michael hätte bestimmt nichts dagegen. Er erwartet doch sicher nicht von mir, dass ich jeden Abend zu Hause sitze, während er weg ist, dachte sie. Außerdem war Alan so viel älter als sie, dass er doch bestimmt keine Hintergedanken hatte.

Also hatte sie eine Einladung zum Abendessen angenommen und war mit Alan Barrington ins Mirabeau gegangen.

Er hatte sie heimgebracht, zu ihrem abgelegenen verfallenen Haus, und hatte sie beim Abschied im Auto unverhofft und leidenschaftlich geküsst. Dann hatte er sie voller Zärtlichkeit angesehen. Er strahlte liebevolle Besorgnis aus, hielt ihre Hände und sagte, wie schön der Abend gewesen sei.

»Es war wunderbar, Muriel. Du gibst mir das Gefühl, wieder jung zu sein. Du lässt mich die Angst vor der Midlife-Crisis vergessen!«

Nach diesen Worten fühlte Muriel sich ihm ein wenig überlegen. Es lag auf der Hand, dass sie im Vergleich zu ihm sehr jung war, und weil ihre Jugend für ihn etwas Begehrenswertes darstellte, hatte sie ihm damit etwas voraus. Das Zusammensein mit ihm war gleichzeitig aufregend und ungefährlich. Er erinnerte sie an ihren Vater, und zugleich schien er ganz anders zu sein; das weckte bei ihr die unklare, nicht in Worte zu fassende Vorstellung, sie könnte auf diese Weise den alten Konflikt lösen. Als Vaterfigur, als vertrauenswürdige, ehrenwerte Vaterfigur, wurde er für sie zum Symbol der Erlösung.

Die Art, wie er ihre Hände nahm, wirkte so ungekünstelt, seine Lachfältchen, der Spaß, den sie miteinander hatten, dass sie gemeinsam lachen konnten, alles war so natürlich. Es war viel schöner, mit einem Mann auszugehen als mit einem Jungen. Ein Mann bedrängte einen nicht; ein Mann respektierte einen. Also war eine zweite Verabredung gefolgt, dann eine dritte, und am vierten Abend lud ihn Muriel, die sich erfahren und weltklug geben wollte, aber nichts im Sinn hatte außer einem schnellen Drink und einer kleinen Plauderei, auf einen Schlummertrunk ein.

»Liebling«, sagte er und zog sie auf der Couch an sich, »ich habe mich den ganzen Abend danach gesehnt, das zu tun!«

Und dann küsste er sie, und seine Hände tasteten nach ihren Brüsten.

Schon bei der ersten Liebkosung spürte Muriel, wie ihr Körper reagierte, und im tiefsten Innern war ihr klar, wenn sie nicht sofort aufhörte, war sie verloren.

An diesem Abend kamen zwei fremdländisch aussehende Männer in die Wohnung am Eaton Square. Vermutlich aus dem Nahen Osten, dachte Polly, die sich erinnerte, dass Tom in Dubai arbeitete. Sie schienen Michelle gut zu kennen, waren teuer gekleidet und brachten ein paar Flaschen Wein mit.

»Das ist Hussein und das ist Abdullah«, erklärte Michelle strahlend. »Und das ist meine Freundin Polly Caine!«

»Das ist also die Dame, von der du gesprochen hast«, sagte Abdullah mit orientalischem Akzent, lächelte Polly an und bedachte sie mit einem glühenden Blick. »Sie ist bezaubernd!«

Hussein sagte mit leiser Stimme etwas zu Michelle, die daraufhin lachte, und seine Hand glitt wie zufällig über ihren Po.

Polly wurde rot und fragte sich, wie dieser Mann dazu kam, in der dritten Person von ihr zu sprechen, als wäre sie nicht anwesend, und warum Hussein auf so vertrautem Fuß mit Michelle stand.

Sie kam zu dem Schluss, dass Michelle die Geste gar nicht aufgefallen war. Vielleicht war es ja nicht böse gemeint gewesen, schließlich kamen die beiden aus einem anderen Kulturkreis.

Sie nahmen von Michelle ihre Getränke entgegen, setzten sich, plauderten mit ihr und legten Polly gegenüber eine Vertraulichkeit an den Tag, die sie in Erstaunen versetzte. Gelegentlich sprachen sie miteinander in einer Sprache, die Polly nicht verstand. Sie fragte sich, wie Michelle so begriffsstutzig sein konnte, dass ihr die offensichtlich anzüglichen und unverschämten Blicke entgingen, mit denen die Männer sie beide musterten.

Michelle servierte Cocktailhäppchen, die sie zusammen mit Polly vorbereitet hatte: Räucherlachs, Garnelen auf Nudeln und Käsecreme auf Kräckern.

Polly lehnte den Gin Tonic ab, der ihr angeboten wurde, trank aber Wein und versuchte, sich höflich zu unterhalten, während ihr heimlicher Groll wuchs.

Abdullah zeigte sich besonders aufmerksam ihr gegenüber. Er setzte sich neben sie aufs Sofa und sah sie aus großen Augen an, wie Omar Sharif.

»Meine liebe Dame«, sagte er, »Sie sind so hübsch. Wir bewundern Damen, die ein wenig ...«, und seine Hände zeichneten den Umriss einer üppigen weiblichen Figur.

»Wie bitte?«, sagte Polly.

Michelle und Hussein waren für einen Moment in die Küche verschwunden und hatten Polly mit ihrem neuen Verehrer allein gelassen.

»Ich habe Ihr Gesicht und Ihren Körper gesehen, als ich hereinkam, und mich sofort in Sie verliebt«, flüsterte er ihr ins Ohr. Eine fleischige Hand lag plötzlich auf ihrem Knie und wanderte mit ruhiger Zuversicht weiter zu ihrem Schenkel. »Sie wirken so anders ... so frisch ...«

Polly fühlte sich abgestoßen. Was sich da abspielte, war ihr völlig fremd, eine ekel erregende Intimität und eine Haltung gegenüber Frauen, die sich nicht wesentlich vom Hunger des Schweins am Futtertrog unterschied. Sie wurde puterrot, stand auf und stellte ihren Möchtegernliebhaber zur Rede.

»Ich glaube, Sie sind bei mir an der falschen Adresse,

Abdullah. Ich will nicht unhöflich sein, aber ich bin mir sicher, dass Ihre Frau über dieses Betragen entsetzt wäre. Es bringt doch nichts, sich so schamlos zu benehmen, nur weil Sie Heimweh haben, oder was auch immer! Ich lege keinen gesteigerten Wert darauf, betatscht zu werden, genauso wenig wie Ihre Frau das wünschen würde oder Sie es bei ihr zulassen würden!« Abdullah wich zurück, als hätte er eine Ohrfeige bekommen. Michelle und Hussein kamen aus der Küche und hörten, wie Polly mit erhobener Stimme fortfuhr: »Wenn Sie mich jetzt entschuldigen würden, ich mache einen Spaziergang ...«

Sie ging in ihr Zimmer, um ihren Mantel zu holen. Michelle folgte ihr und schloss die Tür. Sie sah aus, als könnte sie sich nur mit Mühe das Lachen verkneifen.

»Oh, Polly, was mache ich nur mit dir«, sagte sie beschwichtigend. »Der arme Abdullah hat es doch nicht böse gemeint. Er wollte dich nicht beleidigen!«

»Ich vermute, dass es ihm gleich ist, ob er mich beleidigt oder nicht«, erklärte Polly. »Und ich vermute außerdem, dass er nicht arm ist, höchstens bemitleidenswert. Ich finde, er ist ein schlecht erzogener kleiner Widerling, und ich für meinen Teil will nichts mit ihm zu tun haben. Ich frage mich, warum du dich mit solchen Typen abgibst, während Tom weg ist ... selbst wenn sie seine Geschäftspartner sind. Nimmst du ihr zudringliches Benehmen etwa in Kauf, um seine Geschäftsbeziehungen zu fördern?«

Michelle machte ein verwirrtes Gesicht. »Du bist viel zu hübsch und gescheit, als dass du dich soweit erniedrigen müsstest, Umgang mit diesen Männern zu haben!«, fuhr Polly wütend fort. »Geschäft hin oder her, es ist vollkommen geisttötend, sich auch nur in ihrer Nähe aufzuhalten! Und es färbt ab. Wenn Tom so etwas von dir erwartet, ist das wirklich eine Schande. Du solltest um deine Würde kämpfen!«

Polly hatte ihren Mantel bereits an. Sie hörte, wie die Männer im Wohnzimmer miteinander sprachen. Michelle stand mit dem Rücken zur geschlossenen Zimmertür.

»Lieber Himmel!«, sagte sie mit gespieltem Seufzer. »Ach, Polly ...« Sie öffnete die Tür und ging auf den Flur hinaus. »Offensichtlich hat es da ein kleines Missverständnis gegeben«, verkündete sie draußen mit gezwungenem Lachen. »Ich glaube, ihr beide solltet jetzt gehen, da die Damen in dieser Kasbah für Besucher nicht mehr zu sprechen sind.«

Polly hörte, wie die Männer protestierten und wie Michelle plötzlich mit einer Stimme antwortete, die keinen Widerspruch duldete: »Tut mir leid, Freunde ... wir haben andere Pläne!« Zu ihrer großen Erleichterung hörte sie dann, dass die Besucher gingen.

Michelle kehrte in Pollys Zimmer zurück.

»Du kannst deinen Mantel wieder ausziehen. Sie sind fort.«

»Ich wollte deine Freunde nicht vergraulen«, sagte Polly, »aber ich habe den Eindruck, dass sie unverschämte Opportunisten sind!«

Michelle antwortete nicht, aber sie sah Polly an, als wäre gerade etwas sehr Komisches passiert, als vergliche sie das, was in den letzten Minuten geschehen war, mit ihrem ursprünglichen Vorhaben und fände den Kontrast ungemein lustig.

»Ich gebe dir einen guten Rat«, fuhr Polly fort. »Lass dich nicht mit ihnen und ihresgleichen ein, egal, was Tom sagt, und egal, ob es dem Geschäft schadet oder nicht. Hier steht mehr auf dem Spiel als ein paar Kröten!«

Michelle verließ das Zimmer. Als Polly ihr folgte, fand sie sie im Wohnzimmer, Tränen eines hysterischen Lachanfalls auf den Wangen.

»Kein Wort mehr, bitte, Polly«, sagte sie, hob den Kopf und wischte sich die Augen. »Du könntest dich wirklich als Generalsekretärin bei den Vereinten Nationen bewerben!«

»Kommt etwas Interessantes im Fernsehen?«, fragte Polly nach einer Weile. Jetzt, da ihr Ärger abgeklungen war, fühlte sie sich ernüchtert und ein wenig albern. »Warum entspannst du dich nicht, legst die Beine hoch, und ich mache dir ein nettes kleines Abendessen! Wie wär's mit einem leckeren Käseomelett?«

10. Kapitel

Am Mittwochabend fuhr Polly wieder nach Hause. In ihrem Koffer befanden sich zwei Kleider, die Michelle ihr unbedingt hatte kaufen wollen. Das eine war ein kleines schwarzes Abendkleid, das andere ein Sommerkleid mit Gürtel. Beide machten eine schlanke Figur, waren jedoch auch recht teuer gewesen, aber für Michelle schien das keine Rolle zu spielen. »Oh, Polly, bitte lass mich das zahlen! Es ist ein Privileg, wenn man seinen Freunden etwas kaufen darf. Außerdem hast du mich am Wochenende vor mir selbst gerettet. Das ist mit Geld gar nicht aufzuwiegen.«

»Inwiefern habe ich dich vor dir selbst gerettet?«

Michelle lächelte. »In einer Weise, von der du gar nichts ahnst ...«

Um halb acht kam Polly zu Hause an. Sie war müde und freute sich auf eine gemütliche Tasse Tee. Es herrschte Totenstille, und im ersten Moment dachte sie, sie hätte das Haus für sich.

»Ist jemand da?«, rief sie.

Dann hörte sie das beruhigende Klicken hinter der geschlossenen Esszimmertür und wusste, dass ihr Mann wie gewohnt auf seinem Posten war.

»Wer ist da?«, rief er.

»Ich bin's!« Polly streckte den Kopf ins Esszimmer.

»Ich dachte, du wärst in London?«, sagte Rory.

»Ich habe beschlossen, vorzeitig heimzufahren. Wo sind die Jungs?«

»Weggegangen.«

Polly ging in die Küche, die aussah wie nach einem Erdbeben. Schmutzige Teller stapelten sich auf dem Tisch und im Spülbecken; Gläser mit Schokoaufstrich und Erdnussbutter standen offen auf der Arbeitsfläche neben der Spüle. Cat lag in ihrem Korb und blickte auf, als sie eintrat. Offenbar freute sie sich, Polly zu sehen, aber ihre Freude war nicht frei von Berechnung.

»So ein Saustall!«, rief Polly entsetzt aus; der Schock darüber traf sie unerwartet. Aus irgendeinem Grund erschien ihr der Gegensatz zwischen diesem Chaos und Michelles makelloser blauweißer Küche wie eine persönliche Kränkung. Mit ein wenig Unordnung hatte sie ja gerechnet, sie hatte sich damit abgefunden, dass das nun einmal ihr Schicksal war. Sie hasste es, deshalb viel Aufhebens zu machen und die familiäre Harmonie zu stören, die ihr so wichtig war. Was war schon das bisschen Hausarbeit, wenn man dafür spannungsfrei zusammenleben konnte?

»So ein Saustall!«, wiederholte sie. »Ich habe diese Küche blitzblank hinterlassen!«

»Wir wussten ja nicht, dass du schon heute kommst«, meinte Rory kleinlaut; er war ihr in die Küche gefolgt. »Ich habe deinen Kindern gesagt, sie sollten sauber machen ... aber sie waren wie üblich zu nichts zu gebrauchen!«

»Haben sie gestritten?«

»Machen sie je etwas anderes?«

»Ich habe Peter gesagt, er soll Jason nicht ärgern ... ich habe am Sonntag deswegen extra noch einmal zurückgerufen.«

»Ja, er hat es mir gesagt. Aber Jason ist auch kein Unschuldslamm, weißt du. Er provoziert seinen Bruder ständig.«

»Ich weiß.«

Polly seufzte. »Ich wollte dir keine Vorwürfe machen, Rory, neulich am Telefon. Es tut mir leid, dass ich dich angeschrien habe.« Sie lächelte ihn wehmütig an. »Und ich weiß auch, dass du deine Kinder in Wirklichkeit sehr wohl auseinander halten kannst.«

Rory machte ein verlegenes Gesicht. »Sie sind beide so groß geworden und sie sehen sich so ähnlich, und wenn ich nicht genau hinsehe, komme ich ein bisschen durcheinander. Aber sie hören sowieso nicht auf mich. Heute haben sie sich gegenseitig wüst beschimpft, und dann ist Jason wutentbrannt abgezogen und seitdem nicht wiedergekommen ...«

Rory füllte den Wasserkocher und schaltete ihn ein. Polly begann den Tisch abzuräumen.

»Hast du mich vermisst?«, fragte sie.

»Natürlich habe ich dich vermisst!«

Polly warf ihrem Mann einen durchdringenden Blick zu, aber er sah sie nicht an. Er widmete sich dem Inhalt einer Packung Cannelloni, die er aus der Tiefkühltruhe geholt hatte.

»Möchtest du was essen?«, erkundigte er sich. »Eine Million Kalorien pro Bissen, ha ha. Übrigens, du hast abgenommen!«

»Wirklich?«

»Ich glaube schon!«

Polly räumte auf, und Rory schickte sich an, die Cannelloni warm zu machen. Ein paar Minuten lang herrschte in der Küche die kameradschaftliche Atmosphäre, die Polly so liebte und schon seit geraumer Zeit schmerzlich vermisste. »Erzähl mir von London ... Was hast du alles unternommen?«

»Abgesehen davon, dass ich wegen der Kinder überstürzt heimgefahren bin?«

Rory machte ein verärgertes Gesicht. Er runzelte die Stirn. »Bist du deshalb so früh wiedergekommen? Warum hast du das getan?«

»Weil ich Angst hatte, die Jungs würden den ganzen Tag

nichts anderes tun, als sich gegenseitig an die Gurgel zu springen. Sie müssen sich beide auf den Hosenboden setzen und lernen, ich weiß sonst nicht, was aus ihnen werden soll!« Sie stellte einen Stapel schmutziger Teller in die Spüle, ließ heißes Wasser einlaufen und gab Spülmittel dazu.

»Du musst doch in London etwas unternommen haben!«, sagte Rory.

»Ich bin mit Michelle einkaufen gegangen, und ich habe einen Mann namens Keith und einen Hund namens Herbie kennen gelernt. Außerdem bin ich U-Bahn gefahren und war im Botanischen Garten.«

»Das war alles?«

»Ja, soviel Zeit hatte ich ja auch wieder nicht.«

»Wer ist Keith?«

Polly schrubbte eingetrocknetes Ketchup von einem Teller. »Ach, nur jemand, den ich zufällig kennen gelernt habe. Er wohnt in Wimbledon.«

»Hast du ihn im Botanischen Garten kennen gelernt?«

»So ähnlich«, erwiderte Polly nach einer Weile.

»Dir muss man ja wirklich alles aus der Nase ziehen.«

»Es gibt nicht viel zu erzählen. Michelle und Tom haben eine schöne Wohnung. Sie muss ein Heidengeld kosten! Anscheinend ist Tom geschäftlich viel unterwegs, bewegt sich auf internationalem Parkett.«

»Tom? Auf internationalem Parkett? Dass ich nicht lache!«

»Du brauchst nicht so gemein von meinem Bruder zu reden. Er war schon immer ein Draufgänger!«

»Sicher. Aber was hat er damit erreicht? So genau wissen wir das doch gar nicht, oder?«

Polly hielt mit ihrer Arbeit inne und starrte Rory an.

»Was willst du damit sagen?«

»Tut mir leid, Polly. Das war nur so eine klugscheißerische Bemerkung von mir.«

Polly fuhr in ihrer Schilderung der Wohnung und ihrer Umgebung fort.

»Vielleicht sind sie ja die mysteriösen Lottogewinner vom letzten Samstag!«, mutmaßte Rory und räumte die sauberen Teller weg.

Polly dachte gerade an ihre Söhne, aber sie hütete sich, immer wieder davon anzufangen. »Oh«, sagte sie geistesabwesend, »hat jemand den Jackpot geknackt? Wie viel war denn drin?«

»Nur einer der größten Lotteriegewinne, die es in diesem Land je gegeben hat. Vier Millionen Pfund!«

»Hmm«, meinte Polly, während sie mit aller Kraft eine schmutzige Pfanne scheuerte. »Wie schön für den glücklichen Gewinner!«

»Der Gewinner hat sich noch nicht gemeldet«, sagte Rory. »Wahrscheinlich ist es irgendeine begriffsstutzige Kuh, die nicht einmal ahnt, dass sie ein Vermögen in der Tasche mit sich herumträgt!«

Polly schrubbte jetzt die eingetrockneten Überreste des gestrigen Abendessens von den Tellern. »Ich wünschte, wir könnten uns eine Spülmaschine leisten«, murmelte sie. »Vielleicht bekommt man ja irgendwo eine gebrauchte ...«

»Nicht dieses Jahr«, wandte Rory hastig ein. »Nicht solange mir die Gottesanbeterin im Nacken sitzt ...«

Polly sah Rory an, aber sie scheute sich, Fragen zu stellen. Wenn sie das Haus verlieren sollten, dann wollte sie es jetzt nicht wissen; nicht heute Abend.

Polly und Rory aßen die Cannelloni zum Abendbrot. Als Rory fertig war, sagte er, er müsse rasch etwas nachsehen, und kurz darauf war, wie vorherzusehen, das Klicken der Tastatur zu hören. Polly brachte die Küche allein in Ordnung. Sie warf Cat mit der Erklärung hinaus, die Küche sei nicht ihr Altersruhesitz. Sie musste – von Schadenfreude nicht ganz frei – lachen, als sie den rasierten Rattenschwanz sah, der so gar keinen katzenhaften Charme ausstrahlte. »Beweg dich ein bisschen, du Fettsack!«, riet sie ihrem Haustier und übersah geflissentlich den bedrohlichen Blick, den ihr Cat über die Schulter hinweg zuwarf. »Willst du dich nicht auf die Socken machen und unter den Mäusen ein bisschen Verwirrung stiften? Jetzt hat deine große Stunde geschlagen, mit deinem neuen Schwanz ...«

Polly trug ihren Koffer nach oben, packte ihn aus und gab sich eine Weile der Freude an ihren neuen Kleidern hin. Sie probierte sie an, stolzierte ein wenig vor dem Spiegel herum, zog den Bauch ein, stellte sich vor, sie wäre richtig schlank.

Als sie die neuen Sachen in den Schrank gehängt und den Koffer weggeräumt hatte, fiel ihr Blick auf den Wecker auf Rorys Nachttisch. Es war bereits elf. Sie fragte sich, wo die Jungen blieben, vor allem Jason. Warum kam er nicht heim? Sie ging nach unten und fragte Rory, ob Jason gesagt hätte, wie lange er ausbleiben wollte.

»Nein«, erwiderte Rory. »Aber das sagt er ja nie!«

»Mir sagt er es normalerweise schon.«

»Du warst ja nicht da.«

Peter kam um Mitternacht heim. Zuerst freute er sich, seine Mutter zu sehen, bis ihm einfiel, dass er sauer war, weil sie ihn vor zwei Tagen am Telefon zusammengestaucht hatte. Da wurde sein Verhalten kühl und lakonisch.

»Wo ist Jason?«, fragte Polly.

»Woher soll ich das wissen? Ich bin nicht der Hüter von diesem kleinen Scheißer!«

»Es ist Mitternacht, und er ist immer noch unterwegs!«

»Er ist siebzehn, Mama!«

»Siebzehn ist sehr jung!«

»Nur für alte Leute!«

»Hat er nichts zu dir gesagt?«

»Nein!«

Peter inspizierte den Kühlschrank, holte die Milch heraus, schenkte sich ein Halbliterglas davon ein und stürzte es hinunter. »Ich hau mich in die Falle ... Gute Nacht.«

»Gute Nacht«, sagte Polly. »Bist du sicher, dass Jason nicht gesagt hat, wo er hingeht?«

»Mein Gott, geht das schon wieder los«, stöhnte Peter. »Die Antwort ist immer noch nein. Ich weiß es nicht, und ehrlich gesagt ist es mir auch egal, was der kleine Idiot anstellt!«

»Das ist keine Art, über deinen Bruder zu reden!« Aber Peter war schon im Flur verschwunden und nahm zwei Stufen auf einmal die Treppe hinauf.

Polly sagte zu Rory: »Vielleicht hat er einen Unfall gehabt!« Rory stöhnte leise. Er wandte den Blick nicht vom Bildschirm, und an seiner Haltung erkannte Polly, dass es sinnlos war, mit ihm reden zu wollen. Also ging sie nach oben, zog sich aus und legte sich ins Bett, ließ aber die Schlafzimmertür offen. Sie griff nach einem Buch und versuchte zu lesen, aber sie wartete die ganze Zeit angestrengt auf das Geräusch des Schlüssels in der Haustür, den Klang von Jasons Stimme, ja sogar auf das schreckliche Aroma heißer Pizza.

Polly war noch wach, als Rory ins Bett kam. Auch lange nachdem er eingeschlafen war, lag sie noch wach, bis das Licht der Dämmerung durch den Schlitz zwischen den Vorhängen fiel und die ersten Vögel ihr Morgenlied anstimmten. Jason war immer noch nicht heimgekommen.

Um neun Uhr begann sie, reihum Jasons Freunde anzurufen. Es waren immer noch Schulferien, also hatte sie keine Schwierigkeiten, sie zu Hause zu erreichen.

Als erstes rief sie bei Conor an, der noch im Bett lag. Polly erklärte seiner Mutter, worum es ging; diese murmelte ein paar mitfühlende Worte und holte ihren Sohn aus dem Bett. Conor hatte Jason seit dem letzten Sonntag nicht mehr gesehen. Als nächstes rief sie John an, der ihr dasselbe erzählte. Dann rief sie Declan an. Dieser meinte, er habe Jason am Tag zuvor getroffen. Ob ihm irgendetwas an Jason aufgefallen sei, fragte Polly und erklärte, ihr Sohn sei die ganze Nacht nicht nach Hause gekommen.

Declan war nichts Besonderes aufgefallen. Nur dass Jason einen Rucksack dabeihatte.

Polly bedankte sich und legte auf. Einen Rucksack! Sie lief in Jasons Zimmer, öffnete seine Schubladen, sah, dass einige Jeans, Hemden und T-Shirts fehlten.

Seine Bücher lagen unordentlich auf dem Tisch verstreut, und als sie sie mechanisch aufeinander stapelte, fand sie eine leere Marlboro-Schachtel. Mein Gott, also rauchte er doch! Der freche Kerl! Nach allem, was sie ihm darüber gesagt hatte!

Er übernachtet bei jemandem, versuchte sie sich zu beruhigen. Aber bei wem?

Erst als sie wieder aus dem Zimmer ging, fand sie den Zettel, der an der Innenseite der Tür klebte.

Liebe Familie,
es hat keinen Sinn, mich zu suchen! Ich bin für immer fortgegangen und werde nie wiederkommen.

Jason

Polly riss den Zettel von der Tür und hastete die Treppe hinunter in die Küche, wo Rory saß und frühstückte.

»Rory ... Rory ...«, rief sie und hielt ihm den Zettel unter die Nase. »Jason ist weggelaufen!«

Rory hielt inne, um den Zettel zu lesen, und kaute dann weiter an seinem Brot. Er seufzte und schenkte sich eine Tasse Tee ein.

»Ja.«

»Ist das alles, was du dazu zu sagen hast?«

»Er kommt schon wieder, Polly.«

»Er schreibt aber, dass er es nicht tut«, sagte Polly leise. »Er schreibt, dass er nie mehr zurückkommt! Wir wissen nicht einmal, wo er ist! Seine Freunde wissen es nicht. Er hat seine Kleider mitgenommen. Er ist erst siebzehn. In acht Wochen ist seine Abschlussprüfung ...«

Peter erschien mit verschlafenem Gesicht an der Küchentür.

Rory gab ihm den Zettel zu lesen. »Bist du dafür verantwortlich?«, fragte er seinen Ältesten.

Peter las die Nachricht durch und presste die Lippen aufeinander. Halb wütend, halb unsicher sah er seinen Vater an.

»Nein, bin ich nicht. Für alles, was in diesem Haus passiert, wird mir die Schuld in die Schuhe geschoben ... Du zum Beispiel weißt nicht einmal, wer ich bin!«, fuhr er seinen Vater an.

»Werd nur nicht unverschämt, junger Mann!«, schrie Rory zurück.

Polly traten die Tränen in die Augen. Sie setzte sich, schlug die Hände vors Gesicht und weinte. »Ich hätte nie nach London fahren dürfen!«

»Oh Gott«, sagte Rory und tätschelte unbeholfen ihre Schulter. »Sei nicht albern, Polly ... Alle Kinder machen mal Unsinn!«

»Nein, tun sie nicht«, schluchzte Polly.

»Nein, tun sie nicht«, pflichtete ihr Peter bei.

Rory starrte seinen Sohn wütend an und tätschelte seine Frau noch ein wenig mehr; dann stand er auf, ging ins Esszimmer, schaltete den Computer ein und schloss die Tür.

Während Polly sich die Augen wischte, sah sie, dass Cat auf dem Fenstersims herumstrich und versuchte, ihre Aufmerksamkeit auf sich zu lenken. Sobald Cat Blickkontakt aufgenommen hatte, fing sie an zu miauen, erst freundlich, dann laut und drohend.

»Halt den Mund, Cat!«, sagte Peter.

»Wo ist Jason? Wo ist mein armes, dummes Baby?«, wisperte Polly.

»Ich weiß es nicht, Mama ...«

Er ist kein Baby mehr, kam es ihr in den Sinn. Wahrscheinlich ist er nach London durchgebrannt und wohnt jetzt in einem Pappkarton. Plötzlich hatte Polly eine Vision von ihrem halbwüchsigen Sohn, wie er ein Leben auf der Straße führte, Umgang mit dem Abschaum der Gesellschaft pflegte, mit Alkohol und Drogen und allen Folgeerscheinungen davon in Berührung kam und nachts unter Zeitungen schlief.

Sie ging auf den Flur hinaus und rief die Polizei an.

»Könnten Sie aufs Präsidium kommen, Ma'am, und eine Aussage machen?«, fragte die müde Stimme des Gesetzes am anderen Ende der Leitung.

Wachtmeister Scanlon, der Jasons Verschwinden in allen Einzelheiten zu Protokoll nahm, schien sich die Katastrophe nicht besonders zu Herzen zu nehmen. Polly fühlte sich allein gelassen. Weder Rory noch Peter hatten eine allzu große Besorgnis an den Tag gelegt; beide meinten, das abtrünnige Familienmitglied werde bald wieder auftauchen.

»Was meinst du, bei wem könnte er sein?«, hatte sie Peter noch einmal gefragt, bevor sie sich mit dem widerstrebenden Rory auf den Weg zur Polizei gemacht hatte. »Du musst doch irgendetwas wissen!«

»Ich weiß aber nichts!«, hatte Peter gerufen. »Und ich habe es wirklich satt, als Oberaufseher für das Pickelgesicht herhalten zu sollen. Er schmollt, das ist alles!«

Aber Polly hörte die Sorge aus seinen Worten wohl heraus.

Wachtmeister Scanlon sah sich den Abschiedsbrief an, erfuhr, dass Jasons Rucksack fehlte, schrieb sich den Namen des Jungen auf, der ihn am Vortag noch gesehen hatte, stellte eine Liste aller Freunde von Jason zusammen.

»Sonst noch jemand?«, fragte er, bevor er sein Notizbuch zuklappte.

»Mir fällt sonst niemand ein ...«

»Keine Sorge«, sagte der Wachtmeister freundlich, »wahrscheinlich wird er wieder auftauchen. Manchmal sind sie gar nicht weit weg und versuchen einfach, ihren Eltern eine Lektion zu erteilen. Aber wir informieren die englische Polizei, die sollen nach ihm Ausschau halten für den Fall, dass er die Fähre genommen hat. Hatte er viel Geld zur Verfügung?«

»Nein ... Es sei denn, er hat sein Sparbuch geplündert.«

»Wie viel war drauf?«

»Ungefähr zweihundert Pfund. Erst kürzlich hat er sich noch über die Zinsen gefreut. Er hat das Geld zur Firmung bekommen.«

»Wann wird er achtzehn?«, fragte der Wachtmeister als nächstes, in einem Ton, als hätte er die nahe liegendste Frage beinahe vergessen.

»In ein paar Monaten ... am vierzehnten Juni!«

»Aha ... wissen Sie, mit achtzehn sind die Kinder volljährig. Dann kann man sie nicht mehr zwingen, nach Hause zu kommen.«

»Wenn ich doch nur wüsste, dass ihm nichts passiert ist«, klagte Polly.

»Wir versuchen auf jeden Fall herauszufinden, wo er ist, Mrs. Caine. Sie sollten jetzt nach Hause gehen, sich eine schöne Tasse Tee machen und sich ein bisschen ausruhen. Sie können nichts weiter unternehmen. Wir melden uns, wenn wir Neuigkeiten für Sie haben.«

Bei diesen Worten sah er Rory an, und Rory nahm Pollys Arm und führte sie auf die Straße hinaus.

»Er kommt schon zurecht, Polly«, sagte er zum x-ten Mal.

»Das kannst du doch gar nicht wissen!«, fuhr Polly ihn an.

»Wenn du dafür gesorgt hättest, dass Peter ihn nicht ständig ärgert, dann wäre das vielleicht nicht passiert. Warum kann ich nicht mal für ein paar Tage wegfahren, ohne dass gleich die ganze Familie auseinanderbricht?«

»Um Himmels willen, Polly! Nun mach mal halblang! Was hast du denn nur?«

»Was ich habe? Ihr hockt alle da wie dicke egoistische Katzen und glaubt, dass alles, was ich tue, euch ganz selbstverständlich zusteht. Wie kommt ihr in Gottes Namen dazu, so anmaßend zu sein?«

Rory machte ein verblüfftes Gesicht. Polly war nicht laut geworden, aber diesen schneidenden Tonfall war er von ihr nicht gewohnt.

Sie drehte sich auf dem Absatz um und ließ ihn stehen.

Als Polly nach Hause kam, stand Susie vor der Tür.

»Es tut mir leid, Polly. Ich habe gehört, was passiert ist. Geht's dir gut?«

»Von wem hast du es gehört?«

»Rory hat mich im Büro angerufen ... Ich habe mir den Vormittag frei genommen.«

Polly führte ihre Freundin in die Küche. Peter hatte einen Zettel auf dem Tisch hinterlassen, auf dem stand, er sei in der Unibibliothek und werde erst abends heimkommen. Sie setzte sich und ließ den Kopf auf die Tischplatte sinken. Susie machte Tee, stellte eine dampfende Tasse vor Polly hin und steckte Brot in den Toaster.

»Ich will nichts essen!«

»Du musst etwas essen, Polly. Du hältst das sonst nicht durch!«

»Ich kann nichts essen. Mein Hals ist wie zugeschnürt. Es ist diese Ungewissheit. Ich frage mich ständig, ob ich ihn je wiedersehe! Weißt du, Sue, jedes Jahr verschwinden Hunderte von Menschen. Manchmal tauchen die Vermissten nie wieder auf!«

Susie legte ihr tröstend die Hand auf die Schulter. »Jason würde dir das nicht antun!«

»Ich wünschte, ich hätte ein bisschen Geld ... dann könnten wir einen Privatdetektiv anheuern. Ich mache das auf jeden Fall, wenn ich etwas für meine Ringe bekomme!«

»Oh, Polly ...«

Um ein Uhr hörten sie die Rundfunknachrichten. Von Jason war nicht die Rede, obwohl Polly halb erwartet hatte, dass man ihn als vermisst melden würde. Am Ende der Nachrichten hieß es, dass der Lottogewinn vom vergangenen Samstag immer noch nicht abgeholt worden sei; den Hörern wurde geraten, ihre Lottoscheine noch einmal zu überprüfen, da der Gewinn nach neunzig Tagen verfiel.

»Der Schein mit dem Hauptgewinn wurde am Mittwoch letzter Woche gegen sechzehn Uhr fünfzehn im St. Stephen's Green Einkaufszentrum aufgegeben.«

»Vielleicht ist der glückliche Gewinner ja gestorben«, sagte Susie. »Oder er hat den Schein verloren! Großer Gott, stell dir vor, du verpasst die Chance deines Lebens, reich zu werden!«

Polly interessierte sich nicht dafür. »Oh, wo ist mein Baby?«, jammerte sie, als die Nachrichten vorbei waren und Marian Finucans Sendung anfing, ohne dass der vermisste Jason auch nur mit einem Wort erwähnt worden wäre.

Als es an der Haustür klingelte, ging Susie hin, um zu öffnen. Es war Muriel, mit einer Flasche Remy Martin in einer Geschenkbox unterm Arm.

»Ich habe von der Sache mit Jason gehört«, vertraute sie Susie an. »Ich habe mir gedacht ... Kann ich irgendwie helfen?«

»Eigentlich nicht, Muriel.«

»Peter hat es mir gesagt ... Ist es nicht schrecklich, dass Jason so etwas tut? Er muss doch gewusst haben, wie sehr er seine Eltern damit beunruhigt!«

»Ich glaube, wir sollten nicht vorschnell urteilen«, meinte Susie spitz.

Muriel zuckte zusammen. »Es tut mir leid ... Ich wollte niemandem zu nahe treten«, sagte sie mit unsicherer Stimme.

»Polly hat sich hingelegt«, erklärte Susie, um Muriel nicht hereinbitten zu müssen, aber bereits eine Spur freundlicher.

»Oh ... Wenn es so ist, könnten Sie ihr das vielleicht geben«, sagte Muriel und überreichte ihr den Brandy. »Hier und da tut ein Schlückchen wirklich gut!«

Susie nahm die Flasche entgegen, bedankte sich und schloss die Tür. Sie kehrte in die Küche zurück.

»Ich weiß, dass es Muriel war«, sagte Polly. »Ich war schon auf dem Weg zur Tür und habe ihre Stimme erkannt.«

»Neugierige Kuh!«, empörte sich Susie. »Aber sie hat dir das hier mitgebracht.«

»Wie nett von ihr!«, sagte Polly. »Ich sollte rübergehen und mich bedanken.«

»Nicht jetzt. Ich habe ihr gesagt, dass du im Bett liegst. Sie meinte, ein Schlückchen würde dir gut tun!« Susie zog die Augenbrauen hoch und lachte leise. »Sie muss es ja wissen ...«

Sie holte zwei Gläser und machte die Flasche auf.

Als es das nächste Mal klingelte, war es der Briefträger mit einem Einschreiben für Rory. Polly unterschrieb und legte den Brief auf den Tisch im Flur.

»Du musst dich ein bisschen ausruhen«, riet Susie. »Hast du Schlaftabletten im Haus?«

»Nein.«

»Ich habe Valiumtabletten drüben, ich hole dir ein paar.«

Susie verschwand und kam nach einer Weile mit der Arznei zurück.

Polly nahm eine Tablette und spülte sie mit ein wenig Brandy hinunter, gerade als Susie einwenden wollte, Beruhigungsmittel vertrügen sich nicht mit Alkohol. Dann setzte sie sich auf die Couch und war kurze Zeit später eingeschlafen.

Susie holte eine Decke, um ihre Freundin damit zuzudecken, betrachtete sie voller Sorge und verfluchte Jason leise. Dann rief sie in der Kanzlei an, erzählte Mr. Penston, was passiert war, und fragte, ob er ihr einen guten Privatdetektiv empfehlen könne.

»Die sind nicht billig!«, meinte Mr. Penston.

»Ich weiß ...«

Susie schrieb sich die Angaben auf. Detektei Focus. Um das zu bezahlen, würde sie auf ihre Ersparnisse zurückgreifen müssen. Sie dachte an Fergus und die drohende Arbeitslosigkeit. Am besten sagte sie ihm nichts davon. Was Männer nicht wussten, tat ihnen auch nicht weh. Sie kaute auf ihrem kleinen Finger herum, während sie einiges durchrechnete. Bei der Detektei würde man ihr sagen können, was so eine Sache kostete.

Sie sah hinaus; auf den Fenstern von Willow House spiegelte sich die Sonne. Da kam ihr eine Idee. Schließlich hatte Muriel heute ihre Hilfe angeboten.

Muriel ging nach Hause und sagte zu Sable: »Wahrscheinlich denken sie, ich bin eine dumme Gans, die sich in alles einmischt. Ich kann es ihnen nicht einmal verübeln. Wenn ich mich doch ein wenig ungezwungener benehmen könnte. Ich bin immer so steif. Nur einmal in meinem Leben habe ich meine Schüchternheit abgelegt, als ich mit Alan zusammen war. Es war, als würde er mich genau kennen und ich ihn. Wirklich seltsam: bei ihm hatte ich keine Angst. Wahrscheinlich habe ich gehofft, er würde mir eine Fluchtburg sein, mir einen Raum einrichten, in dem ich mich so geben kann, wie ich bin, in dem ich endlich meinen Frieden finde.« Sie sah ihren schnurrenden Liebling an. »Oder so ähnlich ...«

Der Sex mit Alan war nahezu eine Offenbarung gewesen. Muriel war in keiner Weise darauf vorbereitet gewesen, weder auf die Intensität und Tiefe noch auf das Selbstbewusstsein und die Erfahrung ihres Liebhabers. Er tat Dinge, die Michael in hundert Jahren nicht getan hätte und die sie sich von ihm auch gar nicht gewünscht hätte.

Aber die Sexualität dieses Mannes war ansteckend; sie war wie ein Energiefeld aus purem Feuer. Nach einer kurzen Phase unklarer Schuldgefühle und Unsicherheit gab Muriel, die seinen Liebesbeteuerungen und seinen Plänen für eine gemeinsame Zukunft Glauben schenkte, sich ihm nicht nur mit ihrem Körper, sondern mit ihrer ganzen Seele hin. In der Euphorie ihrer neuentdeckten Freiheit verlor sie alle Scheu.

»Ich liebe dich so sehr, Alan«, sagte sie glücklich, »dass ich sterben könnte.«

Sie träumte von der wunderbaren Zukunft, die vor ihnen lag. Sie sprachen darüber, wo sie leben, wohin sie reisen würden. Sogar das Leben mit Michael erschien ihr langweilig im Vergleich zu der schwindelerregenden Vorstellung, mit Alan zusammen zu sein.

Alan trieb die Beziehung sehr intensiv voran, bis er Muriels Sinnlichkeit ausgelotet, ihr Innerstes berührt hatte; und er war zufrieden mit dem, was er fand, mit dem, was er in ihr geweckt hatte.

Muriel spürte, wie die Kopfschmerzen kamen. Sie würde ihr

Schmerzmittel nehmen, sich ins Bett legen und die Vorhänge zuziehen müssen, um sich etwas Linderung zu verschaffen.

Sie wollte sich nicht daran erinnern, wie verzweifelt sie gewesen war, als Alan sich zurückzuziehen begann. Wie ein Geldanleger, der bereits schwere Einbußen hatte hinnehmen müssen, hatte sie immer mehr investiert, um die Katastrophe vielleicht doch noch abzuwenden.

»Es würde nur schreckliches Unheil anrichten«, sagte er mit schlechtem Gewissen, als Muriel endlich versuchte, die glühenden Versprechungen einzuklagen, die er ihr gemacht hatte. Er sprach von seiner Ehefrau, der Frau, die er im Laufe seiner Affären immer im Hintergrund gehalten hatte, wie einen unbedeutenden Bauern – aber nur solange, bis er sie für seinen nächsten Schachzug als Dame auf dem Spielbrett brauchte. Sodann stieg sie zu seiner unentbehrlichen Helferin auf und lieferte ihm die moralische Rechtfertigung für seinen Rückzieher. War er ihr denn nicht verpflichtet? War er nicht letztendlich ein verheirateter Mann?

»Ja«, wiederholte Muriel mechanisch, »Unheil ...!«

»Ich wurde dazu erzogen, die Ehe ernst zu nehmen«, fügte er mit traurigem Lächeln hinzu, so als könne er von ihr erwarten, mit einer großzügigen Geste gutzuheißen, was er im Begriff war ihr anzutun. Sein Tonfall deutete an, wie unvernünftig er ihr Verhalten fand.

Als sie die Treppe hinaufstieg, ertönte die Türglocke. Es war Susie.

»Muriel, ich habe eine Idee. Ich dachte, Sie könnten vielleicht ...«

»Kommen Sie herein!«

Susie folgte Muriel in ihren in Pastelltönen gehaltenen Salon. Ihr kam der Gedanke, dass Muriel genauso blass war wie ihre elfenbeinfarbenen Wände.

»Geht es Ihnen auch gut, Muriel?«

»Ja ... ich habe nur ein wenig Kopfschmerzen. Ich wollte mich gerade hinlegen.«

Muriel wartete. Susie fühlte sich unbehaglich.

»Die Sache ist die«, fing Susie an. »Wegen Jason. Ich meine ... was halten Sie davon, wenn wir einen Privatdetektiv einschalten?«

»Was für eine großartige Idee! Kennen Sie einen?«

»Ja. Ein Büro, Focus heißen die. Sie wurden mir empfohlen. Aber sie sind teuer!«

»Oh ... lassen Sie das ruhig meine Sorge sein!«

Susies Miene hellte sich auf. »Sind Sie sicher, Muriel? Ich habe auch etwas auf der hohen Kante ...«

»Natürlich bin ich mir sicher. Es wäre mir ein Vergnügen. Ich hätte von allein daraufkommen sollen!«

11. Kapitel

Muriel dachte an den Tag zurück, an dem sie Michael zum ersten Mal mit nach Hause gebracht, ihm alles gezeigt und ihn in den Stallhof geführt hatte, wo gelber Löwenzahn in den Ritzen des Kopfsteinpflasters blühte; danach gingen sie wieder ins Haus. Es regnete in Strömen, und das Wasser schoss spritzend und gurgelnd aus der kaputten Dachrinne. Im Haus tropfte es präzise und gleichmäßig durch das verrostete Dachfenster auf dem oberen Treppenabsatz in eine alte Schüssel, die man daruntergestellt hatte. »Wollt ihr das nicht mal reparieren lassen?«

»Eigentlich müsste ein neues Dach her. Aber das Geld meiner Mutter ist verbraucht, und ich habe nicht genug für so etwas.«

»Ihr könntet doch das Land verkaufen.«

»Dadurch würden wir das Geld auch nicht zusammenbekommen, das wir bräuchten, um das Haus zu renovieren.«

»Ich meine doch nicht als Ackerland, du Dummerchen ...« Ein Kuss auf die Nase, der Duft des feuchten Pullovers, plötzlich erwachter Geschäftssinn, ein junger Verstand, der Möglichkeiten erwägt, ein Gefühl der Zusammengehörigkeit, verschwörerische Blicke. »Ich meine als Baugrund. Die Vorstädte überwuchern doch schon die Dörfer hier in der Gegend – überall wird Baugrund ausgewiesen –, und eines Tages bekommt deine Mutter bestimmt die eine oder andere Anfrage, ob sie an einem Verkauf interessiert sei. Du solltest dich frühzeitig um eine Baugenehmigung bemühen ... und dich darauf gefasst machen, ein Vermögen zu verdienen!«

Muriel lachte. »Du hast eine blühende Phantasie ... Aber es nützt alles nichts, für Mama käme so etwas überhaupt nicht in Frage.«

Doch als hätte Michael hellseherische Fähigkeiten, war keine drei Monate später ein solcher Brief eingetroffen.

Sehr geehrte Mrs. Reeves,

ein Kunde unserer Firma ist sehr daran interessiert, in Ihrer Gegend Grundbesitz zu erwerben. Falls Sie einen Verkauf erwägen, können wir Ihnen überaus günstige Konditionen anbieten.

Bitte zögern Sie nicht, mit uns in Kontakt zu treten, sofern wir Ihnen behilflich sein können.

Mit freundlichen Grüßen

Joe Murphy
Partridge & Ross Ltd.
Grundstücksmakler

Wie Muriel vorhergesehen hatte, reagierte ihre Mutter mit Ablehnung; sie hielt den Brief mit spitzen Fingern, als wäre er irgendwie verseucht.

»Was hätte das für einen Sinn ... wir würden vielleicht viel Geld bekommen, wären dann aber von schrecklichen Leuten umgeben. Wie kannst du es überhaupt in Betracht ziehen, Muriel! Die Allee wäre fort, die Wiesen, die Stille, sie würden die Buchen fällen ... Es wäre grauenhaft!« Ihre Mutter sprach das Wort ›grauenhaft‹ in drei überdeutlichen Silben aus und verzog verächtlich den Mund. »Ich will meine Tage hier in Ruhe und Frieden beschließen«, sagte sie kategorisch.

Muriel wusste, dass ihre Mutter Recht hatte. Plötzlich kam

es ihr sehr dumm vor, es überhaupt zur Sprache gebracht zu haben.

»Ja, Mama«, hatte sie geantwortet.

Muriel lag im Bett und blickte um sich. Sie kannte dieses Zimmer gut, hatte es bewohnt, solange sie zurückdenken konnte. Der Schrank aus Walnussholz hatte früher ihre Teenagerkleider beherbergt; alles zweckmäßige Sachen bis auf zwei Miniröcke, die sie sich in Dunne's Stores gekauft und dann versteckt hatte. Damals waren draußen Bäume zu sehen gewesen und eine lange Allee, und sonst nichts außer Torpfosten. Das Innere des Hauses war voller Schatten gewesen, brauner Lack, verblichene Tapeten, eine Außentür, die stets abgesperrt war, um Eindringlinge fern zu halten, und eine Mutter, die nun, da die Zukunft für sie vorgezeichnet schien, mehr und mehr in den Bann einer übermächtigen Vergangenheit geriet.

Aber Mutter und die Torpfosten gab es längst nicht mehr. Reihen identischer Doppelhäuser standen nun auf den Wiesen längs der ehemaligen Straße ins Dorf. Muriel hatte nichts dagegen, im Gegenteil: Sie war froh, dass es die Siedlung gab. Da lebten Leute, die sie kannte, Leute, die sie beobachten konnte. Manchmal saß sie stundenlang am Fenster, starrte auf die Sackgasse hinaus und sah die Bewohner kommen und gehen.

Heute hatte sie sich nachmittags etwas hingelegt, war mit einem Gefühl der Verzweiflung aufgewacht und hatte vergeblich versucht, sich an den Traum zu erinnern, der sie so abrupt in die Tagwelt zurückgeholt hatte – er hatte etwas mit ihren Eltern zu tun gehabt. Reglos lag sie da. Das Gesicht ihres Vaters stieg vor ihr auf, ein mächtiger Geist, unauslöschlich ins Gedächtnis eingebrannt; dann das Gesicht ihrer Mutter.

»Ich möchte studieren, Mama ...«

»Es ist nicht gut, wenn eine Frau zu viel weiß. Such dir lieber eine gute Stelle und bemüh dich, einen jungen Mann von der richtigen Sorte kennen zu lernen! Wir haben kein Geld, Muriel ... Dafür hat dein Vater leider gesorgt!«

Nach Ansicht ihrer Mutter waren Männer eine Art Belohnung, die man für gutes Benehmen erhielt. Muriel hatte diese Einstellung übernommen, sie nicht in Frage gestellt. Nicht dass sie sich den Männern irgendwie unterlegen gefühlt hätte, sie hatte nur sehr früh im Leben zu unterscheiden gelernt, wer Macht hatte und wer nicht. Gegen diese Bevormundung hatte sie sich nie aufgelehnt; sie erschien ihr ebenso unumstößlich wie alle anderen Tatsachen des Lebens, wie die Stellung von Sonne und Mond im Planetensystem.

Doch um in diesem System zu bestehen, um daran teilzuhaben, um vor Missbrauch geschützt zu sein, mussten Frauen heiraten. Das Leben außerhalb des Systems glich einem Aufenthalt in der Vorhölle, in arktischer Kälte; um hineinzugelangen, mussten Frauen sich zahlreiche Beschränkungen auferlegen. Sie hatten sich korrekt zu benehmen, korrekt zu denken, und sie durften es nicht wagen, auch nur einen falschen Schritt zu tun. Es verstand sich von selbst, dass sie nie und nimmer das innere Feuer anfachen durften, das in ihnen schlummerte wie ein Drachen und das, wenn es erst einmal gebrannt hätte, die Vernichtung der bestehenden Ordnung eingeleitet hätte.

Sie akzeptierte ohne jedes Hinterfragen, dass das wahre Wesen einer Frau unterdrückt und ihre Identität verschleiert werden musste. An erster Stelle stand das Überleben. Nur wenn das sichergestellt war, und zwar auf allen Ebenen, gab es Spielraum für irgendetwas anderes.

Die Mutter schien sich über ihre Verlobung mit Michael zu freuen. Er hatte erwähnt, er sei kein praktizierender Katholik. »Eigentlich bin ich gar nichts«, hatte er erklärt und dabei die Augenbrauen hochgezogen, wie um sich über seine kleinen Eigenheiten lustig zu machen.

»Schade, dass er nicht unserem Glauben angehört«, bemerkte Mrs. Reeves anschließend und fügte hinzu, dass Protestanten heutzutage dünn gesät seien. Aber er sei ein vorzeigbarer junger Mann, und wenn er seine Karten richtig ausspiele, könne etwas aus ihm werden. Außerdem deutete sie an, dass Muriel Schwierigkeiten haben könnte, einen anderen Mann zu finden.

»Ich bin doch nicht hässlich, Mama, oder?« Ihre heimliche Angst vor dem einsamen Dasein einer hässlichen Frau hatte sie dazu getrieben, ihrer Mutter diese kühne Frage zu stellen.

Der Gesichtsausdruck ihrer Mutter ließ sie vor Schreck erstarren. »Nein ... du bist nicht hässlich.«

In dieser Bemerkung schwang so viel Unausgesprochenes darüber mit, was sie stattdessen sein könnte, dass Muriel verstummte. Sie wagte nicht zu fragen, was die Mutter andeuten wollte, weil sie es ohnehin wusste.

Michael durfte es um keinen Preis erfahren. Sie rief sich sein Gesicht in Erinnerung, die blauen Augen, die langen schwarzen Wimpern wie bei einem Mädchen, sein schwarzes Haar, schon mit fünfundzwanzig romantisch graumeliert.

Michael war leidenschaftlich, aber er zeigte Respekt. Er erklärte sich bereit zu warten, bis sie verheiratet wären, wenn Muriel das wünschte.

Trotz dieser Beteuerungen hatte er eines Abends, als sie nach dem Kino noch auf einen Kaffee in seine Souterrainwohnung mitgekommen war, ein wenig die Kontrolle verloren. Sein Mitbewohner war nicht zu Hause gewesen. Michael hatte Muriel geküsst, liebkost, und eins hatte zum anderen geführt. Aber Muriel stellte fest, dass sie ihre Zurückhaltung nicht ohne weiteres über Bord werfen konnte. Sie lag steif und unbeholfen da und wartete darauf, dass er mit ihr tat, was auch immer es war, das er mit ihr tun wollte. Doch dann schaute er sie an, sah, dass sie die Zähne zusammenbiss, und ging plötzlich mit einem

Ausruf der Enttäuschung, splitternackt wie er war, in den feuchten Garten hinaus, kam dann jedoch wieder, redete ihr gut zu und streichelte ihr Haar, während sie in seinen Armen weinte. »Ist schon gut. Das kommt nur, weil es neu für dich ist ...«, sagte er.

Muriel war sich da nicht so sicher. Aber eines wusste sie: Das einzige, was sie vom Leben wollte, war Liebe – sie hatte jede andere Möglichkeit, die das Leben sonst noch bot, genau geprüft und dabei nichts gefunden, was der Mühe wert gewesen wäre. Sex war nicht Liebe, hatte mit Liebe nichts zu tun; es war nur etwas, das man geben musste, um Liebe zu bekommen.

Am Mittwochmorgen ließ Keith Warrington seine Putzfrau ins Haus und ging dann mit Herbie in den Park. Der Frühling lag in der Luft, die Sonne schien, und es versprach ein warmer Tag zu werden. Er hatte Herbies Spielzeug, einen Schaumgummiball, dabei, der früher bunt gewesen, jetzt aber so zerbissen war, dass man nur noch das graubraune schwammige Innere sah. Keith warf den Ball, der taumelnd zwischen den Dornensträuchern verschwand. Herbie raste, die Ohren aufgestellt, den Schwanz gestreckt, mit hängender Zunge hinterher. Er fand den Ball, brachte ihn triumphierend seinem Herrchen zurück und wartete hechelnd auf den nächsten Wurf.

Herbie war glücklich. Seit sich sein Herrchen zur Ruhe gesetzt hatte, hatte er ein gutes Leben; sie gingen oft spazieren, spielten, taten alles, was ihm gefiel. Er knurrte nur der Form halber, als Mrs. Jopling mit ihrem Pudel Fluffsy vorbeikam. Der Pudel war blaugrau und meist auf lächerliche Weise herausgeputzt. Heute trug er ein besonders scheußliches Tartanmäntelchen. Herbie beschnüffelte das Hinterteil der Hündin, aber Fluffsy hatte nach schweren Prüfungen zu einer würdevollen Haltung gefunden und ließ sich nicht dazu herab, seinen Annäherungsversuch zur Kenntnis zu nehmen.

Keith wechselte ein paar Worte mit Mrs. Jopling. Sie war Witwe, und er hatte sie auf seinen Spaziergängen im Stadtpark kennen gelernt. Sie wohnte ein wenig näher am Zentrum von Wimbledon als er, und manchmal spielte er mit dem Gedanken, sie zu einem Drink einzuladen. Sie besaß ein fröhliches Naturell, obwohl in ihrem Blick etwas Gehetztes, Ausgehungertes lag und ihr Lachen ein wenig wiehernd klang; wenigstens lenkte sie ihn von seinen Grübeleien ab.

»Guten Morgen«, wieherte Mrs. Jopling. »Ist es nicht einfach wunderbar zu beobachten, dass es wieder Sommer wird!«

»Großartig«, pflichtete Keith ihr bei.

Eine Weile gingen sie schweigend nebeneinander her. Dann begann sich Mrs. Jopling darüber auszulassen, wie klug Fluffsy sei und dass sie am Tag zuvor praktisch mit ihr gesprochen hätte.

»Sie hatte ihre Vorderpfoten auf den Tisch gelegt ... und mich mit solchem Verständnis angesehen, als wüsste sie genau, was ich empfunden habe ...«

Keith ließ sich nicht dazu hinreißen zu fragen, was Mrs. Jopling denn empfunden habe. Er wusste aus Erfahrung, dass sie es ihm sehr ausführlich schildern und dann mit angehaltenem Atem auf seine Einschätzung als Fachmann warten würde.

»Wussten Sie, dass Pudel ursprünglich Jagdhunde waren?«, fragte er stattdessen. »Sie sind hochintelligent!«

Mrs. Jopling war entzückt. »Hast du gehört, mein Schatz?«, sagte sie zu Fluffsy, die an der Leine zog. »Es ist amtlich, wie gescheit du bist ... aber ich wusste es ja schon immer!«

Fluffsy sah sie gequält an.

»Ja, so ein hübsches Gesichtchen!«, rief Mrs. Jopling. »Sehen Sie sich nur das hübsche Gesichtchen an!«

Keith spürte, dass sich bei ihm eine Nebenhöhlenentzündung anbahnte.

»Haben Sie von Ihrer Tochter gehört?«, erkundigte sich Mrs. Jopling dann, und Keith sagte, ja, sie komme beruflich gut voran und habe kürzlich sogar eine Gehaltserhöhung erhalten.

»Ist das nicht wunderbar? Wie schön für junge Menschen, wenn sie sich in der Welt umsehen können! Ich war vor zehn Jahren mit meinem verstorbenen Mann in New York. Frank hatte eine Schwäche für Amerika. Er sagte immer, er wolle sich dort zur Ruhe setzen ... war natürlich nur ein Scherz.« Sie seufzte. »Die Ereignisse haben ihn eingeholt ... Jetzt liegt er auf dem St. Swithin Friedhof! Er war natürlich wesentlich älter als ich«, fügte sie hastig hinzu, um nur ja keine morbide Stimmung aufkommen zu lassen.

Keith drückte ihr sein Mitgefühl aus. Hoch über ihren Köpfen huschte ein Eichhörnchen mit schwereloser Behändigkeit von Zweig zu Zweig. Herbie blickte auf und bellte, aber das Eichhörnchen sprang blitzschnell, wie um sich über ihn lustig zu machen, auf den nächsten Zweig und verschwand im Blätterdach.

Nach etwa einer Stunde im Stadtpark wanderten Keith und Herbie nach Hause. Keith zog zum Abschied seine Tweedmütze vor Mrs. Jopling und wünschte ihr einen angenehmen Tag. Er hatte es sich anders überlegt und sie nicht auf einen Drink eingeladen. Er ärgerte sich über die beginnende Nebenhöhlenentzündung und hatte das Bedürfnis nach Ruhe und Frieden. Aus irgendeinem Grund musste er immer wieder an die merkwürdige kleine Person denken, die ihm einen so unterhaltsamen Sonntagnachmittag beschert hatte und nun entschwunden war wie eine Fata Morgana. Bisher war niemand in sein Haus eingebrochen, und man hatte ihm auch nicht im Schlaf den Schädel eingeschlagen; also nahm er an, dass sie doch nicht der IRA angehörte – obwohl man natürlich nie wissen konnte.

Als er heimkam, legte Mrs. Dencher gerade letzte Hand an die Küche und polierte die alten Wedgwood-Teller auf dem Küchenschrank. Sie lächelte ihren Arbeitgeber an und entblößte dabei ihr Pferdegebiss, dann fuhr sie summend mit ihrer Arbeit fort. Sie gab eine Melodie aus *Oliver* zum besten. Keith erinnerte sich an das Musical; er hatte es vor dreißig Jahren mit Marguerite zusammen gesehen. Er ging ins Wohnzimmer, wo das Porträt seiner verstorbenen Frau von der Wand herunterblickte. Sie trug darauf ein hübsches schulterfreies Kleid, das sie gemeinsam gekauft hatten, und um ihre Lippen spielte dieses leise geheimnisvolle Lächeln, von dem er einst gedacht hatte, es sei ihm allein vorbehalten und habe eine geheimnisvolle, tiefsinnige Bedeutung, bis er beobachtet hatte, dass sie es auch ihrem jeweiligen Hund zuteil werden ließ.

Plötzlich fiel ihm auf, wie still es im Haus und in seinem Leben geworden war, wie schnell die Jahre verflogen waren, die ihn unversehens zu einem Witwer mittleren Alters gemacht hatten. Was in aller Welt hatte er nur getan, dass er sich nicht erinnerte, älter geworden zu sein, nicht genau wusste, ab wann das Leben für ihn an Schwung verloren hatte? Es war nicht einmal vorrangig ein körperlicher Prozess, es war mehr eine Veränderung der Perspektive; keine Müdigkeit, sondern eine unbarmherzige, ungebeten sich einstellende Weisheit.

Er nahm die Post an sich, die auf dem Flurtisch lag, und sah die Briefe durch. Einer davon kam von der Anwaltskanzlei, die sich um die Hinterlassenschaft seines Schwiegervaters kümmerte.

»Lieber Keith«, hieß es in dem Brief, »ich würde mich freuen, wenn Sie mich aufsuchen könnten. Es hat den Anschein, dass mit dem Nachlass des verstorbenen Mr. Whiston etwas nicht ganz in Ordnung ist. Die Einzelheiten würde ich gern in einem persönlichen Gespräch klären, denn es haben sich unerwartete Komplikationen ergeben.« Unterzeichnet war der Brief von Keiths Anwalt Jonathan Wheatley.

Keith stieß einen leisen Pfiff aus. »Der alte Bock hat wahrscheinlich eine Horde Bastarde hinterlassen«, murmelte er, »offenbar habe ich mich zu früh gefreut, dass der Nachlass problemlos zu regeln sein wird ...«

Er dachte sofort an seine Besucherin und fragte sich, ob da nicht doch irgendetwas faul war ... vielleicht hatte sie ja wirklich eine Schwester ... vielleicht hatte Bernard irgendwelche Dummheiten angestellt ...

Mrs. Dencher machte sich noch ein bisschen in der Küche zu schaffen, dann kam sie ins Wohnzimmer. »Ich bin jetzt fertig, Dr. Warrington.«

Keith hatte ihr Geld schon bereitgelegt und gab es ihr nun. »Haben Sie nicht Lust, zum Mittagessen zu bleiben?«, fragte er spontan. Er verspürte plötzlich das Verlangen, mit jemandem darüber zu reden, wie die Welt vor dreißig Jahren gewesen war.

Mrs. Dencher war verblüfft. »Na ja«, sagte sie in einem Ton, der nicht frei von Tadel war, »ich muss doch noch für meinen Harry das Essen richten ...«

»Natürlich.«

Keith fand, dass seine Putzfrau müde aussah, und sprach nun als Arzt zu ihr: »Sie haben Urlaub nötig, Mrs. Dencher. Es würde ihnen gut tun, ein bisschen auszuspannen!«

»Urlaub?«, wiederholte sie. »Du meine Güte ... ich habe seit fünf Jahren nicht mehr Urlaub gemacht! Seit mein Harry arbeitslos geworden ist.« Sie lachte beinahe vorwurfsvoll. »Zur Zeit ist auch kein Urlaub in Sicht, Dr. Warrington. Jedenfalls nicht für mich!«

Als sie ging, zog sie die Eingangstür leise hinter sich zu.

Keith ging in die Küche, holte Fischstäbchen aus dem Gefrierschrank und legte sie auf die Grillpfanne. Er schaltete den Grill auf die höchste Stufe, machte dann eine Dose Hundefutter auf und füllte Herbies Napf. Der Labrador schlang seine Mahlzeit hinunter, ließ einen übel riechenden Furz, verzog sich in seinen Korb neben der Tür und leckte sich mit seiner langen rosigen Zunge das Maul. Keith faltete die *Times* auseinander, vertiefte sich in die Titelseite und vergaß sein Essen vollkommen.

Erst der stechende Geruch machte ihn darauf aufmerksam, dass die Fischstäbchen angebrannt waren. Keith eilte in die Küche, zog die Grillpfanne heraus, fluchte entsetzt, als er die qualmenden Überreste sah, warf sie vor die Tür, suchte nach der Dose Thunfisch, die er noch irgendwo haben musste, und machte sich stattdessen ein Sandwich. Für den Nachmittag hatte er sich Verschiedenes vorgenommen; unter anderem wollte er den Artikel über Schizophrenie fertig bekommen, an dem er gerade schrieb. Doch als erstes rief er Jonathan Wheatley an.

»Er ist noch bei Tisch«, sagte Jonathans Sekretärin. »Aber ich richte ihm aus, dass Sie angerufen haben.«

Keith schaltete den Computer an, aber bevor ihm klar wurde, was er da tat, ertappte er sich dabei, dass er einen Brief an die seltsame Frau tippte, die am vergangenen Sonntag an seinem Gartentor aufgetaucht war. Dabei hatte er den Brief vor sich, den Bernard ihr geschrieben hatte.

Liebe Pauline,
ich weiß nicht, wo Sie wohnen, daher schicke ich dieses Schreiben an die Chiffrenummer, die in dem Brief meines Schwiegervaters an Ihre Schwester erwähnt wird (klingt das sehr gewunden?). Ich hoffe von Herzen, dass sie in der Zwischenzeit eine Lösung für ihre Probleme gefunden hat und Sie ihr mitteilen konnten, dass Sie mir ihren

Brief übergeben haben. Hoffentlich war sie nicht allzu ärgerlich darüber, dass alles nur ein Streich des Verstorbenen war (dessen Angelegenheiten immer etwas verworren waren und die offenbar auch jetzt noch nicht geordnet sind).

Vielleicht haben Sie Lust, mich anzurufen, wenn Sie wieder in London sind? Ich habe eine Sammlung silberner Schnupftabakdosen, die ich gerne von einer Expertin beurteilen lassen würde, und vielleicht könnten Sie mich auch im Hinblick auf verschiedene andere antike Gegenstände beraten. Meine verstorbene Frau war eine große Sammlerin, und nun, da sie nicht mehr da ist, stelle ich fest, dass ich von all diesen Dingen, die sie angehäuft hat, keine Ahnung habe.

Auf jeden Fall war es nett, Sie kennen zu lernen. Mit herzlichen Grüßen

Keith Warrington

PS: Herbie lässt Sie ebenfalls schön grüßen.

In Ashgrove Lawns ging das Telefon. Polly nahm ab.

»Halt dich fest, Polly!«

»Oh Gott ... Susie ... was ist los?«

»Gute Nachrichten. Ich rufe vom Büro aus an, muss mich also kurz fassen. Es hat den Anschein, dass dein vermisstes Baby in Sünde lebt, und zwar in einem Einzimmerapartment in Drumcondra.«

»Wie bitte?«

Polly setzte sich auf den kleinen Hocker, der immer unter dem Tisch im Flur stand.

»Es ist die reine Wahrheit. Seine Mitverschworene ist eine junge Frau namens Veronica Settle. Sagt dir der Name etwas?«

»Jasons Superweib!«, flüsterte Polly. »An die hatte ich überhaupt nicht mehr gedacht ...«

»Nun«, sagte Susie, der ein kurzer Blick auf die fragliche junge Frau vergönnt gewesen war, »Superweib würde ich sie nicht gerade nennen, vielleicht eher Lagerkommandantin.«

»Ich weiß ... das heißt, ich hab' mal am Telefon mit ihr gesprochen ...«

»Ach ja?«

»Peter sagt, sie sei dreißig und wiege zwei Zentner!«

»Sieht mir mehr nach einundzwanzig und anderthalb Zentner aus! Aber sie scheint eine beruhigende Wirkung auf Jason auszuüben. Ich habe mit ihm gesprochen und dabei den Eindruck gewonnen, dass das Leben seinen Übermut ein wenig gedämpft hat, wenn du weißt, was ich meine!«

»Ich drehe dem kleinen Scheusal den Hals um!« Pollys Erleichterung war einer plötzlichen Wut gewichen. »Wo steckt er?«

»Okay, ich sage es dir ... aber unter einer Bedingung ... er will nicht nach Hause kommen, Polly. Das hat er mir unmissverständlich klargemacht.«

»Er will nicht nach Hause kommen? Was macht er denn den ganzen Tag, um Gottes willen? Hat er denn überhaupt ein anständiges Bett zum Schlafen? Zieht er sich warm genug an?«

Es folgte ein kurzes Schweigen, dann sagte Susie: »Polly, es hat mal eine Zeit gegeben, da hast du manches klarer gesehen als heute!«

»Oh nein ...«, flüsterte Polly. »Du meinst doch nicht etwa ...«

»Doch ... und soviel ich weiß, macht er sich Hoffnungen, in irgendeinem Nachtcafé Arbeit zu finden«, fuhr Susie fort. »Und im Großen und Ganzen ist er völlig zufrieden mit seinem Los. Er hätte sich nie träumen lassen, dass das Leben so erfüllend sein kann!«

»Hat er dir das gesagt?«

»Nein. Aber man hat es ihm angesehen – die zage Ekstase

der Freiheit ... eine kaltherzige, grausame Familie bekommt die Quittung ... und so weiter und so fort ...«

»Wir sind keine kaltherzige grausame Familie!«, rief Polly aufgebracht. »Ich hab' ihn doch lieb! Wir alle haben ihn gern. Und wie kann er in einem Einzimmerapartment glücklich sein? Und was ist mit seinem Schulabschluss? Will er denn sein Leben wegwerfen? Und überhaupt! Die ganze Sache ... mit einer Frau zusammenleben, ohne verheiratet zu sein ... das ist unmoralisch! Gib mir die Adresse. Ich hole ihn sofort nach Hause zurück!«

»Ich gebe dir einen guten Rat, Polly. Lass ihn in Ruhe. Er wird die wahren Freuden des Zusammenlebens mit Queen Maeve in einem Einzimmerapartment schon noch kennen lernen ... aber nur, wenn du ihn in Ruhe lässt!«

»Ich kann doch nicht hier rumsitzen und zulassen, dass mein Sohn verwildert!«

»Du brauchst ja nicht rumzusitzen«, sagte Susie. »Du könntest doch Mitglied im Fitnessklub im Einkaufszentrum werden. Da kannst du deine ganzen Ängste und Sorgen abreagieren und gleichzeitig fit werden. Es ist nicht teuer, zur Zeit haben sie ein Spezialangebot ... für Frauen ... tagsüber. Und eine kostenlose Probestunde!«

Polly stellte sich vor, wie sie im Gymnastikanzug aussehen würde.

»Sei doch nicht albern!«

Susie musste auflegen, weil Mr. Penston sie zum Diktat rief, und Polly ging wieder in die Küche, machte sich eine Tasse Tee, setzte sich an den Tisch, runzelte die Stirn und lachte unwillkürlich bei der Vorstellung, dass ihr kleiner Jason mit Queen Maeve ein Doppelbett teilte.

»Wenn man allein vor sich hinkichert, ist das ein sicheres Anzeichen für ...«, meldete sich die belehrende Stimme in ihrem Kopf.

Plötzlich fragte sie laut: »Wie hat Susie das überhaupt herausgefunden? Sie hat es nicht erwähnt, und ich habe ganz vergessen, danach zu fragen!«

Sie hörte, wie die Post auf die Fußmatte fiel, und fand darunter einen Umschlag mit Londoner Briefstempel. Außerdem war ein Brief für Rory gekommen, den sie neben den Computer legte. Im ersten Moment scheute sie sich, den Brief aus England zu öffnen, da sie fürchtete, dass es sich um eine weitere Antwort eines Liebeskranken auf ihre Anzeige handeln könnte. Als sie einen Blick auf die Unterschrift geworfen hatte, war sie selbst überrascht, wie sehr sie sich freute.
Sie las den Brief von Keith Warrington mehrmals durch. Leider hatte sie sein Foto nicht mehr (sie hatte es mit dem Antwortschreiben an Bernard Whiston zurückgegeben), aber sein Gesicht hatte sich ihr ohnehin klar eingeprägt. Sie erinnerte sich voll Vergnügen an ihr lustiges, merkwürdiges Gespräch an jenem Sonntagnachmittag. Offensichtlich hatte er ihr die Geschichte mit der Schwester abgenommen. Dadurch war ihr die ganze Angelegenheit ein bisschen weniger unangenehm.
Sie nahm einige Papierbögen von Rorys Schreibtisch und schrieb zurück, bevor sie es sich noch anders überlegen konnte.

Lieber Keith Warrington,
vielen Dank für Ihren Brief. Ja, ich habe meiner Schwester von unserer Begegnung erzählt, und es war ihr überaus peinlich. Ich kann wirklich nicht sagen, wann ich wieder in Ihrer Gegend bin. Ich habe hier alle Hände voll zu tun – Geschäftliches und so weiter –, sodass ich kaum einmal wegkomme. Wegen Ihres verstorbenen Schwiegervaters möchte ich Ihnen noch einmal mein Beileid aussprechen. Wenn mich meine Geschäfte das nächste Mal nach Lon-

don führen, würde ich mir Ihre Schnupftabakdosen sehr gerne ansehen.

Polly strich den letzten Satz durch und schickte den Brief ohne ihn ab.

Mitten in der Nacht fuhr sie grundlos aus dem Schlaf auf, setzte sich aufrecht hin und dachte: »Lieber Himmel, habe ich letzte Woche nicht einen Lottoschein gekauft?«

Sie legte sich wieder hin. Rory grunzte im Schlaf, und sie schob seinen Ellenbogen weg, der sich schmerzhaft in ihr Kreuz bohrte. »Was?«, brummte er. »Waaa ... s?« Sein Schnarchen endete in einem Pfeifton.

»Ach, halt den Mund«, sagte Polly.

Ich habe diese Woche Lotto gespielt, überlegte sie, am Mittwoch, bevor ich nach London geflogen bin. Am Lottostand im Stephen's Green Einkaufszentrum. Haben sie im Radio nicht gesagt, dass der Schein dort gekauft wurde? Wo habe ich ihn bloß hingetan? Wahrscheinlich ist er noch in meiner Tasche ...

Sie schlüpfte aus dem Bett und ging in die Küche hinunter, um ihre Handtasche zu suchen.

Das hat nichts zu sagen, dachte sie. An diesem Tag sind dort bestimmt Hunderte von Scheinen verkauft worden.

Ihre Handtasche hing hinter der Tür. Sie machte sie auf, durchsuchte alle drei Fächer, holte ihre Brieftasche heraus, durchsuchte auch sie. Von dem Lottoschein keine Spur. Sie leerte die Tasche auf dem Tisch aus, sortierte die Einkaufszettel, die Lippenstifte, die Haarspangen, die Kreditkartenabrechnungen, die Zahnarztrechnung, aber der Lottoschein blieb verschwunden.

»Ich weiß, dass er in meiner Tasche war«, sagte sie laut. »Habe ich ihn nicht selbst hineingetan? Er muss herausgefallen sein. Aber wo könnte das nur passiert sein?«

Praktisch überall, dachte sie. Eine Weile blieb sie noch am Tisch sitzen, dann ging sie wieder ins Bett.

Am nächsten Morgen teilte Rory ihr endlich mit, dass er wegen des Geldes, das er seiner Frau schuldete, eine Vorladung vom Bezirksgericht erhalten hatte.

»Wo sollen wir das Geld hernehmen?«

»Wahrscheinlich werde ich das Haus verkaufen müssen, Polly ... Wir können uns was Kleineres suchen. So schlimm ist das doch auch wieder nicht!«

Er sah sie an und zog ratlos die Schultern hoch. Polly starrte ihn an. »Eigentlich willst du doch damit sagen, dass es für dich nicht so schlimm wird, weil du genauso weitermachst wie bisher ... und ich sitze in irgendeinem Loch fest, meilenweit weg von Susie und ohne jede Hoffnung!«

Polly bekam feuchte Augen, und Rory wandte sich, wie immer, wenn er Tränen sah, wütend ab.

»Es besteht kein Anlass, so abfällig zu reden, Polly! Du solltest lieber ein wenig Mitgefühl zeigen! Jetzt, wo der kleine Unruhestifter Jason nicht mehr da ist, könntest du dir für den Rest der Familie ruhig ein bisschen mehr Zeit nehmen!«

Polly unterdrückte ein Schluchzen, fand aber erst nach einer Weile ihre Sprache wieder.

»Du hast nicht zufällig irgendwo im Haus einen Lottoschein gefunden?«, fragte sie schließlich.

»Nein ... warum? Hast du etwas gewonnen?«

»Woher soll ich das wissen, wenn ich ihn nicht mehr finde?«

Rory presste die Lippen zusammen und schüttelte den Kopf.

»Du solltest mal zum Arzt gehen, Polly«, brummte er. »In letzter Zeit bist du ziemlich aggressiv und benimmst dich auch sonst reichlich merkwürdig!« Rory schüttelte erneut den Kopf. »Wo habe ich bloß diese Umrechnungstabellen hingetan?«

Polly warf ihm einen ungläubigen Blick zu, aber Rory hatte die Tabellen bereits gefunden und machte wieder einen zufriedenen, wenn auch geistesabwesenden Eindruck.

Aus irgendeinem Grund kam Polly das Fitnessstudio in den Sinn, das Susie ihr empfohlen hatte, die Gewichte und die Trainingsgeräte, einfach als Möglichkeit, eine Stinkwut abzureagieren, ohne gleich jemandem den Schädel einzuschlagen.

Verdammt noch mal, dachte sie, ich habe doch einen alten Trainingsanzug. Würde der es nicht für den Anfang tun?

Als Peter vom College heimkam, überbrachte ihm Polly die gute Nachricht, dass Jason gefunden worden war. Peter hatte sich, was das Verschwinden seines Bruders anbetraf, anfangs defensiv verhalten und sich dann immer mehr in sich zurückgezogen.

Sie sah ihm an, wie erleichtert er nun war. Er wandte sich ab, weil er nicht zu viel von seinen Gefühlen preisgeben wollte.

»Ich wusste, dass die kleine Schwuchtel wieder auftaucht. Was der bräuchte, ist eine Tracht Prügel!«

»Er braucht nichts dergleichen. Und er kommt vorerst auch nicht nach Hause«, sagte Polly. »Ich hatte überlegt, ihn zu holen, aber dein Vater und Susie meinen, er sollte die Chance haben, aus eigenem Antrieb heimzukommen!«

»Ja ... Soll er ruhig auslöffeln, was er sich eingebrockt hat! Er kommt schon wieder – mit eingezogenem Schwanz!«

»Aber ich mache mir trotzdem Sorgen. Ich meine, isst er denn auch anständig?«

Peter sah seine Mutter liebevoll an.

»Mütter sind schon verblüffend!«, meinte er. »Sie sorgen sich wirklich um einen.« Er sah sie schalkhaft an. »Aber vermutlich macht das alles nur der Instinkt!«

Polly gab ihm eins hinter die Ohren und ließ ihre Hand über seinen Hinterkopf gleiten, über die kurzgeschorenen Haare, die sich wie ein Teppich anfühlten. Er schnurrte vor Wohlbehagen. »Ah, schlag mich nicht, Ma!«, sagte er gespielt ängstlich.

»Nimm mich in die Arme«, bat Polly. »Ich kann's gebrauchen.«

Peter tat ihr den Gefallen. Als er sie losließ, sagte er mit leiser, untypisch unsicherer Stimme: »Ich kann nichts dafür, Mama ... ich habe ihn nicht aus dem Haus getrieben!«

»Oh, Peter, hast du gedacht, dass wir dir die Schuld geben?«

Sie sah, dass ihr Sohn den Tränen nahe war.

»Ja, der Hobbit hat es getan«, flüsterte er unglücklich. »Er hat gesagt, es sei meine Schuld! Du hast es doch gehört!«

»Du sollst deinen Vater nicht immer Hobbit nennen«, sagte Polly streng. »Das gehört sich nicht ... Du hast nicht zufällig irgendwo im Haus einen Lottoschein gesehen?«, fragte sie dann, um das Thema zu wechseln, da sie fürchtete, ihr großer Sohn, der ihr ein ganzes Stück über den Kopf gewachsen war, könnte jeden Moment in Tränen ausbrechen.

»Nein. Haben wir etwa was gewonnen?«

»Nein ... es ist nur, dass ich einen gekauft und nicht nachgesehen habe.«

»Mach dir nichts draus, Mama«, sagte Peter, der allmählich seine Fassung wiederfand. »Die Chancen stehen doch bloß eins zu neun Millionen ...«

In einem ungestörten Augenblick rief Polly bei der Nationallotterie an und fragte, ob der Gewinner der Ziehung vom Osterwochenende sich schon gemeldet hätte. Nein, sagte man ihr. Dann erkundigte sie sich nach den Gewinnzahlen. 1, 14, 15, 21, 32 und 41.

Sie schrieb sich die Zahlen auf, sah sie sich in Ruhe an und versuchte sich zu erinnern, welche Zahlen sie angekreuzt hatte. Die 1 war dabei gewesen, da war sie sicher. Und sie glaubte sich auch an die 21, die 14 und die 15 zu erinnern. Sie rief noch einmal bei der Lotterie an.

»Ich glaube, ich könnte den Ostergewinn gewonnen haben«, sagte sie.

»Haben Sie den Gewinnschein?«, fragte die höfliche junge Stimme zurück.

»Nein ... unglücklicherweise habe ich ihn verloren!«

»Verstehe ...«

»Sie meinen, Sie glauben mir nicht?«, sagte Polly, der die Nuance im Ton ihrer Gesprächspartnerin nicht entgangen war.

»Ich meine, wir brauchen einfach den Nachweis!«

Polly legte auf und murmelte: »Ich weiß, dass ihr den elenden Nachweis braucht ... oder haltet ihr mich für völlig blöd?«

Wo hatte sie den Schein nur gelassen?

Muriel kam abends vorbei, um zu sagen, wie sehr sie sich freute, dass Jason gefunden worden war.

Polly, die sich zum ersten Mal seit Jasons Verschwinden wieder entspannen konnte, hatte gerade in einem ihrer Kunstbücher gelesen, einem Band über Ägyptologie. Als sie an die Tür ging, ließ sie es offen auf dem Kaffeetisch liegen; sie bat ihre Nachbarin herein und bot ihr Tee an. Muriel nahm die Einladung freudig an. Dann machte sie eine Bemerkung darüber, dass Polly abgenommen habe; gertenschlank sei sie geworden, wie Muriel sich ausdrückte.

»Wirklich?«, sagte Polly ungläubig und warf einen verstohlenen Blick in den Spiegel. Es stimmte. Sie hatte selbst gemerkt, dass ihr die Röcke zu weit wurden, aber nun bemerkte sie auch, dass ihr Gesicht schmaler geworden und ihr Doppelkinn zurückgegangen war.

»Sie sehen ausgesprochen hübsch aus«, sagte Muriel.

Polly wurde rot. »Das war ich mal, als ich jung war.«

»Sie sind es immer noch! Wenn man Sorgen hat, nimmt man bestimmt leicht ab ...«, fuhr Muriel fort.

»Das glaube ich nicht«, sagte Polly, obwohl sie wusste, dass es stimmte, denn solange Jason vermisst gewesen war, hatte sie kaum einen Bissen herunterbekommen, so zugeschnürt war ihre Kehle gewesen.

Als sie sich wieder ihrem Gast zuwandte, fiel ihr auf, dass Muriel unnatürlich blass aussah und ihre Augen groß und glanzlos waren.

»Und wie geht es Ihnen? Muriel, Sie sehen ein bisschen angeschlagen aus, wenn ich mir die Bemerkung erlauben darf!«

»Oh, mir geht's gut, danke. Obwohl mir manchmal ein wenig schwindlig wird. Komisch, nicht?« Muriel gab sich förmlich wie immer, doch in ihren letzten Silben schwang eine Art innerer Unruhe mit, ein Bedürfnis nach ein paar beschwichtigenden Worten. »Wahrscheinlich macht mir das Alter allmählich zu schaffen!«, zwang sie sich zu scherzen.

»Das Alter kann es nicht sein«, sagte Polly. »Sie sind doch noch jung!« Und dann dachte sie an Susie und deren Bemerkung über Muriels Alkoholkonsum, und plötzlich fragte sie sich, ob Susie vielleicht Recht hatte. Doch in diesem Moment läutete es an der Haustür. Es war niemand anders als Susie selbst.

»Muriel ist hier«, informierte Polly sie leise.

»Oh Gott ... ich komme lieber später wieder. Ich wollte dir nur sagen, dass die kleine Peggy Kinlan ein Mädchen bekommen hat. Beiden geht es gut ...«

»War das Susie?«, fragte Muriel, als Polly ins Wohnzimmer zurückkehrte.

»Ja. Sie konnte nicht bleiben ... sie wollte mir nur sagen, dass Peggy Kinlan ihr Baby bekommen hat, ein Mädchen. Mutter und Kind sind wohlauf!«

»Da fällt der armen Madge bestimmt ein Stein vom Herzen!«, murmelte Muriel. »Sie hat sich solche Sorgen gemacht! Susie ist so dynamisch«, fügte sie hinzu, »so quicklebendig! Und zur Zeit hat sie es bestimmt nicht leicht ... soviel ich weiß, wird ihr Mann Ende des Monats arbeitslos ...«

Polly lächelte angestrengt. Sie fand, dass es Muriel nichts anging, ob Fergus arbeitslos wurde oder nicht.

»Wer hat Ihnen das erzählt?«

»Laura Flanagan.«

»Sie ist eine schreckliche Klatschbase!«

Muriel machte ein bestürztes Gesicht. »Ich wollte nichts Unpassendes sagen, Polly ...«

»Oh, das war doch nicht gegen Sie gerichtet, Muriel ...«

Muriel spielte mit einem Keks. »Polly«, sagte sie dann und ließ dabei ihren Blick durch den Raum schweifen, bemerkte die Statuette der jungen Dame auf dem Kaminsims und betrachtete das Buch mit dem Titel *Die Wunder des Alten Ägypten*, »haben Sie nie darüber nachgedacht, wieder berufstätig zu werden ... bei Ihrem Wissen über Kunstgeschichte ist es doch eigentlich ein bisschen schade, nichts daraus zu machen ...« Sie hielt inne. »Aber vielleicht ist das auch schon wieder eine unpassende Bemerkung! Ich dachte nur, dass es Ihnen zu Hause vielleicht manchmal langweilig wird.«

»Langweilig ist eine glatte Untertreibung!«, antwortete Polly mit bitterem Lachen. »Ich habe mich kürzlich für eine Stelle im öffentlichen Dienst beworben, aber dazu muss ich erst eine Prüfung ablegen.«

»Schön für Sie!«

Schweigend blätterte Muriel in dem Buch über altägyptische Kunst. Dann sagte sie: »Das sieht alles so interessant aus. Ich war noch nie in Ägypten, und Sie?«

»Nein.« Polly sah mit in das Buch, während Muriel blätterte; sie ließ ihren Blick über die liebliche Nofretete gleiten, über das merkwürdige Antlitz ihres Gemahls, des Pharao Echnaton. »Irgendwann reise ich nach Ägypten, bevor ich sterbe ... und wenn ich zu Fuß dorthin gehen muss! Wissen Sie, das Außerordentliche an der ägyptischen Kunst ist – zumindest für mich – ihre völlig ungebrochene spirituelle Kraft, ihre heitere Gelassenheit. Wenn man sie mit der griechischen Kunst vergleicht, in der ein so aggressiver Hedonismus herrscht, so viel Selbstbehauptung, dann wird einem klar, wie nachhaltig Jahrtausende friedlicher Theokratie die Geisteshaltung und die Wahrnehmung eines Volkes beeinflussen ...«

Polly hielt inne und sah Muriel zweifelnd an, da sie fürchtete, sie zu langweilen. Sie war es gewohnt, dass ihre gelegentlichen Gefühlsergüsse über Fragen der Kunst auf vollkommenes Desinteresse stießen. Aber ihre Besucherin sah sie mit gespannter Aufmerksamkeit an.

»Sie haben eine große Leidenschaft in sich, Polly ... das verstehe ich.« Sie senkte die Stimme. »Leidenschaft führt zum Glauben, und deshalb ist es so wichtig, dass sie in die richtigen Bahnen gelenkt wird! Sagen Sie mir eins ... was würden Sie tun, wenn Sie viel Geld hätten ... würden Sie dann alle diese Orte besuchen und sich die Dinge ansehen, die Sie so lieben?«

»Oh, ja«, erwiderte Polly lächelnd. »Wenn ich nur wenigstens den Louvre noch einmal besuchen könnte! Ich war als Studentin einmal dort und erinnere mich noch sehr gut an die ägyptische Abteilung, die Mumie im Sarkophag, gehüllt in Wachsleinwand, ihre kleinen Hände so sicher eingewickelt, ihr kleiner blinder Kopf mit solcher Anmut nach hinten geneigt ... ach ... es war, als spräche sie über den Abgrund all der Jahrtausende hinweg ...«

Polly bemerkte nicht, wie sich die Farbe ihrer Augen veränderte und ihr das Blut ins Gesicht stieg.

»Teilt jemand in Ihrer Familie Ihre Liebe zur Kunst?«, fragte Muriel, tief gerührt und mit leiser Stimme.

Polly zuckte die Achseln, lehnte sich zurück und sagte seufzend: »Eigentlich nicht ... sie haben alle genug damit zu tun, über die moderne Welt zu staunen ...«

Als Muriel fort war, ging Polly nach oben, betrachtete sich im Spiegel und stellte fest, dass sie tatsächlich, wie Muriel gesagt hatte, viel schlanker geworden war. Sie sah eine Schublade mit alten Sachen durch und holte einen Rock heraus, in den sie sich seit Jahren nicht mehr hatte zwängen können. Er passte wie angegossen.

Wieder blickte sie in den Spiegel und bürstete sich die Haare aus dem Gesicht. »Wenn ich mir ein paar Strähnen blondieren lasse und noch ein, zwei Pfund abnehme ... Vielleicht ist noch nicht alles verloren ...«

Zu dem engen schwarzen Rock zog sie eine weiße Bluse an, die zu ihren Lieblingssachen gehört hatte, bevor die Knöpfe über der Brust bei jeder Bewegung, die sie machte, aufsprangen. Die Bluse passte. Sie beugte die Arme. Die Knöpfe blieben zu.

Sie zog die Bluse aus und setzte sich aufs Bett. Oh Gott, dachte sie, danke, dass Jason gefunden worden ist. Jetzt brauche ich nur noch dafür zu sorgen, dass wir das Haus behalten können. Vielleicht sollte ich mit Martha reden, sie bitten, ihre Bluthunde zurückzupfeifen, und ihr sagen, dass ich mir einen Job suche und einen Kredit aufnehme, um sie auszahlen zu können. Kunstgeschichte genießt nicht gerade oberste Priorität, vor allem nicht in Irland. Und zu den Kreisen, die mit Kunst zu tun haben, bekommt man hier als Normalsterblicher keinen Zugang. Aber es muss jemanden geben, der Arbeit für mich hat, irgendwo. Und wenn Jason nicht zu Hause wohnt, Peter bald mit dem Studium fertig ist und Rory ohnehin im Cyberspace lebt, warum sollte ich dann nicht versuchen ... einen Job in London zu finden? Warum sollte ich, verdammt noch mal, nicht das Unmögliche möglich machen?

Sie suchte und fand ihren alten blauen Nike-Trainingsanzug. Er befand sich in der sogenannten Todeszelle – einer Kommode im Flur, wo sie die Sachen aufbewahrte, die zwar aussortiert und somit zum Tode verurteilt worden waren, die man aber vielleicht noch irgendwann gebrauchen konnte. Sie zog ihn an. Die Hose hing sackartig herunter.

»Aber es geht noch ... es erfüllt seinen Zweck.«

Peter kam ihr auf der Treppe entgegen.

»In dem alten Ding habe ich dich ja seit Urzeiten nicht mehr gesehen, Mama! Was führst du im Schilde?«

»Ich bringe mich jetzt in Form, junger Mann. Und nein, du kannst dieses Wochenende keinen Zuschuss kriegen«, fügte sie hinzu, als Peter sie mit kummervoller Miene ansah – in der Regel ein untrügliches Anzeichen dafür, dass er sie um Geld anbetteln würde. »Da ich noch relativ klar im Kopf bin, werde ich mein Geld für mich selbst ausgeben!«

12. Kapitel

Sie sind dynamisch, hochmotiviert, haben einen guten Hochschulabschluss und besitzen die Fähigkeit, mit Menschen umzugehen. Antiquitäten und Kunstobjekte sind Ihr Spezialgebiet. Wir sind ein eingeführtes Auktionshaus, spezialisiert auf georgianische, viktorianische und Regency-Möbel, Skulpturen, Miniaturen, Silber, Standuhren, Bronzeobjekte und Kunstgegenstände, die wir im Auftrag von Erbschaftsverwaltern, Treuhändern und Sammlern verkaufen. Wir haben die Stelle eines Assistenten/einer Assistentin der Hauptgeschäftsführerin zu besetzen. Wenn Sie die obengenannten Anforderungen erfüllen, schicken Sie bitte Ihre vollständigen Bewerbungsunterlagen einschließlich Ihrer Gehaltsvorstellung an Shetly & Sons, New Bond Street, London ...«

Die Anzeige nahm im Stellenmarkt der *Sunday Times* verhältnismäßig geringen Raum ein.

Polly betrachtete sie eine Weile wehmütig, eine Exilantin, eine Entsagende, die zurückblickt. Shetly and Sons. Der Name war ihr ein Begriff. Sie waren nicht so renommiert wie Sotheby's, aber sie konnten sich sehen lassen. Polly blätterte um, sah sich andere Stellenangebote an – Hauptgeschäftsführer, Manager, Wertpapieranalysten und Projektmanager wurden gesucht. Eine Anzeige, die »die Kommunikation von morgen« versprach, nahm eine halbe Seite ein.

Die Kommunikation von morgen habe ich schon, dachte sie verdrossen, und was hat mir das eingebracht?

Doch als sie die Zeitung zusammenfaltete, sie beiseite legte und begann, die eiverkrusteten Frühstücksteller abzuspülen, kehrten ihre Gedanken zu Shetly and Sons zurück. Es war, als hätte die kleine Anzeige die Atmosphäre der Welt mitgebracht, die Polly so sehr liebte, den Zauber, den Geruch alter Dinge, den Duft von poliertem Rosenholz und Mahagoni, den weichen Glanz von Bronze, das Schimmern von Silber und das Gewisper einer längst vergangenen Zeit.

Als sie mit dem Abwasch fertig war und alles weggeräumt hatte, murmelte Polly vor sich hin: »Wer wagt, gewinnt. Aber meine Aussichten, diesen Job zu bekommen, sind praktisch gleich Null. Wie kann eine Frau wie ich, die kaum einen guten Rock besitzt und seit 1970 kein vernünftiges Gespräch mehr geführt hat, sich für eine solche Stelle bewerben, in der sich alles um die Welt der Reichen und Kultivierten dreht?

Rory war bei den O'Briens und bearbeitete mit Fergus irgendetwas an dessen Computer. Sue war weggegangen, und Fergus wusste nicht, wohin. »Sie ist spazieren gegangen«, sagte er, als Polly herüberkam und mit ihr sprechen wollte. »Sie hat gesagt, sie will allein sein! Wo könnte sie hin sein, was meinst du? Warum in aller Welt will sie denn allein sein?«

»Keine Ahnung!«

»Hat sie dich denn nicht gefragt, ob du mitkommen willst?«, fragte er misstrauisch.

»Nein, Fergus. Allem Anschein zum Trotz sind wir keine siamesischen Zwillinge!«

Polly ging nach Hause und setzte ein Bewerbungsschreiben auf. Sie war mit Leib und Seele bei der Sache. An Erfahrung hatte sie nicht viel zu bieten, aber in ihrem Lebenslauf ging sie ausführlich auf ihre – wenn auch nur kurze – Karriere als

Antiquitätenhändlerin ein, die ein jähes Ende fand, als sie Rory heiratete. Sie hatte bei Adams in Dublin gearbeitet und seitdem den Antiquitätenmarkt aufmerksam beobachtet. Ihr Studium der Kunstgeschichte hatte sie mit der Note Eins abgeschlossen, und sie hatte auch bereits einige Artikel in einer Sammlerzeitschrift namens *Times Past* veröffentlicht. Über Silber wusste sie besonders gut Bescheid. Sie war verheiratet und hatte zwei Kinder, die jedoch inzwischen erwachsen waren; daher stand es ihr frei, wieder ins Berufsleben zurückzukehren. Weiter schrieb sie, sie sei mit einem niedrigen Anfangsgehalt zufrieden, werde sich in nächster Zeit in London aufhalten und stehe für ein Gespräch gern zur Verfügung. Als sie Brief und Lebenslauf fertig hatte, ging sie nach unten, schaltete den Computer ein, tippte alles ab und druckte es aus. Sie steckte das Schreiben zusammen mit den übrigen Bewerbungsunterlagen in einen Umschlag und machte sich auf den Weg zum Briefkasten im Dorf.

Als sie die Hauptstraße hinunterging, hörte sie jemanden rufen. Sie drehte sich um und sah Muriel in ihrem Auto neben ihr anhalten.

»Hallo, Polly«, rief Muriel durch das offene Fenster. »Springen Sie rein! Ich nehme Sie mit!«

»Ich muss mir ein bisschen die Füße vertreten, aber trotzdem vielen Dank.«

Doch Muriel hatte offenbar keine Lust, gleich weiterzufahren. »Sie sehen viel besser aus, seit Jason gefunden wurde«, sagte sie.

»Ich vermute, dass Susie einen Privatdetektiv auf ihn angesetzt hat«, erklärte Polly kläglich. »Immer weicht sie mir aus, wenn ich sie danach frage ... aber ich wüsste nicht, wie sie sonst herausgefunden haben könnte, wo er steckt!«

Muriel sah sie mit ausdrucksloser Miene an. »Hat sie das tatsächlich? ... Ich möchte Sie um einen Gefallen bitten, Polly«, fuhr sie dann fort, »das heißt, wenn es Ihnen nichts ausmacht.«

Polly entgegnete höflich, es mache ihr nicht das Geringste aus. Doch in Wirklichkeit machte es ihr wohl etwas aus, nicht weil irgendein kleiner Gefallen, um den Muriel sie bitten würde, ihr eine Last gewesen wäre, sondern weil Muriel eine Art an sich hatte, die Polly immer das Gefühl gab, sie würde gefangen genommen, herumkommandiert und einer Herde zugetrieben werden, die sich um die Gunst einer reichen Frau bemühte. Sie fühlte sich an ihre Schulzeit erinnert, als sie für kurze Zeit der Liebling der Lehrerin war und sich ob deren Aufmerksamkeit zu sehr geschmeichelt fühlte, um sie abschütteln zu können.

»Ich werde wohl bald für eine Weile verreisen ...«, sagte Muriel unbestimmt. »Und ich habe mich gefragt, ob Sie während meiner Abwesenheit vielleicht ein wenig auf das Haus achten könnten. Ich würde Ihnen die Schlüssel und den Code für die Alarmanlage dalassen ...«

»Natürlich. An welchen schönen Ort fahren Sie denn?«

Polly unterdrückte die Eifersucht, die plötzlich in ihr aufstieg, den unwillkürlichen Neid. Wahrscheinlich hatte Muriel einen Flug auf die Seychellen oder an sonst einen wunderbaren Urlaubsort gebucht, und die Kosten würden in ihre Privatfinanzen kein größeres Loch reißen als in Pollys Haushaltskasse, wenn sie sich Tee und Kuchen bei Bewley's genehmigte.

Aber Muriel antwortete nicht sofort; schließlich lächelte sie freudlos und sagte, sie wüsste es noch nicht genau, aber sie würde es Polly rechtzeitig wissen lassen.

Polly sah Muriels Wagen nach, der mit schnurrendem Motor davonglitt, und flüsterte neidisch: »Oh, Muriel ... du bist ein Glückskind und weißt es nicht einmal ...«

Laura Flanagan kam ihr mit ihrem Collie Scrumpy entgegen, der wie wild an der Leine zog. Laura schnappte Pollys letzte Bemerkung auf und sah sie mit einem merkwürdigen Blick an.

»Selbstgespräche«, erklärte Polly hastig, »sind das erste Anzeichen dafür, dass man den Verstand verliert!«

»War das Muriel Reeves?«, fragte Laura und sah dem sich entfernenden Aston Martin nach.

Laura übte auf Polly immer eine so irritierende Wirkung aus, dass sie ihr nun beinah erzählt hätte, Muriel habe eine Reise vor und habe sie gefragt, ob sie auf das Haus aufpassen könnte; gerade noch rechtzeitig biss sie sich auf die Zunge. Laura erwartete jedoch keine Antwort auf ihre Frage und musste natürlich sogleich hinzusetzen, dass ihr Vater der Hausarzt der Reeves' gewesen sei. In den Schulferien habe sie Muriel manchmal im Wartezimmer gesehen, wenn sie einen Termin bei ihm hatte. »Sie hatte damals eine Zahnspange. Sie war sehr still ... aber selbstverständlich ein hübsches Mädchen ... eine richtige Dame. Als ich kürzlich mit ihr über die alten Zeiten sprach, konnte sie sich noch gut an mich erinnern, wissen Sie ...«

Polly sah die Dellen, die sich an Lauras Oberlippe abzeichneten, und fragte sich, warum nicht auch Lauras Eltern etwas unternommen hatten, damit ihre Zähne gerade wuchsen.

Laura warf einen taxierenden Blick auf Pollys Kleidung und ließ sich dann von Scrumpy weiterziehen.

»Hoppla, manchmal frage ich mich, wer hier mit wem spazieren geht!«

Als Polly nach Hause kam, war Rory noch nicht wieder da. Peter war auf seinem Zimmer, wo er angeblich lernte, und Jason war nicht heimgekehrt – ein Wunder, auf das sie insgeheim immer noch hoffte. Aber wenigstens, so tröstete sie sich, wusste sie nun, dass er in Sicherheit war. Sie ging in den Vorgarten, pflückte die wenigen noch verbliebenen Osterglocken und nahm sie mit ins Haus. Als sie die Blumen ins Wasser stellte, läutete das Telefon.

»Hallo, Mama«, meldete sich eine verlegene Stimme.

Im ersten Moment erkannte sie ihn nicht; Jasons Stimme klang halb zaghaft, halb trotzig, aber sie hatte einen Unterton, den sie bei ihm noch nie gehört hatte – eine ernste Note, so als übernähme er, wenn auch eher zögernd, endlich Verantwortung.

»Jason! Geht es dir gut?«

»Ja, alles okay ...«

Polly wollte gerade ein Klagelied darüber anstimmen, was er angerichtet hatte, als er von zu Hause weglief, doch dann erinnerte sie sich an all die Ermahnungen von Susie, Rory und Peter und ließ es bleiben. Außerdem stieg unversehens der Ärger in ihr hoch, den sie bis dahin unterdrückt hatte.

»Na, das ist ja immerhin etwas!«

»Willst du nicht wissen, wo ich bin?«

Sein Tonfall zeugte von Überraschung, aber Polly meinte auch eine gewisse Selbstgefälligkeit herauszuhören.

»Nein.«

»Warum nicht?«

»Weil ich weiß, wo du bist ... und weil ich finde, es ist an der Zeit, dass du mit dem Unsinn aufhörst und heimkommst!«

Jasons zuvor so höfliche Stimme wurde nun hart und quengelig. Jetzt befand er sich auf vertrautem Boden; seine Mutter hatte ihn gereizt.

»Mrs. O'Brien hätte dir nicht sagen sollen, wo ich bin. Sie hat es mir versprochen. Ich bin jetzt mein eigener Herr, Mama. Ich mache mit meinem Leben, was ich will. Ob das den Leuten passt oder nicht, ist ihr Problem ...«

»Rufst du nur an, um mir das zu sagen?«

»Nein ...« Seine Stimme wurde wieder ruhiger. »Ich wollte nur fragen, wie es dir geht ...«

»Mir geht's gut.«

»Ist auch sonst alles in Ordnung?«

»Wenn du wissen willst, ob wir immer noch in Ashgrove Lawns 14 wohnen, ist die Antwort ja. Aber wenn du wissen willst, ob wir auch noch in Ashgrove Lawns 14 wohnen werden, wenn du dich entschieden hast, ob du heimkehrst oder endgültig aus dem Nest flüchtest, lautet die Antwort vielleicht ... aber das hängt natürlich davon ab, wann du hier deinen nächsten Auftritt gibst!«

Es folgte Schweigen. Jasons Stimme wurde nun leiser und weniger herrisch.

»Ihr habt doch nicht etwa vor umzuziehen, Mama, oder?«

»Es sieht ganz danach aus. Die Frau deines Vaters will Geld sehen, und hier wohnen keine Kinder mehr, sondern nur noch große, tyrannische Kerle. Aber wenn du möchtest, dass ich irgendwas von deinen Sachen aufhebe – alte Teddybären, Action Force-Puppen, Armeelaster, Asterixhefte, alte Kaugummis, die an deinem Bett kleben, das aufgerollte Poster einer unbekleideten jungen Frau –, dann kannst du mir ja eine Liste schicken.«

»Das nehme ich dir nicht ab, Mama! Und dieses Poster ... es ist nicht meins ... es gehört ...«

»Ich weiß, ich weiß, es hat nichts mit dir zu tun. Du hebst es nur für einen guten Freund auf. Und ich suche mir einen Job in London!«

»London!«, kreischte Jason. »Aber ... du kannst doch nicht einfach nach London ziehen!«

»Warum nicht?«

Nach einer Weile fragte er leise: »Aber ... was wird dann aus uns?«

»Offen gesagt, mein Lieber«, sagte Polly, mit Wonne Rhett Butler zitierend, »ist mir das völlig schnuppe!«

»Mama!«

»Ja?«

»Bist du sicher, dass es dir gut geht?«

»Es ist mir nie besser gegangen.«

»Könntest du mir zwanzig Mäuse leihen? Ich zahle sie dir nächste Woche zurück!«

Endlich kommt er zur Sache, dachte Polly.

»Ich schicke dir zehn Pfund. Mehr kann ich nicht erübrigen. Leute, die den Weg der Freiheit einschlagen wollen, sollten vorher ihre Finanzen prüfen!«

»Aber, Mama ...«

Als Polly den Hörer auflegte, ließ sie sich das Gespräch noch einmal durch den Kopf gehen. Ich hätte netter zu ihm sein sollen, dachte sie aus alter Gewohnheit. Warum zum Teufel solltest du das, meldete sich ihr neues Selbst zu Wort. Er reißt aus, es ist ihm egal, was er dir damit antut. Und dann hat er auch noch die Frechheit, anzurufen und um Geld zu bitten. Zum ersten Mal in ihrem Leben erlebte Polly ihre Wut als echte Kraft, als etwas, wozu sie berechtigt war, eine elektrisierende, befreiende Energie. Draußen vor der Küchentür war anklagendes Miauen zu hören. Cat hatte zwar bereits eine Mahlzeit vertilgt, war jedoch zu der Überzeugung gelangt, dass ihr Hunger noch nicht vollkommen gestillt war.

Diese Katze macht mich noch wahnsinnig!, dachte Polly. Am liebsten wäre sie hinausgegangen und hätte Cat einen Tritt in den Hintern verpasst, aber sobald dieser Gedanke in ihr aufkam, erstarb ihre Wut, als hätte sie Angst vor sich selbst bekommen.

Polly verbarg ihr Gesicht in den Händen. Ich werde noch verrückt, sagte sie sich. Ich bin bis zum Äußersten angespannt und tue immer noch so, als würde ich mit allem fertig. Ich fürchte, ich werde nicht mehr damit fertig, außer ich ändere alles ganz radikal. Und das wird mehr Kraft kosten, mehr seelische Kraftreserven aufbrauchen, als ich habe.

Sie ließ Cat herein, nahm sie hoch, streichelte ihren komischen Schwanz, an dem allmählich wieder das Fell nachwuchs.

»Du bist ein wahrer Überlebenskünstler, du armes altes Biest«, sagte Polly. »Von dir kann man sich sogar etwas abschauen, und zwar vor allem deine Hartnäckigkeit!«

Cat schnurrte zufrieden.

Polly dachte an ihre Bewerbung für den Job in London, die morgen zugestellt werden würde, und fragte sich, ob sie auch nur die geringste Chance hatte. Wenn ich ein bisschen Geld hätte, dann hätte ich auch mehr Freiheit. Das erinnerte sie wieder an den verlorenen Lottoschein.

Sie sah alle ihre Schubladen durch, hielt Ausschau nach diesem kleinen Formular mit den Nummern, aber es war nirgends zu finden. In keinem der Schlupflöcher, die sie durchsuchte, tauchte der rosafarbene Zettel auf. Wenn er nicht da ist, dachte sie, habe ich ihn offensichtlich verloren. Und dann traf es sie mit voller Wucht: Was, wenn das verdammte Ding tatsächlich der Gewinnschein war? Es konnte sein, dass sie Multimillionärin war und es nicht einmal wusste. Je mehr sie darüber nachdachte, umso sicherer wurde sie, dass ihr Schein die Gewinnzahlen aufwies. Sie konnte sich jetzt ganz deutlich daran erinnern, dass sie die Zahlen 1 und 21 angekreuzt hatte und außerdem 14 und 15, weil das die Nummern von ihrem und Susies Haus waren. Das waren vier Zahlen. Wenn sie die restlichen zwei Zahlen auch richtig hatte, dann hatte sie gewonnen. Alle Anzeichen sprachen dafür. Der Schein war zu dem Zeitpunkt gekauft worden, den die Leute von der Lotterie angaben; er stammte von derselben Annahmestelle. Es hatte sich noch niemand gemeldet, obwohl inzwischen vier Wochen verstrichen waren. Was war daraus zu schließen?

O Gott ... ich muss Michelle fragen, ob sie ihn gefunden hat. Vielleicht habe ich ihn in ihrer Wohnung liegen lassen. Sie versuchte, sich in Erinnerung zu rufen, was sie in London alles gemacht hatte. In Gedanken legte sie noch einmal den Weg zur U-Bahnhaltestelle an der Sloane Street zurück; war ihr etwas aus der Tasche gefallen, als sie nach Kleingeld suchte? Nein, sie konnte sich nicht erinnern. Und in der U-Bahn? Aber im Waggon hatte sie ihre Tasche nicht aufgemacht, dazu bestand keine Veranlassung. Auch als sie in Wimbledon ausstieg und zu Keith Warringtons Haus ging, hatte sie die Tasche nicht geöffnet. Und dann fiel ihr plötzlich ein, wie sie in ihrer Tasche nach der Tagescreme gesucht hatte, als sie seine Toilette benutzte. Sie war etwas aufgeregt gewesen. Alles Mögliche hätte ihr aus der Tasche fallen können, und sie hätte es nicht gemerkt. Vielleicht hatte sie das verdammte Ding bei ihm verloren.

Was sollte sie jetzt nur tun? Ihm einen Brief schreiben? »Lieber Keith ... haben Sie meinen Lottoschein auf Ihrer Toilette gefunden?«

Nein. Schlimm genug, dass sie mit ihrem idiotischen Brief bei ihm aufgetaucht war; sie musste dem nicht auch noch lächerliche Briefchen folgen lassen, in denen sie sich nach verlorenen Lottoscheinen erkundigte. Polly wurde rot, als sie daran dachte, wie dumm sie sich benommen hatte und für wie albern sie der netteste Mann, den sie je getroffen hatte, gehalten haben musste.

Ich kann ihm einfach nicht wegen diesem blöden Lottoschein schreiben, dachte sie schließlich. Wahrscheinlich hat er ihn eh weggeworfen und müsste nun seine ganze Mülltonne danach durchwühlen. Oder der Schein ist inzwischen auf der Mülldeponie gelandet und von einer Möwe verspeist worden. Das ist zu viel. So etwas Peinliches können nicht einmal vier Millionen Pfund wiedergutmachen. Ich kann das einfach nicht. Ich bringe es nicht über mich.

Sie begann, ihre Kleider auszusortieren, stapelte die Altkleider auf einen Haufen, leerte die Schubladen auf dem Flur, wo die ausrangierten Sachen seit Jahren ihres Schicksals harrten und immer wieder eine Gnadenfrist bekommen hatten. Systematisch und unbarmherzig warf sie Sachen weg, von denen sie sich zehn Jahre lang nicht hatte trennen können. Einige ihrer neueren Kleider waren ihr jetzt zu weit, also warf sie auch sie weg. Die alten Schuhe packte sie in eine Plastiktüte.

Peter kam aus seinem Zimmer. »Was machst du da, Mama? Man könnte meinen, du bereitest eine Evakuierung vor!«

»Das tue ich auch!«

Er stand da und lächelte sie unsicher an; sein Blick war besorgt.

»Vielleicht interessiert es dich zu hören, dass ich heute vormittag mit Jason gesprochen habe«, sagte Polly.

Peters Augen leuchteten auf. »Dann hat der kleine Scheißer also angerufen?«

»Nenn deinen Bruder nicht kleiner Scheißer!«, entgegnete Polly wütend. »Ich halte das alles nicht mehr aus!«

»Tut mir leid ... Kommt er heim?«

Polly lächelte grimmig. »Ich glaube, er ist noch nicht soweit, den verlorenen Sohn zu spielen ... aber ich habe den Eindruck, er merkt allmählich, dass nicht alles Gold ist, was glänzt.«

»Du bist ganz schön skrupellos, Mama«, sagte Peter und sah sie spöttisch an. »Ich dachte, du wärst absolut entsetzt und am Boden zerstört, weil er abgehauen ist und mit Veronica zusammenlebt! Stattdessen wirst du jetzt richtig boshaft!«

»Ich war schon boshaft, bevor ich meine beiden Kinder hatte! Ich hatte nämlich schon ein Leben, bevor ihr mich mit eurem zahnlosen Lächeln beglückt habt. Und, ehrlich gesagt, tut mir das Mädchen ein bisschen leid!«

»Warum?«

»Weil sie etwas sucht, was sie bei einem Teenager nicht finden wird. Aber das muss sie wohl auf die harte Tour lernen!«

»Mama!« Peter tat, als sei er schockiert. »Auf die harte Tour!«

»Verzieh dich jetzt an deinen Schreibtisch!«

»Wo ist Dad?«

»Wo soll er schon sein? Wenn er nicht an seinem eigenen Computer hockt, dann an dem nächsten in Reichweite!«

»Also ist er bei unseren Nachbarn?«

»Ich denke schon.«

Peter stand noch eine Weile unentschlossen da, während weitere Sachen auf den Haufen für die Altkleidersammlung wanderten.

»Ich gehe ein bisschen raus ...«

Polly bereitete gerade das Mittagessen zu, als Rory mit Fergus im Schlepptau wiederkam. Peter, der noch die Katze gestreichelt hatte, kam hinter ihnen herein.

»Hallo, Polly.«

»Hallo, Fergus. Wie geht's denn so?«

Rory zog einen Blumenstrauß hervor, den er hinter seinem Rücken versteckt hatte, und legte ihn verlegen auf den Tisch.

»Wofür sind die?«, fragte Polly, unwillkürlich gerührt. Aus irgendeinem Grund wäre sie am liebsten in Tränen ausgebrochen.

»Brauche ich denn immer einen Anlass?«

Fergus machte ein verlegenes Gesicht. Peter lächelte. Plötzlich wurde Polly klar, dass er seinen Vater zu dieser Geste bewegt hatte.

»Danke, Rory.« Sie trug die Blumen zur Spüle und sah sich nach der großen Glasvase um.

»Wir haben uns über Fergs Zukunft unterhalten«, sagte Rory, als müsse er eine Erklärung abgeben.

»Du wirst schon etwas finden«, ermutigte Polly ihren Nachbarn. »Gute Software-Entwickler müssen doch im Moment sehr gefragt sein!«

»Auf unserem Gebiet drängen jetzt viele junge Senkrechtstarter auf den Markt, und die kosten nicht soviel. Aber ich habe schon noch ein, zwei Tricks auf Lager«, meinte Fergus mutlos.

»Polly«, kam Rorys Stimme aus dem Esszimmer, »hast du den Computer angemacht?«

»Ja.«

»Wofür hast du ihn gebraucht?«

Rory stand jetzt im Türrahmen.

»Ich habe das Textverarbeitungsprogramm benutzt ... ich musste einen Brief schreiben.«

»Was denn für einen Brief?«

Polly legte das Huhn auf den Bratenrost und bedeckte es mit Butterpapier. Dann schob sie das Huhn ins Backrohr.

»Nur eine Bewerbung.«

»Eine Bewerbung? Wer sollte dir schon Arbeit geben!«, bemerkte er halb ungläubig, halb amüsiert.

Beinahe hätte Polly es ihm gesagt, doch sie hielt sich zurück und zuckte nur die Achseln.

»Kannst du dir vorstellen, dass unsere Polly arbeiten geht?«, fragte er Fergus.

»Natürlich«, kam die aufrichtige Antwort aus dem Esszimmer.

»Danke, Fergus! Ich weiß jeden Vertrauensbeweis zu schätzen!«, rief Polly.

Rory kehrte ins Esszimmer zurück und schloss die Tür. Polly hörte das Klicken der Tastatur, dazu die Stimmen der beiden Männer, gedämpft und ehrfürchtig, als wären sie in der Kirche.

»Ist Ferg da?«, fragte Susie, als sie ungefähr eine Stunde später vorbeikam.

»Ja. Er hat sich gefragt, wo du wohl abgeblieben bist.«

»Oh, ich musste nur ein bisschen raus!«

Polly sah ihre Freundin forschend an. »Stimmt etwas nicht, Sue?«

»Ja und nein. Ich habe Angst, dass mich Willy Penston vor die Tür setzt.«

»Wie kommst du denn auf die Idee? Ich dachte, du kommst gut mit ihm aus!«

»Bloß weil er mir seine neue Wohnung gezeigt hat? Interpretier da nur nichts hinein. Ich habe mich vollkommen korrekt verhalten, und er auch! Übrigens ist es eine wunderschöne Wohnung ...«

»Was ist dann los?«

»Muriel hatte in letzter Zeit ein paar Mal Termine bei ihm. Und seitdem ist er ein bisschen seltsam geworden. Er sieht mich an, als hätte ich irgendwas Verrücktes angestellt.«

»Hast du sie in der Kanzlei gesehen?«

»Nein. Sie ist jeweils an meinem freien Nachmittag gekommen. Und ich weiß nicht, was sie mit ihm zu besprechen hatte. Scheint aber alles streng geheim zu sein, es gibt überhaupt keine Aufzeichnungen darüber! Und jetzt ist Willy vorsichtig geworden mit der Arbeit, die er mir gibt ... Sie hat ihm doch nicht etwa irgendwas Schlimmes über mich erzählt, was meinst du, Polly? Sie kennt ihn nämlich recht gut; sein Vater war schon der Anwalt ihres Vaters! Ich weiß, dass ich nicht immer nett zu ihr war, aber ...«

Sie saß unruhig auf ihrem Stuhl und knabberte an ihrem Daumennagel.

»Du machst deine Arbeit gut«, sagte Polly. »Du kommst gut mit ihm zurecht. Warum sollte er dich also entlassen wollen?«

»Ich leide an Verfolgungswahn, ich weiß. Es ist nur, wenn ich diesen Job verliere … ich weiß nicht, was wir dann machen sollen. Wir müssen immer noch die Hypothek abbezahlen, und bis jetzt zeichnet sich noch nicht ab, ob Fergus neue Arbeit findet … Er kann keinen Moment stillsitzen, so nervös ist er. Ich weiß nicht, was ich mit ihm anfangen soll. Sein Stolz erträgt es nicht, dass man ihn aufs Abstellgleis schiebt! Er ist reizbar und irgendwie verändert! Ständig sind wir bemüht, einander nicht auf die Zehen zu treten. Warum ändert sich bloß alles, Polly? Warum kann nicht alles so bleiben, wie es war? Wir haben uns immer so gut verstanden!«

Polly sah ihre Freundin nachdenklich an. »Weil wir nicht stillstehen. Alles ist in Bewegung, ob es sich nun zum Guten wendet oder zum Schlechten; so läuft das Spiel nun mal!«

»Du hast dich auch verändert … du bist beinah furchteinflößend geworden!«

»Wirklich? Mir hat mal jemand gesagt, ich sollte mich vom Leben verführen lassen. Ich habe beschlossen, es drauf ankommen zu lassen!«

Sue deutete auf die Esszimmertür. »Was machen denn unsere Göttergatten gerade?«

»Die Beratungen sind offenbar streng geheim!«

»Du wirst doch auf deine alten Tage nicht etwa sarkastisch, Polly Caine?« Susie lehnte sich zurück und seufzte. »Tut mir leid – ich komme her und jammere dir die Ohren voll. Und du wirst immer dünner, Polly! Wie hast du es nur geschafft, so viel abzunehmen?«

»Ich versuche einfach, ohne Nahrung zu überleben!«, sagte Polly mit freudlosem Lachen. »Das ist die Endlösung – warum Geld für Zyklon B ausgeben, wenn Verhungern nichts kostet!«

Sie warf Susie einen schnellen Blick zu, die die Stirn runzelte. »Außerdem habe ich deinen Rat beherzigt und mich im Fitnesscenter eingeschrieben ... Sonderpreis für die ersten drei Monate, und das nutze ich weidlich aus!«

Sue war erstaunt. »Das tut dir bestimmt gut. Ich hätte dir das gar nicht zugetraut!«

Dann ging sie an die Esszimmertür und sagte: »Fergus O'Brien, dein Essen steht auf dem Tisch!«

»Hallo, Susie«, begrüßte Rory sie mit seiner schleppenden, jede Störung abweisenden Computerstimme.

»Muss ich ein Geheimhaltungsabkommen unterzeichnen oder kann ich einfach reinkommen?«, fragte Susie.

Susies Scherz war kein großer Lacherfolg beschieden. Die beiden Männer saßen vor Rorys Computer und betrachteten angestrengt die Graphiken auf dem Bildschirm.

»Wo warst du?«, erkundigte sich Fergus beiläufig.

»Ich war unterwegs. Erst habe ich eine Spritztour gemacht, um einen klaren Kopf zu bekommen, dann habe ich meinen Liebhaber zu einem Quicky vor dem Mittagessen getroffen. Was meinst du denn, wo ich gewesen bin?«

Aber Fergus reagierte nicht, da er mit gespannter Aufmerksamkeit beobachtete, was sich auf dem Bildschirm tat.

»Verdammt noch mal«, sagte Susie und ging hinaus. »Er wird schon genauso wie Rory. Man sollte die beiden mit der neuesten Entwicklung aus Silicon Valley in einen Sack binden und bei Flut in den Liffey werfen!«

»Sue ... hast du einen Privatdetektiv angeheuert, um Jason zu finden?«, fragte Polly unvermittelt.

»Wie kommst du denn auf die Idee!«

»Ich kann mir einfach nicht vorstellen, wie du sonst herausgefunden haben könntest, wo er ist. Heute Morgen habe ich Muriel getroffen ... und sie schien zu glauben, dass du dahinter steckst.«

»Muriel, die Meisterdetektivin!«

»Dann stimmt es also!«

Susie zögerte. »Mach dir deshalb keine Gedanken.«

»Das war lieb von dir, Susie, und ich zahle es dir zurück. Wie viel hat es gekostet?«

Susie machte ein verlegenes Gesicht. »Du meinst, sie hat es dir nicht erzählt? Sie hat es tatsächlich geschafft, den Mund zu halten?«

»Wir tun Muriel unrecht. Sie ist gar nicht so übel. Übrigens fährt sie bald in Urlaub. Sie hat mich gebeten, solange auf ihr Haus aufzupassen!«

»Diese Frau besitzt alles, was man sich nur wünschen kann – alles, außer Feingefühl! Aber ich wünsch' dir viel Spaß bei der Verwaltung des Grand Palais!«

Polly fühlte sich unbehaglich. Sie wusste, dass bei dieser ständigen Kritik an Muriel dunklere Motive im Spiel waren als nur Susies Gerechtigkeitssinn.

»Aber was schulde ich dir, Susie? Du musst es mir sagen!«

»Nichts. Sag mir nur Bescheid, wenn du im Lotto gewonnen hast!«

Bei dieser Bemerkung zuckte Polly zusammen. »Sue ...«, flüsterte sie.

Susie sah sie erwartungsvoll an. »Was ist los? Sprich weiter!«

»Erinnerst du dich an den Lottogewinn, den noch niemand beansprucht hat?«

»Du meinst den Ostergewinn?«

»Ja ... Ich glaube, ich könnte gewonnen haben, aber ich finde den verdammten Schein nicht!«

Zuerst reagierte Susie amüsiert, als hätte Polly ihr einen guten Witz erzählt, doch als sie merkte, dass Polly es ernst meinte, sah sie sie ungläubig an.

»Ich habe den Schein im Stephen's Green Einkaufszentrum abgegeben, und zwar genau um die Zeit, als der Gewinnschein abgegeben wurde«, fuhr Polly beharrlich fort. »Ich weiß, dass ich ein paar Richtige hatte ...« In Susies Gesicht spiegelte sich Unglauben. »Das ist kein Witz!«

»Was hast du damit gemacht?«

»Ich hab' ihn verloren!«

»Der Gewinner hat sich noch nicht gemeldet ... Oh Gott! Stell dir nur mal vor, wenn du gewonnen hast ... das ist ein Vermögen!«

»Ich glaube, ich könnte ihn in London verloren haben ... vielleicht im Haus von jemandem, den ich besucht habe, während ich dort war!«

»Michelle?«

»Nein, ich glaube nicht, dass es in ihrer Wohnung war. Bei jemand anderem. Es war jemand, den ich am Sonntag nachmittag besucht habe.«

»Und wer?«

»Nur so ein Kerl.«

Susie warf ihr einen durchdringenden Blick zu. »Hast du diesen Kerl schon danach gefragt?«

»Nein ... es ist mir zu peinlich!«

Susie griff sich an die Stirn.

»Du nimmst jetzt auf der Stelle den Telefonhörer in die Hand und findest es raus, du dummes Huhn. Mit vier Millionen Pfund kannst du dir reichlich Trostpflaster für dein sensibles Seelchen kaufen.«

Bevor Susie ging, bemerkte sie noch: »Und erzähl um Himmels willen Muriel nichts davon, sonst weiß es bald die ganze Siedlung!«

Als Sue fort war, rief Polly in London an. Michelle meldete sich.

»Meine Liebe«, sagte sie, »ich habe gerade an dich gedacht und mich gefragt, wie es dir wohl geht!«

»Michelle, ich weiß, es klingt albern, aber habe ich in deiner Wohnung irgendetwas vergessen? Irgendeinen Zettel?«

»Einen Zettel?«

»Genauer gesagt, einen Lottoschein«, erklärte Polly schüchtern.

»Einen Lottoschein? Hast du etwas gewonnen?«

»Keine Ahnung ... Es ist mir so unangenehm, aber ich dachte mir, besser ich frage nach, nur für alle Fälle.«

»Tut mir leid, Polly. Du hast nichts liegen lassen!« Sie hielt inne. »Wann besuchst du uns wieder? Tom und ich würden uns freuen, wenn du kämst.«

»Oh. Ist er jetzt da?«, fragte Polly eifrig.

»Ich fürchte nein. Er ist ein Workaholic, weißt du. Jetzt verstehst du vielleicht auch, warum ich mich so gefreut habe, dass du Ostern bei mir warst. Ich bin nicht gerade für die Einsamkeit geschaffen.« Dann fügte sie hinzu: »Wann leistest du mir wieder Gesellschaft? Am besten kommst du schnellstmöglich, weil ich bald für eine Weile verreise.«

Polly glaubte, einen spöttischen Unterton in Michelles Stimme zu hören. Sie wollte schon höflich ablehnen, da fiel ihr ihre Bewerbung ein. Vielleicht werde ich ja zu einem Vorstellungsgespräch gebeten, dachte sie. Man kann nie wissen.

»Es könnte sein, dass ich dich beim Wort nehme. Ich weiß es noch nicht genau, aber vielleicht komme ich in nächster Zeit nach London!«

»Sag mir nur rechtzeitig Bescheid. Du kannst die Wohnung auf jeden Fall benutzen, auch wenn ich nicht da bin ...«

Polly erzählte, es sei noch nichts endgültig entschieden, aber sie habe sich für eine Stelle im Kunsthandel beworben. »Das würde genau zu dir passen, Polly! Mach das auf jeden Fall! Bring dein Leben nicht damit zu, in die Vergangenheit zu blicken und darüber nachzugrübeln, wo du was versäumt hast ...«

Als sie aufgelegt hatte, suchte Polly Keith Warringtons Brief heraus. Seine Telefonnummer stand auf dem Briefkopf. Nur

Mut, nur Mut, du dumme Kuh, sagte sie sich. Ruf diesen Mann an. Frag ihn.

Als Muriel nach Hause kam, zog sie die Tür hinter sich zu und ließ den Blick durch ihre geräumige Eingangshalle schweifen, hinauf über die geschwungene Treppe bis zu den Buntglasfenstern, die ein Kaleidoskop von Farben an die Wand warfen.

Ihre Freude über diese elegante Festung hielt sich in Grenzen; in diesem Augenblick sah sie darin nicht viel mehr als ein Trugbild, das viel versprochen und nichts gehalten hatte.

Sie ließ ihre Handtasche auf dem Flurtisch liegen, ging hinauf in ihr Schlafzimmer, zog die Schuhe aus und ihre Hausschuhe an, stellte sich ans Fenster und beobachtete eine Weile das sonntägliche Treiben in der Sackgasse.

Schemenhaft sah sie, wie Polly in ihrem Wohnzimmer Blumen in einer Vase arrangierte.

Jemand unterhielt sich mit einer Nachbarin über den Gartenzaun hinweg. Die beiden O'Brien-Kinder, Mark und Sharon, waren unter den Teenagern, die den Weg hinter Muriels Haus entlanggingen, um an einem stillen Plätzchen zu rauchen. Muriel hatte sie oft durch eines der rückwärtigen Fenster beobachtet und gesehen, wie sie die Zigaretten geschickt verschwinden ließen, sobald ein Elternteil herannahte, oder sie rasch in den Efeu warfen.

Sie fand das rührend, diesen Tanz der Generationen, die Eltern, die sich so intensiv mit ihrem Nachwuchs beschäftigten, dass ihnen keine Zeit mehr für sich selbst blieb, und die Jugendlichen, die taten, was sie wollten, und zwar ungeachtet der elterlichen Kritik, denn ihnen ging es nur darum, sich selbst zu finden und ihre eigenen Fehler zu machen.

Muriel war froh, dass sie hatte mithelfen können, Jason zu finden. Es wäre nicht gut gewesen, wenn Polly es herausgefunden hätte; sie würde dann vielleicht denken, dass Muriel sich einmischte. Sollte sie lieber glauben, dass Susie allein dahinter steckte.

Als das Telefon klingelte, zuckte sie zusammen. Die Freude, Claires Stimme am anderen Ende zu hören, war nahezu ein sinnliches Erlebnis.

»Hallo, Claire. Wie schön, dass du dich meldest ...«

»Hallo, Muriel, wie geht's dir?«

»Gut ... du bist ja leider ein seltener Gast geworden!«

Muriel bereute sofort, dass sie das gesagt hatte. Es klang wie eine Anklage, und Claire schien nicht recht zu wissen, was sie darauf erwidern sollte.

»Ach weißt du, mit den Kindern, dem Haus und allem ... Ich flitze ständig hin und her wie eine Irrsinnige ... für nichts bleibt mir noch Zeit. Aber ich rufe an, weil ich dir mitteilen wollte, dass wir nach Frankfurt ziehen.«

»Wann?«

»Im Juli. Es ist nur für drei Jahre. Nigel ist zum Manager für Europa aufgestiegen!«

»Herzlichen Glückwunsch! Aber was macht ihr mit den Kindern?«

»Ellen und Gavin kommen aufs Internat, und die Kleineren nehmen wir mit.«

»Das klingt aufregend ...«

»Ich würde lieber hier bleiben. Aber es ist mal eine Abwechslung.«

Dann begann Claire von dem Restaurant im West End zu erzählen, in dem sie und Nigel kürzlich gegessen hatten. »Und du wirst nicht glauben, wen wir dort getroffen haben, Muriel. Ein Gespenst aus früheren Zeiten ...«

»Wen?«

»Einen gewissen Alan Barrington!«

»Oh.« Muriel spürte die altbekannte, verhasste kalte Leere im Magen, den Ballast einer Vergangenheit, mit der sie nicht fertig wurde.

»Und er hatte eine Zuckerpuppe dabei! Ich glaube aber nicht, dass er mich erkannt hat«, fuhr Claire fort. »Er hat sich kaum verändert, anscheinend hat er das Elixier der ewigen Jugend entdeckt – Dorian Gray in Person! Na ja, um die Augen sieht er ein wenig verlebt und abgestumpft aus, und er ist natürlich älter geworden, aber insgesamt hat er sich gut gehalten. Nur das Mädchen hat mir leid getan, sie fühlte sich so offensichtlich geschmeichelt ... unschuldig wie ein Kaninchen ...«

Muriel wusste nicht, was sie sagen sollte. Der Name Alan Barrington löste mehr in ihr aus, als sie begriff oder benennen konnte. Und sich zu verstellen war ihr auch unmöglich.

Doch als sie sich Alan vorstellte, wie er im Restaurant diesem Mädchen gegenübersaß, das seine Tochter hätte sein können, war es ihr plötzlich, als sähe sie ihn zum ersten Mal. Sie sah seine schreckliche Not, seine Unsicherheit, sah, dass er sich das Recht anmaßte, andere auszubeuten; vor allem aber sah sie seinen Hass. Er war kein Mann voller Leben und voller Feuer, wie sie einst gedacht hatte. Nein, sein Lebensplan sah ganz anders aus, und er gründete in Angst und Raubtierverhalten.

»Muriel?«

»Ja?«

»Bin ich da ins Fettnäpfchen getreten? Du hast doch nicht etwa noch immer eine Schwäche für den Kerl?«

»Oh, nein.« Muriels Stimme klang seltsam nachdenklich, ließ jedoch keinen Raum für Zweifel. »Jetzt nicht mehr. Hör mal, Claire«, fuhr sie fort, »warum kommst du nicht einfach rüber und gönnst dir eine kleine Pause, bevor ihr nach Frankfurt zieht! Wir könnten uns ein bisschen amüsieren und einen Ausflug an die Westküste machen!«

»Danke für die Einladung, Liebes. Es wäre wunderschön. Aber ich weiß nicht, wo ich die Zeit dafür hernehmen soll. Du musst aber unbedingt kommen und uns in Frankfurt besuchen.«

Muriel war schlagartig klar, dass sie niemals nach Deutschland fahren würde.

»Danke, Claire«, sagte sie. »Das würde ich gerne, irgendwann einmal! Ich habe in letzter Zeit öfter solche Kopfschmerzen. Vielleicht, wenn es mir wieder besser geht ...«

»Warst du schon beim Arzt? Wenn du hartnäckige Kopfschmerzen hast, solltest du dich behandeln lassen.«

»Ja, ich weiß ...«

Als sie aufgelegt hatte, öffnete Muriel die Türen ihrer beiden Schränke und sah ihren reichhaltigen Vorrat an Designerkleidern durch.

Alles Symbole der Verzweiflung!, dachte sie bitter. Nicht die Kleider an sich, sondern einfach für mich persönlich. Ich wollte mir mit ihnen einen Sinn im Leben erkaufen, aber der ist nicht für Geld zu haben. Wenn ich wiederkomme – falls ich wiederkomme –, werde ich mich davon trennen!

Sie dachte an Alan Barrington mit einem Mitleid, das sie selbst überraschte. Sie hatte ihn mit falschen Federn geschmückt. Plötzlich war ihr eine Einsicht zuteil geworden, so als hätte sie ihn nackt gesehen, aller Lügen und aller Anmaßung entkleidet. In diesem Augenblick war der Schmerz, der ihr jahrelang das Leben vergällt hatte, verschwunden. Er war zerbrochen wie ein Glasbild, zerborsten in kleine, erbärmliche Scherben. Sie sah, dass Alan nichts besaß, abgesehen von dem, was er gestohlen hatte, dass er in Wirklichkeit ein Mann ohne Bedeutung war. Die Deutlichkeit dieser Wahrnehmung schloss jeden Irrtum aus, sodass sie sich fragte, warum sie so lange gebraucht hatte, um diese Wahrheit zu erkennen.

Sie konnte sich jetzt, ohne etwas auszublenden, die Folgen ihrer Affäre in Erinnerung rufen.

Als Michael aus Saudi-Arabien zurückgekehrt war, hatte Muriel, halb wahnsinnig vor Schmerz, ein Geständnis abgelegt.

»Ein ekelhafter alter Weiberheld wie der!«, sagte er in einem Tonfall, den sie noch nie von ihm gehört hatte. »Du hast einen alten Bock, der jeder Frau in der County nachsteigt, in dein Bett gelassen?«

»Ich dachte, er liebt mich. Er hat es gesagt. Ich habe ihm vertraut. Es tut mir leid ... es tut mir so leid! Oh, Michael, verzeih mir! Ich weiß nicht, warum ich es getan habe ...«

Aber Michael konnte nicht verzeihen, war nicht alt genug, um zu vergeben.

Muriel hatte eine Packung Schlaftabletten ihrer Mutter geschluckt. Claire, ihre Freundin und Kollegin, war vorbeigekommen, hatte sie gefunden und ihr die Finger in den Hals gesteckt, damit sie sich übergab.

Als Muriel aus dem Krankenhaus entlassen worden war, hatte sie bei der Bank gekündigt und das Land rund um ihr Haus als Baugrund verkauft; dafür bekam sie mehr Geld, als sie sich hatte träumen lassen. Der Erlös – drei Millionen Pfund – hatte es ihr ermöglicht, ihr altes Heim vollkommen zu renovieren und es umzugestalten; hell, schön und anheimelnd sollte es werden. Es hatte ihr Freude gemacht, die Renovierungsarbeiten voranschreiten zu sehen, obwohl eine Tür stets verschlossen blieb. Ein Zimmer, das im ewigen Schatten lag wie ein für alle Zeiten aufgebahrter Leichnam – das einstige Studierzimmer ihres Vaters.

Aber sie hatte ihre Freude daran gehabt, dass eine neue Ära angebrochen war; sie sah die Kommoden mit dem feinen alten Leinen durch, ließ Gemälde reinigen und restaurieren, musste nun nicht mehr mit einer Schüssel auf den Flur hinauslaufen, wenn der Regen auf das Dach peitschte. Natürlich waren die Ställe weg, ebenso die Allee und die Wiesen; es blieb nur noch der Garten, den die Bauunternehmer für sie gestalteten. In der Umgebung entstanden die neuen Doppelhäuser. Muriel beobachtete, wie Ehepaare einzogen, Gardinen aufhängten und Kinderwagen über die frisch gepflasterten Gehwege schoben. Dann gab sie eine Party und lud alle Bewohner der Sackgasse draußen vor ihrem neuen Gartentor dazu ein.

Die Siedlung wurde immer größer, und sie wohnte mittendrin, gehörte hierher, ohne wirklich dazuzugehören. Claire heiratete einen leitenden Bankangestellten aus England, Nigel Denton, und zog mit ihm in seine Heimat.

Lange Zeit hatte Muriel gehofft, dass Michael zu ihr zurückkommen würde. Sie hatte Träume, in denen er mitten in der Nacht vor ihrer Tür stand, um ihr zu verzeihen und seinerseits sie um Verzeihung zu bitten. Sie würden heiraten – auf dem Standesamt in der Westland Row, ohne Pomp, ohne kirchliche Trauung. Und dann würde eine ganz andere, eine heitere Atmosphäre im Haus herrschen, es würde erfüllt sein von Kinderlachen.

Doch im Morgengrauen verschwanden die Trugbilder wieder; das große Haus wirkte, trotz all ihrer Bemühungen, eine schöne Atmosphäre zu schaffen, trostlos und dumpf. So lange hatte es sie innerhalb seiner Mauern festgehalten, wie Miss Havisham aus Dickens' *Große Erwartungen*, bis sie sich der Welt draußen nicht mehr gewachsen fühlte. Die Liebe zu ihrem Haus schien sich immer mehr in eine dämonische Kraft, eine Besessenheit zu verwandeln, wie ein schöner Teufel – wohlvertraut, aber eigensinnig, ein übermächtiger blutloser Ersatz für das Leben.

13. Kapitel

Keith Warrington hatte sich gerade in das Problem der paranoiden Schizophrenie vertieft, als das Telefon schrillte.

Das Geräusch störte ihn; es riss ihn aus dem Gedankengang, den zu formulieren er im Begriff war. Er rundete seine Sätze gerne ab und arbeitete an den Formulierungen, bis sie sich flüssig lasen. Er sah keinen Grund, warum medizinische Fachartikel schwer verdaulich sein sollten. Was zu Papier gebracht wurde, sollte auch lesbar sein; er hatte sich schon durch genug geschwollene Abhandlungen kämpfen müssen, die mehr verdunkelten als erklärten.

Er stellte die Hypothese auf, schizophrene Halluzinationen würden hervorgerufen durch das Zusammenwirken der Gehirnbereiche, die das Denken und die Emotionen steuerten, mit jenen Regionen, die optische und akustische Sinneseindrücke verarbeiteten. Dadurch wirkten jene Halluzinationen ebenso echt wie sinnliche Wahrnehmungen. Wenn man die dafür verantwortlichen Gehirnströme genau lokalisieren könnte, würde man in der Lage sein, die medikamentöse Behandlung sehr fein abzustimmen ...

Wieder war es Sonntagabend, ein wunderbarer Tag. Durch die Terrassentüren sah Keith, dass der Garten seine ganze verführerische Pracht entfaltet hatte: Tee- und Moschusrosen wetteiferten um das üppigere Rosa, die liebliche Queen of Denmark verströmte ihren Duft im Sonnenlicht. Herbie schlief im Schatten, zu träge, um nach Schmetterlingen zu schnappen oder Jocasta anzubellen, die Siamkatze der Nachbarn, die sich auf fremdes Terrain vorgewagt hatte und ihn von ihrem Versteck an der Gartenmauer aus mit lapislazuliblauen Augen anstarrte.

Keith nahm den Hörer ab.

»Hallo?«

»Ist dort Keith Warrington?«, fragte eine zaghafte weibliche Stimme. Als Keith den irischen Akzent hörte, wusste er sofort, wer am Apparat war.

»Pauline! Wie schön, dass Sie sich melden!«

Polly lachte, was sie selbst überraschte.

»Ich dürfte Sie eigentlich nicht anrufen ... Sie werden mich für verrückt halten ...«

»Lassen Sie's drauf ankommen!«

»Also, es gibt zwei Gründe für diesen Anruf: Der erste ist, dass ich möglicherweise in nächster Zeit nach London komme ...«

»Gut. Wollen Sie sich dann die alten Sachen anschauen, von denen ich Ihnen erzählt habe?«

»Ja natürlich, wenn Sie möchten.«

Einen Augenblick lang sagten beide nichts, aber bevor es peinlich wurde, fragte Keith: »Und der zweite Grund?«

»Nun, ich fürchte, die Sache ist zu dumm ...«, begann Polly und fügte dann hastig hinzu: »Ich kann einfach nicht darüber reden ... es tut mir schrecklich leid!«

»Dafür ist es jetzt zu spät«, bemerkte Keith nüchtern. »Sie haben bereits darüber geredet, Sie brauchen sich jetzt nur noch etwas präziser auszudrücken!«

Polly hüstelte. »Gut. Ich glaube, dass mir in ihrer Toilette ein ... Lottoschein aus der Tasche gefallen ist!«

»Ach so.«

»Ich meine, er ist nicht in die Toilettenschüssel gefallen ... es könnte nur sein, dass er auf den Boden gefallen ist. Die Sache ist die ... dass er vielleicht ein paar Pfund wert ist!«

»Verstehe.«

Polly hörte an seinem Tonfall, dass Keith keineswegs verstand, worum es ging. Seine Stimme war vorsichtig geworden, und das gefiel ihr gar nicht.

»Ich weiß, dass Sie jetzt denken, bei mir ist eine Schraube locker«, fuhr sie gereizt fort. »Aber ich habe tatsächlich diesen blöden Lottoschein verloren, und die Anzeichen sprechen dafür, dass er etwas wert sein könnte. Der Gewinner vom Osterwochenende hat sich noch nicht gemeldet, und ich habe den Schein zu der betreffenden Zeit und an dem betreffenden Ort abgegeben!«

Keith strich sich durch die Haare; die noch verbliebenen Strähnen fühlten sich weich und angenehm an. »Warum haben Sie mir das nicht schon früher gesagt?«

»Weil ich es eine kleine Ewigkeit gar nicht bemerkt habe ... und dann habe ich es nicht über mich gebracht, Sie wegen einer so absurden Sache anzurufen!«

»Wie hoch ist die Gewinnsumme?«

»Hm ... um die vier Millionen.«

»Verstehe.«

Beide schwiegen. Schließlich sagte Polly: »Schauen Sie, es ist schon gut. Es tut mir schrecklich leid, dass ich Sie damit belästigt habe. Sie müssen denken, dass ich nicht alle Tassen im Schrank habe!«

Das hörte sich so gesund an, dass Keith sich allmählich fragte, ob an der Geschichte nicht doch etwas dran war.

»Es tut mir leid, Pauline. Ich hoffe, Sie irren sich ... ich meine, ich hoffe, dass der Schein, den Sie verloren haben, nicht das große Los war. Denn ich fürchte, ich habe ihn nicht.«

»Oh, ist schon gut«, sagte Polly erleichtert. »Ich hatte nur das Gefühl, dass ich es wenigstens versuchen sollte. Herzlichen Dank.«

Und dann legte sie auf.

Erst danach erinnerte er sich, dass er tatsächlich einen rosafarbenen Lottoschein auf der Toilette gefunden hatte, und zwar am Abend des Tages, an dem die merkwürdige kleine Person bei ihm erschienen war.

Danach fühlte sich Keith nicht mehr in der Lage, an seiner Abhandlung über Schizophrenie weiterzuarbeiten. Er machte es sich in seinem Lehnstuhl bequem und dachte über das Außerordentliche nach. Diese kleine Pauline, die völlig unverhofft bei ihm hereingeschneit war, hatte einen Lottoschein verloren. Er hatte genug Ahnung von Statistik, um zu wissen, dass die Chancen auf einen Hauptgewinn praktisch gleich Null waren. Aber sie hatte ihn verloren, sie machte sich deshalb Gedanken, und vielleicht war an der Geschichte ja etwas dran. Er wusste auch, wie gefährlich es war, die eigene Sicht der Dinge als die einzig mögliche zu betrachten. Von diesem Irrtum hatten ihn seine Erfahrungen im Berufsleben gründlich geheilt.

Aber was hatte er mit dem Lottoschein angestellt? Er strengte sein Hirn an. Dass er ihn vom Boden aufgehoben und irgendwo hingetan hatte, wusste er noch. Aber wohin? Es wollte ihm nicht einfallen. Er stand auf, ging in die Gästetoilette und sah sich um. Hier lagen keine Lottoscheine herum. Wahrscheinlich hatte Mrs. Drencher den Zettel gefunden und ihn weggeworfen. Und das würde bedeuten, dass er bereits auf irgendeiner gottverlassenen Müllhalde lag, wo sein verblassendes Rosa sich bald nicht mehr von den anderen Schattierungen des Zerfalls unterscheiden lassen würde.

Ein interessanter Gedanke, räumte er ein – vier Millionen Pfund, die irgendwo inkognito zwischen altem Zeitungspapier, Glasscherben und Kartoffelschalen dahinvegetierten. Er warf einen Blick in den Spiegel, richtete sich auf, nahm eine beinahe militärische Haltung ein, zog den Bauch ein und schob die Brust vor. Nicht schlecht, sagte er sich. Das Leben ist noch nicht vorbei! Immer vorausgesetzt natürlich, dass ich nicht schon angefangen habe, dem Rhythmus jenes heimtückischen Trommlers zu lauschen, der den Takt einer anderen Wirklichkeit schlägt. Das soll heißen, vorausgesetzt, dass ich noch nicht angefangen habe, mir Sachen einzubilden.

Er prüfte im Spiegel seine Augen. Sein Blick war weder glasig noch verschwommen, wie er es bei bestimmten Patienten wahrgenommen hatte. Aber das hieß noch nicht, dass alles in Ordnung war. Man führte ihn an der Nase herum. Merkwürdige Frauen tauchten mit verrückten Briefen aus dem Nichts auf; dieselben Frauen riefen ihn dann an und fragten nach Lottoscheinen im Wert von vier Millionen Pfund, die sie in seiner Toilette zurückgelassen hatten. Bernard, der alte Bock, deichselte das alles wahrscheinlich vom Jenseits aus. Doch am übelsten hatte er ihm in Bezug auf das Haus mitgespielt. Das Haus hatte Bernard gehört, obwohl Keith seit seiner Heirat darin wohnte, und Bernard hatte es ihm hinterlassen. Aber er würde es nie sein Eigen nennen können. Bernard hatte sich interessanterweise kurz vor seinem Ableben hoch verschuldet, um seinen Zahlungsverpflichtungen an der Börse nachzukommen. Sein Anwalt Jonathan Wheatley hatte ihm bei ihrer letzten Unterredung sein Bedauern darüber ausgedrückt, dass das Erbe zwar solvent sei, aber nur unter der Voraussetzung, dass das Haus verkauft wurde, um die Schulden zu decken.

Hart, dachte Keith, aber entweder fand man sich mit den Schlägen ab, die das Leben austeilte, oder man ging unter. Immerhin gab es noch das Cottage in den Cotswolds; Marguerite hatte sich einst in das Häuschen verliebt, und sie hatten es gekauft, es hergerichtet, ein, zwei Wochen darin gewohnt und es schließlich mit einem jährlich kündbaren Vertrag an ein holländisches Künstlerehepaar vermietet. Keith hatte ohnehin daran gedacht, aus London wegzuziehen; außerhalb war die Luft frischer und das Leben weitaus stressfreier.

Aber er wusste, dass er sich mit diesen Überlegungen etwas vormachte. Er wollte sich nicht von diesem Haus und dem Garten trennen, in den er so viel Liebe gesteckt hatte. Er mochte den nahen Stadtpark mit den schmalen Pfaden und den schönen Ausblicken, die Sippe der frechen grauen Eichhörnchen, die Herbie neckten, die Windmill und das Café, den Spaziergang die Windmill Road hinunter, die kurze Busfahrt mit dem 93er nach Putney.

Und die arme kleine Mo würde das Haus vermissen, wenn sie aus New York heimkam. Es zog ihn nicht in die Cotswolds. Aber da er Geld zu Mos Eigentumswohnung in New York beigesteuert hatte, blieb ihm nicht genug, um Bernards Schulden zu begleichen und das Haus zu übernehmen; für die Testamentseröffnung war es auf über dreihunderttausend Pfund geschätzt worden.

Er seufzte, ging ins Wohnzimmer, trat durch die Terrassentür auf die Veranda hinaus in die windgeschützte Ecke, die noch von der milden Abendsonne beschienen wurde.

Herbie blickte erwartungsvoll auf. Er hätte eine Dose Hundefutter vertragen können, aber die wohlige Müdigkeit ließ es erträglich erscheinen, noch ein bisschen zu warten. Bevor es dunkel wurde, stand noch ein Ausflug in den Park an, und dann würde man sich zufrieden ins Körbchen legen.

»Was hältst du davon, in die Cotswolds zu ziehen, alter Junge?«, fragte Keith.

Herbie wedelte mit dem Schwanz, als wollte er sagen, das Leben sei wunderbar und er wüsste genau, dass Keith alles genau richtig machen würde.

Als Keith wieder ins Haus ging, wurde ihm schmerzlich bewusst, dass er sich von einem Großteil seiner Möbel würde trennen müssen. Im Cottage war kein Platz für sie. Und dann dachte er wieder an Pauline, wie komisch sie ausgesehen hatte, als sie dort drüben in dem französischen Lehnstuhl saß, merkwürdig unschuldig, rot vor Verlegenheit, Verletzlichkeit in den dunklen Augen. Keith wusste, dass es Menschen gab, die den Eindruck erweckten, als wären sie Neulinge im Spiel des Lebens, aber diese Frau war die erste dieser Art, die ihm seit langem begegnet war. Die meisten, die er im Laufe seiner Karriere kennen gelernt hatte, hatten Jahre in Einrichtungen zugebracht, weit weg vom harten Alltag.

Aber was hatte ihn dazu gebracht, sie hereinzubitten, und, nachdem er sie hereingebeten hatte, sie auch noch zum Abendessen einzuladen? Das war nicht gerade eine typisch englische Geste, angesichts der Umstände, unter denen sie sich kennen gelernt hatten, seiner Unkenntnis ihrer Motive und all der Unwägbarkeiten, die Vorsicht und Zurückhaltung geboten.

Weil sie anders war, unbewusst feminin und ungekünstelt? Vielleicht. Vor allem aber, weil er ein Gespür für das Echte hatte – in einer Welt, der es gerade daran besonders mangelte. Er hatte oft beklagt, dass das Informationszeitalter seinen Tribut forderte, der in zunehmender Homogenität bestand.

Er ließ sich auf den Stuhl nieder, auf dem sie gesessen hatte, und begann darüber nachzudenken, was für ein Leben sie wohl führte. Er wusste wenig über sie; aber bestimmt hatte sie die Anzeige aufgegeben und nicht die vielbeschworene Schwester mit dem unglückseligen Namen.

Offenbar hatte sie irgendwie mit Antiquitäten zu tun, von denen sie einiges zu verstehen schien. Sie war verheiratet oder verheiratet gewesen, weil sie einen Ring trug.

Plötzlich kam ihm in den Sinn, dass sie ja eine Romanautorin sein könnte, die wagemutige Recherchen anstellte, um zu sehen, was dabei zum Vorschein kam. Bei Schriftstellern musste man bekanntlich auf alles gefasst sein.

Ich sollte selbst einen Roman schreiben, dachte er. Was ich alles zu berichten hätte! Eines Tages werde ich die Welt damit überraschen. So schwierig kann das doch nicht sein. Wenn ich an all die Idioten denke, die Literatur produzieren ... und was man als Psychiater so alles erlebt ...

Nein, ihr Ton war zu vernünftig gewesen, ihre Verlegenheit zu echt, als dass versteckte Beweggründe im Spiel sein könnten. Aber da war noch etwas gewesen, das er intuitiv erkannte und das seine berufsmäßige Neugier weckte. Bei dem Telefongespräch hatte er es wieder deutlich empfunden.

Er glaubte zu spüren, dass sie ernsthaft unter Druck stand. Nicht dass er ihr die Geschichte mit dem Lottoschein nicht abgenommen hätte. Er wusste, dass der Schein existiert hatte; ob er wirklich etwas wert war, mochte fraglich sein, aber das war seine persönliche Meinung. Es ließ sich leicht herausfinden, ob es einen hohen, nicht abgeholten Gewinn bei der irischen Lotterie gab. Vielleicht hatte Pauline gute Gründe, anzunehmen, dass sie gewonnen hatte.

Abgesehen davon sagte ihm das Gespür für Menschen, das er im Lauf der Jahre entwickelt hatte, dass diese Frau uneins mit sich selbst war, mit dem Leben, das sie führte und das offenbar nicht den Mindestansprüchen entsprach, die sie ans Leben stellte. Er ahnte auch, dass sie sich nicht das Recht zugestand, etwas einzufordern, und das führte möglicherweise dazu, dass sie sich innerlich gespalten fühlte. Sie wirkte unheimlich lebendig und zugleich am Wachstum gehindert, wie ein nach altem chinesischem Brauch eingebundener Fuß.

Die Unschuldigen und die Schönen, dachte er in Anlehnung an Yeats, haben nur sich selbst zum Feind.

Keith fand Geistesgestörte interessant, weil sie Geheimnisse des Herzens preisgaben. In seinem Buch vertrat er die These, der einzige Unterschied zwischen ihnen und dem Rest der Menschheit bestehe darin, dass sie die Wahrheit mit einer anderen Messlatte maßen.

Gut, dachte er, also bin ich hier der Verrückte, der eine komplette Seelenlandschaft für eine Frau entwirft, die er gar nicht kennt. Ich bin gespannt, ob sie sich die Mühe macht, anzurufen, wenn sie demnächst geschäftlich in London zu tun hat, und vor allem, wie sie reagieren wird, wenn ich ihr dann sagen muss, dass ich ihren Lottoschein gefunden und wieder verloren habe. Aber erst einmal muss ich zu diesem Zwecke gewisse Nachforschungen bei der ehrfurchtgebietenden Mrs. Dencher anstellen.

Muriel packte eine Reisetasche. Sie wusste, dass sie nicht allzu viel brauchen würde, doch ihr französisches Lieblingsparfum und ihre weißen Batistnachthemden wollte sie schon mitnehmen. Sie waren viktorianisch und sehr hübsch.

Sie war zu den Caines hinübergegangen, aber Polly war nicht da gewesen, also hatte Muriel den Schlüssel und die Nummer der Alarmanlage bei Rory hinterlassen.

»Und wann kommen Sie zurück?«, hatte er gefragt, als Muriel nicht damit herausrücken wollte, wo sie hinfuhr.

»Ich weiß es wirklich nicht, Rory. Ich lasse es mal auf mich zukommen. Ich sage Ihnen dann Bescheid!«

Als sie fertig gepackt hatte, machte Muriel einen Rundgang durch ihr Haus. Sie ging dabei systematisch vor; im oberen Stockwerk fing sie an, betrat jedes der fünf Schlafzimmer, verweilte einen Augenblick in dem Raum, den sie einmal als Kinderzimmer auserkoren hatte. Die Freude, die sie lange Zeit an der makellosen Decke, der schönen Innenausstattung, dem Glanz der alten Möbel gehabt hatte, wollte sich jetzt nicht mehr einstellen.

Sie öffnete eine Schublade ihrer Frisierkommode und holte eine kleine Spieluhr heraus, die ihr Vater ihr einst geschenkt hatte. Sie war beige, mit rosa Rosen bemalt und von einer feinen Staubschicht bedeckt. Ohne nachzudenken, zog sie die Spieluhr auf. Als sie den Deckel öffnete, ertönte die Melodie des *Karnevals der Tiere*, und eine kleine Ballerina im Ballettröckchen drehte sich eifrig im Kreis.

Wie ein Duft beschwor die Melodie Erinnerungen herauf. Muriel dachte an den Tag zurück, an dem er ihr die Spieluhr gegeben hatte, erinnerte sich an alle Einzelheiten, wie seine Hände gezittert hatten, wie er nach Zigarren roch, wie er seine Liebe an Bedingungen knüpfte. »Wie hübsch deine Haut ist ...«

In derselben Schublade fand sie ein Foto, das den lächelnden Alan zeigte; sie sah es sich noch einmal an, bevor sie es zerriss.

Sie packte die Spieluhr weg und ging als nächstes in das ehemalige Schlafzimmer ihrer Eltern. Da standen der Schrank ihres Vaters, ovale Mahagonipaneele mit Federmuster, und die hohe viktorianische Frisierkommode ihrer Mutter, mit der silbernen Haarbürste immer noch griffbereit. Muriel sah sie beinahe vor sich, in ihren Kimono gehüllt, wie sie sich zu ihr umdrehte, und ihr eigenes Gesicht als Zehnjährige, tränenüberströmt.

»Du bist ein boshaftes kleines Ding, dass du so etwas zu behaupten wagst ...«

Sie betrachtete das Ölgemälde über dem Kaminsims, ein hervorragendes Landschaftsbild eines unbekannten englischen Künstlers aus dem vorigen Jahrhundert. Plötzlich fiel ihr etwas ein, das Polly kürzlich gesagt hatte. Diese Dinge waren nichts anderes als Grabbeigaben, wie das Marschgepäck, das man einer ägyptischen Mumie ins Jenseits mitgegeben hatte, der kleinen, in Wachsleinwand gehüllten Mumie, die mit blinden, toten Augen in eine unergründliche Zukunft starrte.

Sie ging die Treppe hinunter, blieb bei jedem Gemälde stehen, den Bildern von den Pferden, die ihre Familie einst besessen hatte, den Porträts der Herren mit Backenbart und im Gehrock, eines von ihrer Urgroßmutter, auf dem sie ein Satinkleid und eine Haarrolle trug und mit nachdenklichen Augen auf die Nachwelt blickte. Muriel trat in den Salon, betrachtete das restaurierte Gesims, den alten Marmorkamin, den georgianisch schlichten Damensekretär, an dem ihre Mutter immer ihre Korrespondenz erledigt hatte.

Über dem blank polierten Sofatisch in der Halle hing ein französischer Gobelin. Auf dem Tisch stand eine Alabasterlampe, die früher einen rosafarbenen Seidenschirm besessen hatte. Aber der Lampenschirm war im Lauf der Jahre verschlissen. Der Ersatzschirm war in genau demselben Rosaton gehalten. Sie hatte ihn eigens anfertigen lassen.

Im Esszimmer standen ein Hunt-Tisch und das Nelson-Büfett mit dem alten Silber. Sie sah ihr verzerrtes Spiegelbild auf einer Kaffeekanne, als sie den Blick über diese Erbstücke schweifen ließ.

Warum, so fragte sie sich, hatte sie sich so sehr darum bemüht, alle Überreste der Welt retten, wie sie vor dem Tod ihres Vaters bestanden hatte, bevor seine Schulden ans Licht kamen und das Haus verfiel? Es war, als hätte sie ihn dadurch vor dem Vergessen bewahren wollen und damit auch sich selbst, oder vielmehr das Selbst, das er aus ihr gemacht hatte und das das einzige war, das sie kannte. Nur indem sie an ihm festhielt, konnte sie mit dem, was geschehen war, fertig werden. Manchmal vermochte sie in ihrer Erinnerung kaum noch zwischen ihm und Alan Barrington zu unterscheiden.

Ahnte sie überhaupt, was ihr entgangen war? Sie war für die Zukunft geschaffen und war davor geflohen. Stattdessen glich sie der Ballerina in der Spieluhr, die sich immer wieder zur selben Melodie im Kreis drehte, gefangen in einem freudlosen, ewig währenden Tanz. Irgendetwas in ihr forderte beharrlich, sie müsse das tun, wenn sie begreifen und die bösen Geister austreiben wollte. Es war wie ein unüberwindliches Hindernis, das sie dennoch überwinden musste, wenn sie nicht völlig den Anschluss verlieren wollte. Aber da ihr das normale Erfahrungsspektrum fehlte, in welchen Schlupfwinkeln der Phantasie hätte sie die Kraft und das Wissen finden sollen, den Albtraum hinter sich zu lassen und sich dem Leben zu stellen?

Die Schublade mit den Fotografien ihres Vaters, die früher auf dem Kaminsims in seinem Zimmer gestanden hatten, öffnete sie nicht. Sie hatte das Glas zerbrochen und das Gesicht ihres Vaters zerkratzt. Kindisch? Vielleicht.

Ach ja, dachte sie. Wenn ich wiederkomme, mache ich alles anders. Ich werde anfangen zu leben, bevor es zu spät ist.

14. Kapitel

Polly beschloss, Ernst zu machen und sich der Aufnahmeprüfung für den öffentlichen Dienst zu unterziehen. Verglichen mit den anderen war sie ein älteres Semester, kaum jemand hier war über dreißig, aber unverdrossen suchte sie sich einen Platz im großen Ausstellungssaal der Royal Dublin Society in Ballsbridge und wartete auf die Fragen. Die Teilnehmer wurden über Lautsprecher begrüßt, man erklärte die Regeln und wünschte ihnen viel Glück. Polly schätzte, dass sich hier um die tausend Menschen versammelt hatten. Unter denen, die die Prüfung bestanden, würde man mit Hilfe von Vorstellungsgesprächen die endgültige Auswahl treffen. Sie machte sich keine Illusionen. Auf diese Prüfung war sie nicht vorbereitet; sie hatte keine Ahnung vom Inhalt und Umfang der Fragen. Aber sie würde es versuchen, um ihr Gewissen zu beruhigen; und wenn sie es doch schaffen sollte, war ihr eine gut bezahlte Stelle in Dublin sicher. Man würde sie vielleicht sogar auf Dienstreisen an interessante Orte im Ausland schicken. Es waren schon seltsamere Dinge passiert als das.

Der erste Teil umfasste hundert Multiple-Choice-Fragen, die in einem knapp bemessenen Zeitraum zu beantworten waren. Der erste Abschnitt befasste sich mit Wortbedeutungen.

Was hieß Diaspora? Was bedeuteten die Worte Synthese und Gewohnheitsrecht, Plektron und Wegerich, Katafalk und Zirrhose?

Im zweiten Abschnitt wurde Allgemeinbildung abgefragt.

Wer hatte die Asepsis entdeckt? Wie lautete die chemische Formel für Trockeneis? Wer hatte »Philadelphia Here I Come« geschrieben? Von welcher irischen Schriftstellerin stammte *Good Behaviour*? Was war Dendrologie? Wie hieß der amerikanische Botschafter in Irland? Welcher Partei gehörte Nelson Mandela an? Und so weiter.

Polly beantwortete alles zügig. Bei ein oder zwei Fragen zögerte sie, aber im Wesentlichen stellten sie kein Problem für sie dar. Als sie ihren Prüfungsbogen abgab, glaubte sie, den Job bereits in der Tasche zu haben, doch als der zweite Bogen ausgeteilt wurde, wurde ihr klar, dass das Spiel aus war. Sämtliche Fragen drehten sich um Wirtschaft und Mathematik, und sie war ebenso wenig in der Lage, die Fragen in der vorgegebenen Zeit zu beantworten, wie sie einen Marathonlauf in zehn Minuten geschafft hätte.

Ich habe es versucht, sagte sie sich, als sie nach Hause ging, ich habe mich dem Kampf gestellt und eine Niederlage einstecken müssen. So ist das eben.

Als sie heimkam, teilte ihr Rory mit, Muriel sei in die Ferien gefahren und habe den Hausschlüssel dagelassen.

»Wo fährt sie denn hin?«

»Hat sie nicht gesagt«, erwiderte Rory, nachdem er eine Weile seine Hirnzellen angestrengt hatte. Er fürchtete, dass Muriel es ihm doch gesagt und er nur nicht aufgepasst hatte.

Am Abend kam Susie vorbei, um zu fragen, wie die Prüfung gelaufen war.

»Nicht besonders«, sagte Polly. »Ich glaube, im ersten Teil habe ich um die neunzig Prozent richtig, aber im zweiten blüht mir wohl das, was meine frühere Klassenlehrerin eine dicke, fette Null zu nennen pflegte ... oder etwas in dieser Größenordnung! Im öffentlichen Dienst ist offenbar kein Platz für die Pollys dieser Welt!«

»Das war eine blöde Prüfung«, meinte Susie. »Sie sollten nicht alles von Mathe abhängig machen ...«

Polly kochte Tee, und die beiden setzten sich in die Küche. Rory war zu irgendeiner Abendveranstaltung in die Schule gegangen. Folglich blieb das gewohnte Klicken der Tastatur diesmal aus.

Polly zog ein Dokument aus der Küchenschublade und gab es Susie zu lesen. Es war die gerichtliche Vorladung, in der Martha Caine als Klägerin und Rory Caine als Beklagter genannt waren; die Klägerin forderte vom Beklagten die umgehende Zahlung von sechzehntausend Pfund aufgrund eines zwischen ihr und dem besagten Rory Caine geschlossenen Vertrages; im Falle der Zahlungsunfähigkeit sollte der Verkauf von Ashgrove Lawns 14, Dundrum, gerichtlich veranlasst werden.

Susie las alles schweigend durch. »Mein Gott«, sagte sie dann. »Und was macht ihr jetzt?«

Polly zuckte die Achseln. »Keine Ahnung.«

»Was ist mit dem Lottoschein? Hast du denjenigen, bei dem du ihn verloren haben könntest, endlich angerufen?«

»Ja ... aber er hat ihn nicht. Und Michelle weiß auch nichts davon. Er ist weg, Susie«, sagte sie und setzte ein wenig salbungsvoll hinzu: »Was geschehen ist, kann man nicht ungeschehen machen!«

»Welcher Klugscheißer hat das gesagt?«

»Shakespeare!«

»Ich wusste doch, dass ich das schon mal irgendwo gehört hab'.«

»Ich habe mich um einen Job in London beworben ... Kunsthandel, die Liebe meines Lebens. Aber da mache ich mir wenig Hoffnungen.«

»London! Was in aller Welt würdest du ganz allein in London anstellen? Aber es wird sich hier schon etwas finden«, fügte Susie nicht gerade im Brustton der Überzeugung hinzu. »Ich werde Willy Penston bitten, an dich zu denken, wenn Wendy in Mutterschaftsurlaub geht. Sie macht die Registratur, weißt du«, erklärte sie. »Es würde dir doch nichts ausmachen, eine solche Stelle anzunehmen?«

»Lieber Himmel, nein ... Ich bin schon soweit, dass ich jede ehrbare Arbeit nehmen würde. Als ich mit Rory darüber sprach, hat er gesagt, keine Frau, mit der er verheiratet sei, habe es nötig, arbeiten zu gehen!« Polly lachte sarkastisch. »Am liebsten hätte ich ihn daran erinnert, dass wir ja gar nicht verheiratet sind.«

Susie sah ihre Freundin an und verzog den Mund. »Großer Gott, dieses Land«, brummte sie. »Aber wenn das Scheidungsreferendum durch ist, dann wird alles anders! Dann könnt ihr euch standesamtlich trauen lassen.«

»Was bringt das schon«, murmelte Polly, und Sue sah sie fragend an.

Dann kamen sie auf Jason zu sprechen.

»Der Junge bricht mir noch das Herz!«, lamentierte Polly. »Ich weiß nicht, was ich bei ihm falsch gemacht habe. Wir haben doch wirklich unser Bestes getan. Ich finde es schrecklich, dass er von zu Hause wegläuft, mit einem Mädchen zusammenlebt, das mehrere Jahre älter ist, und sein letztes Schuljahr vertut, indem er in einem Nachtcafé arbeitet. Was soll nur aus ihm werden?«

»Das Problem mit Jason ist, dass er im Augenblick den vollkommenen Durchblick hat!«, erklärte Susie. »Sobald er dieses Monopol einbüßt, kommt er heim. Wart's nur ab!«

»Vielleicht liegt's ja in der Familie«, meinte Polly. »Rory hatte einen alten Onkel, der auf die schiefe Bahn geraten und schließlich sogar im Kittchen gelandet ist. Wahrscheinlich ist das erblich!« Ihr traten Tränen in die Augen. »Ich muss immer daran denken, wie es war, als er noch klein war. Er war so süß, einfach zum Auffressen, und was ich mir alles für ihn ausgemalt habe! Er hat mich immer an Tom erinnert, so gut aussehend und, als Kind zumindest, so bezaubernd!«

»Hast du schon zu Abend gegessen?«, fragte Susie, die fand, dass Polly halb verhungert aussah.

»Ich habe etwas für Peter gemacht ... er lernt in seinem Zimmer ... aber ich kann jetzt nichts essen.«

»Du wirst schrecklich dünn!«

»Das schadet nichts. Ich schlucke Vitamine.«

»Du solltest es lieber nicht übertreiben. Sonst bist du bald so schlank wie das Gespenst von gegenüber, sieht alles, hört alles, weiß alles ... Da wir gerade von ihr sprechen – ich habe heute gesehen, wie sie mit dem Taxi weggefahren ist. Ich kam gerade aus dem Dorf zurück, und sie hat mir zugewunken. Lächelnd ab in den Urlaub. Weiß wie Kreide, aber wenn sie wiederkommt, wird sie wie ein braun gebrannter Filmstar aussehen. Was die brauchen könnte, ist eine Horde Kinder und einen arbeitslosen Mann! Dann hätte sie etwas, worüber sie sich Gedanken machen könnte!«

»Sie ist reich«, meinte Polly. »Solche kleinen Unannehmlichkeiten würden sie nicht weiter belasten!« Dann fügte sie hinzu: »Während ich bei der Prüfung war, ist sie vorbeigekommen und hat die Schlüssel dagelassen.«

Als Susie heimkam, stellte sie fest, dass alle ausgeflogen waren. Am Kühlschrank klebte ein Zettel: »Hallo Mama, ich bin bei Mary Lavelle. Bin um zehn wieder da. Sharon.«

Sie rief: »Seid ihr oben?« Aber es kam keine Antwort. Sie fragte sich, wo Fergus und Mark steckten. Wahrscheinlich waren die beiden miteinander ausgegangen, das taten sie in letzter Zeit öfter. Susie fand das gut, weil es die Bindung zwischen Vater und Sohn stärkte, was einem Heranwachsenden bestimmt nicht schaden konnte.

Sie ging nach oben und warf einen Blick in das Zimmer ihres Sohnes. Es war alles an seinem Platz, die Bücher ordentlich gestapelt, das Bett gemacht. Mark hatte eine heimliche Jansenistische Neigung. Vor Gleichaltrigen tat er zwar so, als sei er ein Junge wie alle anderen auch, aber insgeheim verachtete er alle, die sich gehen ließen, und arbeitete hinter den Kulissen hart für seine Zukunft, die er bereits genau geplant hatte.

Sharon war vergleichsweise undiszipliniert. Ihr Zimmer sah nie ordentlich aus. Sie war eine Träumerin, eine Romantikerin, und manchmal machte Sue sich Sorgen, dass Sharon sich Hals über Kopf in den falschen Jungen verlieben könnte. In Französisch und Englisch war sie gut, sie schrieb gern Aufsätze, hasste Mathematik und weinte bei traurigen Filmen still vor sich hin.

Susie stand im Zimmer ihrer Tochter, sah sich amüsiert um, bemerkte mit Wehmut die einst heiß und innig geliebte Stoffpuppe, die nun in eine Ecke des Bücherregals gequetscht war, das Poster mit den Jungs der Rockband, für die Sharon so schwärmte, die über den Schreibtisch verstreuten Bücher. Sie fing an, den Schreibtisch aufzuräumen, und als sie die Bücher ordnete, fiel ihr ein Gedicht in die Hände, das Sharon offenbar abgeschrieben und mit einer Gänseblümchengirlande verziert hatte.

Wenn von der, die dich liebt, am Ende man munkelt, ihr
Fehl und ihr Klagen seien alles, was bleibt,
oh sag, wirst du weinen, wenn ein Schatten verdunkelt den
Ruf eines Lebens, das sie dir geweiht?

Sue starrte das Gedicht lange Zeit an; sie wusste nicht, ob sie lachen oder weinen sollte. Oh Gott, das arme Kind ... Kein Wunder, dass ihr in letzter Zeit das Essen nicht mehr schmeckte; sie war jener alten, heimtückischen Krankheit erlegen: der Liebe.

Am Montag traf auf gediegenem Briefpapier ein Schreiben aus London ein, in dem Polly für den 23. Juni zu einem Vorstellungsgespräch bei Shetly's in der New Bond Street eingeladen wurde.

Nach dem Telefongespräch mit Polly am Sonntagabend rief Keith Mrs. Dencher an, um sich nach dem Lottoschein zu erkundigen, aber sie meldete sich nicht. Erst am folgenden Tag erfuhr er von ihrer Tochter Chris, dass ihre Eltern Urlaub auf den Bahamas machten und erst in vierzehn Tagen wiederkämen.

»Heiliger Strohsack«, murmelte Keith vor sich hin. »Was soll ich jetzt machen? Schreiben und Pauline mitteilen, dass ich ihren Lottoschein gefunden, aber verlegt habe, und dass die einzige Person, die Licht in die Sache bringen könnte, sich urplötzlich entschlossen hat, auf die Bahamas zu fliegen?«

Er dachte an Mrs. Dencher, ihre resolute Haushaltsführung, ihr ehrliches Gesicht. »Sie hat doch nicht etwa ...«, überlegte er laut. »Sie hat ihn doch nicht etwa gefunden und ... Nein. Das ist nicht möglich! Nicht die ehrfurchtgebietende Mrs. Dencher ...«

Erst als er sich vom Schock dieses Gedankens erholt hatte, setzte er sich an seinen Schreibtisch, rief die Auskunft an und erkundigte sich nach der Telefonnummer der Irischen Nationallotterie.

Polly saß in stiller Verzweiflung auf ihrem Bett. Sie wollte unbedingt zu dem Vorstellungsgespräch nach London fahren. Das Geld für den Flug konnte sie gerade noch zusammenkratzen; wenn man rechtzeitig buchte, kam die Reise nicht so teuer. Dank Michelle hatte sie sogar einen Platz zum Übernachten in London. Polly hatte sie angerufen, und Michelle hatte gesagt, sie sei zu der Zeit nicht da, werde aber den Schlüssel für sie hinterlegen. Was sie aber nicht hatte, war etwas Anständiges anzuziehen. Für dieses Vorstellungsgespräch wollte sie sich ihrer Rolle gemäß kleiden, oder lieber gar nicht hingehen.

Sie hatte ihren Schrank durchgesehen, und der war nicht gerade zum Bersten gefüllt. Nach der letzten Aufräumaktion waren nur noch wenige brauchbare Sachen übrig geblieben, und ihnen sah man an, dass sie nicht mehr neu waren; die Röcke hatten glänzende Stellen oder waren völlig aus der Mode gekommen. Da die Kleider, die Michelle ihr geschenkt hatte, inzwischen viel zu weit waren, hatte sie nichts wirklich Schönes, nichts Erstklassiges mehr, was von Geschmack und Fingerspitzengefühl gezeugt und jene Eleganz vermittelt hätte, die sie unbedingt ausstrahlen wollte, eine Eleganz, die tatsächlich zu ihrem Wesen gehörte und die sie über all die zermürbenden Ehejahre nicht verloren hatte.

Sie dachte an Susie, die ihr bestimmt ihr letztes Hemd geliehen hätte, doch Susie war zwar schlank, aber klein und zierlich, und von ihren Sachen hätte Polly nichts gepasst. Es gab wirklich niemanden, den sie hätte fragen können; es war ein viel zu persönliches Problem.

Sie überlegte, ob sie einen Bankkredit aufnehmen sollte. Aber da der Prozess um das Haus bevorstand, schien es ihr verrückt, Rory darum zu bitten, für einen Kredit zu bürgen; und ohne Bürgen würde man ihr kein Geld geben. Welche Sicherheit konnte sie bieten, ohne Arbeit, ohne Grundbesitz?

»Du würdest die Stelle in London sowieso nicht bekommen«, mischte sich ihre innere Stimme ein. »Wer sollte einer abgewirtschafteten alten Schachtel wie dir einen Job bei einer so renommierten Firma geben?«

Polly sagte leise vor sich hin, sie sei nicht abgewirtschaftet, sie habe zwar Angst, es zu werden, aber noch sei es nicht soweit. Plötzlich kam ihr der Gedanke, dass sie ja ihren Verlobungsring versetzen oder verkaufen könnte. Sie holte ihn heraus und sah ihn sich an, aber er beschwor so glückliche Erinnerungen herauf, dass sie ihn wieder wegpackte.

Am nächsten Morgen ging Polly in Muriels Haus hinüber, weil sie ihr versprochen hatte, jeden Tag nach dem Rechten zu sehen. Sie tat es gern; allein schon die Aussicht, sich in der Nähe dieser schönen Dinge aufzuhalten, bereitete ihr Freude. Rory saß zur Abwechslung einmal nicht an seinem Computer; er korrigierte Hefte, was er hasste, und daher war mit ihm momentan nicht gut Kirschen essen.

Muriels viktorianisches Haus war von einem hohen Zaun umgeben, der den kiesbedeckten Vorhof und den Garten umschloss.

Polly trat durch ein Seitentor ein, schritt langsam über den Kies, genoss den Geruch nach Blumen und Erde, der ihr entgegenwehte, stieg die vier Granitstufen zum Eingang hinauf. Sie schloss auf, schlüpfte hinein, stellte die Alarmanlage ab und atmete befreit auf.

Im Haus war alles völlig in Ordnung, es gab keinerlei Anzeichen dafür, dass etwas nicht stimmte. Sie saß eine ganze Weile im Salon, einem Raum mit einer hohen Decke, einem wunderbaren Porzellankronleuchter, einer in altem Gold gehaltenen Chaiselongue, einem Landschaftsgemälde mit See, dem Porträt einer jungen Dame, einigen Porzellanobjekten auf einer Mahagonikommode und einem viktorianischen Sofatisch mit verschiedenen Getränken darauf. Draußen waren der Garten mit seinen Rosen, der ruhige Vorhof, der hohe Zaun und jenseits davon die Sackgasse zu sehen. Auch ihr eigenes Haus sah sie, aber von hier aus wirkte es ganz anders, als sähe sie es zum ersten Mal.

Sie stellte sich dieses Anwesen vor, wie es wohl gewesen war, bevor die Siedlung errichtet wurde, stellte sich die Allee vor, die zur Landstraße führte. Sie fragte sich, wie dieses vornehme Haus die veränderte Umgebung wohl empfand, das Vordringen Hunderter von Doppelhäusern zu allen Seiten, die Kinderscharen, die Autos, die Hunde und Katzen, die Wellen einer grellen Moderne, die gegen seine Gestade schlugen.

Aber wenigstens lebte das Haus selbst weiter und mit ihm die Atmosphäre einer anderen Epoche und anderer Menschen, wie ein Duft, der sich in den Falten eines alten Gewandes hält.

Erst als Polly in der Küche nach dem Dosenfutter für Sable suchte, sah sie den Brief am Kühlschrank mit ihrem Namen in Großbuchstaben darauf.

Liebste Polly,
ich bin auf dem Sprung. Sie waren nicht zu Hause, als ich vorbeikam, deshalb habe ich den Ersatzschlüssel bei Rory gelassen. Ich wollte mich nur bedanken, dass Sie so gut sind und nach dem Haus sehen und meine kleine Sable füttern.
Ich wollte Ihnen auch sagen, dass ich vorhabe, völlig neu anzufangen, sozusagen ein neues Kapitel aufzuschlagen, wenn ich wieder nach Hause komme. Da ich praktisch in Kleidern ersticke, werde ich vieles ausrangieren. Wenn Ihnen also irgendetwas von den Sachen im Walnussschrank in meinem Zimmer gefällt, bitte nehmen Sie es. Einiges ist mir inzwischen ohnehin zu weit geworden. Auf dem Boden des Schranks sind auch einige Umhängetaschen, die noch ganz gut aussehen.
Ich hoffe, Sie sind nicht verletzt, wenn ich Ihnen das an-

biete, aber Sie kennen mich gut genug, um zu wissen, dass ich keinesfalls beabsichtige, Sie zu kränken. Ich dachte nur, Sie haben vielleicht Verwendung für einige meiner überflüssigen Sachen, und es würde mir solche Freude bereiten zu wissen, dass sie Ihnen helfen könnten, es mit der Welt aufzunehmen. Ich hatte einmal gehofft, dass sie mir diesen Dienst erweisen würden, aber bei meinen Problemen ist etwas mehr nötig als ein paar kleine Schönheitsreparaturen!

Alles Liebe,

Muriel

Polly fütterte Sable, las diese eigentümliche Nachricht noch mehrmals durch, stieg dann die Treppe hinauf und betrat voller Scheu Muriels Schlafzimmer.

Die Möbel waren antik wie im restlichen Haus, das eiserne Bettgestell hatte Messingknäufe. Es gab zwei Kleiderschränke, einen aus Mahagoni, den anderen aus Walnussholz mit Einlegearbeit. Die Tür dieses Schrankes stand offen. Auf der Stange hing eine stattliche Anzahl von Kostümen, Kleidern, Mänteln, eine wahre Schatzkammer edler Textilien.

Polly stand eine Weile unschlüssig davor, dann griff sie nach einem Kostüm in Jadegrün und Schwarz. Es war ein Mischgewebe aus feiner Wolle und Seide.

Sie hielt es sich an und blickte in den Spiegel. Oh Gott, dachte sie, das ist einfach sagenhaft! Das Grün unterstrich die Farbe ihrer Augen, das Schwarz brachte ihren Teint zur Geltung und ließ ihr Haar heller, fast blond erscheinen. Voller Ehrfurcht betrachtete sie das Designerlabel. Sie zog ihre Jeans aus und schlüpfte in das Kostüm. Es betonte die Figur, der Schnitt war traumhaft; sie sah um Jahre jünger aus. Am liebsten hätte Polly geweint. Ihr Spiegelbild hatte so wenig Ähnlichkeit mit der Frau in den schlechtsitzenden Jeans, die sie gerade noch vor sich gesehen hatte. Sie sah aus wie eine kultivierte Dame – aber eine, die eine neue Frisur vertragen konnte. Sie fasste ihre Haare zusammen und hielt sie sich aus dem Gesicht.

Oh, Muriel, flüsterte sie, danke, danke. Dir habe ich es zu verdanken, dass ich nach London fliegen kann, zu einem Vorstellungsgespräch. Ich werde zum Friseur gehen, mir ein paar Strähnen blondieren lassen, mich schminken und dieses wunderbare Kostüm anziehen. Klar, das alles ist ziemlich verrückt, gemessen an den Maßstäben, nach denen ich bisher gelebt habe, aber ich mache es trotzdem.

Sie suchte sich eine schwarze Schultertasche aus, die auf dem Boden des Schrankes lag. Dann faltete sie das Kostüm sorgfältig zusammen, packte es in eine Plastiktüte, die sie in der Küche fand, schaltete die Alarmanlage wieder ein, schloss das Haus ab und trug ihren Schatz nach Hause.

Als sie später am Vormittag Susie traf, erzählte sie ihr von dem Vorstellungsgespräch in London.

»Ich glaub's nicht!«, rief Susie aus. »Aber ich sehe dir an, dass du es ernst meinst! Und was machst du, wenn du diesen Job tatsächlich bekommst? Rory verlassen? Und die Kinder?«

Susie stand die Sorge ins Gesicht geschrieben. »Ich würde den Job einfach nehmen«, entgegnete Polly gleichmütig. »Und dann müssen sich eben alle an die neue Situation gewöhnen. Rory braucht keine Ehefrau, eine Hausangestellte würde es genauso tun; also wird er mich nicht vermissen. Peter ist bald mit dem College fertig, und Jason«, fuhr sie schmerzlich berührt fort, »geht jetzt schon eigene Wege ... Ich werde jedoch den Status quo aufrechterhalten und nach Hause kommen, sooft ich kann. Aber das sind alles Träumereien. Die Aussichten sind nicht gerade rosig!«

»Ich weiß nicht«, murmelte Susie. »Du hast dich irgendwie

verändert ... du bist eine Größe geworden, mit der man rechnen muss. Als hättest du die Fesseln abgestreift, die dich zurückgehalten haben! Und du weißt so gut wie alles über Antiquitäten!«

»Na ja, das kann man nicht gerade sagen ... aber ich ziehe zu dem Gespräch ein Kostüm aus Muriels Kleiderschrank an«, fügte Polly augenzwinkernd hinzu. »Warte, das muss ich dir zeigen!«

Susie sah sie erstaunt an, als hätte Polly etwas getan, das sie ihr nie zugetraut hätte.

»Ich habe es mir nicht einfach genommen«, erklärte Polly schnell. »Sie hat mir geschrieben, ich könnte nehmen, was ich wollte! Sie rangiert viele Sachen aus!«

Sue sagte mit versteinerter Miene: »Die Frau versucht es doch mit allen Mitteln. Manchmal denke ich, dass sie nur deshalb das Land als Baugrund verkauft hat – damit sie uns alle vereinnahmen kann! Da steht sie blöde lächelnd mit ihrem Berg von Designerklamotten, und dann kommst du, einer der nettesten Menschen auf der Welt, und vergehst vor Dankbarkeit für ein Kostüm, das sie sonst weggeworfen hätte. Es ist einfach nicht fair!«

»Wie in aller Welt kommst du auf die Idee, dass das Leben fair ist!«, entgegnete Polly pikiert. »Das war es noch nie! Aber du kannst Muriel nicht dafür verantwortlich machen, dass das Leben nicht fair ist.«

Susie rümpfte die Nase. »Manche Menschen haben es aber viel leichter als andere!«

Polly lächelte nicht. »Ich weiß nicht. Ich würde eher vermuten, dass wir alle so unsere Probleme haben.« Als Susie nichts darauf erwiderte, wechselte Polly das Thema. »Wie geht's eigentlich deinem Chef zur Zeit?«

»Gut ... Er benimmt sich nur so eigenartig. Als ich ihn kürzlich gefragt habe, was los ist, und angeboten habe zu kündigen, wenn ihm das lieber wäre, war er wie vom Donner gerührt. Er hat mich sogar eingeladen, am Freitag mit ihm auszugehen ... um ihn zu beraten, wie er die neue Wohnung ausstatten soll, stell dir vor!«

»Und? Gehst du mit ihm aus?«

»Nein. Ich bin nicht so schwer von Begriff, wie ich aussehe!«

»Ich finde nicht, dass du schwer von Begriff bist, Sue. Im Gegenteil!«

»Aber du fährst zu einem Vorstellungsgespräch, bekommst vielleicht diesen Job, und dann verliere ich dich, wir alle verlieren dich! Davor habe ich Angst, Polly. Dann bin ich hier ganz alleine mit dem armen schlecht gelaunten Fergus und der feinen Dame von gegenüber und den Kindern, die mitten in der Pubertät stecken ...«

»Ach was! Nichts dauert ewig, weder die Pubertät noch die Probleme mit feinen Damen von gegenüber. Alles ist im Fluss. Wenigstens hoffe ich das ...«

»Ich dachte, ich könnte mich darauf verlassen, dass wenigstens du die Alte bleibst, Polly Caine. Aber plötzlich stellst du alles in Frage, findest dich nicht mehr mit allem ab!«

Polly nahm die Hand ihrer Freundin. »Jetzt sei doch mal vernünftig! Ich mache nur einen Flugversuch, um zu sehen, ob meine Flügel mich noch tragen oder ob sie inzwischen völlig verkümmert sind.«

»Das stimmt nicht. Du heckst heimlich etwas aus, das sehe ich dir an!«

»Okay, ich gebe zu, ich strenge mich an. Wenn ich die Wahl habe, wenn das Schicksal mir auch nur ein bisschen hilft, werde ich das Leben, das ich bisher geführt habe, hinter mir lassen!«

Sue schwieg. Nach einer Weile sagte sie: »Polly ... es war Muriel, die den Privatdetektiv bezahlt hat, nicht ich. Als Jason weggelaufen ist ... ich hätte es dir sagen sollen ... Aber ich wollte der Star sein!«

»Du bist der Star!«, sagte Polly. »Ich werde mich bei Muriel bedanken, wenn ich sie das nächste Mal sehe.«

Sue schloss ihre Freundin schweigend in die Arme.

15. Kapitel

Die Nummer war längere Zeit besetzt gewesen, aber schließlich kam Keith Warrington bei der Nationallotterie in Dublin durch.

»Auf dieser Insel ist Glücksspiel scheinbar eine Art Volkssport«, murmelte er, während er mit dem Brieföffner aus Toledostahl spielte und mit der anderen Hand die Nummer wählte.

Endlich hatte er jemanden am Apparat, der ihm versicherte, dass es kurz vor Ostern tatsächlich einen Gewinn von vier Millionen Pfund gegeben hatte.

»Hat sich der Gewinner schon gemeldet?«, fragte Keith. »Ich habe nämlich einen Schein verloren ...«

»Ja, die Gewinnerin hat sich letzte Woche gemeldet«, erklärte der Lotteriemitarbeiter fröhlich. »Es handelt sich um eine Dame aus England, die es vorzieht, anonym zu bleiben!«

»Verstehe. War es vielleicht jemand aus London?«

»Ja, ich glaube, sie lebt tatsächlich in London.«

»Ich nehme an, dass sie mir die Adresse nicht nennen können?«

»Da haben Sie vollkommen recht!«

»Trotzdem vielen Dank«, sagte Keith.

»Keine Ursache.«

Keith fuhr sich mit der Spitze des Brieföffners über die Handfläche. »Sie war's, und jetzt ist sie über alle Berge!«, flüsterte er. »Die ehrfurchtgebietende Mrs. Dencher. Wer hätte das gedacht? Ein Betrug fast so gewaltig wie der Postraub damals in den Sechzigern!«

Er ließ Daumen und Zeigefinger über die Schneide gleiten, bevor er erneut die Auskunft anrief und sich nach der Nummer einer gewissen Pauline McCann, Ashgrove Lawns, Dundrum, County Dublin erkundigte.

»Das ist in Irland«, erklärte er dem Mann, der mit indischem Akzent sprach.

»Das ist mir nicht ganz unbekannt, Sir ...«

»Wunderbar!«

Aber diesmal hatte er keinen Erfolg.

»Unter diesem Namen und der genannten Adresse haben wir keinen Eintrag.«

»Verstehe«, sagte Keith und legte auf. Was er tatsächlich verstand, war, dass sie vielleicht weder Pauline noch McCann hieß und auch nicht in Ashgrove Lawns 14, Dundrum, wohnte, oder aber, dass sie kein Telefon besaß oder eine Geheimnummer hatte und dass er, der sein Leben lang andere therapiert hatte, möglicherweise nun selbst ärztliche Hilfe brauchte.

»Ich habe den verdammten Lottoschein doch tatsächlich gefunden, und jetzt ist er weg!«, rief er sich laut in Erinnerung, als wollte er sich beweisen, dass er noch nicht jeden Realitätsbezug verloren hatte.

Er nahm ein Blatt Papier und schrieb:

Liebe Pauline,
ich habe versucht, Ihre Telefonnummer herauszubekommen, aber bei der Auskunft hat man noch nie von Ihnen gehört. Die Wahrheit ist, ich fürchte, dass ich tatsächlich Ihren Lottoschein gefunden habe. Es ist mir eingefallen, nachdem ich aufgelegt hatte, aber ich konnte sie nicht zurückrufen, weil ich Ihre Nummer nicht habe.

Ich schicke Ihnen diesen Brief an Ihre Adresse und für alle Fälle auch an Ihre Chiffrenummer.
Der Lottoschein war auf der Toilette, wie Sie ganz richtig vermutet hatten, aber nun ist er verschwunden. Die einzige, die ihn an sich genommen haben könnte, ist meine Putzfrau (die gerade unter karibischem Himmel weilt). Soviel ich weiß, ist der Gewinn abgeholt worden, und ich zittere bei dem Gedanken, dass sie eine Kriminelle sein könnte.
Bitte melden Sie sich bei mir, damit wir die Sache klären können. Wenn meine Putzfrau den Gewinn tatsächlich eingeheimst hat, sollte die Polizei (wenn nötig) in der Lage sein herauszufinden, wie sie dazu gekommen ist.
Das alles beunruhigt mich zutiefst.
Herzliche Grüße,

Keith

Gut, dachte er. Ich habe getan, was ich konnte, wenigstens für den Augenblick. Er strich sich durch die ihm noch verbliebenen Haare und stellte sich voller Entsetzen vor, wie man Mrs. Dencher in Handschellen abführte. Doch während Keith sich ausmalte, welchen unglückseligen Verlauf die ganze Angelegenheit noch nehmen könnte, befand sich Polly bereits in einer Ryanair-Maschine nach Stansted.

Polly sah einfach umwerfend aus. Sie stand vor dem Spiegel der Damentoilette in Stansted, blonde Strähnchen, ein Kostüm von schlichter Eleganz mit Seidenbluse, schwarze Gucci-Handtasche, ein Hauch von Parfum.

Spiel deine Rolle gut, sagte sie zu ihrem Spiegelbild, und du kannst glatt als dynamische weibliche Führungskraft durchgehen.

»Du hast sie ja nicht alle«, nörgelte ihre innere Stimme. »Größenwahn ist ein Anzeichen für ...«

Die Geschäftsräume von Shetly & Sons befanden sich auf halber Höhe der New Bond Street. Es war ein wunderschöner Tag. Mit um die 26 Grad war es beinahe zu warm für ein Kostüm, selbst für ein leichtes. Londoner und Touristen in T-Shirts bevölkerten die Gehsteige, als Polly im warmen staubigen Luftstrom aus dem U-Bahnhof auf das Pflaster der Oxford Street trat.

Sie ließ sich Zeit, schlenderte gemütlich die New Bond Street hinauf; sie war früh dran. Hin und wieder drehte sich ein Mann nach ihr um. Mother Frances in der Schule hatte immer gesagt, man sollte so gehen, als würde man von einer Krone auf dem Kopf zum Himmel emporgezogen.

Ich werde nicht weichen und nicht wanken, dachte sie, als sie sich an die Worte erinnerte, die Muriel ihr geschrieben hatte. Ich bin hergekommen, um es mit der Welt aufzunehmen.

Sie rechnete mit einem spöttischen Kommentar ihrer lästigen inneren Stimme, doch diese schwieg.

Das Problem ist, wenn man fortwährend kritisiert wird, fängt man irgendwann an zu glauben, dass es zu Recht geschieht. Aber jetzt, in diesem Augenblick, schreibe ich das Drehbuch für das Leben, das ich führen *könnte.* Ich werde es schreiben, mich ganz besonders anstrengen, und vielleicht gelingt es mir sogar, es zu realisieren. Auf jeden Fall muss ich mir später nicht vorwerfen, ich hätte es nicht wenigstens versucht.

Shetly's hatte eine schöne Ladenfront zur New Bond Street. Im Schaufenster waren hübsch restaurierte viktorianische Ölgemälde neben einer Auswahl alten Coalport-Porzellans zu sehen, das Polly etwa auf das Jahr 1790 schätzte. Erfolglos versuchte sie, ihr plötzlich heftig pochendes Herz zu beruhigen; doch sie betrat den Ausstellungsraum hocherhobenen Hauptes und lächelte dem jungen Mann, der sie begrüßte, freundlich zu.

»Was kann ich für Sie tun, Madam?«

»Ich heiße Pauline McCann und habe einen Termin bei Mr. Denniston-Figgs.«

Man führte sie in einen kleinen fensterlosen Raum und bat sie, einen Augenblick zu warten. Verschiedene Zeitschriften, vor allem über Antiquitäten, und einige Kataloge lagen aus. Es roch nach Bienenwachs, alten Edelhölzern, und noch etwas anderes lag in der Luft – die Aura schöner alter Dinge, so als hätte die Liebe und Kunstfertigkeit, der sie ihre Existenz und ihr Fortbestehen verdankten, ihnen eine Ausstrahlung von unsterblicher Eleganz verliehen.

Die Tür ging auf, und ein Mann in mittleren Jahren trat ein. Er war graumeliert, gut gekleidet, hatte kluge, eng zusammenstehende Augen und vermittelte insgesamt den Eindruck, als mischten sich in seinem Charakter englische Kaltblütigkeit mit französischem Temperament. Seine Haltung verwies auf französische Vorfahren, während sein Gesichtsausdruck eher englisch wirkte.

Er musterte Polly für den Bruchteil einer Sekunde, lächelte dann und streckte ihr herzlich die Hand entgegen.

»Mrs. McCann, seien Sie gegrüßt. Ich bin Aubrey Denniston-Figgs.«

»Guten Tag.«

Polly nahm seine Hand. Dass er ihr die Hand gab, war einerseits nüchterne Geste, andererseits lag aber auch eine gewisse Wärme darin, so dass Polly sich in diesem Augenblick auch als Mensch anerkannt fühlte, und dafür war sie ihm dankbar.

»Wenn ich Sie in mein Büro bitten dürfte, dort können wir uns ungestört unterhalten. Mrs. Rollinson wird auch gleich kommen.«

Polly folgte ihm die Treppe hinauf und betrat ein Büro mit einem viktorianischen Mahagonischreibtisch; das Fenster lag zur Straße hinaus. Aus irgendeinem Grund war sie vollkommen ruhig geworden. Die Atmosphäre, die hier herrschte, machte ihr keine Angst. Mochte das Hausfrauendasein auch noch so entwürdigend und quälend sein – hier, in diesen Londoner Geschäftsräumen, wurden keine Anforderungen an sie gestellt, die nicht ihrem eigenen leidenschaftlichen Streben entsprochen hätten.

Sie fühlte sich wohl in ihrer Haut, in Muriels schönem Kostüm, in ihrem neuerdings schlanken Körper, der ihr ein Gefühl von Geschmeidigkeit und Anmut gab; sie fühlte sich wohl in einer Umgebung, in der ihre aufkeimende Individualität nicht als Exzentrizität missdeutet wurde. Bei einem flüchtigen Blick in einen Spiegel erkannte sie, dass die Frau, die sie sah, die wirkliche Polly war.

Man bot ihr einen Stuhl an, und sie schüttelte Mrs. Rollinson die Hand, einer großartig aussehenden Frau Mitte fünfzig, beantwortete Fragen, quittierte gelegentliche Scherze mit schlagfertigen Bemerkungen.

»Wir suchen nach einer Mitarbeiterin«, erklärte Mrs. Rollinson, »die mit diesem Geschäft vollkommen vertraut ist. Aber Sie scheinen mir recht wenig praktische Erfahrung zu haben.«

»Das stimmt. Erfahrungen kann man jedoch sammeln. Was man sich nicht ohne weiteres aneignen kann, sind die Leidenschaft und das Interesse für das Geschäft, die einen dazu bringen, sich voll und ganz einzusetzen.« Polly sah sich um. »Ich würde mich glücklich schätzen, mein Leben inmitten dieser Dinge zuzubringen. Was Sie von mir bekommen können und was Sie vielleicht nicht überall finden, ist Motivation!«

Mr. Denniston-Figgs runzelte die Stirn, als wäre dieses Bekenntnis allzu enthusiastisch für seinen Geschmack; dann griff er in eine Schublade und holte einen Lederkasten heraus. Er enthielt eine Kollektion Silberlöffel. Er schob ihn ihr über den Schreibtisch zu.

»Was halten Sie davon?«

Polly nahm einen Löffel heraus, dann noch einen, prüfte den Feingehaltsstempel.

»Diese«, sagte sie nach einer Weile und wählte zwei Löffel aus, »sind aus Sterlingsilber, Edinburgh, um 1808. Und diese«, fuhr sie fort und griff nach zwei kleineren, »sind Apostellöffel, um das Jahr 1630 zu datieren, während es sich bei den größeren um Tafelbesteck handelt, um 1765, hergestellt im Betrieb von Joseph Hancock, wenn ich nicht irre.«

»Und auf wie viel würden Sie sie schätzen?«

Polly erschrak. »Ehrlich gesagt, bin ich da nicht mehr auf dem Laufenden. Die Apostellöffel sind am wertvollsten, gefolgt von denen aus Edinburgh ... Aber das liegt wohl auf der Hand!«

»Nur für die Eingeweihten«, meinte Mrs. Rollinson lächelnd.

»Und Sie haben ja einen hervorragenden Abschluss«, ergänzte Mr. Denniston-Figgs, »in Kunstgeschichte.«

»Ja.«

»Aber Sie haben Ihre berufliche Laufbahn abgebrochen? Warum, wenn ich fragen darf?«

»Aus verschiedenen Gründen. Ehemann, Kinder, das Fehlen echter Berufschancen da, wo ich herkomme ... familiäre Verpflichtungen. Aber meine Kinder sind inzwischen erwachsen. Jetzt bin ich frei und würde mich gern ganz der Arbeit widmen, die ich liebe.« Sie sah ihre Gesprächspartner an. »Ganz ehrlich gesagt, ich möchte jetzt wieder anfangen zu leben!«

Sie entspannte sich ein wenig und ließ ihren Gesprächspartnern Zeit zum Überlegen. Sie wollte nicht den Eindruck erwecken, dass ihre Begeisterung einer neurotischen Angst entsprang. Aber sie fand, dass sie ein Recht hatte, ihre Situation ernsthaft und aufrichtig darzustellen, wie immer man es ihr auslegen würde.

Mrs. Rollinson lächelte. »Ganz ehrlich gesagt«, griff sie Pollys Formulierung auf, »sind Sie eine Frau ganz nach meinem Herzen!«

Polly trat auf die sonnige Straße hinaus. Das Gespräch war gut gelaufen. Das Gefühl, dass sie ihrem Ziel ein Stück näher gerückt war, erfüllte sie mit solcher Lebensfreude, dass ihr fast schwindlig wurde. So ist einem also zumute, wenn man sein Leben selbst in die Hand nimmt, dachte sie, man spürt die eigene Kraft.

Es folgten ein paar nüchternere Überlegungen – vielleicht würde sie den Job ja doch nicht bekommen. Aber ob es nun gut ausging oder nicht, sie war sich bewusst, dass sie den Kampf gegen die Mächte der Entropie und der Tradition aufgenommen hatte. Sie hatte Zugang zu ihren inneren Kraftquellen gefunden.

Und was fange ich jetzt mit meiner Zeit an?, fragte sie sich. Es liegt ein wunderbarer Tag vor mir, der nur darauf wartet, gelebt zu werden.

Sie konnte in die Wohnung am Eaton Square gehen, die sie heute Morgen, wie erwartet, leer vorgefunden hatte. Um sie herum pulsierte das Großstadtleben. Für einen Einkaufsbummel hatte sie kein Geld, aber eines konnte sie machen, dachte sie, einem impulsiven Einfall folgend. Sie konnte die U-Bahn nehmen und Keith Warrington in Wimbledon besuchen!

Muriel fühlte sich wie eine Schnecke am Meeresgrund. Sie verbarg sich unter einem Korallenriff, da sie wusste, dass sie gejagt wurde. Fischschwärme in schillernden Farben stoben vorüber, die Meerespflanzen wiegten sich in der Strömung des Unterwassermärchenlandes; aber Muriel, die Seeschnecke, drückte sich tiefer in ihr Versteck und wartete.

Gesprächsfetzen, traumartig, ohne Zusammenhang, drangen von der Welt dort oben an ihr Ohr.

»Sie ist noch nicht bei Bewusstsein ... wir müssen abwarten ...«

Und dann: »... eine radikale Methode ... aber es gibt keine Alternative ...«

Sie war froh, dass dieses Gerede nichts mit ihr zu tun hatte, dass sie sich in ihre Korallenfestung zurückziehen konnte, wo sie sich sicher fühlte. Es war schön, sich sicher zu fühlen. Nur geliebt zu werden war noch schöner, aber das wurde nur den vom Himmel Auserwählten zuteil.

16. Kapitel

Keith kehrte von seinem Morgenspaziergang mit Herbie im Stadtpark zurück. Er hatte Mrs. Jopling getroffen, die ihn ein wenig aufgemuntert hatte, zumal sie so redselig war, dass er wenig tun musste, um das Gespräch in Gang zu halten. Er brauchte nur gelegentlich ein »Hmm«, ein »Tatsächlich?« oder ein »Ach ja?« beizusteuern. Fluffsy allein hatte schon Stoff für einen zehnminütigen Monolog geliefert. Sie sollte wirklich an einer Hundeschau teilnehmen; es gab nicht viele Pudel, die so intelligent und schön waren ... fand er das nicht auch?

»Auf jeden Fall!«, sagte Keith und verfiel wieder in die grüblerische Stimmung, unter der er heute zu leiden hatte.

Nichts lief so, wie es laufen sollte. Sein zweiter Artikel über Schizophrenie war überfällig. Sophie würde erst im Herbst wieder aus Amerika zurückkommen, und das Haus stand zum Verkauf – gestern hatten sie das Schild aufgestellt. Und dann war da noch diese hirnrissige Angelegenheit mit dem Lottoschein, die aber anscheinend auf Tatsachen beruhte, und es ging dabei um viel Geld. Er hoffte, dass es sich um einen Irrtum handelte und er nie wieder mit dieser verrückten Irin, dieser Pauline, reden musste.

Und doch, wenn er an sie dachte, fühlte er sich innerlich lebendig und frisch, so als füllte sich ein ausgetrocknetes Flussbett wieder mit Wasser. Warum das so war, wusste er nicht, und er wollte auch keine Zeit damit vertun, darüber nachzudenken. Die Begegnung mit ihr war wie ein Traum gewesen, von dem nichts blieb außer einer freundlichen Erinnerung.

Die Kastanien prangten in üppigem Grün, die hellen Birken leuchteten im Sonnenschein. Die Eichhörnchen beobachteten die Spaziergänger aus luftiger Höhe und huschten dann plötzlich mit schwereloser Anmut davon. Herbie bellte der Form halber; er kannte diese wendigen kleinen Wesen, und sie kannten ihn; sie wussten längst, was sie voneinander zu halten hatten.

Keith warf den Ball; Herbie brachte ihn wieder und beschnüffelte quasi besitzergreifend Fluffsys Hinterteil. Die Pudeldame streckte die Nase in die Luft, warf ihrem Frauchen einen gequälten Blick zu und schaute dann Herbie nach, der sich verzogen hatte, um an einem ihm geeignet erscheinenden Baum das Bein zu heben, dabei jedoch ein Gesicht machte, als wäre es ihm peinlich.

»Ich frage mich, ob das eine Art Kode ist«, bemerkte Mrs. Jopling. »Wissen Sie ... wie die Sprache der Fächer ... in früheren Zeiten, meine ich natürlich. Ich meine, vielleicht ist es eine Art Hundezeichensprache ...«

»Hmm?«, sagte Keith. »Da könnten Sie Recht haben, Mrs. Jopling.«

Sie gingen zum Windmill Café und setzten sich an einen der Holztische im Freien. Die Hunde hatten sich hechelnd zu ihren Füßen niedergelassen. Keith ging hinein, um zu bestellen.

»Zweimal Tee, bitte.«

»Kännchen oder Tasse?«

»Wie bitte? Oh ja ... zwei Kännchen. Und zwei Stück Apfelkuchen.«

Er trug Tee und Kuchen zu der strahlenden Mrs. Jopling hinaus.

»Vielen Dank. Es ist nett, hier draußen zu sitzen und die Welt ringsherum zu beobachten, nicht wahr?«

Keith sah sich um. Ein Polizist zu Pferde ritt auf der anderen Seite der Hecke vorüber. Jenseits davon erstreckte sich der Stadtpark mit den sonnenbeschienenen Baumwipfeln. An einem Nachbartisch saß ebenfalls ein Paar, das Tee trank und ein offenbar nicht sehr fesselndes Gespräch führte. Sonst war niemand zu sehen.

Das ist wohl kaum die Welt, dachte Keith. Er lauschte noch eine Weile geduldig weiteren Schilderungen von Fluffsys Wundertaten.

Ich denke, ich sollte mehr Abwechslung in meinen Tagesablauf bringen, überlegte er. Bernard hatte wahrscheinlich recht. Aber ich weiß nicht, wie ich es anstellen soll.

Mrs. Jopling teilte ihm gerade mit, dass sie Marcia hieße, und meinte, man brauche ja nicht so förmlich zu sein. Als ihr Keith eine Antwort schuldig blieb, fügte sie schnell hinzu, sie wolle sich selbstverständlich nicht aufdrängen und werde ihn gerne auch künftig mit Dr. Warrington ansprechen, wenn er den vertraulichen Ton nicht schätzte.

»Oh ja, ja natürlich«, sagte Keith. »Vornamen ... ich heiße Keith ... und Sie?«

»Marcia«, wiederholte Mrs. Jopling.

»Prima«, sagte Keith.

Wenn Mo erst im Herbst nach Hause kommt, fuhr er in seinen Überlegungen fort, wird sie das Haus nie wieder von innen sehen, weil es bis dahin verkauft ist. Sie wird traurig sein ... das arme Kind. Das hat uns Bernard eingebrockt, dieser verdammte Kerl! Ich hätte es mir eigentlich denken können!

»Sie fühlen sich doch bestimmt manchmal einsam, Keith«, säuselte Mrs. Jopling, »seit Ihre liebe Frau nicht mehr da ist.«

»Hmm?«, machte Keith. Er dachte gerade an Mo und wie er ihr die ganze Angelegenheit beibringen sollte.

Als Mrs. Jopling nicht weitersprach, fuhr er aus seiner Versunkenheit auf und wiederholte: »Meine liebe Frau ... oh, natürlich ... einsam? Ja, manchmal, würde ich sagen. Ja, natürlich.«

Dann wurde ihm mit jener Klarsicht, die seine Gabe und manchmal auch sein Fluch war, klar, dass auch sie einsam war, einsamer, als er es sich hatte träumen lassen; eine alternde Frau, die sich selbst durch die Brille der vorherrschenden Sozialordnung sah, lebendig begraben unter der Zellstruktur der sogenannten Gesellschaft. Wenn wir uns selbst nach den Verwüstungen definieren, die die Zeit anrichtet, blockieren wir damit unsere Lebensenergie. Und doch sind dieses Feuer und der Schwung das einzige, was wir jemals hatten.

Ein Ausspruch von Yeats kam ihm in den Sinn, über die Seele, die in die Hände klatscht und bei jedem Zeichen der Sterblichkeit lauter singt, aber der genaue Wortlaut wollte ihm nicht einfallen.

»Kommen Sie doch mal auf einen Drink vorbei«, schlug er vor. »Ich wollte Sie schon längst einmal einladen.«

Mrs. Jopling strahlte. »Oh, wie nett von Ihnen! Wann würde es Ihnen denn passen?«

»Warum nicht gleich heute?«, meinte Keith freundlich.

»Wie nett. Um welche Uhrzeit?«

»So gegen sechs? Wäre Ihnen das recht?«

»Ja, danke.«

Als sie sich verabschiedeten, sagte Keith: »Vielen Dank für das Plauderstündchen ... es war sehr angenehm ... Verzeihung, wie war doch gleich Ihr Vorname?«

»Marcia!«

»Ich muss mich nochmals entschuldigen. Heute bin ich ein wenig zerstreut ... in Gedanken, wissen Sie.«

Mrs. Jopling erklärte, das verstünde sie vollkommen.

Als Keith Herbie gefüttert hatte, warf er einen Blick in den Kühlschrank, um zu sehen, welche Köstlichkeiten er für sich auf den Tisch bringen konnte. Er fand einen schlaffen Kopfsalat, den er vor zwei Tagen gekauft und dann vergessen hatte, sowie zwei verschrumpelte Tomaten.

Ich mache mir einen Salat, dachte er. Irgendwo mussten noch ein paar Eier sein; ein bisschen Mayonnaise konnte auch nicht schaden. Unschlüssig betrachtete er den welken Salat. »Wie erwecken wir den wieder zum Leben?«, fragte er Herbie. »Ob es wohl hilft, wenn ich ihn ein wenig in Wasser lege?«

Herbie, der sein Mittagessen schon vertilgt hatte, biss sich zwischen den Hinterbeinen, wo es ihn schon den ganzen Morgen über gejuckt hatte, aber als sein Herrchen ihn ansprach, blickte er treu zu ihm auf.

»Wir sind nicht gerade Meisterköche, wir beiden, was?«

Herbie war derselben Meinung. »Na, dann probieren wir's einfach aus«, murmelte Keith, warf den Salat in eine Schüssel und ließ sie mit Wasser voll laufen.

Keith nahm sein Essen mit nach draußen auf die Veranda. Der Salat hatte sich als Enttäuschung erwiesen. Statt frisch und knackig zu werden, hatte er sich mehr oder weniger in Schleim aufgelöst, und so musste sich Keith mit hart gekochten Eiern und den essbaren Teilen der Tomaten begnügen. Nicht dass ihn die Runzeln gestört hätten, doch die kleinen weißen Stellen, die er bei näherer Untersuchung entdeckte, waren ihm nicht ganz geheuer. »Na ja, ein bisschen Penicillin hat noch keinem geschadet!«, sagte er sich dann, schnitt die Stellen aber doch lieber weg.

Der Garten blühte in voller Pracht, und Keith verdrängte den wehmütigen Gedanken, dass er nie wieder den Sommer hier würde genießen können. Lebe im Jetzt, sagte er sich;

Kummer und Sorgen kommen noch früh genug. Warum soll man seine Zeit damit vertun, sich wegen der Zukunft zu ängstigen und die Vergangenheit zu betrauern? Da kann man sich ja gleich ins Grab legen. Doch dessen ungeachtet kamen die Erinnerungen immer wieder hoch: die sommerlichen Abendessen auf dem Rasen; Bernard als rüstiger Großvater mit der kleinen Sophie. »Mo«, hatte sie geschrien, als er aufhörte, sie mit Eis zu füttern, und mit ihren kleinen Fäusten gefuchtelt. »Will Mo!«

Marguerite lächelte zurückhaltend, wie immer, als wollte sie sagen, dass es in Ordnung war, die Situation von der komischen Seite zu sehen, solange man sich nicht manipulieren ließ; Marguerite im kurzen Sommerkleid, die langen Beine auf dem Liegestuhl. »Du verziehst sie, Daddy.«

»Miss Mo verziehen?«, sagte Bernard, zog die Brauen hoch und betrachtete das zornige Baby voller Entzücken. »Unsinn! Solche Leidenschaft fürs Leben muss belohnt werden! Stimmt's, Keith?«

Geister, sie alle, außer Sophie und ihm selbst. Zwei erledigt, bleiben noch zwei übrig.

Als er mit seinem Imbiss fertig war, hätte er eigentlich hineingehen und sich an den Computer setzen müssen, aber er zögerte. Es war so ein schöner Tag; die leichte Brise ließ das Laub rascheln und beschwor Erinnerungen an andere wunderbare Sommertage herauf; er brachte es im Augenblick einfach nicht über sich, sich vom Fleck zu rühren.

Als es an der Tür läutete, war er schon halb eingeschlafen. Er fuhr auf, als Herbie plötzlich bellte und den Kopf hob.

»Ist jemand an der Tür, alter Junge?«

Voller Entsetzen fiel ihm Mrs. Jopling wieder ein. Er wusste, dass er sie eingeladen hatte, aber nicht mehr, um welche Uhrzeit. Er beeilte sich nicht, zur Tür zu kommen, und deshalb war die Besucherin schon wieder am Gartentor, als er öffnete.

Nein, es war nicht Mrs. Jopling, sondern eine elegante Blondine. Sie drehte sich um, als die Tür aufging, und kam lächelnd auf ihn zu. Keith fluchte leise und ging ihr entgegen. Sie sah dieser Pauline zum Verwechseln ähnlich, nur war diese Frau schlank, strahlte Selbstsicherheit und Sexappeal aus, und sie lachte.

»Hallo«, sagte Polly. »Ich dachte, ich schaue mal vorbei ...« Keith war noch nicht ganz wach.

»Aber ... Sie sind doch ... Oh, natürlich ... die Schwester ... mit dem merkwürdigen Namen ... Concepta!«, fügte er triumphierend hinzu; er freute sich, dass es ihm wieder eingefallen war.

Polly sah ihn ernst an. Sie konnte diese Farce noch eine Weile aufrechterhalten, um dann gemeinsam mit ihm darüber zu lachen – wenn er Humor hatte. Oder sie rückte gleich mit der Sprache heraus. Aber plötzlich erkannte sie, dass alles andere als Aufrichtigkeit sinnlos und unwürdig gewesen wäre.

»Keith, es fällt mir schwer, es zuzugeben, aber Concepta hat es nie gegeben; immer nur mich!«

Keith fing an zu lachen. »Wer hätte das gedacht?«

»Im ersten Augenblick habe ich geglaubt, Sie seien ausgezogen«, sagte Polly. »Weil hier dieses Schild steht – Zu verkaufen.«

Keith folgte ihrem Blick zu dem viereckigen Schild mit der Aufschrift Spiffney & Co., Immobilienmakler; auch die Telefonnummer war angegeben.

»Ach ja«, sagte er. »Ich will eigentlich gar nicht verkaufen; nur ist mit der Hinterlassenschaft meines Schwiegervaters einiges schiefgelaufen. Aber kommen Sie doch herein. Sie sehen ein bisschen anders aus, es muss an der Frisur liegen.«

»Ich weiß«, sagte Polly seufzend. »Ich habe auch etwas abgenommen. Stört es Sie, dass ich einfach so hereinschneie? Ich dachte, wo ich doch gerade in London bin, schaue ich mal vorbei ... und sehe mir diese Schnupftabakdosen an, mit denen Sie mir keine Ruhe lassen!«, fügte sie mit schelmischer Miene hinzu. »Das heißt, wenn Sie noch interessiert sind.«

Als Keith darauf nichts erwiderte, sagte sie schnell: »Ich weiß, ich hätte vorher anrufen sollen.«

»Ehrlich gesagt«, erklärte Keith, führte sie auf die Veranda hinaus und räumte das benutzte Geschirr ab, »bin ich ziemlich verblüfft. Ich habe nämlich versucht, Sie zu erreichen. Haben Sie meinen Brief nicht bekommen?«

Polly griff nach seiner Kaffeetasse und folgte ihm in die Küche.

»Ihren Brief? Nein ...«

»Ich habe ihn gestern abgeschickt.«

»Ich bin heute Morgen in London angekommen.«

Pollys Blick fiel auf die schleimige grüne Masse auf dem Abtropfbrett.

»Was ist denn das?«

»Ich weiß nicht recht«, sagte Keith. »Ich dachte, es wäre ein Kopfsalat, aber er hat mich eines Besseren belehrt!« Er warf den unansehnlichen Salat in den Müll.

Polly lachte. Keith nahm eine Flasche Wein aus dem Kühlschrank und holte zwei Gläser.

»Kommen Sie und setzen Sie sich, wie ein braves Mädchen. Ich möchte mit Ihnen reden.«

Polly setzte sich an den weißen schmiedeeisernen Tisch aus der Zeit König Edwards, den Marguerite einst gekauft hatte, und blickte in den Garten hinaus; Keith reichte ihr ein Glas Wein.

»Die Sache ist die ... hier, trinken Sie das ... Sie werden es brauchen!«

»Warum werde ich das brauchen?«, fragte Polly liebenswürdig. »Das klingt, als wollten Sie mir eine schlechte Nachricht überbringen!«

Keith sah ihr argloses Gesicht, ihre dunklen Augen, und fragte sich, wie er es ihr beibringen sollte. Wieder überkam ihn das Gefühl, dass sie nicht ganz dieser Welt angehörte, in einem Zustand der Unschuld lebte. Und er spürte ihren Mut – als wäre sie ein scheues Waldtier, das sich in die Ebene vorwagt, um sich einmal umzusehen. Bisher war ihr Abenteuer erfolgreich verlaufen, nach der Wärme zu urteilen, die sie ausstrahlte, der stillen Freude eines Wesens, das sich im Überlebenskampf gut behauptet hat.

»Die Sache ist die, Pauline ... ich habe nach Ihrem letzten Besuch Ihren Lottoschein gefunden. Als wir telefoniert haben, hatte ich das vergessen. Deswegen habe ich versucht, Sie zu erreichen.«

Polly wurde rot. »Oh Gott! Es tut mir leid, Sie mit so etwas überhaupt belästigt zu haben! Wo ist er denn?«

»Ich fürchte, er ist verschwunden, und ich vermute das Schlimmste. Meine Putzfrau ist überraschend in die Ferien gefahren, und ich habe bei der irischen Lotterie erfahren, dass der hohe Gewinn vom Osterwochenende kürzlich von einer Frau aus London beansprucht wurde.«

Polly rührte sich nicht. »Was wollen Sie damit sagen?«, fragte sie bedächtig. »Dass Sie glauben, Ihre Putzfrau hat meinen Lottoschein gefunden und den Gewinn einkassiert?«

»Könnte sein ... Ich weiß nur, dass der Schein im Haus war, und dann war er fort. Und jetzt ist der Gewinn weg und sie auch.«

»Das muss ein Zufall sein!«, sagte Polly, die sich angesichts der Ungereimtheiten dieser Episode ihres Lebens kaum das Lachen verkneifen konnte. »Solche Dinge passieren in Wirklichkeit nicht!«

»Natürlich nicht«, meinte Keith unsicher. »Aber trotzdem ...«

Er sah sie an. Er hatte damit gerechnet, dass sie sich aufregen, vielleicht sogar die Fassung verlieren würde. Es war ihm schrecklich unangenehm gewesen, ihr diese Eröffnung machen zu müssen. Aber Pauline wirkte gelassen, beinahe resigniert.

»Erschüttert Sie das denn gar nicht?«

»Was geschehen ist, kann man nicht ungeschehen machen«, zitierte Polly ihren Lieblingsausspruch. Doch insgeheim dachte sie: Du darfst dich nicht in diese Farce verwickeln lassen. Glaub bloß nicht, dass es ein so unwahrscheinliches Zusammentreffen von Umständen tatsächlich gibt.

»Aber vielleicht kann man es doch ungeschehen machen. Wenn sich herausstellt, dass ein Fall von Betrug vorliegt, kann man die Gerichte einschalten«, erklärte Keith ernst.

Polly sah ihn nachdenklich lächelnd an. »Und warum glauben Sie, dass eine Frau, die gerade vier Millionen Pfund gestohlen hat, aus dem Paradies, in dem sie das Geld verpulvert, brav und bescheiden wieder heimkehrt?«

»Daran hatte ich gar nicht gedacht!«, rief Keith aus. »Aber das Gesetz hat einen langen Arm.«

»Das stimmt. Aber dazu braucht es in der Regel eine kleine Vorbedingung namens Beweis! Wissen Sie ... man muss sich die Mühe machen, dem Übeltäter seine Tat nachzuweisen!« Sie sahen sich in die Augen; dann mussten sie beide lachen und blickten in den Garten hinaus.

»Was würden Sie denn damit machen?«, fragte Keith schließlich. »Mit dem Geld, meine ich, wenn Sie es hätten?«

»Ein Haus mit Garten kaufen ...«

»Dann leben Sie also in einer Wohnung?«

»Nein«, sagte Polly. »Ich wohne in einem Haus, aber der Garten ist nicht besonders groß. Es ist eine ganz gewöhnliche

Doppelhaushälfte. Und ich habe kein eigenes Geld. Jetzt bin ich nach London gekommen, um mir Arbeit zu suchen. Ich bin groß darin, andere Wirklichkeiten für mich zu entwerfen; ich habe Sie sogar angelogen, nur um mir meine Verlegenheit nicht anmerken zu lassen!«

Sie wich seinem Blick aus. Sie dachte an Cat und Wags und die kahle Ecke des Rasens, wo die Jungs das Gras zertrampelt hatten; sie dachte an Martha und ihre fiktive Fehlgeburt auf dem Boden; sie dachte an die richterliche Verfügung zum Verkauf des Hauses; sie stellte sich vor, in einer neuen Hundehütte weit weg von ihren Freunden leben zu müssen.

»Sind Sie verheiratet?« Er stellte diese Frage sehr vorsichtig.

»Eigentlich nicht«, erwiderte Polly nach einer Weile. »Obwohl ich dachte, ich wäre es.«

»Könnten Sie das näher erklären?«

»Sicher. Ich bin mit einem Mann namens Rory Caine in den Stand der Ehe getreten. Aber er war schon verheiratet, folglich muss man das Ganze wohl als Bigamie bezeichnen!« Sie sah ihn an und lachte über seinen Gesichtsausdruck. »Lieber Himmel, Sie müssen mich für eine arme Irre halten!«

»Keineswegs«, entgegnete Keith höflich. »Ich finde Ihre Geschichte faszinierend! Sind Sie noch mit diesem Rory zusammen?«

»Wir wohnen im selben Haus. Ich möchte ihn verlassen. Und wie es gekommen ist, dass ich so in der Patsche sitze – das ist eine lange Geschichte! Sie hat mit all den Fiktionen zu tun, die in Irland existieren ... Schauen Sie doch!«, rief sie begeistert. »Ist das nicht eine wunderschöne Katze!«

Keith folgte ihrem Blick und sah das rauchblaue Fell Jocastas, die im Gebüsch saß und sie aus unergründlichen Augen anstarrte.

»Das ist Jocasta«, sagte er. »Sie gehört unseren Nachbarn.« Herbie setzte sich auf und knurrte.

»Sitz!«, befahl Keith und setzte lakonisch hinzu: »Jocasta ist typisch weiblich, sie spielt mit den Gefühlen anderer.«

Polly runzelte die Stirn. »Halten Sie das für typisch weiblich?«

»Eigentlich nicht. Im Grunde sind die Männer diejenigen, die viel versprechen und nichts halten. Sie versprechen alles Mögliche: Liebe, Zärtlichkeit, Sicherheit, Glück – alles, was Frauen wollen. Doch bei vielen ist nichts dahinter, und in meinem Beruf sieht man dann die Folgen.«

Nach einer Weile sagte Polly: »Keith, Sie sind doch Psychiater ... nicht wahr?«

»Ja.«

»Und Sie sind im Ruhestand?«

»Ja, gezwungenermaßen. Ich habe Angina pectoris. Folglich muss ich ein braver Junge sein und darf die alte Pumpe nicht überlasten. Aber ich schreibe hin und wieder Fachartikel, das hält mich geistig fit.«

»Dann kennen Sie sich mit allen möglichen merkwürdigen Dingen aus, die in der menschlichen Psyche vorkommen?« Keith hörte mit einem Mal sehr aufmerksam zu. Er rührte sich nicht, aber er bemerkte, dass Polly den schmiedeeisernen Tisch anstarrte. Sie kam ihm plötzlich sehr jung vor.

Beinahe ausdruckslos fragte er: »Welche merkwürdigen Dinge?«

Polly holte tief Luft. »Ich habe da eine Freundin, wissen Sie ... Nein, es geht um mich. Ich muss endlich damit aufhören, andere Existenzen für mich zu erfinden. Die Wahrheit ist – ich höre Stimmen!«

Als Keith dazu nichts sagte, fuhr sie fort: »Ich meine Stimmen, oder besser gesagt: eine Stimme, in meinem Kopf.«

»Erzählen Sie weiter!«

Polly blickte in den Garten hinaus, auf den mit Natursteinen gepflasterten Weg, der sich zu einem gemütlichen Plätzchen bei der freundlich aussehenden Ziegelmauer wand. Die kleine rustikale Bank in der Ecke war durch niedrige Lavendelbüsche, einen Magnolienbaum und eine Pergola abgeschirmt. Plötzlich verspürte Polly das Verlangen, dort zu sitzen.

»Es ist eine Art Dialog mit mir selbst. Es hat vor ungefähr einem Jahr angefangen ...«

»Ist es eine Stimme oder ein Gedanke?«

»Eigentlich eher ein Gedanke ... ich meine, es ist nicht eine Stimme in dem Sinne, dass ich wirklich eine akustische Erfahrung mache.«

»Was sagt sie denn?«

»Oh, dies und das! Geplapper, weise Aussprüche, manchmal ist sie auch unverschämt oder wütend ...«

»Das ist alles?«

»Also, außer dass sie mir einmal nahe legte, der Katze den Kopf abzuhacken, hat sie mich nicht zu Gewalttaten aufgefordert, wenn Sie das meinen!«

Keith nickte.

»Und, nebenbei bemerkt, habe ich der Katze auch nichts getan!«, fügte Polly rasch hinzu.

Keith entspannte sich. Er sah ihr in die Augen, als sie sich ihm zuwandte.

»Erleben Sie diese Stimme als etwas, das von jemand anderem ausgeht?«, fragte er.

»Oh nein. Das bin ich, und ich rede mit mir selbst!«

»Dann projizieren Sie, das ist alles.«

Polly stand auf. »Ich kann nicht anders, ich muss mich auf diese Bank am anderen Ende des Gartens setzen. Haben sie etwas dagegen?«

Keith begleitete sie zu der kleinen Holzbank neben dem Magnolienbäumchen. Und in diesem lauschigen Winkel erzählte ihm Polly die ganze Wahrheit über ihr Leben. Sie erzählte ihm von Rory im Cyberspace, von Peter und Jason, von

Susie. Sie erzählte ihm, wie sie in der Kälte neben dem Briefkasten gewartet und der Postbote sich geweigert hatte, ihr den Brief zurückzugeben. Sie erzählte ihm von ihrer Einsamkeit und dass die Fahrt nach Wimbledon ein kleines Abenteuer für sie gewesen war. Auch Muriel und die Kinder und das Dorf und Madge mit ihrer Tochter Peggy und der arme alkoholabhängige Sam kamen in ihrer Geschichte vor. Und sie berichtete von Martha, die ihr solche Sorge bereitete. Und zuletzt erzählte sie, dass sie zu einem Vorstellungsgespräch nach London gekommen war und in der todschicken Wohnung am Eaton Square übernachtete, während ihr Bruder und seine Verlobte auf Reisen waren.

»Aber diese Stimme«, sagte sie abschließend, »die macht mir Sorgen. Sie ist wie ein kritisches Alter ego, fordert mich ständig heraus.«

»Ist sie immer da?«

»Nein ... nur ab und zu.«

»Und sehen Sie dabei auch etwas? Manifestiert sie sich visuell?«

»Lieber Himmel, nein! Visionen haben mir gerade noch gefehlt.«

»Ich kann Ihnen keinen ärztlichen Rat erteilen«, sagte er schließlich. »Nicht weil ich im Ruhestand bin und geistig nicht mehr auf der Höhe wäre, sondern weil ich glaube, dass ich Sie ... ziemlich gern mag. Aber ich kann Ihnen jemanden empfehlen, wenn Sie das möchten. Ich persönlich glaube aber nicht, dass Sie ein ernstes Problem haben. Es ist erst in jüngster Zeit aufgetreten und steht in Zusammenhang mit Stress. Sie haben keine Halluzinationen, und es quält Sie ja auch nicht unaufhörlich. Ich vermute, dass Sie über längere Zeit Ihre Identität verleugnet haben, und die will jetzt zu ihrem Recht kommen!«

»Also bin ich normal?«

»Vollkommen, würde ich sagen.«

»Und Sie ... was ist mit Ihrer Angina?«, fragte sie.

»Ach, die ist unter Kontrolle!«, erklärte Keith rasch. »Ich habe das Rauchen aufgegeben und schlucke brav meine Pillen. Ich habe eine annehmbare Lebenserwartung und kann mir, wenn nötig, einen Bypass legen lassen. Klingt das zu sehr nach einem Empfehlungsschreiben?«

Er griff nach ihrer Hand. »Ich sollte Stress eigentlich meiden, aber im Augenblick packt mich ein Stress, der mir ganz angebracht erscheint ...«

Als Mrs. Jopling kam, öffnete ihr niemand die Tür, also ging sie ums Haus herum in den Garten. Und da sah sie Keith Warrington und eine blonde Frau, die auf der Bank unter der Pergola saßen und sich küssten. Die beiden saßen aufrecht da, hielten Händchen und küssten sich vorsichtig, wie Teenager beim ersten Rendezvous. Eine kleine Siamkatze, halb im Gebüsch verborgen, starrte sie neugierig an. Du meine Güte, dachte Mrs. Jopling und trat rasch den Rückzug an. Und ich habe immer gedacht, Dr. Warrington sei ein so netter, ruhiger Mann ...

An den beiden folgenden Tagen erwies sich jedoch, dass weder Keith noch Polly so waren, wie sie immer gedacht hatten. Denn keiner von beiden war ruhig, obwohl sie sich gegenseitig wirklich sehr nett fanden.

Doch erst einmal zeigte Keith Polly seine Sammlung silberner Schnupftabakdosen.

»Sehr hübsch«, bemerkte sie eifrig, prüfte die Feingehaltsstempel und schätzte das Herstellungsjahr. »Stell dir mal vor, welche Nieserei die alle miterlebt haben! Das fasziniert mich wirklich an alten Sachen ... der menschliche Bezug, die Hände, die Augen, die einmal darauf geruht haben, die Schicksale, mit denen sie verbunden sind.«

Sie hielt inne, denn sie wollte ihn nicht mit ihrem Hobby langweilen. Stattdessen griff sie nach einem sechseckigen Döschen mit einem durchbrochenen, gravierten Deckel. »Das ist übrigens keine Schnupftabakdose!«

»Was dann?«

»Es ist eine Riechdose.«

»Oh?«

»Man hat darin ein aromatisches Stärkungsmittel aufbewahrt«, erklärte Polly betont geziert, »zum Beispiel Riechsalz ... für den Fall, dass eine Dame ohnmächtig wurde.«

Keith lachte. »Weißt du was, wir sollten uns auch ein aromatisches Stärkungsmittel gönnen ... für den Fall, dass wir ohnmächtig werden. Lass dich von mir zum Essen ausführen!«

Später begleitete er sie zu der Wohnung am Eaton Square. »Möchtest du noch auf einen Schlummertrunk mit rauf?«, fragte Polly. »Ich habe ein reichhaltiges Angebot an Schnaps in meiner Luxusabsteige und bin aufgefordert worden, mich nach Herzenslust zu bedienen!«

»Vielen Dank«, sagte Keith, und ehe er sich recht versah, saß er oben in der Wohnung auf der Couch. Polly holte Eis, schenkte für ihn einen Dubonnet und für sich selbst einen Gin Tonic ein. Dann zog sie ihre Schuhe aus und machte es sich in einem Sessel bequem.

»Wie gefällt dir die Wohnung?«, fragte Polly mit ausladender Geste.

»Sehr hübsch! Nur ein bisschen dekadent ... Womit verdienen sich dein Bruder und seine Verlobte doch gleich wieder ihren Lebensunterhalt?«

Polly zuckte die Achseln. »Ich habe nicht gefragt. Es wäre mir unhöflich vorgekommen, so neugierig zu sein. Anscheinend haben sie Geld wie Heu. Tom hat nie einen Beruf erlernt.

Als er nach London kam, war er noch ganz jung, also muss er wohl etwas Außerordentliches auf die Beine gestellt haben. Er hat zwanzig Jahre lang nicht mit mir gesprochen, weil ich entgegen seiner Anordnung Rory geheiratet habe.«

»Aber ich dachte, du wärst nicht richtig mit Rory verheiratet?«

»Bin ich auch nicht – es war doch nur eine kirchliche Trauung. Aber Tom hat sich darüber geärgert ... Er hat gesagt, dass ich mein Leben wegwerfe.«

»Du weißt also nicht, was er macht, um diesen Lebensstil zu finanzieren?«

»Eigentlich nicht. Ich habe Michelle gefragt, aber sie scheint einen seltsamen Sinn für Humor zu haben. Erst sagte sie, er verkaufe Waffen an die Araber, und dann, er verkaufe Frauen an die Araber. Als nächstes hat sie dann behauptet, er arbeite für eine Ölgesellschaft. Ich vermute, letzteres ist richtig.«

»Und was macht sie?«

»Oh, sie hat irgendwas mit Public Relations zu tun.«

»Verstehe.«

Keith beobachtete Polly in ihrem Sessel, sah ihre Rundungen, sah, wie anmutig sie sich bewegte, sah ihre Knie, ihre langen Beine. Vor allem aber sah er ihr Gesicht, ihr lebhaftes Lachen, das ganz plötzlich dem Ernst weichen konnte, wie ein Spiel von Licht und Schatten.

Warum ist mir nicht von Anfang an aufgefallen, wie hübsch sie ist?, dachte er. Das ist das Seltsamste, das mir in meinem Leben je passiert ist, und dabei ist es Realität! Sie ist wirklich da! Die süße Qual des Verlangens ergriff ihn.

Polly überlegte ihrerseits, wie merkwürdig es doch war, ein solches Zusammengehörigkeitsgefühl, eine so selbstverständliche Sympathie für jemanden zu empfinden, den sie erst seit kurzem kannte. Irgendwie rechnete sie damit, dass er sich gleich an den Computer verziehen würde, dass seine Miene ausdruckslos werden und er sich unruhig nach einer Tastatur umsehen würde, wie ein Junkie, der den nächsten Schuss braucht. Sie war so daran gewöhnt, dass sie schon glaubte, es handle sich um eine geschlechtsspezifische Eigenschaft, so wie Bartwuchs oder Hoden.

Ihre Sympathie wurde noch stärker, als ihr klar wurde, dass er sich kein bisschen um Computer scherte und es ihn vollkommen ausfüllte, mit ihr zusammen zu sein und mit ihr zu reden. Ihm in die Augen zu sehen elektrisierte sie; es war schon eine ganze Weile her, seit ein weltgewandter, attraktiver Mann sie so angesehen hatte.

Nach einem weiteren Drink, bei dem sie in spannungsgeladenes Schweigen verfallen waren, stand Keith auf, nahm Polly sanft bei der Hand und führte sie zur Couch.

»Diese Dekadenz hier färbt auf mich ab«, sagte er. »Was hältst du von einer altmodischen Knutscherei?«

»Der Mann sollte nie fragen«, meinte Polly. »Denn wenn die Frau ja sagt, setzt sie ihren guten Ruf aufs Spiel!«

Keith zog sie an sich und küsste sie. Polly erwiderte seinen Kuss, erst zurückhaltend, dann mit einer nicht mehr gekannten Leidenschaft.

»Ich glaube, ich falle aus der Rolle«, flüsterte sie benommen, als sie in seinen Armen lag.

»Ich glaube nicht, dass du Theater spielst«, sagte er ihr ins Ohr. »Und falls es dich interessiert, ich tu es auch nicht!«

Nach einer Weile stand die Couch nicht mehr ganz an der ursprünglichen Stelle, sodass eine beigefarbene Mappe zum Vorschein kam, die jemand daruntergeschoben hatte. Als Polly, etwas erhitzt und außer Atem, in die Küche gegangen war, um Kaffee zu kochen, bemerkte Keith die Mappe, hob sie auf, und ein Stapel Fotografien fiel ihm in den Schoß.

»Meine Güte«, murmelte er, als er die Darstellungen nackter junger Frauen betrachtete, denen allerhand angetan wurde,

»ihr Bruder hat ja einen exotischen Geschmack! Ich frage mich, was das Sittendezernat wohl dazu sagen würde!«

Als er hörte, dass Polly aus der Küche zurückkam, schob er die Fotos rasch wieder in die Mappe und ließ sie unterm Sofa verschwinden.

17. Kapitel

Keith schaute im Polizeipräsidium vorbei, um sich ein wenig mit Sergeant Marsden zu unterhalten, den er gut kannte, da er ihn von Zeit zu Zeit auf seinen Spaziergängen mit Herbie traf; außerdem hatte er vor zwei Jahren dessen Dienste benötigt, als ihm sein Wagen gestohlen worden war. Der Sergeant war einsfünfundachtzig groß, kräftig gebaut und hatte scharfe blaue Augen, mit denen er Keith nun fragend ansah.

»Hallo, Dr. Warrington. Gibt es Probleme?«

»Nein ... Eigentlich wollte ich nur kurz mit Ihnen reden, wenn Sie Zeit haben.«

»Kommen Sie nur herein. Heute haben wir weder Morde noch bewaffnete Raubüberfälle, also habe ich Zeit.«

»Prima.«

Keith wurde in ein kleines Büro mit Blick auf den Parkplatz geführt. Er nahm auf einem Plastikstuhl Platz, auf dem vor ihm bereits zahlreiche beunruhigte Mitbürger gesessen hatten, und fragte den Gesetzeshüter, was geschah, wenn jemand einen Lottoschein stahl und den Gewinn kassierte.

»Wann ist das passiert?«, fragte der Sergeant.

»Oh, ich weiß nicht, ob es überhaupt passiert ist! Es ist nur so, dass eine Freundin von mir einen Lottoschein verloren hat, und ich habe Grund zu der Annahme, dass jemand anders ihn gefunden und eingelöst hat.«

»War es eine hohe Gewinnsumme?«

»Vier Millionen. Der Schein war von der irischen Nationallotterie. Eine Irin, mit der ich befreundet bin, hat ihn bei mir zu Hause liegen lassen.«

»War der Schein unterschrieben?«

Keith dachte fieberhaft nach. Er wollte sich nicht unklar ausdrücken, wenn er schon das Polizeipräsidium aufsuchte, um eine ernste Sache zu besprechen.

»Das glaube ich nicht.«

»Wenn Lottoscheine nicht unterschrieben sind, wird der Gewinn an den Überbringer ausbezahlt. Ohne Unterschrift ist es sehr schwierig, die Eigentumsfrage zu klären.«

»Aber gewiss könnte man von der Diebin doch den Nachweis verlangen, wie sie zu dem Schein gekommen ist. Ich meine, an einen irischen Lottoschein kommt man hier ja nicht so ohne weiteres heran. Diebstahl ist schließlich Diebstahl!«

Der Sergeant sah ihn unschlüssig an. »Ich vermute, Sie sind sicher, dass der Schein, den Ihre Freundin verloren hat, der Hauptgewinn war?«

Keith fühlte sich ein wenig unbehaglich. »Ja, es sieht ganz danach aus. Ich habe mich nur gefragt, welche rechtlichen Mittel man in der Hand hat, falls es tatsächlich der Gewinnschein war und er geklaut wurde ...«

»Warum erzählen Sie mir nicht die ganze Geschichte?«

Also berichtete Keith, seine Freundin habe einen Lottoschein in seiner Toilette liegen lassen, der besagte Schein sei in Dublin zur selben Zeit und am selben Stand gekauft worden wie der Gewinnschein, er habe ihn gefunden, sich aber nichts dabei gedacht. Jetzt sei der Schein verschwunden. Seine Putzfrau müsse ihn entdeckt haben, erklärte er, und was sie daraufhin damit gemacht habe, könne er nicht sagen, aber es käme ihm seltsam vor, dass eine Frau, die sich zuvor beklagt habe, sie hätte keinen roten Heller, plötzlich auf die Bahamas in Urlaub flog.

»Sie kann unverhofft zu Geld gekommen sein. Es könnte sich um ein Geschenk ihrer Familie handeln. Vielleicht hat sie die Reise bei einer Verlosung gewonnen, oder sie hatte was auf der hohen Kante ... Es gibt andere Möglichkeiten. Können Sie nichts Näheres herausfinden?«

»Ja«, sagte Keith, »das kann ich, sofern sie wieder nach Hause kommt. Es kann ja auch sein, dass sie dort bleibt, um ihren unrechtmäßig an sich gebrachten Gewinn zu verprassen!«

»Natürlich, wenn Sie handfeste Beweise haben ... Haben Sie welche?«

»Nein«, sagte Keith.

Der Sergeant malte Kringel auf seinen Block.

»Wie heißt sie?«

»Mrs. Dencher.«

»Und ihr Vorname?«

»Ich fürchte, den kenne ich nicht.«

»Und der Name der mutmaßlichen Gewinnerin?«

»Pauline McCann.«

Daraufhin schlug Sergeant Marsden vor, Pauline McCann dazu zu bewegen, selbst eine Aussage machen. »Ich nehme an, Ihre Freundin ist ganz sicher, dass sie die Gewinnzahlen getippt hat ...?«

Keith murmelte etwas, was man als Ja verstehen mochte; langsam kam er sich albern vor, und so erklärte er, er müsse jetzt weiter.

»Ich schaue die Tage mal bei Ihnen vorbei«, versprach der Sergeant nicht unfreundlich.

Als Polly vom Flughafen heimkam, fand sie Rory allein im Wohnzimmer vor. Er war schweigsam und mürrisch und fuhr zusammen, als sie eintrat. Polly erschrak fast, ihn ausgerechnet hier zu finden. Es war so lange her, dass sie sich gemeinsam im Wohnzimmer aufgehalten hatten, dass sie sofort argwöhnte, der Computer sei kaputt. Als nächstes fragte sie sich, ob Rory vielleicht krank sei.

»Was ist los?«, fragte Polly. »Hast du etwas von Jason gehört?«

»Oh nein! Es würde ihm doch nicht im Traum einfallen, unseren elterlichen Kummer zu lindern ...«

»Bist du schlecht gelaunt?«

»Ja. Mir geht nämlich gerade etwas auf. Ich rackere mich jede Minute, die Gott uns schenkt, für diese Familie ab, und jetzt werde ich von meiner Frau im Stich gelassen, die sich aus dem Staub macht und sich einen Job sucht – und das ausgerechnet in London, ich bitte dich!«

Als Polly darauf nichts erwiderte, fügte er hinzu: »Und mach dir keine Sorgen um Jason. Er hat angerufen, weil er Geld braucht. Mehr ist von ihm auch nicht zu erwarten! Ich habe ihm deutlich zu verstehen gegeben, dass er selber zusehen soll, wie er das Geld für seinen Lebensunterhalt zusammenbekommt!«

Sie sah Rory an, den sie einst für den Mann ihres Lebens gehalten hatte; er machte ein trotziges Gesicht. Und sie stellte fest, dass sie keine Liebe mehr für ihn empfand, sondern nur noch Mitleid. Sie kannte ihn so gut, ihre bessere Hälfte, all seine Launen, seine fixen Ideen, und zugleich war ihr klar, dass er sie nur halb wahrnahm, wenn überhaupt. Heute nahm er sie immerhin zur Kenntnis, da ihm bewusst geworden war, dass sie möglicherweise für immer aus seinem Leben verschwinden könnte.

Rory gab ihr einen Brief. »Der ist gekommen, während du weg warst.«

Polly riss den Umschlag auf. Das Schreiben kam von der Civil Service Commission und betraf die Auswahlprüfung, an der sie teilgenommen hatte. *»A Chara«*, hieß es darin, »wir bedauern, Ihnen mitteilen zu müssen, dass Sie die obengenannte

Prüfung nicht bestanden haben. *Mise le meas.*« Es folgte eine Unterschrift.

Sie gab Rory den Brief, der ihn durchlas und betreten meinte: »Arme alte Polly. Du hattest aber sowieso nicht damit gerechnet, dass du den Job bekommst, oder?«

»Nein. In Mathe habe ich einfach keinen Durchblick.«

»Und was ist bei dem Gespräch in London rausgekommen?«

Polly zuckte die Achseln. Die Euphorie, die sie nach dem Vorstellungstermin ergriffen hatte, war längst abgeflaut. Aber der Höhenflug der sich daran anschließenden Ereignisse hielt noch an.

»Das weiß ich noch nicht. Mal sehen. Sie geben mir schriftlich Bescheid.«

Dann holte Rory einen weiteren Brief aus seiner Jackentasche hervor. Er stammte von seinem Anwalt und besagte, dass Marthas Prozess für den zehnten Oktober angesetzt war.

»Wir werden auch nach diesem Tag noch in unserem Häuschen wohnen«, erklärte Polly mit ausdrucksloser Stimme. »Ich werde schon irgendeinen Job finden. Vielleicht haben sie im Abrakadabra was für mich. Hamburger machen geht mir gut von der Hand!«

»Keine Frau, mit der ich verheiratet bin, wird Kellnerin!«, widersprach Rory.

»Und wovon sollen wir dann deiner Meinung nach leben?« Rory erwiderte, er habe immerhin noch sein Gehalt, und schlimmstenfalls müssten sie eben das Haus verkaufen und sich nach einem kleineren umsehen.

»Viel kleinere Häuser als das hier gibt es gar nicht!«, rief Polly. »Ich will nicht in einem kleineren Haus wohnen! Und was noch wichtiger ist: Ich werde in keinem kleineren Haus wohnen!«

Rory sah sie an. »Es könnte sein, dass du keine andere Wahl hast.«

Als Susie später vorbeikam, machte sie eine Bemerkung darüber, wie schmal Polly geworden war.

»Ich hätte dich kaum noch erkannt, so umwerfend wie du aussiehst!« Sie wandte sich an Rory, der wie gewohnt vor dem Computer im Esszimmer saß. »Sieht sie nicht phantastisch aus, Rory?«, rief sie. »Offenbar hast du es richtig angestellt ... haha!«

»Was ... oh ja, natürlich«, sagte Rory mit seiner Roboterstimme.

Die Frauen sahen einander an. Polly zuckte die Achseln, lächelte und zog ihre Freundin in die Küche. Sie erkundigte sich nach Fergus. »Hat er bei der Jobsuche Glück gehabt?«

»Nicht die Bohne«, sagte Susie. »Er macht mich noch wahnsinnig, weil er sich solche Sorgen macht und so reizbar ist. Immer wieder deutet er an, er wolle sich selbstständig machen, irgendein Geschäft mit Computersoftware aufziehen. Ich habe nur Angst, dass er seine ganze Abfindung in diese Idee steckt!«

»Aber Fergus hat was auf dem Kasten, und wenn er es sich in den Kopf setzt, Unternehmer zu werden, dann wird auch was aus der Sache.«

Susie rümpfte die Nase. »Vielleicht. Aber der Konkurrenzdruck ist viel zu groß. Man kann in diesem Land doch kaum einen Fuß auf den Boden setzen, ohne auf irgendeinen Computer-Crack zu treten!« Susie seufzte. »Und zu alledem habe ich auch noch Probleme mit meinem kleinen Fräulein.«

»Deinem kleinen Fräulein? Ach ... meinst du etwa Sharon?«

»Ja. Sie will nicht essen!«

»Oh Gott! Sie wird doch nicht etwa magersüchtig?«

»Das hoffe ich nicht. Sie zieht sich stundenlang in ihr Zimmer zurück. Anfangs dachte ich, sie schreibt Aufsätze, aber jetzt stelle ich fest, es sind Gedichte und Briefe. Die Gedichte handeln nur von Leidenschaft, und die Briefe richten sich an jemanden, den sie ihren geliebten P. nennt. Ich habe sie in ihrer Schublade gefunden. Okay, okay, ich habe in ihren Privatsachen herumgeschnüffelt, aber schließlich bin ich ihre Mutter!«

»Offensichtlich hat sie sich verliebt«, meinte Polly. »Weißt du nicht mehr, wie das ist ... die Qual und die Ekstase ... die Illusionen?«

»Deshalb mache ich mir ja solche Sorgen! Womöglich ist es irgendein grauenhafter Typ ...«

»Das glaube ich nicht! Hast du ein Auge auf Muriels Haus gehabt, während ich weg war?«

»Sicher. Ich habe die Katze gefüttert. Aber ich habe es nicht über mich gebracht reinzugehen. Dieser ganze Reichtum da macht mir Kopfschmerzen! Wahrscheinlich ist sie auf den Seychellen, hängt irgendwo an der Bar rum und versucht verzweifelt, einen Mann aufzureißen ...«

Als das Telefon klingelte, stürzte Polly hin, um abzunehmen. Nach kurzem Schweigen meldete sich die inzwischen so vertraute Stimme: »Pauline, bist du dran?«

Pollys Herz machte einen Sprung. Sie lächelte und sagte dann mit leiser Stimme: »Wie geht es dir?«

»Gut. Ich war bei der Polizei wegen dem verdammten Lottoschein!«

»Oh, Keith ... wir haben doch nichts in der Hand. Die können gar nichts unternehmen!«

»Scheint so! Und die verwegene Kriminelle hätte heute bei mir putzen sollen und ist nicht aufgetaucht ... was schließt du daraus?«

»Sie hat beschlossen, auf den Bahamas zu bleiben!«

»Pauline?«

»Ja?«

»Mir ist gerade etwas eingefallen. Ich hätte dich gestern schon fragen sollen ...«

»Was denn?«

»Kommst du bald wieder zu mir nach London? Da ist etwas, das ich zu erwähnen vergessen habe.«

»Und das wäre?«

»Das kann man nicht am Telefon besprechen ...«

»Aha.«

»Also, kommst du?«

»Meinst du das ernst?«

»Ich hab es nie ernster gemeint.«

Polly lachte, um eine sentimentale Stimmung gar nicht erst aufkommen zu lassen. Sie sah sich um und bemerkte, dass Sue sie von der Küche aus interessiert beobachtete. Es fiel ihr keine banale Bemerkung ein, und etwas anderes zu sagen wagte sie nicht. »Kannst du offen reden?«, fragte Keith. Polly wusste, dass Sue die Ohren spitzte. »Nicht wirklich!«

Sie hörte, wie es am anderen Ende der Leitung an der Haustür klingelte.

»Jetzt ist auch noch jemand an der Tür«, sagte Keith. »Ich rufe dich bald wieder an!«

Susie tat so, als läse sie die Abendzeitung, die offen vor ihr auf dem Tisch lag.

»Wer war das?«, fragte sie beiläufig, als Polly aufgelegt hatte. »Ach, nur eine alte Schulfreundin«, erwiderte Polly. »Ich habe seit Urzeiten nicht mehr mit ihr gesprochen!«

Sue sah sie merkwürdig an. »Tatsächlich! Wenn sie Keith heißt, dann überrascht es mich, dass du überhaupt mit ihr sprichst!« Sie schürzte die Lippen. »Wenn ich dich nicht so gut kennen würde, Polly Caine, dann würde ich schwören, du führst irgendetwas im Schilde.«

»Ah, guten Tag, Mrs. Dencher ... kommen Sie rein, kommen Sie rein.«

»Es tut mir leid, wenn ich Sie störe, Dr. Warrington«, sagte Mrs. Dencher ernst. »Ich konnte heute früh nicht kommen. Meinem Harry geht es nicht gut ...«

»Sie stören mich überhaupt nicht«, erwiderte Keith aufrichtig. »Hatten Sie ... einen angenehmen Urlaub?«

»Ja, es war großartig. So was Schönes haben Sie noch nicht gesehen. Herrliche Strände. Wie auf den Postkarten. Und die ganze Zeit Sonne! Aber ehrlich gesagt, Dr. Warrington«, fügte sie in vertraulichem Flüsterton hinzu, »es war so fremdländisch und so heiß, und dazu noch die Moskitos, die summen und beißen andauernd, sodass ich ganz froh bin, wieder daheim zu sein!«

»Der kam ja ziemlich überraschend, nicht wahr?«, fragte Keith. »Dieser Urlaub, meine ich?«

»Mein Harry hat ihn gewonnen. Kaum zu glauben, oder? Und da haben wir dann mit der Reise unseren Hochzeitstag gefeiert! Vierzig Jahre sind wir nun schon verheiratet!«, erklärte Mrs. Dencher und begab sich unverzüglich in die Küche.

In diesem Augenblick ertönte die Klingel erneut. Keith öffnete, und Sergeant Marsden trat mit fröhlicher Miene ein. »Guten Morgen, Dr. Warrington. Ich war gerade in der Gegend, und da hab' ich mir gedacht, ich schaue mal vorbei. Ich habe über die Sache nachgedacht, die wir neulich besprochen haben ... die Zeit bleibt ja nicht stehen und so weiter und ...«

Er fand, dass Keith ein wenig verwirrt aussah, und fügte daher mit lauter, fröhlicher Stimme hinzu: »Da habe ich mich gefragt, ob Ihre Putzfrau vielleicht inzwischen wieder aufgetaucht ist. Sie wissen schon ... die, die den Lottoschein gestohlen hat!«

Sergeant Marsden legte an diesem Morgen nicht sein gewohntes Feingefühl an den Tag, sonst wäre ihm nicht entgangen, dass Keith mit den Zähnen knirschte und ihm durch Gesten zu verstehen gab, er solle den Mund halten.

»Sie ist hier«, zischte er und deutete in Richtung Küche.

Mrs. Dencher, die offenbar das kurze Gespräch von der Küche aus mitgehört hatte, trat mit hochrotem Kopf auf den Flur.

»Ich bin Dr. Warringtons Putzfrau, und ich habe noch nie im Leben irgendetwas gestohlen!«, verkündete sie, baute sich vor dem Polizisten auf und sah ihm fest in die Augen. Sergeant Marsden machte ein betretenes Gesicht. Aber nun hatte er schon einmal Farbe bekannt, und er war es gewohnt, dass seine Autorität respektiert wurde. Daher sah er nicht ein, warum er jetzt plötzlich den Rückzug antreten sollte.

»Haben Sie im Badezimmer dieses Herrn einen Lottoschein gefunden oder nicht?«, wollte er wissen.

»Das habe ich nicht!«

»Verstehe ...«, erwiderte der Sergeant enttäuscht und sah Keith an. »Sind Sie sich da auch sicher?«

»Ich bin mir absolut sicher. Stehe ich etwa unter Verdacht?«, fuhr sie Keith an.

»Ganz gewiss nicht«, beteuerte er.

Aber Mrs. Dencher war bereits in Rage geraten. »Ich hole nur noch meine Jacke«, erklärte sie, »und dann bin ich weg. Ich bleibe nicht in einem Haus, wo ich beleidigt werde! Obwohl ich nichts dagegen hätte, wenn Sie mich für die Mühe, heute herzukommen, entschädigen würden!«

Keith versuchte etwas zu sagen. Er bedeutete Sergeant Marsden, zu bleiben, wo er war, und folgte der wutentbrannten Mrs. Dencher in die Küche.

»Bitte, seien Sie nicht beleidigt, Mrs. Dencher. Der Polizeibeamte hat von einer Frau gesprochen, die ... hier war, als Sie im Urlaub waren. Er hat jemand anderen gemeint«, beteuerte er, als die Putzfrau grimmig schwieg.

»Hat diese Person etwas gestohlen?«, fragte sie schließlich in gestrengem Ton.

»Nicht direkt«, erklärte Keith. »Aber ich möchte Ihnen versichern, dass ich für meinen Teil niemand anderen mein Haus in Ordnung halten lassen würde als Sie.«

Mrs. Denchers Miene heiterte sich etwas auf. In vertraulichem Tonfall sagte sie: »In dem Augenblick, als ich zur Tür rein bin, war mir klar, dass eine andere Frau hier war. Sie müssen vorsichtig sein, wen Sie ins Haus lassen!«

Keith kehrte auf den Flur zurück.

»Das war wohl nicht die Übeltäterin«, meinte der Sergeant nachdenklich. »Entweder völlig unschuldig oder eine gute Schauspielerin! Wir werden das überprüfen ...«

Polly sah in Muriels Haus nach dem Rechten. Auf den Fliesen der Halle lagen Briefe; Polly hob sie auf und legte sie auf den Tisch. Dann ging sie in den geräumigen Salon und blickte auf die Häuserreihen und die Kirschbäume am Straßenrand hinaus. Sie fragte sich, wann Muriel wiederkommen würde. Wie seltsam, dass sie keine Karte, keinen Brief aus dem Urlaub geschickt hatte. Sonst hatte sie immer geschrieben, wann sie zurückkommen würde, und im Plauderton über das Wetter und das Essen berichtet.

Aus irgendeinem Grund wirkte das große Haus unglücklich, wie ein lieblicher Geist mit Krinoline, den es in eine moderne Disco verschlagen hat, wo seine Schönheit und seine Anmut dem zynischen Blick der Moderne preisgegeben sind.

Zum ersten Mal kam es Polly in den Sinn, dass das Haus Muriel glich; es stammte aus einer anderen Ära, war zu fein und zu erlesen, um sich in die moderne Welt einzufügen. Sie meinte darin plötzlich eine Atmosphäre des Leidens zu spüren, eines geistigen Martyriums, das Muriel schweigend ertragen hatte. Anmut in Bedrängnis war die Umschreibung, die sich ihr in diesem Zusammenhang aufdrängte, und verstört erkannte sie, dass sie Muriel unrecht getan hatte.

Sie fütterte Sable, die vom Küchengarten hereingesprungen kam, dann ging sie nach oben und brachte die Gucci-Tasche und das Kostüm in Muriels Schlafzimmer zurück. »Es ist besser, die Sachen zu borgen, als Muriel beim Wort zu nehmen ... Ich werde mich bei ihr bedanken, wenn ich sie sehe. Und ich schulde ihr ohnehin Geld ... wegen Jason ...«

Sie warf einen Blick aus dem Fenster und sah, wie ihr Sohn Peter aus dem Haus kam und die Straße hinunterging; die kleine Sharon O'Brien kam ihm vom Dorf aus entgegen. Peter blieb stehen, um mit ihr zu reden. Sharon wirkte merkwürdig verlegen. Sie starrte auf ihre Füße, sodass Peter kaum ihr Gesicht sehen konnte.

So ein schüchternes Mädchen, dachte Polly, und ihr fiel ein, dass Susie ihr erzählt hatte, Sharon sei verliebt. Sie muss etwas mehr Selbstbewusstsein entwickeln, wenn sie den Geliebten in ihren Bann ziehen will – wer immer er auch sein mag!

Als sie hinausging, hob sie ein Stück Papier auf, das neben Muriels Nachttisch lag. Sie drehte es um und erkannte, dass es eine zerrissene Fotografie war. Ein Mann lächelte ihr entgegen, hinter ihm waren Bäume zu sehen; doch der Körper fehlte, denn das Foto war in der Mitte durchgerissen. Sie sah sich das Bild genauer an, fand, dass der Mann gut aussah, legte es auf Muriels Nachttisch und ging nach unten.

Aus irgendeinem Grund hatte das schöne Haus für sie seinen Zauber verloren; es strahlte eine beängstigende Einsamkeit aus. Plötzlich hatte Polly den Eindruck, dass die wunderbaren alten Möbel von einer trügerischen Aura verzweifelter Wunschträume umhüllt waren, als hätte ihre Besitzerin versucht, aus leblosen Dingen einen Ersatz für ungelebtes Leben zu ziehen.

Zum ersten Mal war Polly froh, ins Freie zu treten und in Ashgrove Lawns 14 Zuflucht zu finden.

Am folgenden Morgen rief Sue sie von der Arbeit aus an. Sie wirkte bedrückt und sprach mit leiser Stimme, als hätte sie einen Schock erlitten.

»Polly ... hast du heute Morgen schon in die *Irish Times* geschaut?«

»Nein. Die kann ich mir im Moment nicht leisten.«

Sue lachte nicht über den Scherz. »Ich habe eine Todesanzeige darin gelesen ...« Susies Stimme versagte.

»Wer ist denn gestorben?« Als keine Antwort kam, wiederholte Polly beunruhigt ihre Frage. »Sue ... wer denn?«

»Oh, Polly ... Muriel.«

»Unsere Muriel?«

»Ja ... Muriel Reeves, Willow House, Dundrum.«

»Oh Gott«, sagte Polly. »Wie ist das passiert? War es ein Unfall? Ist sie bei einem Unfall ums Leben gekommen?«

»Nein ... sie ist im Beaumont Hospital gestorben!« Wieder versagte ihre Stimme. »Es heißt, nach schwerer Krankheit, die sie tapfer ertragen hat.«

Ein bleiernes Gefühl der Endgültigkeit überwältigte Polly. »Aber ... ich dachte, sie wäre im Urlaub ...«

»Ich auch«, flüsterte Susie, den Tränen nahe. »Ich dachte, sie räkelt sich in der Sonne und macht sich an irgendwelche Schwerenöter ran. Aber offensichtlich war dem nicht so ...«

»Wann ist die Beerdigung?«

»Trauergottesdienst morgen, die Beerdigung übermorgen. Oh, Polly ...«

Alles geht zu Ende, sagte sich Polly, als sie weinend im Wohnzimmer stand und zum Willow House hinüberschaute. Das Ende kündigt sich nur nicht immer rechtzeitig an, sodass man Zeit hätte, sich darauf einzustellen. Es geschieht einfach.

Die Welt dreht sich, die Sonne scheint weiter. Aber Muriel wird sich nie wieder an ihr freuen können. Jetzt, da es ihre exzentrische Nachbarin nicht mehr gab, hatte Polly das Gefühl, als sei Ashgrove Lawns plötzlich auf das Gewöhnliche reduziert worden. Von einem Augenblick auf den nächsten war es zu einem normalen Bestandteil der Siedlung, zu einer unscheinbaren Sackgasse geworden, in der nur ein Haus aus dem Rahmen fiel. Und dieses Haus war zu einer Art Denkmal, zu einem bloßen Ding geworden.

»Ich werde dich vermissen, Muriel«, sagte sie laut. »Ich wünschte, ich wäre dir eine bessere Nachbarin gewesen. Ich wünschte, ich hätte dich besser gekannt. Aber ich werde dich sehr vermissen!«

Am nächsten Tag nahmen Polly und Susie am Trauergottesdienst für Muriel teil. Es kamen Trauergäste, die sie noch nie gesehen hatten. Unter ihnen war ein Mann in mittleren Jahren, mit sonnengebräunter Haut und hochmütigem Gesicht. Er verströmte die Selbstsicherheit eines Menschen, der jahrelang angebetet worden war.

»Guten Tag«, sagte Susie und streckte ihm die Hand entgegen. »Ich denke, Sie kennen uns nicht, aber wir wohnen direkt gegenüber von Willow House. Ich heiße Susan O'Brien, und das hier ist Polly Caine.«

»Ah ja«, sagte er und schüttelte ihnen höflich die Hand. »Ich bin Michael Connolly.«

»Schreckliche Geschichte! Die arme Muriel.«

»Ja.«

»Ist das nicht der Scheißkerl, der sie hat sitzen lassen?«, sagte Susie wütend, während sie sich entfernten.

»Schsch ...«, wisperte Polly.

Eine gutgekleidete Frau trat aus der hinteren Bankreihe und schloss sich Polly und Sue an, als sie die Kirche verließen.

»Guten Tag. Ich heiße Claire Denton und bin eine alte Freundin von Muriel. Wir waren früher Kolleginnen.«

»Polly Caine, Sue O'Brien«, stellte Susie vor.

»Dann sind Sie also die Nachbarinnen! Sie hat oft von Ihnen gesprochen. Muriel hat Sie beide beneidet.«

»Uns beneidet?«, wunderte sich Susie. »Das kann nicht sein. Was hatten wir denn schon im Vergleich zu ihr?«

Claires Wimpern zuckten. Sie musterte diese kleine taktlose Frau mit den ergrauenden roten Haaren voller Widerwillen.

»Ich glaube, sie dachte, Sie hätten alles.«

»Wo haben Sie denn gemeinsam gearbeitet?«, fragte Susie.

»In der Bank, der Anglo-Belgian Bank. Sie wurde vor Jahren von einer anderen Bank übernommen.«

»Was haben Sie dort gemacht?«

»Wir waren Schalterangestellte«, sagte Claire knapp, als dächte sie nicht gern an diese Zeit zurück.

Während sie so in der Sonne standen, kam ein Mann mit dichten grauen Haaren, dunklem Anzug und Brille vom Kirchentor auf sie zu, einen Regenmantel über dem Arm.

Polly musterte ihn unbeteiligt, doch als er näher kam, wurde ihr klar, dass sie sein Gesicht schon einmal gesehen hatte. Er schritt selbstbewusst auf die Frauen zu und lächelte verschwörerisch, sodass man sich, ob man wollte oder nicht, in seinen Bann gezogen fühlte. Der Charme, den er ausstrahlte, schmeichelte und schien zu sagen, wir sind alle Freunde, wir sind alle gleich wichtig und verstehen einander. Er suchte stets den Augenkontakt. Man gewann den Eindruck, dass er die Person, die er ansprach, kannte und schätzte.

»Entschuldigen Sie – ist der Gottesdienst schon vorbei?« Seine Stimme klang herzlich und kultiviert.

»Ja.«

Er verweilte noch kurz, um abzuschätzen, welchen Eindruck er hinterließ. In diesem Augenblick fiel ihm sein Regenmantel vom Arm, und er hob ihn wieder auf. »Ich gehe nur kurz hinein, um Abschied zu nehmen.«

Polly wandte sich an Claire, die dem späten Gast nachsah. Ihr war plötzlich wieder eingefallen, woher sie ihn kannte. Sie hatte sein Gesicht auf dem zerrissenen Foto gesehen, das in Muriels Schlafzimmer lag. Der Mann auf dem Foto hatte jünger ausgesehen ... aber die Ähnlichkeit war unverkennbar.

»Kennen Sie den Mann? Ist er ein Verwandter?«

Claire machte ein ernstes Gesicht. »Er ist kein Verwandter.«

Polly sah etwas auf dem Boden liegen. Sie wollte es gerade aufheben, als Claire ihren Fuß darauf setzte und es in den Kies trat.

»Oh«, sagte Polly, »der Mann hat sein Feuerzeug verloren. Sie stehen darauf! Es muss ihm aus dem Mantel gefallen sein.«

Claire blickte zu Boden. Das Feuerzeug war halb mit Kieselsteinchen bedeckt.

»Oje! Wie dumm von mir.«

Polly hob das Feuerzeug auf. Es war ein Ronson; auf der Vorderseite waren die Initialen AB eingraviert.

»Wie schade, nun ist es zerkratzt«, bemerkte Claire kühl. Sie lächelte die beiden Frauen an und entfernte sich. Polly folgte dem Mann in die Kirche, holte ihn ein, als er gerade wieder ins Freie trat, und gab ihm sein Feuerzeug zurück.

»Vielen Dank«, sagte er.

Polly und Sue gingen zusammen nach Hause. Nach längerem Schweigen sagte Polly schließlich: »Ich habe das Gefühl, dass ich bestimmte Dinge über Muriels Leben nie geahnt habe. Glaubst du, sie hatte eine Geschichte?«

»Jeder hat eine Geschichte«, entgegnete Susie bissig. »Mit Ausnahme von dir natürlich.« Als wäre ihr plötzlich etwas aufgegangen, wandte sie sich ihrer Freundin zu und sah sie an. »Das heißt, soviel wir wissen ...«

Am folgenden Tag versammelten sich die Caines und die O'Briens auf dem kleinen protestantischen Friedhof zu Muriels Beerdigung. Sie wurde in einem neuen Grab beigesetzt. Die Trauernden konnten von hier aus die schlichte Kalksteingruft auf der gegenüberliegenden Seite des Friedhofs sehen, in der alle anderen Mitglieder der Familie Reeves lagen.

Alle Bewohner der Sackgasse waren gekommen. Auch Madge Kinlan vom Dorfladen war da, und sogar Sam Riley, blass wie die Wand, aber überraschenderweise nüchtern.

»Es war ein Hirntumor«, erklärte Madge, als die Beerdigung vorüber war, die Trauergäste aufbrachen und in kleinen Gruppen den eibengesäumten Weg zum Friedhofstor nahmen.

»Die arme Seele hat schon seit einiger Zeit gewusst, dass etwas nicht stimmte, und nichts dagegen unternommen! Grausige Kopfschmerzen muss sie gehabt haben! Eine Freundin von mir hat sie im Beaumont gepflegt. Ist es nicht eigenartig, dass sie nicht bei ihrer Familie beerdigt wird ... ein einsames neues Grab. Sie wollte nicht in der Familiengruft liegen.«

Susie warf einen Blick zurück auf die kalte Gruft im romanischen Stil.

»Vielleicht ist die Luft da nicht so gut!«, witzelte sie. Als Madge sie tadelnd ansah, sagte sie rasch: »Tut mir leid, Madge!«

Als sie am Tor angelangt waren, kam William Penston, im Nadelstreifenanzug und mit goldgerahmter Brille, auf sie zu.

»Hallo, Susie«, sagte er.

Sie deutete auf Polly. »Du kennst doch Mr. Penston, meinen Chef? Das ist meine Freundin Polly Caine. Sie kennen Madge?«

»Natürlich!« Lächelnd schüttelte er beiden Frauen die Hand.

Als Madge weitergegangen war, sagte William Penston: »Ich würde Sie beide gerne sprechen, Sie, Susie, und auch Sie, Mrs. Caine.«

»Sie können doch morgen mit mir sprechen, wenn ich zur Arbeit komme.«

William Penston lächelte gequält, als hätte er sich damit abgefunden, dass Susie unverbesserlich war, und als hätte er zugleich ein heimliches Vergnügen daran.

»Ich weiß, Susie. Aber ich würde trotzdem gern mit Ihnen beiden in aller Form einen Termin ansetzen. Es findet jetzt ein Mittagessen im Furnace statt, und Sie sind natürlich beide mit Ihren Familien herzlich dazu eingeladen. Alle Bewohner von Ashgrove Lawns sind eingeladen. Muriel hat es so gewollt.«

»Sind Sie ihr Testamentsvollstrecker?«, fragte Susie.

»Ja.«

Polly und Sue tauschten einen Blick.

»Warum wollen Sie mit uns sprechen?«, fragte Susie mit einer Spur Misstrauen.

Willy Penston lächelte. »Ich kann es Ihnen ebenso gut jetzt schon sagen – Muriel hat Sie beide in Ihrem Testament bedacht.«

Er ließ die Überraschung ein wenig wirken, dann fuhr er fort: »Sie war eine sehr einsame Frau, wissen Sie ... und hatte Sie beide ausgesprochen gern!« Etwas leiser und mit ernster Stimme setzte er hinzu: »Sie hat mich sogar eigens beauftragt, Ihnen zu sagen, was für ein großer Trost es ihr gewesen sei, zwei so wunderbare Freundinnen zu haben.«

Susie sah Mr. Penston nach, als er sich entfernte. Wie vom Donner gerührt, lehnte sie am Torpfosten und fasste sich mit beiden Händen an den Kopf.

Polly hielt sie fest. Sues Tränen brachten auch sie zum Weinen. Als Fergus und Rory, die angeregt über die Vor- und

Nachteile von Windows diskutierten, während sie auf ihre Frauen warteten, herbeikamen, um sie zu trösten, schluchzte Susie nur umso heftiger.

»Ich bin das größte Scheusal, das je gelebt hat«, erklärte sie ihrem erstaunten Mann immer wieder, »der erbärmlichste Neidhammel unter der Sonne!«

Fergus tätschelte seiner Frau die Schulter. »Ist schon gut, Schatz. Ist schon gut!« Er sah Polly fragend an, aber die wischte sich nur schweigend die Augen.

»Nichts ist gut! Ich hatte solche Angst, ein Niemand zu sein ...« Aber dann ließ sie sich doch von Fergus in die Arme nehmen.

Rory sah Polly unglücklich an. Er hasste es, wenn sie weinte. Es untergrub seine gewohnte Abwehrhaltung und machte ihn hilflos.

Unbeholfen versuchte er sie zu trösten. Pollys Tränen verwirrten ihn, und er rang darum, selbst Fassung zu bewahren. Er hatte Angst vor Gefühlen, weil sie ansteckend wirkten und seine Männlichkeit in Frage stellten. »Komm schon, Polly ...«, sagte er.

Peter, der plötzlich aufgetaucht war, flüsterte: »Ist schon gut, Dad, ich kümmere mich um sie!«

Er ging zu seiner Mutter und legte den Arm um sie. »Komm, Mama.«

Als er sie wegführte, sagte er ihr leise ins Ohr: »Jason ist wieder da!«

Polly richtete sich auf und sah Peter an. »Seit wann?«

»Gerade eben ist er gekommen ... er war kurz hier und ist dann gleich heimgegangen, weil er Hunger hatte!«

Polly wischte sich die Augen. »Danke, lieber Gott«, murmelte sie. »Danke.«

»Anscheinend hat der kleine Scheißkerl die Nase voll«, fuhr Peter sarkastisch fort. »Er ist ganz versessen darauf, seinen

Schulabschluss nachzuholen und sich einen anständigen Start ins Leben zu verschaffen ...«

»Das kann ich gar nicht glauben«, sagte Polly, die in ihrer Tasche nach Papiertaschentüchern kramte. »Woher kommt dieser plötzliche Sinneswandel?«

Peter lächelte grimmig. »Anscheinend hat er festgestellt, dass es Schlimmeres gibt, als daheim zu sein und zu lernen. Diesem Kraftweib war er wohl nicht ganz gewachsen. Ich weiß nicht, was sie mit ihm gemacht hat, aber es ist ihm eine gewisse Erleichterung anzumerken ...«

»Peter«, sagte Polly nach einer Weile, drückte seinen Arm und spürte die harten Muskeln, die erstaunlich männlichen Sehnen ihres einstigen Babys.

»Was?«

»Ich liebe dich!«

»Ach, bring mich doch nicht in Verlegenheit, Ma!«, sagte Peter mit Leidensmiene, aber er lächelte dabei.

18. Kapitel

Polly trug den Umschlag mit der englischen Briefmarke eine Zeit lang mit sich herum, bevor sie es über sich brachte, ihn zu öffnen. Sie wusste, dass der Brief von Shetly's war, aber sie sagte sich, es sei vollkommen ausgeschlossen, dass sie die Stelle bekam. Man musste sich nur auf das Schlimmste gefasst machen, dann war eine Absage weniger schmerzlich.

Endlich griff sie nach einem Küchenmesser, schnitt den Umschlag auf und überflog rasch den Briefbogen. Sollte das Schreiben kurz sein und nur aus einem einzigen Satz bestehen, dann wäre auch ohne Kenntnis des Wortlautes alles klar. Doch der Brief war ein wenig länger.

Liebe Mrs. Caine,
mit Bezug auf Ihr Vorstellungsgespräch freuen wir uns, Ihnen die Position einer Assistentin der Hauptgeschäftsführerin anbieten zu können. Ihr Anfangsgehalt beträgt 15 000 Pfund pro Jahr, und zwar vom 25. dieses Monats an. Nach einer sechsmonatigen Probezeit stellen wir Ihnen eine Gehaltserhöhung in Aussicht.
Über die Arbeitszeit möchten wir uns bei einem persönlichen Gespräch mit Ihnen verständigen. Sie erhalten vier Wochen bezahlten Urlaub pro Jahr.
Wenn Sie unser Angebot annehmen möchten, setzen Sie uns bitte vor dem 17. dieses Monats telefonisch davon in

Kenntnis. Ich freue mich darauf, bald von Ihnen zu hören. Mit freundlichen Grüßen

Jane Rollinson

Polly zeigte Rory den Brief, der nur ein geistesabwesendes »Gut gemacht« für sie übrig hatte; dann folgte er ihr aber doch in die Küche und fragte mit besorgter Stimme: »Du hast doch nicht ernsthaft vor, darauf einzugehen, Polly, oder? Ich meine, das ist doch wohl ein Scherz ... nicht wahr?«

»Sicher, man bietet mir immer zum Scherz Arbeit an!«

Rorys Empörung versetzte sie in Erstaunen. Er hatte nie zuvor Unbehagen angesichts ihrer Pläne gezeigt. Aber er hatte auch keinen Augenblick lang geglaubt, dass sie bei ihrer Arbeitssuche auch nur die geringsten Aussichten auf Erfolg hätte.

»Was kann es denn schaden?«, fragte sie honigsüß. »Natürlich komme ich jedes Wochenende nach Hause, fülle den Gefrierschrank auf, backe ein wenig, mache sauber und sorge dafür, dass der Haushalt läuft wie geschmiert! Ich bin doch nur fünf Tage die Woche in London! Ihr werdet nicht einmal merken, dass ich weg bin ...«

Polly fragte sich, ob sie Rory mit ihrem Zynismus wohl verletzt hatte. Aber offenbar war er mit ihrer Antwort zufrieden.

Er dachte kurz nach. »Ja, wenn man es so sieht ... Aber es kommt ziemlich teuer, jedes Wochenende heimzufliegen.«

»Für Vielflieger gibt es doch Sondertarife«, meinte Polly. »Das wird ganz billig. Und am Montagmorgen wird es genauso sein, als wäre ich die ganze Woche da gewesen. Alles wird wie am Schnürchen laufen, ich werde das ganze Wochenende der Hausarbeit widmen!«

»Hmm«, sagte Rory. »Wenn das so ist ...«

Er kehrte an seinen Computer zurück. Nach einer Weile rief er: »Polly?«

»Was?«, fragte Polly, die gerade Jasons Kleider aus dem Rucksack fischte, den er in der Küche hatte stehen lassen.

»Weißt du, wenn du wieder arbeiten gehst ... vielleicht könnten wir dann einen Kredit aufnehmen, um Martha auszubezahlen. Dann müssten wir das Haus doch nicht verkaufen!«

»Das stimmt«, erwiderte Polly. »Andererseits hatten Sue und ich überlegt, ob wir nicht dir und Fergus ein wenig unter die Arme greifen bei diesem Computergeschäft, das ihr, euren Andeutungen nach zu urteilen, zusammen aufziehen wollt. Er verfügt bereits über alle Kontakte, die man sich nur wünschen kann ... und ihr habt beide jahrelange Erfahrung! Auf die Weise könntest du Martha selbst ausbezahlen!«

Das Klicken der Tastatur setzte aus. Rory kam in die Küche.

»Polly ... das ist wirklich nett von dir.« Er lächelte nachsichtig. »Ich weiß, du wirst gut verdienen, aber wenn du jedes Wochenende heimfährst und die restliche Zeit in London wohnst, wirst du keinen Pfennig auf die Seite legen können. Wie kommst du nur auf die Idee, dass du uns bei der Existenzgründung unterstützen könntest, selbst mit Susies Hilfe? London ist ein teures Pflaster!«

»Das stimmt«, pflichtete ihm Polly bei. »Wir müssen abwarten! Aber wenn es soweit ist, wollen Susie und ich eine Beteiligung am Geschäft, die im Verhältnis zu unseren Investitionen steht.«

Rory lachte. »Arme alte Polly. Ich frage mich, wie lange du den Job in London behältst, wenn du solche Luftschlösser baust!«

Er sah, wie Pollys Augen funkelten, und fügte rasch hinzu: »Das war nicht abfällig gemeint ... Es ist nur, dass du nicht viel Ahnung hast, wie es im Leben zugeht. Wie solltest du auch ... ich meine, du hast so lange nicht gearbeitet, und die Welt verändert sich ständig ...«

»Wart's nur ab!«, sagte Polly.

Aber Rory hörte sie nicht mehr. Er war in Gedanken bereits woanders.

Polly und Susie erschienen gemeinsam zu ihrem Gespräch mit William Penston.

»Was glaubst du wohl, was das bedeutet?«, fragte Polly. »Dass Sie uns in ihrem Testament bedacht hat, meine ich ...?«

»Wenn sie Sinn für Humor hatte«, meinte Susie, »hat sie mir ihre Katze vererbt!«

»Sable ist jetzt bei uns«, erklärte Polly. »Sie miaut immer an der Vordertür, und ich hole sie herein und füttere sie. Cat ist sehr unfreundlich zu ihr, also muss ich die beiden ständig voneinander fern halten!« Nach einer Weile fügte Polly hinzu: »Hör mal, Sue, hast du Fergus davon erzählt?«

»Nein!«

»Und willst du es ihm erzählen?«

»Kommt drauf an. Wenn sie mir tatsächlich Geld hinterlassen hat, dann wirst einzig und allein du davon erfahren. Ich finde, wir sollten das für uns behalten!«

Polly dachte daran, was Rory mit dem Geld machen würde, wenn er es in die Finger bekäme, und nickte zustimmend.

»Ich dachte immer, in Kanzleien watet man knietief in Papieren herum!«, flüsterte Polly, während sie sich umschaute. Alles sah sehr gepflegt aus: roter Teppichboden, Empfangszimmer mit Zeitschriften und bequemen Stühlen, Drucke mit Motiven des georgianischen Dublin. »Ich hatte mit staubigen Papierbergen aus dem letzten Jahrhundert gerechnet ...«

»Wann hast du zuletzt eine Anwaltskanzlei betreten?«, fragte Susie spitz.

»Ungefähr vor einundzwanzig Jahren! Damals hatte ich eine Lebensversicherung und wollte Rory als Begünstigten einsetzen. Also habe ich ein Testament gemacht. Aber ich bin nicht gestorben«, fügte sie hinzu. »Ich war nur scheintot!«

»Was ist in letzter Zeit nur in dich gefahren, Polly Caine?«

Wenn William Penston hinter seinem Schreibtisch thronte, nahm er die Haltung eines Arztes an. Er hielt die Hände wie zum Gebet gefaltet, und wenn man ihm auf der anderen Seite des wuchtigen viktorianischen Schreibtisches gegenübersaß, hatte er eine unnahbare, ein wenig antiseptische Ausstrahlung. Er schlug eine Akte auf und teilte den beiden Frauen mit, sie seien in Muriels Testament als ihre Haupterbinnen eingesetzt. Er überreichte jeder von ihnen eine Kopie des Dokuments, das mit breitem Rand und doppeltem Zeilenabstand getippt war. »Ich, Muriel Reeves, wohnhaft in Willow House, Ashgrove Lawns, Dundrum, County Dublin, widerrufe hiermit alle bisherigen von mir gemachten Testamente und testamentarischen Verfügungen und erkläre Folgendes zu meinem letzten Willen und Testament.«

William Penston hatte sie zu ihrem Testamentsvollstrecker ernannt. Muriel bedachte zunächst verschiedene wohltätige Einrichtungen und hinterließ jeder Familie in Ashgrove Lawns tausend Pfund. Ihre Freundin Claire Denton sollte fünfzigtausend Pfund und ein bestimmtes Gemälde erhalten. Anschließend hieß es: »Den gesamten Rest meines Vermögens, meinen beweglichen und unbeweglichen Besitz hinterlasse ich letztwillig meinen lieben Freundinnen Pauline Caine und Susan O'Brien, Ashgrove Lawns 14 bzw. 15, Dundrum, zu vollkommen gleichen Teilen.«

Langes Schweigen trat ein. Susie brachte kein Wort heraus, starrte nur auf den Schreibtisch. Polly hatte die Hand auf den Mund gelegt; sie war sehr blass.

»Unsere Freunde vom Finanzamt werden sich ein gehöriges

Stück vom Kuchen abschneiden«, erklärte der Anwalt, dem offenbar ein wenig unbehaglich zumute war, »aber Miss Reeves war fest entschlossen, es so zu regeln, obwohl es steuerlich eher ungünstig ist.«

»Wie hoch ist das Vermögen?«, wisperte Polly.

»Das ist noch nicht ganz klar. Aber allem Anschein nach beläuft es sich insgesamt auf über fünf Millionen Pfund. Ihr Geld war sehr gut angelegt, sie hatte einen hervorragenden Vermögensberater. Ich glaube, dass sie selbst nicht genau wusste, wie reich sie wirklich war. Geld, so hat sie mir einmal gesagt, sei bedeutungslos, solange man genug davon hat und ein paar Rücklagen noch dazu! Sie hat oft betont, wie dumm die Leute seien, die soviel Mühe aufs Geldverdienen verwenden. Man könne schließlich immer nur an einem Ort zugleich sein, nicht mehr essen, als in den Magen hineingeht, und immer nur ein Kleid auf einmal tragen ...« Er sah die beiden an. »Nun, das war jedenfalls ihre Meinung.«

»Jesus, Maria und Joseph«, sagte Sue unvermittelt. »Ich glaube das nicht!«

»Sind Sie sicher, dass das alles seine Richtigkeit hat?«, fragte Polly. »Ich meine, dass dies wirklich ihr letzter Wille war? Vielleicht hat sie danach noch ein Testament gemacht! Vielleicht hat sie ihre Meinung geändert ...«

Mr. Penston lächelte nachsichtig. Er hatte dafür gesorgt, dass der Inhalt dieses Testamentes Susie verborgen geblieben war, und weidete sich nun an ihrer Verblüffung. Das Dokument war von einem Schreibbüro in einem anderen Teil der Stadt getippt worden, und er hatte es in seinem persönlichen Safe verwahrt, um zu gewährleisten, dass keine seiner Angestellten das Testament zu Gesicht bekam.

»Sie hat das Testament erst vor sechs Wochen hier an diesem Schreibtisch gemacht. Danach hat sie sich in ein Krankenhaus einweisen lassen, wo sie ja dann auch verstorben ist.«

Wieder trat Schweigen ein. Der Jurist malte Kreise auf seinen Notizblock und warf Susie einen verlegenen Blick zu.

»Sie wusste, dass sie schwer krank war«, sagte er freundlich.

»Es wäre unpassend gewesen, wenn ich Ihnen davon erzählt hätte, Susie ... das wissen Sie. Deshalb habe ich alles, was mit dem Testament zu tun hatte, von einem Schreibbüro erledigen lassen.«

Überlaut tickte die Wanduhr in der Stille, die daraufhin erneut eintrat. Es war eine alte Uhr, mit Gewichten, ein Erbstück von Williams Großvater. Sie hing über den Aktenschränken und verlieh dem im übrigen modernen Büro eine gediegene Atmosphäre. Plötzlich schnurrte die Mechanik, und es schlug halb.

»Ich frage mich, ob es sich um einen Irrtum handelt«, bemerkte Polly schließlich. »Es erscheint beinahe anstößig ... ich meine, dass wir so viel erben sollten. Hatte sie keine Angehörigen?«

»Oh, ich glaube, sie hat irgendwo Cousinen und Cousins, aber der Kontakt war seit längerem abgerissen. Nein, sie wollte, dass Sie beide Nutznießerinnen werden ... Sie war ganz fasziniert davon, sich Sie beide als reiche Frauen vorzustellen. Ja, sie hat sogar mit leisem Lachen Überlegungen darüber angestellt, was Sie mit dem Geld alles anfangen würden ... im Falle ihres Todes natürlich. Sie hoffte aber durchzukommen.«

Als er keine Antwort bekam, fragte er mit verschmitztem Lächeln: »Sie sind jetzt eine wohlhabende Frau, Susie. Sie sind beide reich. Haben Sie eine Vorstellung, was Sie mit Ihrem Erbe machen werden?«

»Es könnte sein, dass ich meinen Job an den Nagel hänge.« William Penston lachte. »Das hatte ich mir gedacht. Obwohl Sie gern weitermachen können, wenn Sie wollen!«

»Es könnte sein«, sagte Polly mit einem Seitenblick auf ihre Freundin, »dass wir unseren Männern bei der Gründung einer Computersoftware-Firma unter die Arme greifen ... Das wäre eine Möglichkeit.«

William Penston war erstaunt. »Seien Sie da lieber vorsichtig«, riet er. »Sie sollten zunächst prüfen, ob eine solche Firma rentabel ist ...«

»Oh, keine Sorge«, sagte Susie. »Sie sind beide Computercracks. Und das Kapital der neuen Firma würde natürlich im Besitz der Investorinnen verbleiben! Die finanzielle Planung bedarf großer Sorgfalt. Ich habe nicht jahrelang mit Recht und Gesetz zu tun gehabt, ohne dass etwas davon auf mich abgefärbt hätte!«

Sie sah Polly an und erklärte dann mit Nachdruck, so dass kein Raum für Missverständnisse blieb: »Unsere Ehemänner und unsere Kinder wissen nichts von der Sache ... und wir sehen keinen Grund, im Augenblick wenigstens, warum wir es ihnen sagen sollten!«

William Penston sah Susie an; sein Blick war voller Respekt. An Polly gewandt sagte er: »Selbstverständlich bleibt die Sache vorerst absolut vertraulich. Doch sobald das Testament bestätigt ist, wird es der Öffentlichkeit zugänglich gemacht. Dann kann jeder Schnüffler herausfinden, wer die Erben sind.« Er hielt inne. »Aber ich behalte die Akte bei mir zu Hause, so dass sie vorläufig niemand zu sehen bekommt.«

Er lehnte sich zurück. »Und für sich selbst haben Sie keine Wünsche, jetzt, da Sie wissen, welches Vermögen Ihnen da in den Schoß gefallen ist?«

»Ehrlich gesagt«, erklärte Polly mit verträumter Stimme, »gibt es da ein Haus, das ich gerne kaufen würde. Es ist erst kürzlich auf den Markt gekommen ...«

»Tja, es wird eine Weile dauern, bis das Geld zur Verfügung steht, wissen Sie«, beeilte sich Mr. Penston zu erklären. »Das

Testament muss erst bestätigt und der Nachlass liquide gemacht werden. Aber wenn Sie sich schon für eine Immobilie entschieden haben, könnte man natürlich eine Zwischenfinanzierung arrangieren – sobald das Testament vom Gericht bestätigt worden ist. Wo befindet sich das Haus und wie viel kostet es?«

»Oh, es ist in London«, erklärte Polly, »in Wimbledon ... um die dreihunderttausend Pfund«, fügte sie kleinlaut hinzu.

Susie sah sie mit offenem Mund an.

»Wie in aller Welt kommst du dazu, ein Haus in London kaufen zu wollen?«, fragte Susie, als sie mit ihrer alten Klapperkiste nach Hause fuhren. Ihre Hand an der Gangschaltung zitterte.

»Ich habe den Job bekommen, für den ich mich beworben habe!«

Einen Augenblick lang herrschte Schweigen. Susie ließ sich nicht gern einen Bären aufbinden.

»Sehr komisch«, sagte sie. »Lass dir einen besseren Witz einfallen.«

»Aber es stimmt«, rief Polly. »Ich habe es Rory schon gesagt, und übernächste Woche fliege ich nach London und fange an. Und das Haus, das ich kaufen will, gibt es wirklich. Es ist ein Haus im Tudorstil und hat einen traumhaften Garten, etwas Schöneres hast du noch nicht gesehen ... mit einer Laube und Büschen und Rosen und einer sonnigen Terrasse mit Natursteinen ausgelegt ... keine Betonplatten ...«

»Wärst du mit einer Wohnung nicht besser beraten?«, fragte Sue ungläubig. »Ein ganzes Haus mit einem großen Garten ist doch ein bisschen viel für eine Person!«

Polly lachte. »Wer sagt denn, dass es nur für eine Person wäre?«

Einen Augenblick lang schwiegen beide. Sue sah ihre Freundin an.

»Heißt diese Bemerkung das, was ich vermute?«

»Genau!«, sagte Polly.

»Es hat doch nicht etwa mit einem gewissen Keith zu tun, mit dem du vor nicht allzu langer Zeit telefoniert hast?«

»Vielleicht.«

»So ist das also!«, empörte sich Susie. »Polly Caine, wer hätte das von dir gedacht, Stütze der Gesellschaft, die du bist, Hausfrau und Mutter zweier Kinder! Praktizierende Katholikin obendrein! Das ist wirklich schockierend!«

»Ich weiß! Für andere Leute. Aber für mich ist es kein bisschen schockierend.«

Dann fügte sie hinzu: »Rory wird mich nicht vermissen. Er und Fergus werden mit ihrer neuen Firma genug zu tun haben. Und ehrlich gesagt, Sue, ich will nicht den kostbaren Rest meiner Tage als treusorgende Ehehälfte eines Computersüchtigen zubringen! Wenn das egoistisch ist, dann bin ich eben egoistisch!«

Susie warf ihr einen Seitenblick zu. »Wie ist der Stein ins Rollen gekommen?«

Polly musste an ihre Gespräche mit Michelle denken.

»Ich denke, man könnte sagen, ich bin vom Leben verführt worden!«

»Schön für dich«, sagte Sue ungerührt. »Die Leute hier in der Gegend werden sich wundern«, setzte sie hinzu, als sie an Laura Flanagan vorbeikamen, die Scrumpy ausführte, »aber was soll's!« Sie sah ihre Freundin an. »Sag mal, Polly, ist er nett? Erzähl doch mal ...«

»Ich muss auch mal was Neues anfangen«, lachte sie, als Polly ihr versichert hatte, dass er wirklich sehr nett sei.

»Du würdest Fergus doch nie verlassen, oder?«

Susie dachte kurz nach. Dann lächelte sie. »Nein!«

Als Susie nicht lockerließ, gab Polly schließlich zögernd zu, dass sie Keith mehr oder weniger zufällig kennen gelernt hatte.

»Was für eine Art Zufall war es denn?«

Polly holte tief Luft. »Erinnerst du dich an den Brief, den ich an die *Sunday Times* geschrieben habe?«

Sue runzelte die Stirn, dachte nach, dann kreischte sie auf. »Oh, du meinst ... *diesen* Brief! Oh, Polly, das glaub' ich einfach nicht!«

»Es ist aber wahr! Und du bist diejenige, die mich auf die Idee gebracht hat, also ist alles letztlich deine Schuld!«

Sie blickte Susie in die Augen, sah sie lächeln, sah dann ihre Sorge. »Du brauchst mich nicht anzusehen, als hätte ich den Verstand verloren. Ich war noch nie im Leben geistig so gesund wie jetzt!«

»Ich werde dich verlieren«, sagte Sue mit ausdrucksloser Stimme.

»Das kannst du gar nicht. Wir werden doch jetzt Geschäftspartnerinnen, schon vergessen?«

Als sie in die Sackgasse einbogen und Willow House passierten, hob Sue grüßend die Hand. »Danke, Muriel«, sagte sie bescheiden. »Und mach's gut!«

»Übrigens«, fuhr sie fort, als sie den Wagen in der Einfahrt parkte. »Weißt du noch, was ich dir von Sharon erzählt habe?«

»Ja.«

»Ich habe jetzt herausgefunden, an wen sich diese ganzen Gedichte richten!«

»Ja und ... an wen?«

Sue lächelte wehmütig. »Ich hätte es mir eigentlich denken können. Was glaubst du wohl, wer der Glückliche ist? Ihr geliebter P.?«

Polly fiel ein, wie sie Peter und Sharon von Muriels Schlafzimmer aus beobachtet hatte.

»Willst du etwa behaupten, es ist mein Riesenbaby?«

»Wer sonst ... Eigentlich ist es nicht besonders schwer zu erraten. Jedes Mal, wenn sie ihn sieht, ist sie wie gelähmt! Aber sie wird ihren ganzen Mut zusammennehmen und ihn zum Schulabschlussball einladen. Glaubst du, er sagt ja?«

»Er wird mit dem größten Vergnügen zusagen«, erklärte Polly bestimmt.

Sie blieben noch eine Weile im Auto sitzen.

»Was ist mit dem Geld?«, sagte Sue schließlich. »Was sollen wir damit machen? Es ist ja nicht gerade so, dass wir es verdient hätten. Findest du es in Ordnung, wenn wir es behalten?«

Zu Hause angekommen, stellte Polly fest, dass niemand da war. Also machte sie sich eine Tasse Tee, setzte sich in die Küche und sprach eine Weile mit Cat, die sich zu fragen schien, wie sie zu einer solchen Ehre kam. Dann ging Polly nach oben, öffnete ihren Schrank, schloss ihn wieder, ging zurück nach unten. Auf dem Tisch im Flur lag ein ziemlich dicker Brief für Jason. Er besuchte nun wieder die Schule und wiederholte die letzte Klasse. In diesem kritischen Augenblick ihres Lebens fühlte sich Polly, wie sie sich zu ihrer eigenen Schulzeit am Ende eines Schuljahrs stets gefühlt hatte. Sie erinnerte sich an dieses merkwürdige Gefühl, dass einem nichts mehr besonders nahe ging: Mother Josephine mochte brummen, soviel sie wollte, die grauenhafte Mother Frances mochte finster dreinblicken und drohen, sie alle konnten einem im Grunde nichts mehr anhaben. Mit jedem Tag, jeder Stunde, die verstrich, verloren sie an Macht über einen. Eines Tages, so hatte sich Polly geschworen, würde sie die Schule verlassen und nie mehr zurückschauen. Und das hatte sie auch getan. Jetzt wiederholte sie diese Prozedur: Sie legte die Reifeprüfung für ein neues Leben ab.

Als Jason nach Hause kam, sagte ihm Polly, dass ein Brief für ihn gekommen sei. Er sah ihn an, steckte ihn ungeöffnet in die Tasche und nahm einen kleinen Imbiss zu sich, bestehend aus einem halben Liter Milch, drei Erdnussbutter-Sandwiches, einem Stück Apfelkuchen, einer Banane und einem Schokoriegel, den er in einer Küchenschublade entdeckt hatte.

»Lass noch ein bisschen Platz fürs Abendessen ... Ich möchte später mit dir und Peter reden.«

Jason sah sie forschend an und legte den Kopf zur Seite. Das herausfordernde Verhalten, zu dem er geneigt hatte, bevor er ausgerissen war, hatte er inzwischen abgelegt. Gelegentlich ließen erste Hinweise auf einen Reifeprozess schließen, und er unternahm mitunter sogar erste zaghafte Versuche, seinen Charme spielen zu lassen.

»Warum?«

»Einfach so. Ich möchte ungestört mit euch reden, also geht nicht aus dem Haus, bevor wir uns nicht zusammengesetzt haben.«

»Das hört sich so ernst an, Mama.«

»Es ist auch ernst. Ich will mich mit meinen Kindern unterhalten, weil ich ihren Segen möchte.«

»Wofür?«, fragte Jason verblüfft.

»Für eine größere Veränderung ... Euer Vater kommt heute Abend spät nach Hause. Was hältst du davon, wenn du, Peter und ich zum Abendessen ins Furnace gehen?«

»Ins Furnace? Klar doch!«

Sie deutete auf den Brief, der aus Jasons Tasche ragte. »Liest du ihn jetzt oder nicht?«

Jason zog den Brief heraus und warf einen Blick auf den Umschlag. »Die Schrift kommt mir nicht bekannt vor ... Aber ich lese ihn oben, wenn du nichts dagegen hast, Mama.«

Das Furnace war von Düften erfüllt, die einem das Wasser im Mund zusammenlaufen ließen. Polly, die neben ihren beiden Söhnen klein wirkte, gab die Bestellung auf: Suppe und Hühnchen für die Jungen, Lachssalat für sich. Außerdem ließ sie eine Flasche Champagner kommen.

»Was feiern wir denn, Mama?«, fragte Peter misstrauisch.

»Verschiedenes.«

Die Jungen tauschten einen Blick; die Sache war ihnen nicht ganz geheuer. Polly lächelte. »Ich habe euch hierher eingeladen, um euch zu sagen, dass ich Arbeit gefunden habe!«

»Oh ...«

»In London!«

Sie hatte mit Missbilligung, sogar mit Unmut gerechnet, aber es kam anders.

»Wann fängst du an?«, wollte Peter wissen.

»Bald. In zwei Wochen. Bekomme ich euren Segen?«

»Dann war das also kein Witz?«, meinte Jason beiläufig.

Polly lehnte sich zurück und sah ihre Kinder forschend an. Sie aßen mit derselben Begeisterung weiter wie zuvor, als hätte sie nur eine Bemerkung übers Wetter gemacht. Plötzlich wurde ihr klar, dass sie es mit Erwachsenen zu tun hatte. Sie waren emotional nicht mehr auf sie angewiesen. Pollys Zukunftspläne spielten für ihre Söhne keine alles überragende Rolle mehr; ihre eigenen Träume nahmen weitaus mehr Raum in ihren Gedanken ein.

»Dann habt ihr also nichts dagegen?«

»Nimm's in Angriff, Mama«, sagte Peter und sah sie über seine Brille hinweg an, »das wäre mein Rat an dich!«

»Meiner auch«, pflichtete ihm Jason bei. »Warum machst du dir solche Gedanken? Wir passen schon auf uns auf. Wir kümmern uns sogar um den Hobbit. Dieser Job bedeutet dir viel. Du solltest ihn annehmen. Es wäre dumm, es nicht zu tun.«

»Ich habe mir überlegt, in London ein Haus zu kaufen.«

»Toll. Können wir dich dann besuchen?«

»Natürlich. Und ich werde oft heimkommen. An den Wochenenden und so weiter ...«

Plötzlich fühlte sie eine widersinnige Traurigkeit in sich aufsteigen. Diese jungen Erwachsenen waren intellektuell und emotional unabhängig. Ganz ohne wortreiche Erklärungen hatten sie ihr zu verstehen gegeben, dass sie ihre Mutter nicht mehr brauchten. Sie liebten sie, aber sie brauchten sie nicht mehr. Auf dem Weg, den sie eingeschlagen hatten, konnte Polly ihnen nicht folgen. Sie machten sich auf zu unbekannten Ufern jenseits ihres Horizontes.

Das war der natürliche Lauf der Dinge, und doch kam mit dieser Erkenntnis die bestürzende Einsicht in die eigene Sterblichkeit.

»Es kann sein, dass ich mich von eurem Vater trenne ...«, fügte sie leise hinzu.

Ihre Söhne hörten für einen Moment auf zu essen. Peter seufzte. »Das ist uns klar, Mama«, sagte er traurig. »Jason und ich wissen schon seit einer Ewigkeit, dass es nur eine Frage der Zeit ist.«

Jason traten Tränen in die Augen, die er ärgerlich wegwischte.

Als sie nach Hause kamen, saß Rory am Computer.

»Wo wart ihr?«, rief er.

»Wir haben uns den Bauch vollgeschlagen«, erwiderte Peter. »Mama hat uns ins Furnace eingeladen.«

»Um meinen neuen Job zu feiern«, erklärte Polly.

»Ist irgendwas zu essen im Haus?«

»Sandwiches«, sagte Polly. »Ich mache dir welche.«

Als das Telefon klingelte, war es Polly, die den Hörer abnahm. »Könnte ich bitte mit Peter sprechen«, fragte eine sehr schüchterne Stimme.

Polly ging ihren Sohn suchen. »Es ist Sharon ... und du wirst ganz freundlich ja sagen und ihr versichern, dass du dich über die Einladung sehr freust.«

»Wovon redest du, Mama?«

»Nimm einfach den Hörer und tu, was ich dir sage.«

Sie hörte, wie er nach unten ging, »Hallo?« und »Grüß dich, Sharon« sagte, und dann: »Ja, da muss ich mal in meinen Terminkalender schauen ... nein, im Ernst, ich würde mich unheimlich freuen ...«

Als sie nach unten kam, sagte er mit nachdenklicher Miene: »Sharon hat mich gerade zu ihrem Abschlussball eingeladen! Aber woher hast du das gewusst?«

»Mütter sind Hellseherinnen«, erklärte Polly. »Ich nehme an, du hast zugesagt?«

»Ist doch klar!«

Polly versuchte mehrmals, jemanden in der Wohnung am Eaton Square zu erreichen, doch immer erwischte sie nur den Anrufbeantworter. »Hallo ... hier spricht Michelle. Ich fürchte, im Augenblick ist niemand da, um Ihren Anruf entgegenzunehmen ...« Schließlich hinterließ Polly eine Nachricht.

»Michelle, hier ist Polly. Ich komme bald nach London. Allerdings werde ich dir nicht zur Last fallen, da ich deine Gastfreundschaft bereits überstrapaziert habe. Aber wenn du Zeit hast, würde ich dich gerne treffen.«

Michelle rief nicht zurück.

Aber ein paar Tage später erhielt Polly einen Brief auf steifem blauem Papier, auf das in gotischen Buchstaben die Adresse am Eaton Square gedruckt war.

Liebe Polly,

deine Nachricht auf dem Anrufbeantworter habe ich erhalten; allerdings bin ich nicht mehr in der Wohnung, also hat die Adresse auf dem Briefpapier nichts zu sagen.

Tatsache ist, Polly, dass ich heimfahre, zurück nach Amerika. Ich habe beschlossen, meinen Studienabschluss nachzuholen und Lehrerin zu werden. Ich will endlich das Scheißleben hinter mir lassen, mit dem ich so angestrengt versucht habe, Geld zu scheffeln – das heißt, ich habe es versucht, bis ich dir begegnet bin! Als du zum ersten Mal nach London kamst, waren Tom und ich so gut wie fertig miteinander. Dieser Musterknabe ist zweifellos sehr charmant, aber er ist der skrupelloseste Zuhälter, mit dem ich je zu tun hatte. Oh, Polly, natürlich hattest du davon keine Ahnung, und ich habe es einfach nicht fertig gebracht, dich über deinen Irrtum aufzuklären. Es ist so wunderbar, jemanden kennen zu lernen, der noch an die alten Werte glaubt und wirklich zur Familie hält. Ich dachte, solche Leute gäbe es nur in Kinderbüchern!

Doch die Wahrheit über deinen Bruder ist, dass er seit Jahren einen schwunghaften Mädchenhandel betreibt. Auf diese Weise ist er zum reichen Mann geworden. Er vermittelt die Dienste von Frauen an verschiedenste Zweige der Sexindustrie, nicht zuletzt im Nahen Osten, und hat es durch diese spezielle Form der Ausbeutung zu einem kleinen Vermögen gebracht.

Immer wieder hat er davon gesprochen, dass er erst mit dir Kontakt aufnehmen wollte, wenn er seine Schäfchen ins Trockene gebracht hätte und in der Lage wäre, dich aus den Fängen deines schrecklichen kleinen Ehemannes und deines langweiligen Lebens zu retten. Nachdem wir uns getroffen hatten, habe ich ihm erklärt, du fühltest dich sauwohl da, wo du bist, und er solle dich gefälligst in Ruhe lassen!

Auf jeden Fall war ich nie ein braves Mädchen so wie du. Ich bin sehr streng erzogen worden (was in Amerika fast die Regel ist, auch wenn man euch im Fernsehen etwas anderes weismachen will) und beschloss bereits in jungen Jahren, zur Rebellin aus Prinzip zu werden. Gegen was ich rebellierte, war mir mehr oder weniger egal, Hauptsa-

che Rebellion. Wie ich zur Prostitution gekommen bin? Da bin ich ganz mühelos reingerutscht, hauptsächlich aus Trotz, weil ich wusste, dass es meine Familie, die mich zu der Zeit angekotzt hat, am schwersten treffen würde. Die erste Nummer war am härtesten. Danach funktionieren die Barrieren nicht mehr ganz so gut.
Aber es ist ein beschissenes Leben. Der innere wie äußere Verschleiß, dem du dabei ausgesetzt bist, ist durch Geld nicht aufzuwiegen; die furchtbarsten Typen – brutal, grausam, manchmal auch nur dumm – glauben, du wärst ein Ding und sie wären der Allmächtige. Wenn du erst einmal damit anfängst, das selbst zu glauben, bist du verratzt. Manchen Frauen passiert das. Diese Geisteshaltung übt eine verheerende Wirkung aus, diese Notwendigkeit zu gefallen um jeden Preis, die überall spürbar ist, die Verzweiflung angesichts der Vorstellung, dass du unweigerlich älter wirst und zu einem Nichts verkommst, weil Männer dich nicht mehr beachten oder wollen.
Scheiße! Männer sind keine Götter. Die Frauen aus meiner Branche wissen das. Aber trotzdem habe ich genug kosmetische Operationen über mich ergehen lassen, um Michael Jackson vor Neid erblassen zu lassen!
Das Komische ist, ich habe schon wieder rebelliert! Vielleicht muss ich mich dafür bei dir bedanken, weil du mich wachgerüttelt hast. Ich bin in meinem Leben noch nie jemandem begegnet, der so weltfremd gewesen wäre wie du. Aber du hast ein paar Dinge gesagt, bei denen ist mir ganz schlecht geworden. Ich habe angefangen darüber nachzudenken, was ich aus mir machen könnte. Auf einmal war ich dieses Lebens müde und sehnte mich nach Frieden.
Ich habe zwar nicht ganz soviel Geld verdient, wie ich es mir erhofft hatte, aber Geld ist nicht alles, und ich steige

aus. Und noch etwas habe ich getan: Ich habe deinen tollen Bruder verpfiffen, weil er auch mit Drogen handelt. Und weil er es verdient, im Knast zu landen! Wenn du wüsstest, was alles abgelaufen ist, wärst du vielleicht derselben Meinung, aber ich will dich Unschuldslamm nicht noch mehr schockieren.

Früher dachte ich, er macht sich etwas aus mir; wir waren tatsächlich verlobt, aber er hat mir übel mitgespielt. Und davon habe ich jetzt genug. Ich hatte mir einen kleinen Rachefeldzug ausgedacht, in dem dir die Hauptrolle zugedacht war – weil er dich immer als Inbegriff der Tugend hingestellt hat. Ich dachte, wenn ich dich dazu bringen könnte, deinen Heiligenschein zu verlieren, würde ich dem Scheißkerl damit einen Denkzettel verpassen. Ich schildere lieber keine Einzelheiten (ich möchte nämlich nicht, dass du mich hasst), aber vielleicht genügt es, wenn ich dir sage, dass es Kerle gibt, die ältere Frauen mögen, vorausgesetzt, sie sind gut gepolstert und unerfahren; einer dieser Widerlinge, die an jenem Abend nach Ostern bei uns waren, gehörte zu dieser Sorte. Aber wer zuletzt lacht, lacht am besten. Du hast sie zurechtgewiesen wie unartige kleine Jungen.

Ich glaube kaum, dass dein Bruder etwas von sich hören lässt. Er ist zu stolz, um dir vom Gefängnis aus zu schreiben. Aber du kannst dich an die Gefängnisverwaltung wenden, wenn du wissen willst, wo sie ihn hingesteckt haben – das heißt, wenn du es wirklich wissen willst.

Halt die Ohren steif

Michelle

Auf dem Flug nach Heathrow war Polly voller Ungeduld. Zu allem Überfluss wurde die Maschine auch noch zehn Minuten lang in der Warteschleife gehalten.

Keith würde sie nicht abholen. Sie hatte ihm nicht gesagt, dass sie kam. Sie wollte sich nicht um das Vergnügen bringen lassen, ihn zu überraschen.

Polly fuhr nach Wimbledon und suchte die Immobilienfirma auf, die Marbonne Road 17 im Angebot hatte.

»Ich interessiere mich für dieses Haus«, erklärte sie. »Ich möchte es kaufen!«

»Wann hätten Sie Zeit für eine Besichtigung, Madam?«

»Ich habe es bereits gesehen.«

»Die ursprüngliche Preisforderung liegt bei 350 000 Pfund«, informierte sie der Makler, »und wir haben bereits ein Angebot über 300 000 Pfund.«

»Ich zahle den geforderten Preis!«, entschied Polly. »Ich kann Ihnen sofort eine Anzahlung leisten.«

»Verstehe.« Der Makler öffnete ein Hauptbuch und schrieb Pollys Adresse auf. Sie gab ihren Mädchennamen an, McCann.

»Und wie steht es mit einer Besichtigung?«

»Das geht schon in Ordnung. Ich habe es mir angesehen. Das Haus ist in gutem Zustand.«

»Wer ist Ihr Rechtsbeistand, Madam?«, fragte der junge Mann ein wenig unsicher.

»Können Sie mir eine Kanzlei am Ort empfehlen?«

Der Makler tat ihr gern den Gefallen.

Als der geschäftliche Teil erledigt war, schlug Polly den Weg zur Marbonne Road ein. Die Bäume des Stadtparks trugen Herbstfarben; liebliche Rot- und Goldtöne leuchteten im Sonnenschein. Pollys Blick fiel auf das Schild »Zu verkaufen«, und sie überlegte, wie lange sie wohl brauchen würden, um es zu entfernen. Sie öffnete das Gartentor, das ein wenig quietschte. Ein kurzes Bellen war zu hören, dann kam Herbie misstrauisch um die Ecke gelaufen. Doch als er sie sah, wedelte er fröhlich mit dem Schwanz.

Polly klingelte, aber niemand machte ihr auf.

»Ist dein Herrchen nicht zu Hause?«, fragte Polly Herbie.

Er gab keine Antwort. Polly sah das Auto in der Einfahrt und die zugezogenen Vorhänge an einem Fenster im ersten Stock und begann sich zu fragen, ob Keith vielleicht krank sei. Sie war so heiter und hoffnungsvoll gewesen, und nun wurde ihr das Herz schwer. Es wäre aber auch zu schön gewesen, um wahr zu sein, wenn diesem Glück eine lange Dauer beschieden wäre. Plötzlich wurde sie von düsteren Zukunftsvisionen gepackt: Keith war krank und würde sterben, während sie wieder einmal einsam am Ufer des Lebens zurückbleiben würde, und nur das unaufhörliche Klicken einer Tastatur würde ihr dabei Gesellschaft leisten.

Nein, dachte sie mit einer Empörung, die sie selbst überraschte, das nicht, nie wieder! Und wenn Keith krank war, dann brauchte er Hilfe und nicht irgendeine dumme Gans, die sich alles Mögliche ausmalte.

Sie ging um das Haus herum und räusperte sich, um ihr Kommen anzukündigen. Doch es blieb alles still. Die Terrasse lag verlassen da, der Rasen war frisch gemäht.

Und dann sah sie ihn; er schlief im Schutz der Laube, zu seinen Füßen lag die *Financial Times.*

Polly schlich sich leise an und kniete neben ihm nieder. Er trug einen Pullover, und das Kinn war ihm auf die Brust gesunken.

Ist er tot oder lebendig?, fragte sich Polly angstvoll. Doch ihre Sorge war gänzlich unbegründet, wie sich herausstellte, sobald er sich bewegte und im Schlaf seufzte.

Also setzte sie sich neben ihn und las die Zeitung; Herbie machte es sich derweil auf dem Boden bequem. Eine einsame Biene kam vorbei, verweilte ein wenig und flog weiter.

Keith fuhr zusammen, blickte auf, setzte sich aufrecht hin. »Großer Gott«, sagte er. »Wo kommst du denn her?«

Polly streckte ihm die Hand entgegen. »Ich bin wie immer vom Himmel gefallen!«

»Diesmal«, sagte er, »lasse ich dich nicht wieder fort!«

»Diesmal«, sagte Polly, »würdest du mich nicht loswerden, auch wenn du es versuchtest!«

Jason las den außerordentlichen Brief voller Entsetzen noch einmal durch. Es war ein anonymes Schreiben; die Handschrift war ihm nicht bekannt; aber er wusste ganz genau, von wem es stammte.

»Ich könnte dich umbringen, du Widerling. Ich verbanne deine Seele in einen Kelch und werde ihr Todesangst beibringen.«

O Gott, stöhnte er innerlich auf, und ich dachte schon, ich hätte Probleme, als ich noch gar nicht wusste, was Probleme überhaupt sind!

19. Kapitel

Lieber Dad«, hieß es in dem Brief aus Amerika, »ich frage mich, ob du noch bei Verstand bist! Wie kommst du nur auf die Idee, eine Frau heiraten zu wollen, die du über die Zeitung kennen gelernt hast? Ich komme sofort nach Hause und bringe die Sache in Ordnung! Bleib wenigstens solange ledig, bis ich da bin. Alles Liebe, Sophie.«

Als am Samstagmorgen das Telefon klingelte, musste Polly sich zwingen, den Schlaf abzuschütteln. Sie war nach dem Liebesspiel in einen süßen, erholsamen Schlummer gesunken, und als sie daraus erwachte, wusste sie nicht, wo sie war. Einen Augenblick lang dachte sie sogar, sie befände sich wieder in ihrem Zimmer in Ballyglen, wo die Vorhänge auch hellgelb mit einem weißen Streifen gewesen waren. Das Licht, das durch diese Vorhänge drang, hatte etwas merkwürdig Friedliches an sich. Sie fühlte sich, als wäre sie dort angekommen, wo sie hingehörte, hier, im Doppelbett eines Mannes, dem sie vor einem halben Jahr zum ersten Mal begegnet war. Hier fand sie Liebe und Herzlichkeit. Er gab ihr das Gefühl, dass er sie kannte, dass er die echte Polly wahrnahm. Dass er sie als die erkannte, die sie war, verlieh ihr zusätzliche Stärke.

Das Telefon stand neben ihr auf dem Nachtkästchen und gellte ihr ins Ohr. Sie fuhr hoch. Keith griff über sie hinweg nach dem Hörer. Die Stimme eines Mannes meldete sich, und

Polly schnappte die Wörter »Haus«, »Käuferin« und »Anzahlung« auf.

»Was?«, rief Keith aus. »Ach so, ja, in Ordnung ... wenn sie den geforderten Preis hinblättert, dann ist die Sache damit wohl erledigt! Sie können Jonathan Wheatley davon in Kenntnis setzen.« Seine Stimme klang mutlos. Er legte auf und starrte an die Decke.

»Jemand hat gerade das verdammte Haus gekauft!«, verkündete er düster. »Bald kann ich dir nicht einmal mehr ein Dach über dem Kopf anbieten. Nur ein Häuschen auf dem Land, aber es ist ein ganzes Stück außerhalb von London, und da du im Begriff bist, Londonerin zu werden, brauchen wir ja wohl ein Heim in dieser großartigen Metropole ...«

»Abwarten«, meinte Polly. »Wenn sich im Leben eine Tür schließt, tut sich dafür eine andere auf!«

»Du klingst sehr zuversichtlich.«

»Zuversicht gehört zu den Dingen, die du mir beigebracht hast«, erwiderte Polly. »Was du mir sonst noch beigebracht hast, eignet sich nicht als Thema für ein kultiviertes Gespräch!«

Keith lachte, beugte sich über sie und liebkoste ihren Hals. »Ich sollte mich lieber benehmen«, ermahnte er sich. »Ich möchte das noch viele Jahre genießen können!«

»Hat er nicht gesagt, wie diese Frau heißt ... die, die das Haus gekauft hat?«

»Ich habe vergessen zu fragen«, meinte Keith gleichgültig. Er streichelte ihren nackten Arm und ihren Rücken.

»Du hast eine schöne Haut! Weich wie Seide ...« Nach einer Weile fügte er mit sehnsuchtsvoller Stimme hinzu: »Ist das nicht die beste Beschäftigung für einen Samstagvormittag, die man sich nur wünschen kann?«

Später ging Keith nach unten, um Herbie rauszulassen und

Teewasser aufzusetzen. Er befahl Polly, im Bett zu bleiben, er werde ihr das Frühstück raufbringen, damit sie wieder zu Kräften käme. Sobald er einen Tisch für das gemeinsame Abendessen mit Sophie reserviert hatte – sie wurde um fünf aus New York erwartet –, würde er wieder ins Bett kommen, wo Polly inzwischen seiner harren sollte.

»Ich dachte, du hättest Angina pectoris«, meinte Polly daraufhin lachend.

»So schlimm ist es auch wieder nicht. Und außerdem, kannst du dir eine schönere Weise vorstellen, ins ewige Leben einzugehen?«

Doch ein paar Minuten später hörte Polly, dass Keith nach ihr rief. Sie ging auf den Treppenabsatz hinaus und beugte sich über das Geländer. Er stand auf dem Flur und blickte kummervoll zu ihr hinauf. Sie sah, dass er etwas in der Hand hielt.

»Was ist das?«, fragte Polly und kam herunter.

»Mein armer Schatz, du hast dich mit einem Volltrottel eingelassen!« Er drückte ihr einen rosafarbenen Lottoschein in die Hand.

Polly starrte den Zettel an und begriff zunächst nichts.

»Dein Lottoschein«, erklärte Keith. »Ich habe ihn gerade wiedergefunden!«

Polly betrachtete den Schein. Er sah aus wie neu. »Wo hatte er sich denn versteckt?«

Keith deutete auf das Tischchen im Flur. »Er war im Telefonbuch hier in der Schublade ... Ich wollte gerade die Nummer von Chez Patrice nachschlagen, dem Restaurant, in das ich euch heute Abend ausführe!«

»Oh.«

Er zog Polly ins Wohnzimmer und sagte: »Erinnerst du dich noch an die Gewinnzahlen?«

»Nein ... ich habe sie nicht dabei!«

»Ruf bei der Lotterie an ... sei ein braves Mädchen.«

Polly griff nach dem Telefon. Als sie durchkam, konnte ihr die Mitarbeiterin der Nationallotterie in Dublin nach wenigen Augenblicken die Gewinnkombination jener schicksalsschweren Osterziehung nennen: 1, 14, 15, 21, 32 und 41. Polly schrieb sich die Zahlen auf und verglich sie mit ihrem Schein.

»Ich habe vier Zahlen richtig«, teilte sie der Angestellten mit.

»Herzlichen Glückwunsch«, erwiderte diese kühl. »Sie haben zehn Pfund gewonnen! Aber ich fürchte, jetzt ist es zu spät, um das Geld einzufordern! Der Gewinn verfällt nämlich nach neunzig Tagen!«

Polly legte auf und fing an zu lachen. Sie warf den Schein auf Keiths Schreibtisch, ließ sich auf einen der französischen Stühle sinken und schüttelte sich vor Lachen.

Keith sah sie besorgt an. »Was ist?«, fragte er. »Könntest du mal einen Augenblick mit diesem Gegackere aufhören und mir sagen ...«

»Zehn Pfund«, heulte Polly. »Ich glaube, du solltest Mrs. Dencher eine Schachtel Pralinen kaufen! Du schuldest ihr eine Entschuldigung nach allen Regeln der Kunst!«

Nun konnte Keith mitlachen, und sie lachten so lange, bis Herbie unruhig wurde und anfing zu jaulen.

Im folgenden Monat, zwei Tage, bevor sie in aller Stille auf einem Standesamt heiraten wollten, fand Polly, als sie von der Arbeit nach Hause kam, ihren Verlobten in größter Verwirrung vor.

»Stimmt etwas nicht?«

»Ich hatte einen Termin bei Jonathan Wheatley ... meinem Anwalt ... um den Kaufvertrag für das Haus zu unterschreiben ...«

Polly wartete geduldig; denn das, was nun kam, wusste sie bereits.

»Es ist kaum zu glauben«, fuhr Keith fort, »aber die Frau, die dieses Haus gekauft – und bar bezahlt hat – heißt Pauline McCann!«

»Wirklich«, meinte Polly unbeeindruckt, »was für ein verblüffender Zufall.«

Keith sah sie unsicher an. »Bist du eine Art Hexe, Pauline, oder werde ich von seltsamen und unerklärlichen Synchronismen heimgesucht?«

»Ich bin eine Hexe«, erwiderte Polly lachend. »Ich dachte, das hättest du inzwischen von allein herausgefunden!«

»Eine Frau, die genauso heißt wie du, hat das verdammte Haus gekauft!«, wiederholte Keith.

Polly zog nur die Augenbrauen hoch. »Das sagtest du bereits.«

Keith zwang sie, ihn anzusehen. »Spiel keine Spielchen mit mir. Was ist hier los?«

Polly setzte sich und schaute in den Garten hinaus. Sie sah die hellen Haare von Sophie, die sich unter Herbies wachsamen Blicken über Jocasta beugte und sie streichelte. Sie musste an Sable und Muriel denken und war den Tränen nahe. Sie hatte Muriels blasses Gesicht vor sich, ihre Einsamkeit, ihre innere Zerrissenheit, und ein Schauder der Angst überkam sie.

Bis zu diesem Augenblick war die letzte Phase ihres Lebens wie das Märchen von Cinderella verlaufen, und etwas in ihr hatte diesem Glück misstraut, hatte insgeheim erwartet, dass sich die Kutsche wieder in einen Kürbis und die Lakaien in Mäuse verwandelten.

Aber nun hatte dieser wunderbare Mann, den sie in zwei Tagen heiraten würde, einen Vertrag unterschrieben, durch den er ihr dieses Haus verkaufte. Der Traum war dabei, sich in greifbare, dauerhafte Wirklichkeit zu verwandeln. Die Vorsehung hatte ihr aus unerforschlichen Gründen Geschenke in den Schoß gelegt, für die eine andere bezahlt hatte.

Sie blickte zu Keith auf, der sie beinahe streng ansah.

»Schenk mir einen Drink ein, Liebling, und hör genau zu«, bat sie. »Ich hätte es dir früher sagen sollen, aber es hätte sich mit größter Wahrscheinlichkeit als Hindernis erwiesen ...«

Polly hatte Rory geschrieben, dass sie sich zu verheiraten gedachte. Der Brief war gleichzeitig mit einem Schreiben seines Anwalts und, noch wichtiger, mit einem verbesserten VL-IDE. $_4$HD Mainboard von Bull Electronics eingetroffen, das ihm, da er schon einige Zeit darauf gewartet hatte, große Freude bereitete. Die Mitteilung des Anwalts las er sich rasch durch, doch Pollys Brief vergaß er zu öffnen. Der Umschlag rutschte hinter den Computer, und dort blieb er auch liegen.

Als Polly zwei Wochenenden hintereinander nicht nach Hause kam, wurde Rory dann aber doch ein wenig unruhig. Er spielte mit dem Gedanken, sie an ihrem Arbeitsplatz in London anzurufen, entschied sich aber dagegen, da er nicht den Eindruck erwecken wollte, er könne nicht allein für sich sorgen.

Dennoch bemerkte er Susie gegenüber, als diese einige Zeit später vorbeikam, um Fergus zu holen: »Ich habe Polly schon eine ganze Weile nicht mehr gesehen. Letztes Wochenende ist sie auch nicht heimgekommen. Als die Jungs vor vier Wochen in London waren, hat sie ihnen gesagt, sie würde schreiben ...«

»Ja«, erwiderte Susie. »Sie wird wahrscheinlich nächstes Wochenende herbeieilen, um den Gefrierschrank aufzufüllen und was sonst noch so anfällt ... sich um euch kümmern ...«

Rory entspannte sich sichtlich. »Dann hat sie sich also bei dir gemeldet? Zu Hause ruft sie nämlich kaum noch an!«

Susie sah ihn an und meinte voller Sarkasmus: »Weißt du,

zur Zeit ist sie ziemlich beschäftigt. Mit ihrer Hochzeit letzte Woche und dem neuen Job hat sie im Moment den Kopf voll mit anderen Dingen!«

Rory nickte, wandte sich wieder seiner Tastatur zu, und dann erst ging ihm auf, was Susie da gerade gesagt hatte.

Entgeistert starrte er sie an. »Was soll das heißen – ihre Hochzeit letzte Woche! Ist das ein schlechter Witz?«

Susie zuckte mit den Schultern. »Ich dachte, du wüsstest es – sie hat es dir doch sicher erzählt. Bestimmt wissen es die Jungs! Mir hat sie gesagt, sie hätte dir geschrieben, aber keine Antwort bekommen. Als sie daraufhin versuchte, dich telefonisch zu erreichen, hatte sie immer nur den Anrufbeantworter dran!«

Rory musterte sie prüfend, entdeckte aber keine Spuren von Unaufrichtigkeit, nur Mitleid in Susies Augen.

»Sie kann gar nicht heiraten, denn sie ist bereits verheiratet – und zwar mit mir!«

Susie hob statt einer Antwort nur abwehrend die Hände.

»Ich weiß selber, dass wir nicht rechtmäßig verheiratet sind«, warf Rory ein. »Als ob es darauf ankäme! Eines will ich dir sagen, Susie: Im Leben zählen nicht nur juristische Spitzfindigkeiten. Polly und ich waren über zwanzig Jahre zusammen! Das ist doch auch etwas wert!«

»Es war viel wert«, bemerkte Susie nüchtern. »So viel, dass sie allmählich krank geworden ist ... Es tut mir leid, Rory, aber wenn es dir ein Trost ist, wird sie hin und wieder vorbeikommen und nach dem Rechten sehen ...«

Rory war sehr blass geworden.

»Sie braucht sich hier nicht mehr blicken zu lassen!«

»Das kannst du halten, wie du willst«, sagte Susie. Sie sah Fergus an. »Dein Abendessen ist fertig«, erinnerte sie ihn. »Natürlich nur, wenn du dich hier losreißen kannst.«

Fergus meinte ziemlich nervös, er käme gleich.

Als Rory allein war, fiel ihm ein, dass sich die Jungs schon ein wenig seltsam verhielten, seit sie von ihrem Besuch in London zurück waren; sie hatten ihn wie ein rohes Ei behandelt.

Dann erinnerte er sich auch wieder an den Brief mit der englischen Marke, der gleichzeitig mit dem neuen Mainboard eingetroffen war; fluchend machte er sich auf die Suche danach und fand ihn schließlich eingeklemmt zwischen Computer und Wand. Er riss den Umschlag auf und las:

Lieber Rory,
ich hatte einmal nebenbei erwähnt, dass ich in London jemanden kennen gelernt habe, aber ich bin mir nicht sicher, ob du zugehört hast. Viele Jahre lang habe ich darauf gewartet, dass du meine Existenz zur Kenntnis nimmst, aber du hast es nicht getan. Lange Zeit dachte ich, das wäre meine Schuld; ich meinte, dass mit mir grundsätzlich etwas nicht stimmte. Das glaube ich jetzt nicht mehr. Ich nehme eher an, dass deine anmaßende Haltung dich blind gemacht und sich am Ende auf uns beide zerstörerisch ausgewirkt hat.
Die Wahrheit ist, Rory, dass ich mich in einen anderen Mann verliebt habe. Er heißt Keith und ist ein wunderbarer Mensch. Er ist Psychiater, verwitwet und wohnt in London. Bei ihm fühle ich mich so verblüffend lebendig. Ich liebe ihn mehr, als ich je einen anderen Menschen geliebt habe, sogar mehr als dich. Und das will schon einiges heißen, weil ich dich lange Zeit angebetet habe. Deine Originalität hat mich fasziniert, deine klaren Ansichten über die Welt, aber deine innere Abwesenheit während all der Tage, die ich mit dir zusammengelebt habe, hat mich letztendlich von dir fortgetrieben.
Es hat keinen Sinn, so zu tun, als täte es mir leid. Ich be-

daure, dass unsere Ehe nicht funktioniert hat, weil ich soviel Kraft hineingesteckt habe. Aber ich bedaure nicht, dass ich bin, wo ich jetzt bin.

Keith und ich werden am Samstag in einer Woche heiraten. Ich werde von Zeit zu Zeit zurückkommen und mich um alles kümmern, bis du dich an die neue Situation gewöhnt hast. Bitte mach dir keine Sorgen um Geld. Ich werde mit Martha alles in Ordnung bringen, ihren Anteil am Haus ablösen und es dir dann überschreiben. Aber ich vermute, dass sie nichts dagegen hätte, hin und wieder bei dir reinzuschauen. Schließlich ist sie deine rechtmäßige Ehefrau, und wenn du ein bisschen Verstand hast, lädst du sie mal zum Essen ein. Wer weiß, was sich daraus entwickelt! Und wenn du sie noch gern hast, was ich annehme, da wir eigentlich nie aufhören, die Menschen zu lieben, die wir einmal geliebt haben, könntest du vielleicht sogar einen Neuanfang mit ihr wagen.

Ich habe den Jungs stets erzählt, was in meinem Leben geschieht, und wenn du mit ihnen sprechen willst, wirst du feststellen, dass sie auf dem Laufenden sind. Als sie hier in London waren, sind sie mit Keith gut ausgekommen. Ich habe ihren Segen, wofür ich überaus dankbar bin.

Auf jeden Fall hoffe ich, dass sich für dich alles zufrieden stellend entwickelt. Ich hoffe auch, dass sich all die Arbeit und die Zeit, die du in Computer investiert hast, irgendwann auszahlt. Das meine ich ernst! Die Dinge, die uns faszinieren, sollten uns anstandshalber für unsere Treue entlohnen.

Viel Glück, alles Gute. Wenn ich nichts von dir höre, sehen wir uns in sechs Wochen.

Polly

Eine Zeit lang dachte Rory, nun sei der Weltuntergang eingetreten. Aber dann fiel ihm ein, dass Polly immer zu ihrem Wort stand und dass sie zweifellos ihr Versprechen halten und ihn aus dem Schlamassel mit Martha freikaufen würde; daher fand er, es sei besser, nicht überzureagieren.

»Schließlich sind wir keine Teenager mehr«, sagte er laut. »In so einer Situation muss man sich wie ein Erwachsener benehmen.«

Er dachte an seine eigene Hochzeit mit Polly zurück und seufzte. Er wurde sogar ziemlich sentimental, und für kurze Zeit sah es so aus, als würde er ein paar Tränen vergießen.

Aber dann fiel sein Blick auf den Computer, und er erinnerte sich, dass er gerade dabei gewesen war, eine CD-ROM auf die Festplatte zu komprimieren, was nicht reibungslos klappte. Als Jason und Peter nach Hause kamen, war er wieder vollkommen in seine Arbeit vertieft.

»Eure Mutter hat geheiratet«, verkündete er seinen Söhnen in dramatischem Tonfall, als sie ihn aufforderten, in die Küche zu kommen, solange die Hamburger noch heiß seien. »Euer fürchterliches Benehmen hat sie aus dem Haus getrieben!«

»Wir wissen schon, dass sie geheiratet hat. Sie hat uns in ihre Pläne eingeweiht, als wir in London waren. Wir haben nur darauf gewartet, dass du es mal ansprichst!«

»Eine schöne Bescherung!«, jammerte Rory.

»Dad, wir können doch wie zivilisierte Menschen mit der Sache umgehen! Schließlich kommt sie hin und wieder zu uns zurück, und nach Weihnachten werden wir sie und Keith besuchen.«

»So, so. Warum sagt mir eigentlich niemand, was hier alles vor sich geht?«, fragte Rory trotzig. »Warum erfahre ich erst im nachhinein, dass meine eigene Frau geheiratet hat?«

»Oh Dad ...«, fing Peter an, aber was immer er zu sagen im Begriff war, erstarb auf seinen Lippen.

Mit hochgezogenen Augenbrauen sah er zu seinem Bruder hinüber.

Als Martha am selben Abend anrief, war Rory am Telefon. Sie wollte wissen, ob er daran interessiert sei, sich gütlich zu einigen; sie wolle die Sache nicht bis zum bitteren Ende durchziehen, wenn es eine andere Lösung gäbe. Schließlich hätte es keinen Sinn, die Anwälte noch reicher zu machen, als sie ohnehin schon seien.

»Warum treffen wir uns nicht und besprechen die Sache?«, schlug Rory vor. Mit einem Mal lief ihm das Wasser im Munde zusammen, denn er erinnerte sich an die köstlichen Pfannengerichte, die sie ihm früher immer aufgetischt hatte: Rinderlendenstreifen mit Zwiebeln, Knoblauch, Bohnensoße, eine Prise Ingwer und Koriander. »Du könntest zu uns kommen, wenn du magst«, fügte er hinzu. »Polly ist in England.«

»Ich weiß«, sagte Martha gelassen. »Sie hat mir eine Karte geschickt und mir mitgeteilt, dass sie geheiratet hat. Ich schaue dann später vorbei ... Hast du eigentlich schon was gegessen? Ich könnte uns einen kleinen Imbiss machen, wenn es dir recht ist!«

Sophie war wieder nach New York abgereist.

»Er hätte mir sagen sollen, wie nett du bist!«, erklärte sie Polly beim Abschied. »Ich hatte Angst, dass er irgendeine schreckliche Frau kennen gelernt hat ... Möchtet ihr noch Kinder?«

»Ich glaube nicht«, erwiderte Polly. »Die Erfahrung habe ich schon hinter mir. Und wie ist das bei dir, wirst du Bob heiraten?«

»Vielleicht. Während der letzten Woche hab' ich mich richtig in ihn verliebt.«

»Aber du hast ihn doch die vergangene Woche gar nicht gesehen!«

Sophie zuckte die Achseln. »Du weißt ja, wie das ist ... wenn sie nicht da sind, sind sie einfach wunderbar!«

Abends, als sie zusammen auf dem Kaminvorleger saßen, ins Feuer schauten und Keith sie in den Armen hielt, fragte er plötzlich: »Liebling, hast du deinen Brief schon gelesen? Den, der so offiziell aussah?«

Polly sah ihn an, ließ die Hand über seinen Bartschatten gleiten und lächelte.

»Ja, den habe ich gelesen ...« Keith wartete. »Ich habe schon überlegt, wie ich dir beibringen soll, dass du in eine ziemlich fragwürdige Familie eingeheiratet hast«, fuhr Polly fort. »Du weißt ja, dass ich einen Bruder habe, Tom. Ich habe dir doch von ihm erzählt ...«

»Der Kerl mit der Wohnung, den du seit Jahren nicht mehr gesehen hast?«

»Genau der. Ich fürchte, er sitzt im Staatspensionat. Ich weiß nicht, ob es eine taktvolle Weise gibt, es dir zu sagen ...«

Keith sah sie an und holte tief Luft. »Was willst du mir denn sagen. Pauline McCann ... dass er ein Serienmörder ist, der eine Haftstrafe verbüßt?«

»O nein ... ein Serienmörder ist er nicht. Aber im Gefängnis ist er schon – ich habe gerade die amtliche Bestätigung bekommen.«

Keith dachte an die Fotomappe, die er in der Wohnung am Eaton Square wieder unter das Sofa geschoben hatte, und an ihren Inhalt.

»So, so ... was für eine Überraschung!«

Er setzte sich kerzengerade hin und sah Polly streng an. »Gibt es noch mehr Überraschungen, noch weitere Leichen im Keller?«

»Ich schwöre bei Gott«, sagte Polly, »dass du jetzt wahrhaftig über alle Fakten im Bilde bist! Aber ich werde mich in ein gewisses Gefängnis begeben müssen, um mich einem Gespenst aus alten Tagen zu stellen.«

Epilog

Im Dezember kehrte Polly ein letztes Mal nach Ashgrove Lawns zurück. Alles war hier noch beim Alten; im Dorf herrschte das gewohnte abendliche Treiben, alle waren warm eingepackt gegen die Kälte. Bei Kinlan's war die Auslage weihnachtlich geschmückt, aus den Fenstern der Kirche strahlte es gelb auf die Straße. Auch die Sackgasse sah noch aus wie früher, aber die Atmosphäre hatte sich verändert. Willow House stand dunkel da. Muriel hatte immer ein Licht angelassen, auch wenn sie unterwegs war, aber jetzt ragte das Haus wie ein düsterer Riese in den Nachthimmel. Es war an eine Baufirma verkauft worden, die dort Luxuswohnungen einrichten wollte; die Umbauarbeiten sollten erst im neuen Jahr beginnen.

Polly bezahlte den Taxifahrer und machte einen kleinen Umweg, um noch einmal an Susies Haus vorbeigehen zu können, obwohl sie wusste, dass es inzwischen verkauft war und sie mit Fergus in einem denkmalgeschützten Haus in Dun Laoghaire wohnte, unweit der Büroräume der neuen Firma, die er mit Rory zusammen gegründet hatte. Im Wohnzimmer von Nummer 15 brannte Licht, und Polly sah drinnen ein kleines Mädchen vor dem Fernseher sitzen. Sie dachte an Sharon und an den Abschlussball. Sharon und Peter waren offenbar in Verbindung geblieben. »Ich rufe sie ab und zu an, Mama, und lade sie auf ein Bier ein. Sie gehört jetzt zu meinem Harem!«

»Deinem Harem? Was sind denn das für Männerphantasien!«

»Ein Mann hat ein Recht auf seine Phantasien, Mama ...«

»Aber sie trinkt doch kein Bier, oder?«

»Na ja, hin und wieder lässt sie sich hinreißen und bestellt ein Radler!« All das hatte er ihr am Telefon erzählt.

»Und was gibt es sonst noch Neues? Wie geht's eurem Vater?«

»Och, dem geht's gut ...«

Polly war sein Zögern nicht entgangen. »Wirklich? Verheimlichst du mir irgendetwas?«

»Ihm geht's gut, ehrlich, Mama!«

Nummer 14 lag im Halbdunkel, nur auf dem Flur brannte Licht. Sie verweilte kurz am Gartentor, dann ging sie langsam auf das Haus zu und sperrte die Tür auf. Erst da fiel ihr ein, dass sie nicht erwartet wurde und sie eigentlich hätte läuten sollen.

Als sie eintrat, hatte sie das Gefühl, dass das Haus fremd wirkte; es war, als wohnte nun jemand anders hier; als wüsste das Haus, dass sie ihm die Treue aufgekündigt hatte, und hüllte sich nun in ein immaterielles Kraftfeld, um Eindringlinge abzuwehren.

Der Flur kam ihr irgendwie kleiner vor, als sie ihn in Erinnerung hatte. Auf dem Tisch stand eine neue Vase. Zwei chinesische Porzellanteller, die sie noch nie gesehen hatte, zierten die Wand. Die Küchentür war geschlossen, aber sie hörte Stimmen und nahm an, dass Rory und die Jungs in der Küche saßen.

Einen Augenblick lang fühlte sie sich wie ein Gespenst, das an den Ort zurückkehrt, wo es zu Lebzeiten gewohnt hat, um dem einstigen Dasein einen kurzen Besuch abzustatten, aber keinen Zugang mehr dazu findet.

Sie klopfte an die Küchentür und trat ein.

Rory saß an einem Ende des Tisches und schälte Kochäpfel. Die Szene wirkte anheimelnd, aber die Art, wie Rory das Messer handhabte, ließ vermuten, dass er seiner Aufgabe nicht gerade hingebungsvoll nachkam.

Neben ihm sah Polly eine Frau, die die frisch geschälten Früchte in Scheiben schnitt. Sie saß mit dem Rücken zur Tür und hatte den Kopf geneigt; erst als sie sich umdrehte, erkannte Polly, dass es Martha war. Deshalb hatte Peter am Telefon also so zögerlich geantwortet! Martha war offenbar wieder in Ashgrove Lawns eingezogen!

Das Radio lief. Mike Murphy sprach gerade einleitende Worte zur *Arts Show.*

Martha fuhr auf. »Mein Gott!«, sagte sie. »Haben Sie mich erschreckt!«

Rory sah Polly mit dem Ausdruck eines Häftlings an, der hofft, auf Kaution freizukommen. »Polly!«, rief er. Aber sein Gesicht wirkte unsicher und verlegen, als kämpfe er voll innerer Vorwürfe gegen neuerwachte Gefühle an.

»Ich dachte doch, dass ich die Tür gehört habe!«, sagte Martha, als sie sich von dem Schrecken ein wenig erholt hatte. »Sie haben vielleicht Nerven, einfach so hereinzuspazieren! Ich sitze hier mit meinem Mann, und da kommt eine andere Frau mir nichts, dir nichts zur Tür herein!«

»Tut mir leid ... Ich fürchte, das war eine Art Reflex, aus alter Gewohnheit sozusagen ...« Polly legte den Hausschlüssel auf den Tisch. »Ich wusste nicht, dass Sie hier sind, Martha. Es wird nicht wieder vorkommen.«

Sie sah sich in der warmen Küche um; alles wirkte frisch, am Fenster hingen neue Vorhänge. Einen Augenblick brachte sie kein Wort heraus. Hier vor ihren Augen war der Ort, in den sie soviel Willenskraft und Hoffnung gesteckt hatte, wo sie mit aller Kraft, die sie aufbringen konnte, versucht hatte, dem Schicksal zu trotzen. So viel von ihr steckte in jedem Ziegel, jedem Holzspan, in der sich spiegelnden Kupferpfanne, auf die sie einmal so stolz gewesen war, in den Porzellantassen, die sie bei Clery's im Winterschlussverkauf erstanden hatte. Für einen Augenblick packte sie die Angst, dass sie dieser Welt, die sie so gut kannte, nie wieder angehören würde.

Aber fast gleichzeitig befiel sie das klaustrophobische Gefühl, am falschen Ort mit den falschen Menschen zu sein, und sie dachte erleichtert an Keith, der in Wimbledon mit Herbie auf sie wartete, und an den Montagmorgen, an dem sie wieder der Arbeit nachgehen würde, die sie so sehr liebte, an dem sie wieder mit den neuen Menschen zusammensein und in der neuen Welt leben würde, die sie zu betreten gewagt hatte.

»Wo sind die Jungs?«

»Sie sind nicht da«, sagte Rory. »Peter ist in der Unibibliothek und lernt. Im Januar hat er Prüfungen. Und Jason übernachtet heute bei einem Freund. Sie arbeiten an einem Projekt für die Schule.«

»Ja, dann will ich nicht länger stören ... ich hätte anrufen und sagen sollen, dass ich vorbeikomme. Ich übernachte im Westbury ... vielleicht könnten mich die Jungs morgen dort anrufen.«

Es folgte ein längeres Schweigen. Rory blickte auf die Schale, die sich vom Apfel löste, als läge in ihr die Lösung all seiner Probleme.

Martha stand auf und griff nach dem Wasserkocher. »Um Himmels willen, setzen Sie sich hin und trinken Sie eine Tasse Tee mit uns. So eilig haben wir's auch wieder nicht, Sie loszuwerden. Erzählen Sie uns von Ihren Heldentaten. In der Gegend hier genießen Sie als Pflichtvergessene eine gewisse Berühmtheit!«

Sie bewegte sich mit der zielgerichteten Geschmeidigkeit einer Kobra, holte die Keksdose, in der Polly Kuchen und andere Leckereien aufzubewahren pflegte, die sie früher in dieser

Küche gebacken hatte. »Father Brennan war neulich abend da«, fuhr Martha mit säuerlichem Lächeln fort. »Er ist natürlich zutiefst empört, aber er wird für Sie beten! Und für mich wird er auch beten, weil ich mit dem Mann, den er als Ihren Ehemann ansieht, nicht kirchlich verheiratet bin und folglich in Sünde lebe! Also sind wir beide gefallene Frauen, Sie, weil sie den Mann verlassen haben, mit dem Sie nicht verheiratet waren, und ich, weil ich zu meinem rechtmäßigen Ehemann zurückgekehrt bin, von dem mich die Kirche geschieden hat! Vermutlich ist Rory aus demselben Grund als gefallener Mann anzusehen ... obwohl ich glaube, dass der Zustand des Gefallenseins den weiblichen Angehörigen der Spezies vorbehalten ist.«

Sie sah Rory an und fügte kühl hinzu: »Frauen fallen, Männern unterläuft hin und wieder ein Fehltritt mit Folgen ...« Rory grinste unbehaglich.

»Der Trick besteht wohl darin, eine weitere Annullierung von der Kirche zu erwirken«, sagte Polly zu Rory, »und zwar diesmal für unsere Ehe. Dann können Martha und du noch einmal kirchlich heiraten. Damit wären doch alle zufrieden!«

»Das ist so kompliziert«, meinte Martha, »dass man einen Computer dafür bräuchte!«

»Da wir gerade von Computern reden«, warf Polly ein, »wie läuft das Geschäft?«

»Großartig«, erwiderte Rory. »Fergus und ich kommen gut zurecht. Wir importieren zu einem Bruchteil der europäischen Kosten aus Taiwan und programmieren selbst. Fergus ist mit der Software-Entwicklung ganz in seinem Element. Und mit meinem Buch komme ich auch ganz gut voran ...«

»Schön.«

»Wir werden bald in der Lage sein, Ihnen Ihre Anteile an der Firma abzukaufen«, meldete sich Martha zu Wort.

»Betrachtet es als mein Weihnachtsgeschenk an euch«, sagte

Polly. »Als Abschiedsgeschenk, wenn ihr so wollt ... Das war ohnehin meine Absicht gewesen, ich habe schon mit meinen Anwälten darüber gesprochen.«

»Vielen Dank!«, sagte Martha. »Aber wahrscheinlich können Sie es sich ja leisten. Jetzt muss ich nur noch ein Auge auf Rory haben, damit er nicht jede freie Minute im Büro verbringt.«

Sie beugte sich liebevoll über ihn, die dominante Hausgöttin, die ihren Altardiener anspricht. »Nicht wahr, Schatz?«

Sie tätschelte seine Hand. »Früher hatte er einen Computer im Esszimmer stehen – aber wem erzähle ich das, Polly! Den haben wir allerdings abgeschafft. Keine Computerarbeit daheim und Rauchverbot im Haus, das sind die Spielregeln!« Sie lächelte über ihre vernünftige Einstellung. Rory griff nach einem weiteren Apfel und vermied es, Polly in die Augen zu schauen.

Oh Rory, dachte sie, so hat sich das Blatt also gewendet! Fass dir ein Herz, Rory. Du kannst jederzeit eine Anzeige in die Zeitung setzen!

Zu Martha sagte sie: »Ich sehe nirgends eine Spur von Cat«, wobei sie auf den leeren Korb neben dem Bücherregal deutete.

»Sie meinen die schmutzige alte Tigerkatze?«, fragte Martha. »Ich wollte sie schon einschläfern lassen – ständig war sie krank! Aber jetzt ist sie verschwunden ... wahrscheinlich kann sie Gedanken lesen!« Martha lachte. »Jetzt kommt immer eine kleine schwarze Katze zu uns. Sie ist praktisch hier eingezogen. Früher hat sie der Frau von gegenüber gehört ... die, die gestorben ist.«

»Wie kommt Jason voran?«, fragte Polly nach einer Weile, nachdem sie insgeheim Cat zu ihrer Flucht gratuliert hatte. »Mir sagt er immer, dass er fleißig lernt.«

Martha nickte energisch. »Ich habe ihn vor die Wahl gestellt, sich entweder zusammenzureißen oder seine Koffer zu packen! In der letzten Französischarbeit hatte er fünfundsiebzig Prozent, und jetzt wundert er sich, was man alles erreichen kann, wenn man sich nur mal auf den Hosenboden setzt! Oh, und kürzlich gab es noch eine kleine Aufregung – eine impertinente Zehnzentnerschlampe ist hier aufgetaucht und hat nach ihm gefragt, aber der habe ich schnell klargemacht, wie der Hase läuft!«

Martha machte ein grimmiges Gesicht. Polly dachte an Veronica, die Lagerkommandantin, und musste sich ein Lächeln verkneifen. Offenbar war Veronica auf eine ebenbürtige Gegnerin gestoßen.

»Wie haben Sie es ihr denn klargemacht?«

»Sie stand hier vor der Tür und wollte sich partout nicht abwimmeln lassen. Schließlich fing sie an zu schreien und verlangte Jason zu sehen. Er hatte sich nach oben verzogen und wollte um nichts in der Welt herunterkommen. Rory hat es auf die freundliche Tour versucht und nichts erreicht ... also bin ich in den Garten raus und habe einen Zweig von einem der Bäume abgebrochen. Mit dem Stock in der Hand habe ich ihr erklärt, sie soll verschwinden, bevor sie ihn zu spüren bekommt!« Martha zog die Brauen hoch. »Die Sprache hat sie dann endlich verstanden!«

Rory zuckte zusammen.

Ach Rory, ich habe dich in guter Obhut zurückgelassen, dachte Polly; deine Schlachten werden für dich geschlagen, und deine Burg wird verteidigt.

»Die beiden Jungen freuen sich natürlich darauf, Weihnachten in London zu verbringen ...«

»Keith und ich freuen uns auch auf sie!«

Polly beobachtete Martha und versuchte einzuschätzen, ob sie sich ärgerte, dass sie sich bei ihrer Rückkehr nach Ashgrove Lawns die Sorge für zwei Jugendliche aufgehalst hatte. Sie kam zu dem Schluss, dass Martha trotz ihres furchteinflößenden

Auftretens durch und durch pragmatisch war; sie nahm kurzfristige Nachteile in Kauf, um sich langfristig ihren Mann und ihr Haus zu sichern. Für die Persönlichkeit von Rory oder seinen Kindern interessierte sie sich nicht. Ihr ging es vor allem um ihren Lebensunterhalt; sie war eine wahre Überlebenskünstlerin.

Rory war es, der jetzt ihr Mitgefühl nötig hatte. Polly sah, wie gedämpft seine Stimmung war. Sein Leben war nun für ihn vorgezeichnet, ob es ihm recht war oder nicht.

»Kann ich dich ins Hotel fahren, Polly?«, fragte er höflich, als sie aufstand, um zu gehen.

»Nein, danke, Rory. Ich nehme im Dorf ein Taxi. Ich möchte noch einen Rundgang durch die Straße machen ... und Abschied nehmen.« Sie lächelte ihn an, wie um sich zu entschuldigen. Er erwiderte ihr Lächeln nicht.

»Es muss wirklich schön für Sie sein, dass Sie jetzt so wohlhabend sind ...«, sagte Martha ein wenig säuerlich; der Gedanke daran nagte offenbar an ihr, und sie musste ihrem Herzen Luft machen.

»Es war eine richtige Überraschung. Von wem haben Sie es eigentlich erfahren?«

»Ach, das weiß doch jeder!«, gab Martha zurück. »Kürzlich habe ich mit Laura Flanagan gesprochen, und sie wusste über alles Bescheid ... sie meinte, es sei ein Anzeichen für einen schwachen Charakter, wenn eine Frau ihre Familie im Stich lässt, nur weil sie zu Geld gekommen ist.« Sie warf Rory einen kurzen Blick zu. »Aber Rory und ich freuen uns für Sie, und für uns selbst freuen wir uns natürlich auch. Stimmt's, Rory?«

Rory lächelte kläglich.

Seltsamerweise empfand sie es als schrecklich, als sich die Tür hinter ihr schloss. In allen Häusern brannte Licht, die Vorhänge waren zugezogen. Sie fühlte sich wie eine Fremde, ausgeschlossen aus ihrer vertrauten Welt, wie ein Kind, das zu seinen früheren Lieblingsplätzen zurückkehrt und feststellt, dass es erwachsen geworden ist und nicht mehr dazugehört.

Sie überquerte die Straße und kam an Willow House vorbei. Der Efeu, der sich an der Gartenmauer emporrankte, streifte ihre Schulter; sie streckte die Hand danach aus, berührte ihn und nahm seinen aromatischen Geruch wahr. Das Haus schien sie zu beobachten, ohne dass sie es selbst sehen konnte; einen Augenblick lang stellte sich Polly die einsame Frau vor, wie sie aus ihrem Fenster auf die Sackgasse hinausblickt – ein begrenzter Ausblick auf ihre sich verengende Welt.

Überall war es still. In der Ferne, auf der Hauptstraße der Siedlung, schwirrte ein Auto vorüber, aber nichts vermochte die Ruhe von Ashgrove Lawns oder die Grabesstille des alten Hauses mit dem verlassenen Garten zu stören. Innerhalb der Mauern waren die Schatten noch tiefer, und als Polly durch die Tore blickte, konnte sie nur mit Mühe die ungepflegten Blumenbeete ausmachen.

»Ist da jemand?«, flüsterte sie, von wirren Gefühlen bedrängt, in die Dunkelheit hinein; sie erinnerte sich vage an ein Gedicht mit dem Titel »The Listener«, das sie in der Schule gelernt hatte; es handelte von jemandem, der in ein verlassenes Haus zurückkehrt. »Hältst du jetzt noch manchmal von deinem Fenster Ausschau, Muriel ...?«, fuhr sie fort. »Oder hast du etwas Besseres zu tun gefunden? Hast du überhaupt eine Ahnung, was du mir gegeben hast? Und ich meine nicht nur das Geld.«

Sie hielt inne und belächelte sich selbst, wie sie hier allein auf dem Gehweg stand und mit einem Geist sprach. »Und was das betrifft – Sue und ich spenden den Großteil für die Krebsforschung. Wir haben nur genug behalten, um frei zu sein ... wie du es, so glaube ich, gewollt hast ...«

Auf der anderen Seite der Tore bewegte sich etwas. Polly fuhr zusammen. Aus dem kiesbedeckten Vorhof war ein Miauen zu hören, und eine Tigerkatze, die erst sichtbar wurde, als das Licht der Sackgasse auf sie fiel, kam durch die Gitterstäbe geschlichen und strich Polly um die Beine. Polly hob das warme Tier hoch und streichelte es an der Nase und unterm Kinn.

»Wie geht es dir, Cat?«, sagte sie. »Schön, dich wiederzusehen! Herzlichen Glückwunsch, dass du mit dem Leben davongekommen bist!«

Noch einmal betrachtete sie Willow House und Ashgrove Lawns 14. Dann setzte sie Cat ab, zog ihren Schal enger um den Hals, um die Kälte abzuwehren, und ging fort.

Danksagung

Herzlichen Dank an Johnny für seine Unterstützung und seine Anregungen, an Jean Perrem, die mir die Geschichte von der Frau im Bus erzählt hat, und an meine Söhne John und Pierce, die mich unabsichtlich mit Hintergrundinformationen versorgt haben.

Außerdem möchte ich meiner Cheflektorin Geraldine Cooke für ihren ermutigenden Zuspruch, Kirsty Fowkes für ihre Hilfe und meiner Lektorin Helen Norris für ihre gewissenhafte Arbeit danken.

Mary Ryan
Dublin, März 1996

Kate ist nicht gerade willkommen auf Allt Farr, dem Familiensitz von Jeremys Verwandten im schottischen Hochland. Doch die Großfamilie Munro ist daran gewöhnt, die Konsequenzen von Jeremys Eskapaden zu tragen – in diesem Fall die vorläufige Aufnahme seiner Ex-Freundin Kate.

Leider ist Kate als Städterin völlig überfordert mit dem rauen Landleben. Und das bringt insbesondere Max, den Sohn des Hauses, zur Verzweiflung: Um nämlich das weitläufige Anwesen zu unterhalten, ist die tatkräftige Unterstützung aller Hausbewohner notwendig. Dank ihrer liebenswürdigen Art gelingt es Kate jedoch, sich nach und nach ihren Platz in der Familie zu erobern. Einzig Max scheint nach wie vor ihr gegenüber Vorbehalte zu haben ...

ISBN 3-404-14471-6

BASTEI LÜBBE

Daniel ist noch sehr jung, als er Helen, dem Mädchen mit dem tizianroten Haar, begegnet. Beide fühlen, daß sie zusammengehören, und versprechen beim Ab-schied, daß sie sich wiedersehen werden. Daniel muß zurück nach London, Helen bleibt bei ihren Eltern in Irland. Die Jahre vergehen, Abschiede und Wieder-sehen wechseln sich ab. Die wenigen Momente, in denen die Sterne günstig für sie stehen, lassen Helen und Daniel verstreichen. Die Liebe ihres Lebens – nur eine Erinnerung an einen Septembermorgen?

ISBN 3-404-14467-8

BASTEI LÜBBE

Als der jähzornige Lord von Glengarth, Vater von Rory und Lindsay, im indischen Dschungel einen Einheimischen fast zu Tode prügelt, belegt ein Yogi das Schloß der schottischen Familie mit einem Fluch.
Dieser Fluch legt sich wie ein schwarzer Schatten auf das Leben der ungleichen Brüder. Zurück in der nebligen, kühlen Heimat, zieht sich der menschenscheue Lindsay, Erbe des Lordtitels, auf das Schloß zurück. Rory dagegen, heißblütig und allergisch gegen jede Bevormundung, ist als Unternehmer erfolgreich.
Eines Tages taucht die schöne Annie auf, und beide Brüder entbrennen in heißer Leidenschaft für die junge Frau. Die Familienbande drohen nun endgültig auseinanderzubrechen, es sei denn, Annie gelingt es, Schloß Glengarth von dem elenden Fluch zu befreien ...

»Eine bewegende Geschichte, geschrieben mit Leidenschaft und Scharfblick.« MANCHESTER EVENING NEWS

»Ein Klasse-Schmöker!« BRIGITTE

ISBN 3-404-14329-9

BASTEI LÜBBE